Kit Auburn
Where our wishes come true

Kit Auburn

Where our wishes come true

Roman

blanvalet

Sollte diese Publikation Links auf Webseiten Dritter enthalten,
so übernehmen wir für deren Inhalte keine Haftung,
da wir uns diese nicht zu eigen machen, sondern lediglich auf
deren Stand zum Zeitpunkt der Erstveröffentlichung verweisen.

Penguin Random House Verlagsgruppe FSC® N00167

1. Auflage 2023
Copyright © 2023 by Blanvalet
in der Penguin Random House Verlagsgruppe GmbH,
Neumarkter Str. 28, 81673 München
Dieses Werk wurde vermittelt durch die Literarische Agentur
Thomas Schlück GmbH, 30161 Hannover.
Redaktion: Martina Schwarz
Umschlaggestaltung: Anke Koopmann | Designomicon
Umschlagmotive: Shutterstock.com (Olly Kava; Marish; Dimec; Boyko.Pictures)
JS · Herstellung: sam
Satz: Uhl + Massopust, Aalen
Druck und Einband: GGP Media GmbH, Pößneck
Printed in Germany
ISBN 978-3-7341-1214-0

www.blanvalet.de

Für alle, die sich manchmal fragen, wer sie eigentlich sind.
Für alle, die sich fragen, was sie eigentlich ausmacht.
Für alle, die nicht wissen, wie großartig sie eigentlich sind.
Für uns alle.

Prolog

In meinem Kopf war gerade nur Platz für diese winzig kleine Hoffnung, die ich das erste Mal nach so vielen Jahren wieder zuließ. Ich hatte sie verloren geglaubt, doch da war sie, blitzte auf wie Sonnenstrahlen auf einer unruhigen Wasseroberfläche. Drei Meter. Zwei Meter. Ein Meter.

I. Kapitel

Sue

»Frohe Weihnachten, Sie sind gefeuert.«

»*Das* hat er gesagt?« Meine beste Freundin Leena zischte ungläubig ins Telefon.

»Sinnbildlich, ja. Ich lege nicht jedes Wort auf die Goldwaage«, murrte ich und fuhr mir resigniert mit den Händen über das Gesicht.

»Seit wann?« Leena prustete, und ich sah vor mir, wie sie eine Augenbraue in die Höhe zog und sich eine Hand vor den Mund hielt. Das tat sie nämlich immer, wenn sie lachte, um die große Zahnlücke zwischen ihren Schneidezähnen zu verstecken.

Ich schüttelte lächelnd den Kopf und ließ mich entmutigt auf das winzige, senfgelbe Sofa fallen. Es gehörte zur Ausstattung der Wohnung, in der ich nur wenige Monate gelebt hatte, ehe ich mir durch einen Fauxpas meine eigene Zukunft verbaut hatte. Gerade jetzt, wo es doch endlich so richtig mit meiner Karriere hatte losgehen sollen. »Wie konnte das nur passieren?«

Ich hörte Leena seufzen, was meine Selbstvorwürfe nur verstärkte. »Das ist eine rhetorische Frage, oder, Sue?« Ich wusste nicht, ob ich sie dafür lieben oder hassen sollte, dass sie nicht versuchte, meinen Fehler kleinzureden.

»Kannst du nicht einfach die Zeit für mich zurückdrehen?«

Ich lehnte mich zurück, wobei ich tief im weichen Polster versank. Vielleicht wäre es gar nicht so schlecht gewesen, wenn es mich einfach für immer komplett verschlungen hätte. Denn dann hätte ich nicht mit dem Schlamassel klarkommen müssen, den ich mir selbst eingebrockt hatte. Nach all der harten Arbeit, die ich investiert hatte. All den Nächten, die ich schlaflos Akten gewälzt hatte, und nach all der Einsamkeit der letzten Jahre, in denen ich nur für die Kanzlei und das Jurastudium gelebt hatte. Und wofür? Dafür, dass ich kurz vor Beginn der Weihnachtszeit meine Anstellung verlor und kleinlaut in den Schoß meiner Heimatstadt Saint Mellows zurückkehren musste, da ich mir ohne Job das Leben in New York City nicht mehr leisten konnte. Alle hatten gedacht, dass ich es weit bringen würde, und es lag in meiner Natur, diesem Bild, das alle von mir hatten, entsprechen zu wollen. Zurückzukommen fühlte sich nicht nur nach Niederlage an, es war wirklich eine. Die fetteste Niederlage meines Lebens, die ich in diesem Fall nicht einmal verheimlichen konnte, denn in meiner Heimatstadt machte Gossip schneller die Runde als in der Upper East Side. Ich wusste, wovon ich da sprach, denn die Kanzlei, für die ich mein letztes Hemd gegeben hätte, lag in Midtown Manhattan und der Großteil unserer Mandantschaft kam aus der schillernden, aber intriganten Upper East Side. Was man hier so alles zu hören bekam, egal, ob man wollte oder nicht, ging auf keine Kuhhaut. Ich konnte von Glück reden, wenn mein Fehler diskret behandelt wurde, denn sonst würde er dafür sorgen, dass mein Ruf mir vorauseilte und ich für den Rest meines Lebens keine einzige Stelle mehr fand.

»Du weißt, dass ich alles für dich tun würde«, erklärte Leena und holte mich aus meinem Gedankenstrudel, der mir

Schwindel bereitete. Vielleicht war es auch der billige Glühwein aus dem Pappkarton, den ich mir aus Frust im Supermarkt gekauft hatte und dessen Dunst sich in meinem winzigen Ein-Zimmer-Appartement ausbreitete. »Aber du musst wohl oder übel darüber hinwegkommen. Du wirst garantiert in einer anderen Kanzlei Fuß fassen können.«

»Dein Wort in Gottes Ohr«, murmelte ich und fasste nach meinen dunkelbraunen Haarspitzen, zwirbelte sie mürrisch zwischen zwei Fingern und starrte mein Handy an, aus dessen Lautsprecher Leenas Stimme drang.

»Wann kommst du nach Hause?«

Ich *bin* zu Hause, hätte ich ihr am liebsten erklärt. Stattdessen schob ich nur einen der Umzugskartons, die sich wild verstreut in der Wohnung stapelten, mit dem Fuß weg. »Morgen werden meine Sachen abgeholt, und ich muss Jaymie übergeben.« Jaymie, so hatte ich diesen winzigen Schuhkarton von Appartement mit seinen altbackenen Möbeln getauft. Es hatte ja niemand ahnen können, dass sich unsere Wege so schnell wieder trennen würden. Der Dolch, der seit der Kündigung in meiner Magengrube steckte, drehte sich einmal um sich selbst, was kein Wunder war. Wenn man Dingen Namen gab, wurde es umso schwerer, sie ziehen zu lassen. »Ich übernachte bei einer Freundin, nehme den ersten Flieger nach Chicago, steig in den Zug, dann in den Bus nach Saint Mellows«, zählte ich atemlos auf. »Und bin am frühen Nachmittag da.«

»Schreib mir, wann genau, dann hole ich dich ab«, schlug meine beste Freundin vor und entlockte mir dadurch ein Lächeln.

»Und begleitest mich die zehn Minuten Fußweg von der Haltestelle bis zu meinem Elternhaus, ja?«

»Zieh dir warme Schuhe an«, überging Leena meinen Einwand gekonnt, was mir zeigte, dass sie es ernst meinte. »Du hast leider den Schneeeinbruch verpasst. Er liegt so hoch, dass Rupert Panda auf dem Cherry Blossom Court verloren hat.« Grinsend schüttelte ich den Kopf, denn ich konnte es deutlich vor meinem geistigen Auge sehen, wie der alte Zeisel Rupert brüllend über den Platz lief und nach seiner Mopsdame Panda suchte. Er war schon schwerhörig gewesen, als Leena und ich noch Kinder gewesen waren.

Ich schielte zum Fenster hinüber, unter dem der mittlerweile leer geräumte, klapprige Schreibtisch aus weißem Pressspan stand und biss mir wehleidig auf die Unterlippe. Auch hier in New York schneite es, und ich hasste es, mein Zuhause zur schönsten Zeit des Jahres verlassen zu müssen. Klar, zum Fest hielten mich keine zehn Pferde davon ab, zu Mom und Dad zu fahren, doch den restlichen Dezember hatte ich eigentlich immer in der Stadt, die niemals schlief, verbracht und die Stimmung hier genossen. War die Fifth Avenue entlanggeschlendert, um mich durch all die weihnachtlich geschmückten Schaufenster in Stimmung bringen zu lassen, oder war mit einem – total überteuerten – Glühwein durch den Central Park spaziert. Oder hatte in der Kanzlei gesessen, die ihre Junganwälte aus Prinzip schamlos ausbeutete. »Hier schneit es auch«, murrte ich und ließ mich seitlich ins Polster fallen, den Kopf auf der Seitenlehne, starrte kopfüber zum Fenster, vor dem die von den Straßenlaternen angeschienenen Schneeflocken tanzten. Es war zwar erst sechs Uhr abends, doch die Nacht war bereits über den Big Apple hereingebrochen, und ich liebte es. Was wäre die Weihnachtszeit ohne die Dunkelheit, die durch all die Lichter, all das Leuchten erst zur Geltung kam?

»Sicher. Aber hier liegt *richtiger* Schnee, Sue. Kein Ich-war-mal-Schnee-und-bin-jetzt-Matsch-Schnee.« Ich verdrehte die Augen und streckte meinen Arm zum niedrigen Couchtisch aus, auf dem die Fernbedienung der Stereoanlage lag, um das Radio einzuschalten. »Hör auf, die Augen zu verdrehen«, tadelte Leena mich.

Ich lachte schnaubend und legte die Fernbedienung auf meinem Bauch ab. Aus dem Radio drang Mariah Careys *All I want for Christmas is you* und bescherte mir meinen ersten alljährlichen Weihnachts-Ohrwurm. »Woher willst du wissen, dass ich das getan habe?«

»Hast du denn?« Ich hörte Leenas Stimmlage an, dass sie grinste.

»Das wirst du wohl leider niemals erfahren«, kicherte ich und spürte das erste Mal seit einer Woche bei dem Gedanken, zurück nach Saint Mellows zu gehen, Wärme in mir aufsteigen. »Ich freu mich auf dich«, murmelte ich. Das Problem war nicht meine Heimatstadt an sich, denn die liebte ich wirklich, samt all ihrer schrägen Bewohner. Das Problem war, dass ich dieses Mal ein One-Way-Ticket löste.

»Ich kann es auch kaum erwarten, dich zu sehen, nachdem du mich bei der Herbst-Tombola einfach hast hängen lassen«, stichelte meine beste Freundin.

Stöhnend presste ich mir ein Kissen auf das Gesicht, wie um mich zu verstecken. »Ich musste …«

»… arbeiten«, beendete Leena seufzend meine Klage. »Ich weiß, Süße.«

Ihre Worte schmerzten. War ich tatsächlich so eine schlechte Freundin gewesen? Oder verstand sie nur nicht, wie wichtig mir mein Job gewesen war? Wie hart ich dafür hatte ackern müssen? »Ich werd mich mal ans Packen der letzten Kisten machen«, erklärte ich, um unser Telefonat zu beenden. Wir verabschiedeten uns, und ich versenkte das Smartphone mürrisch zwischen meiner Seite und dem Sofakissen. Ich ließ den Blick durch meine beschauliche Wohnung gleiten, wobei ich die Umzugskartons ignorierte, und blieb an meinem hellbraunen Wintermantel an der Garderobe hängen. Ich sprang auf die Beine. »Meinen letzten Abend versauere ich nicht hier drinnen«, grummelte ich, schaltete den Herd aus, auf dem immer noch der Glühwein vor sich hin köchelte, und griff nach meinem cremefarbenen Schal und der weißen Mütze. »Sorry, Jaymie«, schmunzelte ich und schnappte mir Handschuhe und Tasche. Ich schlüpfte in meine Stiefel und verließ das Haus, um mir einen Toffee Nut Latte zu kaufen und ein letztes Mal für dieses Jahr durch die Straßen New Yorks zu spazieren. Eine leise Stimme flüsterte mir zu, dass es dieses Mal ein längerer Abschied sein würde. Dass das Kapitel New York für mich mit meiner baldigen Abreise vorerst beendet sein würde.

Blake

»Warum wirfst du mir diesen Blick zu?«

»Was meinst du?« Mein Bruder stand in der Werkstatttür und hätte mir vermutlich ein Loch ins Profil gestarrt, wenn ich ihn nicht angesprochen hätte. Seufzend nahm ich die Schutzbrille ab, die meine Augen vor Sägespänen schützte, und klopfte mir den Holzstaub von den Oberschenkeln.

»Es wäre super, wenn du mich bei geschlossener Tür anschmachten könntest«, spöttelte ich und deutete mit einem Kopfnicken zur sperrangelweit geöffneten Tür, durch die eiskalter Wind hereindrang. Devon war in seinen dunkelblauen Winterparka gehüllt und trug Mütze, Schal und Handschuhe.

»Klar, sorry«, nuschelte er und trat ein, wobei er eine Fuhre Schnee mit hereinbrachte.

Ich stöhnte. »Devon! Manchmal bist du echt nicht besser als deine vierjährige Tochter, klopf dir bitte das nächste Mal die Schuhe draußen ab.«

»Wo du gerade von Elsie sprichst ...«, druckste Devon, und in böser Vorahnung drehte ich mich betont langsam zu ihm herum, wobei ich die Hände vor der Brust verschränkte.

»Ich fange bald an, Geld zu nehmen«, drohte ich ihm. »Wann?«

Devon legte den Kopf schief und entledigte sich seiner Handschuhe, der Mütze und des Schals, gefolgt von seinem Mantel, als wollte er länger bleiben. »Heute«, seufzte er und hob die Hände in die Höhe, als ich Anstalten machte, mich aufzuregen. »Ich kann *wirklich* nichts dafür«, erklärte er und griff nach einem Pinsel, der auf einer geöffneten Metalldose mit Lasierung lag. Er wies fragend auf den Hocker, der auf der Arbeitsfläche stand, und ich bedeutete ihm mit einem Nicken, dass er ihn einpinseln durfte. Er tunkte die Borsten in die Flüssigkeit, strich sie ab, wie ich es ihm vor ein paar Wochen gezeigt hatte, und begann mit der ersten Schicht der Lasierung. »Die Lehrerversammlung wurde vorgezogen«, brummte Devon und verdrehte genervt die Augen. »Da bald der Weihnachtsball an der Saint Mellows High ansteht, lässt Direktor Mills alle Lehrenden schon heute antanzen, um die Aufgaben zu verteilen.«

Ich atmete tief durch und wischte mir über das Gesicht. Meinen entspannten Feierabend konnte ich mir dann wohl abschminken. Mürrisch stiefelte ich zu dem Schrank, in dem ich mein Werkzeug aufbewahrte, und zog die Schublade mit den Pinseln auf, um mir einen sauberen herauszuholen. »Was ist mit Abby oder Mom?«, fragte ich und stellte mich ihm gegenüber auf die andere Seite der Arbeitsplatte, um ihn beim Lasieren zu unterstützen. Abby war die 15-jährige Schwester seiner Verlobten, die, neben mir und unseren Eltern, oft auf meine Nichte aufpasste.

»Mom und Dad sind heute bei den Fillmores zum Scharadespielen, und Abby und Chelsea gehen heute zur Cinemellow Christmas …«

»… Movie Night«, beendete ich seinen Satz. »Und lass mich raten, Abby will die leider etwas zu hyperaktive, vierjährige Stieftochter ihrer Schwester ungern mitschleppen?«

»Exakt«, lachte Devon und zuckte mit den Schultern. »Nimmst du sie? Ich versuche auch, sie nach einer, höchstens zwei Stunden wieder abzuholen. Aber du kennst ja Mr. Mills, er hört sich selber gerne reden.«

»In Ordnung«, gab ich nach und sah mich bereits mit Elsie eine Debatte darüber führen, welchen Zeichentrickfilm wir uns ansahen. »Bitte sag mir, dass ihre Barbiefilmphase vorbei ist.« Ich zog eine flehentliche Grimasse, woraufhin Devon entschuldigend lächelte.

»Da muss ich dich enttäuschen, sie spricht noch immer von nichts anderem und wenn ich mich recht entsinne, hat sie heute Morgen etwas von *Barbie in: Der Nussknacker* geschnattert.«

»Gott, steh mir bei«, stöhnte ich, denn diesen Blockbuster

hatte ich mir bereits im Herbst zwei Mal zu Gemüte führen dürfen. Ich beugte mich nach vorn, um meine Ellenbogen auf der hüfthohen Arbeitsplatte abzustützen und mein Gesicht in der Hand zu vergraben, die nicht den Pinsel hielt. »Es wäre ja gar nicht so schlimm, wenn …«

»… wenn Elsie, meine kleine Tyrannin von Tochter, nicht verlangen würde, dass man *auch wirklich hinguckt*, ich weiß.« Devon hob zum Ende des Satzes seine Stimmlage, um das Gequake seiner Tochter zu imitieren, was mir ein Lachen entlockte. »Ich bringe sie dir auf dem Weg zur Schule vorbei, so gegen sechs, okay?«

»Vielleicht öffne ich einfach nicht die Tür«, maulte ich und warf einen Blick auf die Wanduhr über der Eingangstür. Mir blieben zwei Stunden, ehe ich mir wieder von einer Vierjährigen meinen Abend diktieren lassen musste. Devon konnte von Glück reden, dass ich meiner Nichte nichts abschlagen konnte, sobald sie mich mit ihren dunkelbraunen Kulleraugen fixierte.

»Zum Glück habe ich einen Zweitschlüssel zu deiner Wohnung«, scherzte Devon und hob eine Augenbraue. »Aber ehrlich: danke dir. Ich bin dir was schuldig.«

»Die Liste deiner Schuld ist mittlerweile so lang, dass du sie niemals abarbeiten können wirst«, höhnte ich und schnalzte mit der Zunge.

Devon scufzte und tauchte den Pinsel in die Lasur. »Ich weiß«, murrte er und warf ebenfalls einen prüfenden Blick zur Wanduhr. »Ich mach die Schicht hier fertig, okay?« Er deutete zum Hocker. »Dann kannst du da hinten weitermachen. Was auch immer das werden soll.« Er zog die Augenbrauen zusammen und versuchte, schlau aus dem Stück Holz zu werden, das ich bearbeitete.

»Mrs. Innings«, seufzte ich und legte meinen Pinsel neben der Metalldose ab, bevor ich zurück zur Bandsäge schlenderte und mir die Schutzbrille aufsetzte. Mrs. Innings war nicht nur die Bürgermeisterin unserer Kleinstadt, sondern auch eine der Vorsitzenden des Veranstaltungskomitees. Dank meines Bruders war ich im Sommer irgendwie in das Team geraten, das die unzähligen Festivals in Saint Mellows organisierte, und weder Mrs. Innings noch Rupert scheuten seitdem davor zurück, mich schamlos mit Handwerkerarbeiten zu überhäufen. Ich fädelte das zwei mal einen Meter große Holzbrett aus der Säge heraus und stellte es neben mich. Es überragte mich nur um wenige Zentimeter, und ich präsentierte Devon mit meiner freien Hand die Vorderseite.

»Soll das Santa sein?« Devon inspizierte die Umrisszeichnung auf dem Brett und wies auf die Bandsäge. »Du sägst den Umriss des Weihnachtsmanns aus?«

Nickend positionierte ich das Brett auf dem Arbeitstisch und zeigte auf die gegenüberliegende Wand, an der zwei weitere Bretter lehnten. »Und einen Weihnachtsengel und Rudolph.«

»Ich traue mich ja kaum zu fragen«, grinste Devon. »Aber was soll das werden?«

»Das wird eine Station der Weihnachtsolympiade: Steck Santa die goldene Gürtelschnalle an«, zählte ich auf. »Steck dem Engel seine Flügel an und ...«

»Steck Rudolph den Schwanz an?« Devon prustete.

Ich schüttelte wissend lächelnd den Kopf. »Steck Rudolph die Nase an«, berichtigte ich ihn und fragte mich in diesem Moment einmal mehr, was zur Hölle ich hier eigentlich tat.

Sue

Seit ich in Chicago in den in die Jahre gekommenen Zug gestiegen war, kam ich nicht umhin zuzugeben, dass ich sie vermisst hatte: Die Sonne, die hoch oben am wolkenlosen Winterhimmel stand und die Landschaft, die in rasender Geschwindigkeit an mir vorbeizog, in ein glitzerndes Wintermärchen verwandelte. Das hier war eine andere Welt. Wisconsin im Winter hatte diesen unterschätzten heimeligen Charme, den man sich normalerweise eher in den Rocky Mountains vorstellte. Je weiter der Zug mich ins Landesinnere brachte, desto dichter wurden die Nadelwälder, auf deren Baumwipfeln der feine Pulverschnee wie eine schützende Decke lag. In der Ferne sah ich Seen an mir vorbeirauschen, deren Wasseroberfläche entweder im kräftigsten Hellblau glitzerte oder unter einer dicken Eis- und Schneeschicht begraben war. Der Zug ruckelte unter mir, und das regelmäßige Tack-Tack-Tack-Tack auf den Schienen wiegte mich allmählich in einen Dämmerzustand und schaffte es fast, mein Herz für den Bruchteil einer Sekunde von dem Ballast zu befreien, mit dem ich die Reise angetreten hatte.

Ich lehnte den Kopf gegen die Wandverkleidung aus dunklem Walnussholz, wobei meine Wange die eiskalte Fensterscheibe streifte. Einerseits war ich so müde, dass ich mir nichts sehnlicher wünschte, als für den Rest der zweistündigen Fahrt in der molligen Wärme meines Abteils die Augen zu schließen. Andererseits genoss ich den Blick in die Ferne. Ich hatte in Chicago eine Stunde lang am *Ogilvie Transportation Center* auf meinen Zug warten müssen. Nachdem ich mir dort ein Stück Walnusskuchen und einen Peppermint Moccha gekauft hatte, in dem der Pfefferminz-Sirup entweder vergessen oder nur *sehr* sparsam verwendet worden war, hatte ich mir am Bahnsteig die eiskalten Füße in den Bauch gestanden. Langsam begann ich aufzutauen, also streifte ich erst einen, dann den zweiten Handschuh ab und fasste mir an die Nasenspitze, um zu testen, ob sie abgefroren war. Nein, noch da. Nachdem ich meinen Mantel geöffnet und den Schal auf den Sitz neben mir zu den Handschuhen gelegt hatte, zog ich mir die Mütze vom Kopf und atmete seufzend aus. Meine Heimatstadt und mich trennten keine zwei Stunden mehr, und ich war mir unsicher, ob ich bereit dafür war. Die letzten Stunden in New York waren in Windeseile an mir vorbeigezogen, und ich stellte traurig fest, dass ich sie kein bisschen hatte genießen können. Statt mich ein letztes Mal mit Kakao, Zimt-Croissants und in Decken gehüllt vor den Fernseher zu kuscheln, um einen kitschigen Weihnachtsfilm zu schauen, hatte ich mich mit dem Umzugsunternehmen herumärgern müssen. Ich hatte genau vor Augen gehabt, wie ich meinen vorerst letzten Tag in New York verbringen wollte. Morgens: Weihnachtsfilm, Duftkerze, den rieselnden Schnee vorm Fenster beobachten. Mittags: Take-away von meinem liebsten Koreaner um die Ecke holen, während ich die letzten Umzugskisten zuklebte. Nachmittags: Kisten an Transportunternehmen übergeben und mich von Jaymie verabschieden. Abends: Ein letztes Mal die Weihnachtslichter in den Straßen genießen, ehe ich bei meiner Freundin Bonnie übernachtete und in aller Früh zum JFK aufbrach, um dort in den Flieger nach Chicago zu steigen. Stattdessen hatten die Umzugshelfer in aller Herrgottsfrühe an meiner Tür gestanden und mich in meinem Pyjama-

Onesie mit Weihnachtsprint überrascht. Es war mir wirklich schwergefallen, den mit Rentieren, Santa und Dinosauriern mit Weihnachtsmütze übersäten Schlafanzug mit Stolz und Würde zu tragen, während fremde Menschen durch die Bude wuselten. Gehetzt war ich durch Jaymie gerannt, um meine letzten, herumliegenden Habseligkeiten in Kisten zu werfen, bis nur noch mein Rucksack übrig geblieben war, in dem sich meine Reisetickets, mein Portemonnaie, die Kopfhörer, mein Laptop und mein E-Book-Reader befanden. Ich hasste es, mit viel Gepäck zu reisen, und alles, was nicht mehr in den hellblauen Rucksack passte, durfte leider nicht mitkommen – so einfach war das.

»Nächster Stopp *Palatine*, Ausstieg in Fahrtrichtung links«, krähte die automatische Ansage durch die blechernen Lautsprecher und sorgte dafür, dass es sich anfühlte, als tobte ein Schneesturm durch meinen Magen. Bald würde die Hälfte der Zugstrecke hinter mir liegen, und ich kam meinem Ziel von Minute zu Minute näher. Nicht mehr lang und ich würde endlich meine Familie wieder in die Arme schließen können. Das war etwas, worauf zu freuen ich mich bei all dem Chaos meiner Kündigung bisher fast vergessen hatte. Seit ich Saint Mellows zum Studieren verlassen hatte, war ich nicht öfter als drei- oder viermal im Jahr zu Besuch gewesen, und es war doch etwas anderes, seine Liebsten zu umarmen, statt ihnen nur von Bildschirm zu Bildschirm zuzuwinken. Und Leena. Was freute ich mich darauf, mit meiner besten Freundin über den Saint Mellows Christmas Market zu spazieren, Kakao-für-Erwachsene zu kochen und so viele schlechte Weihnachtsfilme zu schauen, wie wir nur finden konnten.

Ich spürte ein kleines Lächeln auf meinem Gesicht, das eine

warme Welle der Vorfreude durch mein Inneres sandte. Vielleicht schaffte ich es diesen Dezember ja, komplett in diese magische Adventszeit einzutauchen und nicht mit den Gedanken bereits bei der nächsten Akte zu sein, die ich durchackern musste. Vielleicht war meine Rückkehr die Auszeit, die das Universum oder wer auch immer mir geschickt hatte, weil ich sie schlichtweg bitternötig hatte. Die letzten Jahre hatten mich ausgelaugt, und ich war kurz davor gewesen, zu einem Schatten meiner selbst zu werden. Nachdem ich als Jahrgangsbeste die Saint Mellows High verlassen hatte, um an der Columbia – die verdammt noch mal zur Ivy-League gehörte! – zu studieren, war mein Leben ein einziger Konkurrenzkampf gewesen. Teilweise gegen mich selbst, denn ich hatte immer höher und weiter kommen wollen. Und was war dann geschehen? Ich saß wieder auf dem Boden der Tatsachen. Ohne Job, ohne Rücklagen, im Gegenteil: mit einer horrenden Summe an Studienschulden, bei der ich am liebsten zu weinen begonnen hätte, wenn ich nur an sie dachte.

Ich sah aus dem Fenster über die weißen Felder bis zu den mit Schnee bedeckten Bergspitzen am Horizont und hob den Blick gen Himmel, da es just in diesem Moment wieder zu schneien begann. Leena hatte recht, das hier *war* viel mehr Schnee als der Schnee in New York City, und dennoch hatte ich mein Herz zwischen all den Lichtern dieser Stadt verloren und wusste nicht, wie ich jemals ohne sie würde leben können. So hin- und hergerissen wie jetzt war ich in meinem ganzen Leben noch nicht gewesen. Normalerweise war ich Sue Flores, die Frau, die genau wusste, was sie wollte, die immer einen Plan parat hatte und niemals einfach in den Tag hinein lebte. Denn sobald ich auf Pause drückte, lief ich Gefahr, diese innere Zerrissenheit und Rastlosigkeit zu spüren, die mich schon mein Leben lang überfiel, wenn ich nicht aufpasste. Doch was war ich heute? Heute war ich Sue, das Mädchen, das gar nichts mehr wusste. Weder, wie es mit ihrer Karriere nach ihrem Rausschmiss jemals wieder bergauf gehen konnte, noch, was sie mit ihrem Leben anfangen sollte, wenn sich ihr nicht in den nächsten Wochen ein neuer Weg zeigte. Stillstand war gefährlich für mich, obwohl ich nie hatte herausfinden können, warum. Es war, als klaffte dann eine Leere in mir, ein Loch, wo eigentlich etwas sein sollte, und nur die Bewegung konnte mir über das Fehlen dieses einen bestimmten Puzzleteils, das mich endlich komplettieren sollte, hinweghelfen.

Blake

»Ist das der Nussknacker?« Riley, die Verlobte meines Bruders, schob mir meinen Edelstahlbecher über den Tresen, den sie randvoll mit heißem Kaffee gefüllt hatte.

»Wie bitte?« Verdutzt hob ich eine Augenbraue.

»Was du da gerade gesummt hast«, erklärte sie grinsend. »Es war zwar äußerst schief, aber ich glaube, den Nussknacker herausgehört zu haben.«

»Du bist schief«, entgegnete ich ihr lachend und griff nach meinem Kaffee. »Aber vermutlich hast du recht«, beantwortete ich ihre Frage achselzuckend. »Ich durfte gestern zum dritten Mal mit deiner Stieftochter *Barbie in: Der Nussknacker* schauen.« Ich verdrehte die Augen. »Zum *dritten Mal*, Riley.«

Entschuldigend legte sie den Kopf schief und bedeutete mir mit einem Kopfnicken, ein Stück zur Seite zu treten, damit sie die neue Kundschaft hinter mir bedienen konnte. »Sorry, ich war gestern Abend bei Hailey im *Shine* und habe ihr bei der Dekoration für die Eröffnung geholfen. Sonst hätte ich Elsie genommen.«

»Ja, ja«, murrte ich und hob den Becher an meine Lippen, stoppte jedoch kurz davor. »Ich hoffe, heute ist keine *Prise Weihnachten* in meinem Kaffee?« Ich zeichnete Gänsefüßchen in die Luft und sah sie eindringlich an.

Seufzend schüttelte sie den Kopf. »Nein, heute kein Zimt, kein Lebkuchengewürz, kein Haselnusssirup und auch kein bisschen Pfefferminze. Nur dein stinklangweiliger Kaffee«, versicherte sie mir. Ich hob eine Augenbraue, unsicher, ob sie dieses Mal auch wirklich die Wahrheit sagte, denn seit einer Woche versuchte sie, mir ihre Weihnachtsspezialitäten schmackhaft zu machen. Erfolglos, denn meinen Kaffee trank ich klassisch. »Versprochen!« Sie verdrehte die Augen. »Du bist deinem Bruder viel zu ähnlich, du Grinch«, beschwerte sie sich.

»Ich bin kein Grinch. Und Devon auch nicht.«

»Willst du einen Walnuss-Cupcake mit Lebkuchen-Frischkäse-Frosting?« Sie ignorierte meinen Einwand und zeigte grinsend auf die Auslage, in der Muffins mit roten und grünen Hauben lagen. In jedem steckte ein kleiner Weihnachtsmann aus Esspapier, denn etwas anderes wäre für Anne, die Besitzerin dieses Cafés, nicht infrage gekommen. In ihrem Café gab es weder To-go-Becher aus Pappe, noch Papierservietten oder Einweggeschirr. Wenn man sich nicht seinen eigenen Becher mitbrachte, war man gezwungen, im Café zu trinken oder wieder zu gehen. Mittlerweile hatte sie sogar all ihre Papiertüten und Faltschachteln für die Gebäckstücke aufgebraucht und einfach keine Neuen bestellt. Entweder man brachte seine eigene Dose mit, oder man bekam seinen Kuchen auf die Hand. Im wahrsten Sinne des Wortes.

»Nein, danke«, lehnte ich ab und rieb mir über den Bauch. »Ich habe eben erst gefrühstückt.«

»Grinch«, warf sie mir erneut an den Kopf und zog die Augenbrauen gespielt zornig zusammen, lächelte mir im nächsten Augenblick aber zu. Sie winkte jemandem hinter mir, und ich wandte mich um, um zu sehen, wen sie da grüßte.

Leena, eine Freundin von Devon und Riley, kam mit ihrer geleerten Tasse zum Tresen und stellte sie vor Riley ab. »Machst du mir noch einen Peppermint Moccha, bevor ich losmuss, bitte?« Ich schnaubte und verzog angewidert das Gesicht. »Hi, Blake.« Leena schenkte mir ein Lächeln, das beinahe ihre Ohren erreichte.

Ich nahm einen Schluck von meinem Kaffee und lehnte mich gegen den Tresen. »Warum bist du so fröhlich?«

»Sue kommt heute!« Sie biss sich auf die Unterlippe und wippte voller Vorfreude hin und her. *Sue kommt heute!* Ihre Worte wiederholten sich in meinem Kopf, ehe sich mir ihr Sinn überhaupt erschloss. *Sue.* Ich hätte nicht gedacht, dass sie sich mal vor den eigentlichen Festtagen hier blicken lassen würde. Doch eigentlich konnte es mir auch egal sein, denn wir waren fertig miteinander. Da machte es keinen Unterschied, ob Tausende von Kilometern zwischen uns lagen oder nur wenige Meter wie hier in Saint Mellows, wo ihr Elternhaus in der gleichen Straße stand wie das von Mom und Dad.

»Aha«, bemerkte ich betont gleichgültig, klopfte auf den Tresen und verabschiedete mich, indem ich mit zwei Fingern an der Stirn salutierte. »Ich muss dann mal in die Alte Halle zur Veranstaltungsversammlung. Ich hoffe, Devon ist auch da und lässt mich nicht wieder hängen, sonst suche ich ihn und verpasse ihm eine Tracht Prügel.«

»Dev ist schon dort«, lachte Riley und winkte mir zum Abschied zu, als ich die Tür öffnete und die Ladenklingel bimmelnd meinen Abgang kommentierte. Kaum hatte ich den ersten Schritt auf den Gehsteig gesetzt, fuhr mir ein eisiger Wind in die Knochen. Ich zog meinen schwarzen Wintermantel enger um mich, was sich mit nur einer Hand als schwierig erwies. Dann stapfte ich los Richtung Alte Halle und hielt mir die Hand, in der ich meinen Kaffee hielt, vor das Gesicht, um eine Schneewehe abzuwehren und gleichzeitig meine Augen vor der blendenden Sonne zu schützen. Obwohl ich mich selbst dafür hasste, landeten meine Gedanken immer wieder bei Leenas Worten: *Sue kommt heute.* Warum verkrampfte sich mein Magen schmerzhaft, wenn ich an Suzanna Flores dachte? Wir hatten seit Jahren nicht mehr miteinander gesprochen, und das war auch nie schwer gewesen, denn wir hatten es perfektioniert, uns aus dem Weg zu gehen. Doch seit diesem Jahr war vieles anders, da plötzlich alle zurück nach Saint Mellows gekommen waren, als wäre dieser Ort ein Magnet, der manche von uns magisch an sich band. Mit einem Mal waren wir durch das Netz unserer Familien und Freunde wohl oder übel wieder enger miteinander verwoben. Ich hoffte trotzdem, dass ich Sue in dieser winzigen Kleinstadt nicht ständig über den Weg laufen würde. Doch so, wie ich sie kannte, würde sie sich eh schneller wieder in ihr geliebtes New York verziehen, als wir alle bis zehn zählen konnten. Ich für meinen Teil würde mich darüber absolut nicht beschweren.

2. Kapitel

Sue

»Endlich«, seufzte ich, als der Busfahrer am *Cherry Blossom Court* hielt und ich mich zur Tür dieser stinkenden Blechbüchse auf sechs Rädern durchschlängelte. »Es gibt übrigens auch noch andere Weihnachtslieder«, erklärte ich dem Fahrer patzig, als ich auf seiner Höhe war. Zu meiner Entschuldigung musste ich anführen, dass wohl jeder Mensch durchdrehte, wenn er eine Stunde lang in Dauerschleife von *Last Christmas* beschallt wurde. Der Akku meiner eigenen Kopfhörer war bedauerlicherweise seit der Zugfahrt leer. Der Fahrer zuckte nur mit den Schultern und spuckte seinen Kautabak in eine Cola-Light-Dose, wie er es schon die ganze Zeit über getan hatte. Von diesem Geräusch würde ich vermutlich Albträume bekommen. Was war ich froh, endlich hier rauszukommen. Diese eine Stunde hatte sich angefühlt wie Hunderte, mindestens, und ich fragte mich, was zur Hölle ich in meinem früheren Leben verbrochen haben musste, um ständig in solche Situationen zu geraten. In New York schaffte ich es auch regelmäßig, ausgerechnet in das U-Bahn-Abteil zu steigen, in dem entweder eine Horde betrunkener Jugendlicher Party machte oder eine arme Seele in der Ecke hockte und von allen Passagieren gemieden wurde. In letzterem Fall zog sich mir jedes

Mal das Herz zusammen, und je nachdem, ob die Person ansprechbar war oder nicht, kramte ich für sie eine 5-Dollar-Gutscheinkarte für eine Restaurant- oder Cafékette aus meinem Geldbeutel, die ich eigens dafür bei mir trug. Jeden Monat investierte ich 50 Dollar in diese Karten, die hoffentlich halfen. In den seltensten Fällen wurde mir an den Kopf geworfen, dass ich mich damit zum Teufel scheren sollte.

So sinnvoll diese Gutscheinkarten auch waren, mir selbst bescherten sie jedes einzige Mal, wenn ich sie berührte, einen fetten Kloß im Hals, denn ich musste unweigerlich an die Person denken, die mich vor vielen Jahren erst auf die Idee dazu gebracht hatte. Damals, als wir noch an einem Strang gezogen hatten, und ich wirklich gedacht hatte, dass wir direkt auf ein *Wir* zusteuern würden. Doch stattdessen hatte er mich hängen lassen und unser heimliches *Vielleicht-mal-Wir* wurde ausgelöscht, noch ehe die Flammen überhaupt zu züngeln begonnen hatten. Noch immer fragte ich mich, ob es Fluch oder Segen war, dass außer uns nie jemand davon erfahren hatte. Davon, dass es überhaupt so etwas Ähnliches wie ein *Sue und Blake* gegeben hatte. Ein Fluch war es, weil ich mit meinen verwirrten Gefühlen damals hatte allein klarkommen müssen. Ich war gerade erst siebzehn Jahre alt gewesen und hatte mich gefühlt, als hätte man mir das Herz aus der Brust gerissen, nur um es dann irgendwo achtlos liegen zu lassen. Ein Segen war es gewesen, weil ich so nicht das Gefühl gehabt hatte, öffentlich zu versagen. Wenn alle gewusst hätten, was Blake und mich verbunden hatte und dass das von einem auf den anderen Tag plötzlich vorbei gewesen war, wären mir unzählige Mitleidsblicke zugeworfen worden. Und Mitleid bekam man bekannterweise nur, wenn etwas schiefgelaufen war. Bei mir lief aber nichts schief, zumindest nicht so sehr, dass ich es nicht selbst wieder geradebiegen konnte.

Ich schüttelte den Kopf, um Blake aus meinen Gedanken zu werfen. Er konnte bleiben, wo der Pfeffer wuchs, denn mich ließ man kein zweites Mal einfach so sitzen.

»Suuueee!« Leenas sich fast überschlagende Stimme drang in dem Moment an mein Ohr, als ich mit dem ersten Schritt aus dem Bus im Schnee versank. Die Gehsteige waren weitestgehend vom Schnee befreit worden, doch dafür türmten sich Berge davon vor dem Bordstein auf. Ich wandte mich um, um dem Busfahrer einen letzten, erzürnten Blick zuzuwerfen, doch der hob tatsächlich die Mundwinkel zu einem überlegenen Grinsen, bevor er mit einem Knopfdruck die klapprige Bustür vor meiner Nase schloss.

»Das hat er doch mit purer Absicht gemacht«, knurrte ich und konnte mich nur mit Mühe davon abhalten, ihm durch das Beifahrerfenster den Mittelfinger zu zeigen. Nach einer Stunde *Last Christmas* war ich eindeutig nicht mehr ich selbst. Mit einer energischen Drehung wandte ich mich von dem anfahrenden Bus ab, wodurch ich im tiefen Schnee ins Straucheln geriet und mir der Rucksack von der Schulter rutschte, dessen Reißverschluss ich allem Anschein nach vergessen hatte zu schließen. »Mist«, fluchte ich, als ich mich hinunterbeugte, um meine Habseligkeiten aus dem Schnee zu fischen. Selten war ich dankbarer für meine Handschuhe gewesen.

»Süße?« Leena, die nicht wie ich im kniehohen Schnee versank, winkte mir vom Gehsteig aus zu. »Komm her«, forderte sie mich auf und breitete grinsend die Arme aus.

»Leeni«, seufzte ich, stapfte wie ein Storch im Salat durch

den Schnee auf sie zu und warf mich in ihre Umarmung. Ich schaffte es zu ignorieren, dass der Stoff meiner Jeans an den Knien durchnässt war und es sich anfühlte, als steckten meine Beine im Gefrierfach. »Ich hab dich so vermisst«, schniefte ich ihr ins Ohr und atmete ihren Duft nach Mandelblüte und hundert verschiedenen Parfums tief ein. Leena arbeitete in der hiesigen Parfümerie, wodurch sie immer von einer Duftwolke umhüllt war. Jedes Mal, wenn ich in New York vor einem Parfumregal gestanden hatte, hatte ich mir augenblicklich meine beste Freundin an meine Seite gewünscht.

»Ich dich auch«, flüsterte sie und hielt mir ihren Arm zum Einhaken hin, nachdem wir uns voneinander gelöst hatten.

Aus dem Augenwinkel sah ich, dass sie krampfhaft die Kiefer aufeinanderpresste, wie im Versuch, nicht zu lachen. »Was ist?« Ich legte fragend die Stirn in Falten.

»Dir hängt ein äußerst weihnachtliches Hosenbein aus dem Rucksack«, prustete sie nun doch los und hielt sich im gleichen Augenblick die Hand vor den Mund. »Die Geschichte dazu würde ich gern hören.«

»Was?« Hektisch wand ich mich aus ihrem Griff, um den Rucksack nach vorn zu schütteln und meinen Pyjama vor neugierigen Blicken zu verbergen. »Nein, die willst du nicht hören«, jammerte ich theatralisch, wobei meiner Kehle ein Laut entkam, der wie eine Mischung aus Lachen und Stöhnen klang. Trotzdem fuhr ich fort. »Die Mitarbeiter von dem Transportunternehmen, die meine Kisten abgeholt haben, können die Uhr nicht lesen und standen sechs Stunden zu früh vor meiner Haustür.«

»Und haben dich im Pyjama überrascht? Oh, Sue.« Leena hakte sich wieder bei mir unter, nachdem ich den Pyjama bis zum Boden gestopft und mir den Rucksack auf den Rücken zurückgeworfen hatte.

»Ich will nicht drüber reden«, murrte ich und legte den Kopf in den Nacken, was sich als keine gute Idee entpuppte, denn eine dicke Schneeflocke landete mitten in meinem geöffneten Auge. Ruckartig riss ich den Kopf nach vorn und blinzelte das Wasser weg. »Was hat der Tag nur gegen mich?«

Meine beste Freundin warf mir einen mitfühlenden Blick zu. »Und wie war die Reise? Wie es schien, hast du dich mit dem Busfahrer angefreundet?«

»Auch darüber will ich nicht reden«, stöhnte ich und zog mir die Mütze ein Stückchen tiefer ins Gesicht. »Meine Güte, ich vergesse immer wieder, wie kalt es in Saint Mellows wird.«

»Weißt du, was da hilft?« Leena wackelte mit den Augenbrauen.

Ich blinzelte ihr wissend zu. »Ein schöner heißer Gingerbread Moccha mit Kakaohaube im *Anne's*?«

Lachend nickte sie und legte im Gehen ihren Kopf auf meiner Schulter ab. »Ganz genau.«

Meine Freundschaft zu Leena war etwas wirklich Besonderes, das ich unendlich schätzte. Es konnten Monate vergehen, in denen wir uns nicht sahen, und doch war es ab der Sekunde, in der wir uns wieder in die Arme fielen, als hätten uns nicht Tausende von Kilometern voneinander getrennt. Als hätten wir nicht zwei völlig unterschiedliche Leben gelebt, in denen die jeweils andere lediglich eine Statistenrolle gespielt hatte. Ich konnte von Glück reden, dass Leena hier war, um mich in meiner Heimatstadt zu begrüßen. Um mich aufzufangen, ohne mich zu verurteilen, obwohl nur sie von dem Fehler wusste, der mich den Job gekostet hatte. Leena war der einzige Mensch auf dem gesamten Planeten, bei dem ich auch mal etwas falsch machen durfte. Den Ruf zu haben, *sowieso* die Beste zu sein, war erschöpfend. Denn niemand saß immer an der Spitze, einfach niemand.

Blake

»Du bist zu spät«, brummte Devon mir entgegen, nachdem ich mich durch die Stuhlreihen geschlängelt hatte und mich auf den freien Platz neben ihm fallen ließ. Die Versammlung hatte schon begonnen, weswegen mir sowohl die Bürgermeisterin als auch Rupert einen missbilligenden Blick zuwarf. Glücklicherweise war mir das egal. Gerade Rupert, die alte, schwerhörige Nervensäge, sollte sich besser zusammennehmen, denn nachdem er es im Herbst beinahe geschafft hatte, unser Outdoorkino-Festival gegen die Wand zu fahren, waren es mein Bruder und ich gewesen, die in die Bresche gesprungen waren und noch rechtzeitig das Ruder übernommen hatten. Er verdrängte es gern, doch ich würde nicht müde werden, ihn daran zu erinnern, sollte er wieder versuchen, mir eine Standpauke über Pünktlichkeit zu halten. Er müsste besser als alle anderen hier wissen, wie wichtig es war, es sich nicht mit mir zu verscherzen. Immerhin war ich der Einzige, der die Gerätschaften und das Know-how hatte, um sämtliches, in die Jahre gekommenes Equipment für unsere unzähligen Feste zu reparieren.

»Besser zu spät als gar nicht auftauchen, oder, Dev?« Ich zog eine Augenbraue in die Höhe in der Hoffnung, vorwurfsvoll genug auszusehen. »Halt mal!« Ich reichte ihm meinen Edelstahlbecher, um mich aus meinem Wintermantel zu pellen und mir anschließend mit der Innenseite meines Schals das Gesicht trocken zu wischen.

»Schwitzt du etwa?« Devon grinste mich an.

»Es schneit, du Depp«, flüsterte ich zurück und schnappte ihm meinen Kaffee aus der Hand, den er gerade an die Lippen setzen wollte, um einen Schluck zu nehmen. »Hey, hol dir deinen eigenen Kaffee!«

»Du bist wirklich der brüderlichste Bruder, den ich habe«, maulte er und zog die Augenbrauen zusammen. »Ich brauche wirklich dringend Kaffee. Dringend, Blake.« Er gähnte und deutete mit einem Kopfnicken zu dem winzigen Podest, auf dem sich Mrs. Innings und Rupert mal wieder fetzten, wobei es ihnen egal war, dass sie von allen angestarrt wurden. Dies war einer der Momente, in denen ich mich fragte, ob mein Leben in dieser Kleinstadt nicht einfach nur ein Film war, in dem ich eine mittelgroße Rolle innehatte.

Ich kniff meinen kleinen Bruder in den Oberschenkel. »Das hier ist *mein* Kaffee, Dev. Den mir übrigens deine Verlobte zubereitet hat, warum hast du dir nicht selbst einen geholt? Du sitzt quasi an der Quelle, lebst mit ihr zusammen.«

»Tu ich eben nicht«, zischte Devon mürrisch. Anscheinend war dieses Thema noch immer nicht vom Tisch. »Ich bin nur ihr Dauergast, mit dem sie als i-Tüpfelchen schläft.«

Ich lehnte mich zu ihm hinüber, da meine folgenden Worte nicht für jedermanns Ohren gedacht waren. »Fällt es Riley noch immer schwer, sich vorzustellen, dass du und Elsie mit in ihr Elternhaus zieht?«

»Ja«, seufzte er. »Ich kann es ja irgendwie auch verstehen, immerhin hatte sie dort mit ihren Eltern gelebt, bis diese umkamen.«

Aufmunternd stieß ich meine Schulter gegen seine. »Ich weiß doch, ich kenne ihre Vergangenheit, und ich bin mir sicher, dass ihr eine Lösung finden werdet.«

»Wollen die Fairfield-Brüder sich vielleicht auch gedanklich und nicht nur körperlich der Versammlung widmen?«, unterbrach uns Mrs. Innings und schnalzte tadelnd mit der Zunge, die Arme destruktiv vor der Brust verschränkt. Ernsthaft? Gerade hatte sie doch noch lautstark mit Rupert gestritten.

Sämtliche Augenpaare landeten auf uns. Ich seufzte, bevor ich ein charmantes Grinsen aufsetzte und mich in meinen Stuhl zurücklehnte. »Wir sind ganz Ohr, Mrs. Innings«, säuselte ich und zwinkerte ihr zu, woraufhin sich ihr Gesicht schweinchenrosa verfärbte.

»Du Fiesling«, zischte Devon mir amüsiert zu und biss sich auf die Unterlippe, um sein Feixen zu verstecken. Wir hatten vor einer Weile herausgefunden, dass unsere Bürgermeisterin, bei der es nur noch eine Frage der Zeit war, bis sie ihr Amt altersbedingt niederlegte, eine winzig kleine Schwäche für meinen Bruder und mich hegte. Seitdem machten wir uns einen Spaß daraus, schamlos mit ihr zu flirten. Selbstverständlich war uns klar, dass das nicht die feine englische Art war, doch es war wirklich schwer, damit aufzuhören, zumal wir Mrs. Innings damit wohl kaum verletzten, sondern sie nur etwas aufzogen.

Achselzuckend nippte ich an meinem Kaffee, ehe ich Devon mit dem Ellenbogen anstupste und ihm den Becher hinhielt. »Weil du so lieb gefragt hast«, erklärte ich.

Er nahm ihn entgegen, allerdings nicht ohne die Augen zu verdrehen, und stöhnte leise auf, als er den ersten Schluck trank. »Gar kein Zimt?«, spöttelte er.

»Nach einer Woche hat Riley es aufgegeben«, schmunzelte ich und verschränkte die Arme hinter dem Kopf, um meine Schultermuskulatur zu dehnen.

»Das glaubst du doch wohl selbst nicht«, lachte Devon mit hochgezogener Augenbraue. »Sie nimmt nur Anlauf.«

»Blake und Devon Fairfield«, donnerte Mrs. Innings, zerknüllte eins der Papiere, die vor ihr auf dem Rednerpult lagen, und warf es in unsere Richtung. Es verfehlte uns und traf stattdessen Phil, der vor mir saß, am Kopf. »Verzeihung, Philipp«, entschuldigte sie sich beiläufig bei ihm.

»Wir sind noch immer ganz Ohr«, wiederholte ich meine Worte und hob erwartungsvoll die Schultern. »Geht es denn endlich los? Da komme ich schon extra zehn Minuten später und muss trotzdem auf den Startschuss warten.«

Statt einer Antwort murmelte Mrs. Innings irgendetwas vor sich hin, schüttelte empört den Kopf und griff nach dem Klemmbrett auf dem Pult. Sie räusperte sich, straffte die Schultern und befeuchtete ihre Lippen, als setze sie zu einer Rede an. »Herzlich willkommen«, grüßte sie und blickte in die Runde.

»So weit waren wir schon vor einer Viertelstunde«, stöhnte Devon neben mir nahezu lautlos, legte den Kopf in den Nacken und schloss die Augen, als würde er schlafen wollen.

»Der Advent steht vor der Tür ...«, begann sie.

»Advent, Advent, ein Lichtlein brennt«, murmelte ich belustigt und verdrehte die Augen.

»Und somit die Zeit im Jahr, in der der Dekorationsaufwand der Stadt am höchsten ist.« Sie deutete auf die unzähligen Kartons und Boxen, die neben der winzigen Bühne aufgetürmt waren. Aus manchen lugten Weihnachtsgirlanden hervor, und durch die transparenten Aufbewahrungsboxen erkannte ich Weihnachtskugeln und allerlei Glitzerkram. »Rupert und ich haben uns dieses Jahr größtenteils auf den Stadtkern fokussiert und diesen in zehn Abschnitte unterteilt«, erklärte sie, trat die zwei Stufen vom Podest herunter und verteilte Blätter an uns Helfende. Darauf war der Stadtplan von Saint Mellows abgebildet, der Bereich um die Festwiese und den Cherry Blossom Court vergrößert, sodass man jede einzelne Straße erkennen konnte. Mit neongelbem Textmarker waren von Hand Abschnitte eingezeichnet worden, und als ich auf Devons Blatt sah, zweifelte ich wieder einmal an Ruperts Fähigkeit zu logischem Denken. Devons Abschnitte waren neongrün, also musste Rupert, anstatt farbige Kopien zu machen, jeden Plan einzeln markiert haben. Es war kein Wunder, dass die Organisation der Saint-Mellows-Feste seit Jahrzehnten einem Chaos glich. Und niemand unternahm irgendetwas dagegen.

»Wir sind aktuell 29 Freiwillige, daher findet euch bitte in Dreierteams zusammen«, übernahm Rupert brüllend das Ruder, wodurch ein Ruck durch die Reihen ging. Vermutlich würden wir uns niemals daran gewöhnen, dass Rupert schwerhörig war und deshalb lauter sprach als ein Normalsterblicher mit Megafon. Augenblicklich erwachten alle aus ihrer Starre und bildeten aufgeregt Dreierteams, als wären sie fünfzehn Jahre alt und im Sportunterricht.

»Außer Blake und Devon«, unterbrach Mrs. Innings das Gewusel, und wenn ich mich nicht täuschte, erkannte ich ein teuflisches Lächeln auf ihrem Gesicht, das ihr gar nicht ähnlich sah. »Ihr bekommt das gewiss auch zu zweit hin.«

»Klar«, bluffte ich selbstsicher, noch bevor ich wusste, was uns erwartete. Doch egal, was es war – auch wenn mein kleiner Bruder und ich uns gern gegenseitig die Köpfe einschlugen, waren wir dennoch ein schier unbesiegbares Team, wenn es darauf ankam.

Mrs. Innings überging meine Erwiderung und wandte sich den gebildeten Dreiergruppen zu. »Damit es fair bleibt, zieht bitte eine Person pro Team einen Zettel, darauf steht der euch zugeteilte Abschnitt.«

Stöhnend erwachte Devon aus seinem vorgetäuschten Schlaf und rieb sich über das Gesicht. »Muss denn in dieser Stadt wirklich alles immer per Losverfahren entschieden werden? Können wir nicht einfach die Abschnitte einteilen wie Erwachsene?«

»Nein«, erwiderten Rupert und Mrs. Innings wie aus einem Mund, und das so herrisch, dass ich erstaunt die Stirn in Falten legte. »Das machen wir seit Jahrzehnten so«, echauffierte sich Mrs. Innings und stemmte ihre Hände in die Hüften.

»Dann wird es so wohl auch weiterhin *gut* funktionieren«, meinte ich mit zusammengebissenen Zähnen und einem übertriebenen Lächeln auf den Lippen. »Es gibt einen Unterschied zwischen Tradition und Stillstand«, flüsterte ich Devon zu, dessen Mundwinkel zustimmend zuckte.

Sue

Ich spürte Moms und Dads Verunsicherung, als läge sie wie eine zweite Haut auf meiner. Meine Eltern waren die liebenswürdigsten, offenherzigsten und einfach großartigsten Menschen, die ich kannte. Nie hatten sie mich zu irgendetwas gedrängt, nie von mir verlangt, in allem, was ich anpackte, immer die Beste zu sein. Mom und Dad waren stolz auf mich. Auf alles, was ich erreicht hatte, doch ich wusste, dass sie das genauso gewesen wären, wäre ich keine Absolventin der *Columbia Law School* gewesen. Und wenn ich ehrlich war, fragte ich mich seit der Highschool, ob mein Ehrgeiz womöglich genau daher rührte. Ob ich mir insgeheim gewünscht hatte, in eine Richtung gelenkt zu werden, statt mir schon so früh selbst einen Weg in dieser Welt suchen zu müssen. Manchmal fragte ich mich, was mein Abschluss wert war, wenn er nur mir so viel bedeutete. Wenn es für meine Familie keinen Unterschied machte, ob ich mir sechsstellige Studienschulden aufhalste und versuchte, die Welt ein Stückchen besser zu machen, oder einfach in den Tag hinein lebte. Hauptsache, ich war glücklich, hieß es immer. Doch wie glücklich konnte man sein, wenn die eigene Familie nicht sah, wie sehr man gekämpft hatte und weshalb? Dass man all das eben nicht immer nur durch Eigenantrieb erreichen konnte, nicht immer unbesiegbar war? Dass man, dass *ich* mich so sehr nach Anerkennung verzehrte, statt hören zu wollen, dass sie stolz auf mich waren, *egal*, was ich erreichte. Ich wollte für genau das gelobt werden, für das ich mir den Arsch aufgerissen hatte, und nicht trotz dessen. Ich hatte einen schweren Weg gewählt, einen Weg voller Tränen, voller Konkurrenzkämpfe, voller Versagensangst und voller Einsamkeit. Denn an der Spitze war es bekanntlich einsam.

Wie oft hatte ich auf dem Boden vor meinem Bett im Wohnheim gekauert, um mich herum ein Wust an Mitschriften, und nicht gewusst, wie ich das alles packen sollte? Wie oft hatte ich ein Lächeln aufgesetzt, obwohl mir nach Weinen zumute war, und wie oft hatte ich meinen Eltern versichert, dass es genau das war, was ich wollte, auch wenn ich mir nicht immer sicher war, ob das der Wahrheit entsprach. Wenn man seit Jahren auf der Überholspur fuhr, war es unmöglich, einen Gang herunterzuschalten oder gar auf die Bremse zu treten. Außer, man wurde dazu gezwungen. Doch Letzteres endete nicht selten in einem Totalschaden.

Es fühlte sich seltsam an, mich in meinem Jugendzimmer einzurichten, denn das erste Mal, seit ich mich zurückerinnerte, gab es einfach keinen nächsten Schritt. Keinen Punkt auf der Agenda, den ich als Nächstes abhaken würde. Es stand in den Sternen, wie lang dieses Zimmer von nun an mein Zuhause sein würde. Seufzend öffnete ich meinen Kleiderschrank, in dem Klamotten lagen, die ich nie mit nach New York genommen hatte und die mir jetzt das Gefühl gaben, in die Rolle der Vergangenheits-Sue zu schlüpfen. Dabei war ich doch gar nicht mehr dieselbe. Ich griff in eins der Fächer und zog eine schwarze Jeans heraus, um direkt hineinzuschlüpfen. Gleich, nachdem ich mein Elternhaus betreten und Mom und Dad überschwänglich begrüßt hatte, hatte ich mich aus meinen nassen Reiseklamotten geschält. In meiner alten Saint-Mellows-High-Jogginghose war ich zu ihnen ins Wohnzimmer gestapft, um mich neben Mom in den breiten Sessel zu kuscheln. Dad hatte ein gemütliches Feuer im Kamin entzündet, das eine wohlige Wärme durch das gesamte, offen geschnittene Erdgeschoss sandte, und sich uns gegenüber auf das Sofa gesetzt. Sie hatten nicht nachgefragt. Manchmal war es, als gäbe es eine Barriere zwischen meinen Eltern und mir, die sie sich nicht zu durchbrechen trauten. Mal davon abgesehen, dass sich alles in mir dagegen sträubte, ihnen den wahren Grund zu verraten, weshalb ich meinen Job verloren hatte, enttäuschte es mich, dass sie nicht einmal nachfragten. Es war ihnen schlichtweg egal, ob ich in New York versuchte, für Gerechtigkeit zu sorgen, oder im Schlabberlook auf ihrem Sofa herumlungerte. Sie liebten mich bedingungslos, doch manchmal fragte ich mich, ob ich das überhaupt verdient hatte.

»Sue? Leena ist da.« Ich erschrak, als Moms Stimme aus dem Erdgeschoss bis unters Dach hallte, wo sich mein Zimmer befand. Schon als Kind war ich stolz auf die lichtdurchflutete Galerie gewesen, die ich mein Reich nennen durfte. Eine schmale Treppe führte aus dem Flur im ersten Stock hoch in den Dachboden und damit ich nicht versehentlich aus der Luke in der Mitte des Raums fiel, hatte Dad ein quadratisches Geländer um den Einstieg herum gezimmert. Es glich ein wenig einem Absperrgitter für Kleinkinder, da ich erst einen Haken lösen musste, um es zu öffnen. Erst als Teenager war mir bewusst geworden, wie uncool es eigentlich war, dass mein Zimmer keine abschließbare Tür, sondern lediglich ein Loch im Boden hatte. Es war nahezu unmöglich gewesen, nachts heimlich zu telefonieren, und ich konnte mich nicht erinnern, wie oft Mom mir aus der ersten Etage zugerufen hatte, dass ich doch bitte endlich das Licht löschen sollte. Doch an Tagen wie heute, an denen sich auf den Sprossen, die die breiten Fenster durchzogen, Schneeflocken sammelten und in der untergehenden Sonne glitzerten, gab es kaum einen schöneren Ort für mich.

»Bin gleich da«, rief ich hinunter und begutachtete mich in meinem Standspiegel, auf dessen Rückseite sich eine Tür befand, hinter der man Schmuck aufbewahren konnte. Die Haut unter meinen Augen war dünner geworden, seit ich das letzte Mal hier gewesen war, und schimmerte fast bläulich.

Selbst mein Make-up und das teure hellpinke Rouge, das ich mir von einer Ex-Kollegin aus der Kanzlei hatte aufschwatzen lassen, konnten nicht verbergen, wie müde ich war. Seufzend lief ich zur niedrigen Kommode hinüber und zog die oberste Schublade auf, in der Vergangenheits-Sue ihre Strickpullover fein säuberlich zusammengerollt einsortiert hatte. Ich nahm mir einen rostroten mit Rollkragen und zog ihn über, wobei der Kragen an meiner Nase hängen blieb. Mit dem Pullover ringend, taumelte ich zu meinem Nachttisch, auf dem mein Smartphone und mein Portemonnaie lagen. Ich schnappte mir beides. »Komme«, rief ich durchs Haus, als ich die schmalen Stufen der freihängenden Metalltreppe ins Obergeschoss hinuntereilte.

»Wir haben dich so lang nicht mehr gesehen«, hörte ich Mom zu Leena sagen und sah genau vor mir, wie sie ihr mütterlich über den Oberarm strich. Leena hatte garantiert Millie oder Bobby, eine unserer Ragdoll-Katzen, auf dem Arm. Vermutlich Bobby, die ein Fünkchen zutraulicher war und der niemand widerstehen konnte, wenn sie einen mit ihren hellblauen Augen anschielte. Als ich die Treppe ins Erdgeschoss nahm, konnte ich sehen, dass ich mit meiner Vermutung richtiglag, was mich lächeln ließ. Bobby schmiegte ihren Kopf an Leenas Schlüsselbein und verteilte ihr halbes Fell auf ihrem Mantel.

»Und jetzt bleibe ich nicht einmal, sondern entführe Sue ins *Anne's*.« Entschuldigend legte meine beste Freundin den Kopf schief und beugte sich nach vorn, damit Bobby, nicht ganz ohne Widerstand, von ihrem Arm sprang.

»Mich entführt hier niemand«, lachte ich und spazierte an den beiden vorbei zur Garderobe, um mir meine Winterjacke zu holen und mein Handy und die Geldbörse in jeweils einer Seitentasche zu verstauen. In einer fließenden Bewegung warf ich sie mir über, gefolgt von meiner Mütze und dem Schal. »Bin startklar«, grinste ich und machte einen Schritt auf Mom zu, um ihr einen Kuss auf die Wange zu drücken. »Keine Sorge, zum Abendessen bin ich wieder da«, versprach ich ihr und griff nach Leenas Ärmel, um sie ungeduldig hinter mir her aus dem Haus zu ziehen.

»Bis bald«, rief Leena meiner Mom zu und winkte ungelenk, da sie dank unseres Abgangs beinahe über ihre eigenen Füße gestolpert wäre. »Sue«, meckerte sie lachend. »Schalt mal einen Gang runter.«

»Keine Chance.« Ich schüttelte den Kopf und hakte mich bei ihr unter, nachdem Mom grinsend die Tür hinter uns ins Schloss gedrückt hatte. »Nach dem Gesöff vom Bahnhof heute Vormittag brauche ich dringend einen richtig guten Kaffee von Anne.«

»Ich hoffe, du nimmst auch einen von Riley. Anne ist nämlich im Urlaub.«

»Was?« Abrupt stoppte ich, wodurch Leena auf dem vereisten Boden beinahe ausgerutscht wäre.

»Sue!«, donnerte sie und krallte sich in meinen Unterarm. »Du bist keinen Tag hier, und schon bin ich wieder kurz davor, mir sämtliche Knochen zu brechen.«

»Worin auch immer der Zusammenhang zwischen deinen Knochen und meiner Anwesenheit besteht …« Ich zog eine Augenbraue hoch und setzte den Weg fort, nachdem Leena tief durchgeatmet hatte. »Und hab ich das richtig verstanden? Anne ist *im Urlaub*? Ich hätte nicht gedacht, dass Anne überhaupt weiß, was das ist.«

Leena prustete. »Das sagt die Richtige. In dem Punkt stehst du ihr in nichts nach.«

»Stimmt doch gar nicht«, schmollte ich, obwohl ich wusste, dass sie recht hatte. »Ich bin hier, oder nicht?«

Aus dem Augenwinkel sah ich, dass Leena sich auf die Unterlippe biss. Eine typische Geste für sie, wenn sie auf den Worten herumkaute, ehe sie sie über die Lippen gleiten ließ. »Gefeuert werden ist jetzt nicht unbedingt dasselbe wie Urlaub, du Nuss«, murmelte sie und schenkte mir ein vorsichtiges Lächeln.

»Wenn ich mir einrede, dass ich nur im Urlaub bin, schaffe ich es vielleicht, mich selbst auszutricksen, damit ich mich nicht so traurig und nichtsnutzig fühle«, gab ich zu und zuckte mit den Schultern, als hätte ich Leena nicht eben mein Innerstes offenbart.

Sie atmete tief ein und stieß ihren Atem seufzend wieder aus. Er kondensierte in einer Wolke vor ihrem Gesicht. »Das bezweifle ich leider sehr.«

Nickend schluckte ich. »Ich auch«, wisperte ich. »Ich leider auch.«

»Und Sue?« Leena legte ihren Kopf auf meine Schulter.

»Ja?«

»Du bist auf keinen Fall nichtsnutzig, verstanden?« Sie schielte unter ihrer Mütze zu mir hoch.

Ich verdrehte die Augen. »Ja, ja, verstanden«, murmelte ich und lehnte meine Wange gegen ihre Stirn, ehe sie den Kopf anhob. Wir brachten den restlichen Weg zum *Anne's* schweigend hinter uns, jede versunken in ihre eigenen Gedanken. Das war nichts Unübliches für uns, und ich genoss es sehr, dass ich bei Leena nicht den Zwang verspürte, unbedingt über etwas reden zu müssen. Es war kaum halb fünf Uhr abends, und doch senkte sich die Sonne bereits gen Horizont. Es würde keine zehn Minuten mehr dauern, bis sie hinter den Gipfeln des Gebirges verschwand, auf das man den besten Blick hatte, wenn man auf der Freifläche vor dem *Anne's* stand. Dort, auf unserer Festwiese, fanden 90 Prozent der Veranstaltungen von Saint Mellows statt. Als hätte irgendjemand meine Gedanken gelesen, sprangen in diesem Moment sämtliche Laternen an und tauchten die Straßen in einen warmen Schimmer. Die sanft herabrieselnden Schneeflocken tanzten im Schein der Lichter und sorgten dafür, dass mir trotz der Eiseskälte warm ums Herz wurde. Wir bogen im Gleichschritt um eine Häuserecke, und da waren sie: Der Festplatz und der Pavillon, um dessen Balken nicht nur zur Weihnachtszeit Lichterketten geschlungen waren. Anders als ich es erwartet hatte, war die von Schnee bedeckte Wiese nahezu leer.

»Was ist los?« Leena stupste mich mit ihrem Ellenbogen in die Seite. »Du guckst, als wärst du heute zum ersten Mal hier.«

»Hab ich was verpasst? Müssten nicht in diesem Augenblick Mrs. Innings und Rupert über den Platz krakeelen und dafür sorgen, dass die Weihnachtsbuden aufgebaut werden?«

»Eigentlich schon, ja«, murmelte Leena. »Aber irgendwie ist dieses Jahr der Wurm drin, was unsere Veranstaltungen angeht.«

»Wie meinst du das?« Da war man mal ein paar Jahre fort und schon brachen die Mellowianer mit ihren Traditionen, oder was sollte das bedeuten? »Wenn du mir jetzt sagst, dass es keinen Weihnachtsmarkt samt Weihnachtsolympiade gibt, setze ich mich dort in den Schneehaufen und weine.« Um meine Aussage zu unterstreichen, deutete ich auf eine

Fläche zwischen einem Briefkasten und einer Parkbank, auf der scheinbar willkürlich einen Meter hoch Schnee angehäuft worden war.

Lachend winkte Leena ab und tätschelte meinen Unterarm. »Keine Sorge, gestrichen wird hier gar nichts.«

Ich spürte, wie eine meiner Augenbrauen in die Höhe wanderte. »Sondern?«

»Wo soll ich nur anfangen?«, seufzte Leena. »Saint Mellows ist einfach eine Horde von Chaoten. Es fehlt an Struktur und Planung.«

»Das ist nichts Neues«, schmunzelte ich und spürte die leise Erleichterung in meiner Brust, dass sich im Grunde doch nichts geändert hatte. Saint Mellows war der Ort für mich, der sich nie wandelte. Im guten Sinne. Er war meine Heimat, mit all seinen Bewohnern, von denen einer schräger war als der andere. Ich hatte immer die Gewissheit gehabt, genau zu wissen, was mich hier erwartete.

»Ist dir noch gar nicht aufgefallen, dass kaum ein Schaufenster geschmückt ist?«

Mit gerunzelter Stirn blickte ich mich um und bejahte nickend. »Warum nicht? Normalerweise explodiert der Weihnachtsknallbonbon doch schon in der ersten Novemberwoche?« Ich spreizte die Finger meiner freien Hand ruckartig ab, um eine Explosion anzudeuten.

»Im Herbst gab es einen Wasserschaden im großen Lagerraum der Alten Halle«, erklärte Leena seufzend. »Daraufhin wurden sämtliche Deko-Boxen und das Event-Equipment verteilt.«

»Verteilt?«

Leena nickte und strich sich eine Haarsträhne aus dem Gesicht unter ihre Mütze. »Ein paar Kisten sind auf dem Dachboden des Rathauses untergekommen, andere stapeln sich in der Veranstaltungsküche, sogar im winzigen Lager der Parfümerie wurden zwei untergebracht. Der Rest ist wortwörtlich in Saint Mellows verteilt. Phils Garage, Lizas Hobbyraum, Mrs. Smiths Dachboden«, zählte sie auf und ihrem Tonfall nach zu urteilen, nannte sie nur einige.

»Und warum genau ist noch nichts geschmückt?« Mir erschloss sich der Zusammenhang nicht.

»Weil es, und ich wiederhole mich da sehr gern, einfach keine richtige Struktur in dieser Stadt gibt. Ein Vöglein hat mir aber gezwitschert, dass heute eine Versammlung stattgefunden hat. Die Chancen stehen also fifty-fifty, dass es bald losgeht.«

»Fifty-fifty, ich fasse es nicht«, murrte ich. »Wir haben fast Dezember, wo soll das hinführen?«

»Oh«, rief Leena plötzlich aus und winkte zwei Männern zu, die auf Leitern vor dem *Anne's* standen und, wenn ich es richtig deutete, Lichterketten anbrachten. Dank des stärker werdenden Schneetreibens und der hereinbrechenden Dunkelheit musste ich die Augen zusammenkneifen, um sie zu erkennen, und für den Bruchteil einer Sekunde setzte mein Herz aus. »Siehst du«, freute sich meine beste Freundin und knuffte mir in die Seite. »Panik abgewendet, es geht *wirklich* los.«

»Ja«, hauchte ich und schluckte den Kloß in meinem Hals herunter, zwang mich dazu, mein Anwaltslächeln aufzusetzen, das bisher noch jeden getäuscht hatte. Sogar Leena. »Super.« Wie gern wäre ich umgedreht und wie ein verscheuchtes Reh nach Hause gerannt, um mich dort unter der Bettdecke zu verstecken. Natürlich musste ich ausgerechnet der Person in die

Arme laufen, von der ich gehofft hatte, dass ich ihr während meiner ganzen Zeit hier kein einziges Mal begegnen würde!

»Hey ihr beiden«, grüßte Leena sie und legte den Kopf in den Nacken, um zu ihnen hochzusehen.

»Hey Leena«, antwortete Devon, der als einziger von ihnen reagierte, wischte sich lächelnd mit dem von Schneeflocken bedeckten Ärmel über die Stirn und deutete mit der Glühbirne in seiner Hand aufs Innere des Cafés. »Kannst du bitte reingehen und meine Verlobte beruhigen? Seit wir damit begonnen haben, in der Straße die Lichterketten anzubringen, hopst sie vor Aufregung auf der Stelle.«

Leena lachte und nickte ihm zu. »Klar. Oder ich stelle mich einfach dazu und mache mit. Kaum zu glauben, dass es endlich losgeht.«

»Devon, könntest du dich bitte konzentrieren und mir das Scheißkabel reichen?«, knurrte der andere Mann Devon an, was mich überhaupt nicht wunderte. »Ich will den Mist hier hinter mich bringen, mir frieren gleich nicht nur die Hände ab.«

»Hi Blake, du Sonnenschein«, winkte Leena und setzte ein breites Lächeln auf.

»Hey Leena«, grummelte er und beugte sich auf der Leiter ein Stück nach hinten, um sie zu grüßen. Die vertraute Art, mit der Leena ihn ansprach, verwunderte mich, da sie früher kaum ein Wort miteinander gewechselt hatten. Was hatte ich in den letzten Jahren nur alles verpasst? Seine braunen Haare waren fast komplett unter der dunkelroten Mütze versteckt und er zog die dichten Augenbrauen zusammen, was ihm diesen für ihn typischen, grimmigen Gesichtsausdruck verlieh. Es kostete mich enorme Anstrengung, mich nicht von seinem Erscheinungsbild blenden zu lassen, denn unter all dem Groll versteckten sich noch immer die warmen Augen, die von den verboten langen Wimpern umrahmt wurden. Es hatte eine Zeit gegeben, in der er mich nicht auf diese grimmige Weise gemustert hatte. Doch die war so flüchtig wie ein Wimpernschlag gewesen und hatte ein jähes Ende gefunden. »Kannst du bitte aufhören, meinen Bruder abzulenk …« Sein Blick traf meinen. Er stockte für den Bruchteil einer Sekunde. Genauso wie ich zuvor. »… abzulenken«, beendete er seinen Satz blitzschnell, und ich sah trotz des dicken Schals, dass er schluckte. Ich war mir sicher, dass weder Leena noch Devon seine Mikroexpression bemerkt hatten, die Millisekunde, in der ihm seine Gesichtszüge entgleist waren. Ich hatte es mir während des Jura-Studiums mühsam angewöhnt, auf so etwas zu achten. Mich konnte Blake nicht täuschen, nicht mal durch den dichten Schneefall hindurch. Erst recht nicht mehr seit damals. »Hallo, Sue«, begrüßte er mich, und ich hätte es nicht für möglich gehalten, doch seine Stimme war kälter als die Eiskristalle, die sich in meinem Pony verfingen.

3. Kapitel

Blake

»Hallo, Blake.«

Ihre ausdruckslose Miene warf mich aus der Bahn, und ich musste sämtliche Selbstbeherrschung aufbringen, um nicht zu verkrampfen. Unbedacht hatte ich das Kabel losgelassen, doch ich schaffte es gerade noch, es im Fall aufzufangen, ehe eine der angeblich bruchsicheren Glühbirnen gegen die Leiter krachte, womöglich zerbarst und unsere Arbeit hier zunichtemachte. Mit einem schnellen Blick zu meinem Bruder und Leena vergewisserte ich mich, dass sie meinen Ausrutscher nicht bemerkt hatten. Verdammt, Sues Erscheinen hatte mich eiskalt erwischt, wo ich doch wusste, dass sie die Weihnachtszeit in Saint Mellows verbringen würde. Doch musste sie mir ausgerechnet schon am Tag ihrer Ankunft über den Weg laufen? Oder überhaupt? Saint Mellows war vielleicht nicht New York, flächenmäßig ja nicht einmal Manhattan, doch auch kein Dorf, das man innerhalb von dreißig Minuten zu Fuß durchqueren konnte. Auch wenn es für die Touristen, die insbesondere wegen der saisonalen Feste in unsere *beschauliche Kleinstadt* reisten, gern den Anschein erweckte, dass hier jeder jeden kannte, war dem nicht so. Gott sei Dank. Es hätte demnach die leise Chance gegeben, dass wir uns einfach nicht begegneten, und in diesem Moment erkannte ich, dass ich mir auch genau das gewünscht hatte. Warum sonst legte sich mir ein Stahlseil um die Kehle, das sich mit jeder verstreichenden Sekunde fester zuzog? Ich hatte schlichtweg keine Lust, Zeit mit der einzigen Frau zu verbringen, für die ich vor so vielen Jahren das Fenster zu meiner Seele wenn schon nicht geöffnet, dann zumindest gekippt hatte. Und das nur, damit sie ausdruckslos daran vorbeiging und es keines Blickes würdigte. Ich schüttelte kaum merklich den Kopf, um meine wirren metaphorischen Gedanken von irgendwelchen Fenstern zu verscheuchen. »Was verschafft uns die Ehre?« Betont teilnahmslos griff ich nach der Zange in der Tasche meiner gefütterten Arbeitshose, und bog damit einen mittlerweile rostigen Haken an der Dachrinne auf, der eigens für die Weihnachtsbeleuchtung dort angebracht worden war. Vor mindestens einhundert Jahren, wenn man nach dem Zustand des Materials ging.

»Wie bitte?« Aus dem Augenwinkel sah ich, wie Sue verdattert die Augen aufriss.

»Bis Weihnachten sind es noch 35 Tage«, flötete ich und verzog den Mundwinkel zu einem Lächeln, von dem ich hoffte, dass es überlegen wirkte, cool, selbstsicher, ihr gegenüber gleichgültig, denn genau das war ich. Auch wenn ich insgeheim Sorge hatte, ich könnte das Glas der Glühbirne aus Anspannung versehentlich mit bloßen Händen zerdrücken.

»Danke für diesen äußerst interessanten Fakt«, schnaubte sie und hakte sich bei Leena unter, die sich zwar mit meinem Bruder unterhielt, Sue dennoch einen perplexen Blick zuwarf. »Aber ich bin durchaus in der Lage, einen Kalender zu lesen. Und wann Weihnachten ist, weiß ich auch«, fauchte sie mit zusammengepressten Kiefern, und ich sah, dass ihr aufgesetztes Lächeln schwankte.

»Klar weißt du das, sogar meine vierjährige Nichte weiß, wann der Weihnachtsmann durch den Kamin gerauscht kommt«, lachte ich abfällig, zog eine Augenbraue hoch und wandte mich wieder der Lichterkette zu, um ihr zu bedeuten, dass das Gespräch beendet war.

Es kostete mich enorme Überwindung, nicht zu ihr zu schielen, um zu kontrollieren, wie sehr sie sich über meine Bemerkung ärgerte. Keine Ahnung, warum, doch es bereitete mir Genugtuung, ihr eindeutig zu verstehen zu geben, dass sie mich gefälligst in Ruhe zu lassen hatte und gar nicht erst zu versuchen brauchte, ein Gespräch mit mir zu beginnen.

»Was war das denn?«, flüsterte Leena ihrer besten Freundin fragend zu, als sie abrupt von ihr zur Eingangstür gezogen wurde. Über ihre eigenen Füße stolpernd, winkte sie uns.

»Nichts«, brummte Sue. »Mir ist kalt, ich möchte Kaffee«, hörte ich sie noch erklären, ehe Leena die Tür hinter ihnen ins Schloss drückte und somit das Bimmeln der Eingangsklingel im Ladeninneren einschloss.

»Blake?« Devons Augenbrauen lugten unter der Mütze hervor, was mir zeigte, dass er sie verdutzt zusammengezogen hatte.

»Was?«, blaffte ich ihn an und schlug etwas zu grob mit der Rückseite der Zange auf den Haken, der daraufhin brach. »Scheiße«, fluchte ich, denn das Aufbiegen hätte ich mir jetzt auch sparen können. »Die halbe Stadt ist marode.« Ich verstaute die Zange in meiner Hose und hielt Devon die Lichterkette hin, damit er sie mir abnahm. »Halt mal!«

»Warum hast du Sue so angemacht?« Natürlich – während

ich im Schnee nach dem abgebrochenen Haken suchte und mir eine Million Flüche durch den Kopf schossen, hatte Devon nichts Besseres zu tun, als mich auszufragen.

»Hab ich nicht«, murrte ich. »Aber wir haben keine Zeit für ein Kaffeekränzchen, ich möchte heute noch fertig werden.« Ich fand den Haken, ließ ihn in meiner Jackentasche verschwinden und schnappte mir einen neuen aus der Kleinteile-Box, deren Deckel bereits unter einer dünnen Schicht Schnee begraben lag. Ich sah auf und begegnete Devons Blick, dem ich genau anmerkte, dass er mir nicht glaubte. Doch so, wie ich ihn kannte, würde er es dabei belassen und nicht nachhaken. Das tat niemand, hatte noch nie jemand getan, und das war gut so. Manchmal war es von Vorteil, wenn man dafür bekannt war, ein Griesgram zu sein, denn dann fand man sich selten in einem Kreuzverhör wieder.

»Klar, Blake. Klar«, seufzte er, und in seinen Augen blitzte etwas auf, das mich schlucken ließ. Seit Riley zurück war, war es, als versuchte mein kleiner Bruder, irgendwie zu mir durchzudringen. Als hätte er die Hoffnung, eine Seite von mir aufzudecken, die es in Wirklichkeit gar nicht gab. Nur weil seine eigene Geschichte einem Wunder glich, brauchte er nicht in meinem Leben nach einem suchen. Wunder lagen nicht auf der Straße oder rieselten in Form von gefrorenem Wasser vom Himmel herab. »Dein Verhalten eben war *total normal*«, murmelte er skeptisch.

Ich kletterte die Leiter hoch und hämmerte einen neuen Nagel ins Dach, wobei ich bei jedem Hieb ein Wort sprach. »Was. Willst. Du. Hören?«

Er reichte mir die Lichterkette, damit ich sie einhängen konnte. »Ich weiß nicht, wie wäre es mit der Wahrheit?« Meiner Kehle entkam ein Laut, der sich anhörte wie ein Mix aus Grunzen und Kichern. Es entstand eine Stille, denn ich war nicht gewillt, auf seine Forderung einzugehen, oder ihm auch nur zu zeigen, dass es da etwas gab, das man als *Die Wahrheit* bezeichnen konnte. Die einzigen Geräusche, die an meine Ohren drangen, waren das Pfeifen des eiskalten Winds, der sich an den Häuserwänden entlangschlängelte und mir bis in die Knochen fuhr, mein Hämmern und das Rascheln und Klirren der Glühbirnen, die sanft aneinanderschlugen. Wehe, diese Teile würden die Weihnachtssaison nicht überstehen.

»Hallo?« Devon fuchtelte mit den Armen, bis ich mich Augen verdrehend zu ihm umwandte.

»Ja, Devon?« Mit schiefgelegtem Kopf musterte ich ihn und wartete wie eine Raubkatze in Lauerstellung auf eine Regung in seinem Gesicht, wobei ich zeitgleich versuchte, meinerseits keine zu zeigen.

»Du machst mir nichts vor«, erklärte er mir schulterzuckend und stieg Sprosse für Sprosse von der Leiter herunter. »Nicht mehr, Blake.«

»Na, da bin ich aber froh«, spottete ich und folgte ihm, klappte die Leiter mit einem Ruck zusammen und verzog die Mundwinkel zu einem hämischen Grinsen, als Devon bei dem Knall zusammenzuckte.

Sue

»Brrr.« Ich schüttelte mich und zog mir die Mütze vom Kopf, sobald die Cafétür hinter uns ins Schloss gefallen war. »Warum ist es nur so kalt?«

»In Saint Mellows?« Leena warf mir einen so skeptischen wie vorwurfsvollen Blick zu. »Oder meinst du die Kälte in deiner Stimme, als du dich mit Blake gezankt hast?«

»Gezankt?« Hastig zog ich meine Handschuhe aus und entledigte mich meines Schals, einfach, um beschäftigt zu sein. »Hab ich nicht.« Ich schüttelte den Kopf, schnaubte und winkte ab, was vermutlich ein bisschen zu viel des Guten war.

»Okay, Sue.« Mist. Leenas hellblaue Augen musterten mich mit diesem durchdringenden Blick, der es seit unserer Kindheit fast immer geschafft hatte, mich dazu zu bringen, ihr mein Herz auszuschütten, ihr alles zu beichten. Aber nur *fast*, denn da gab es diese eine Sache, die niemals jemand erfahren hatte, nicht einmal sie. Riley begrüßte uns von der Theke aus und deutete auf einen freien Tisch in der Mitte des Cafés, bevor sie Leena mit einem Finger zu sich lockte. Ich schielte unauffällig zum Schaufenster hinüber, vor dem Blake mit seinem Bruder auf der Leiter stand. Trotz der Wärme im Café, dank der meine eiskalte Nasenspitze auftaute, stellten sich die Härchen in meinem Nacken auf und bescherten mir eine Gänsehaut. Ein Kribbeln in meinem Bauch gesellte sich dazu, das mich, je stärker es wurde, fast an den Magen-Darm-Infekt im vierten Semester erinnerte, der mich beinahe meinen guten Schnitt gekostet hatte. Ich hätte gern behauptet, dass meine Heimatstadt immer diesen Effekt auf mich hatte, dass ein Besuch hier immer einen Schneesturm in meinem Innersten ausbrechen ließ. Doch leider war das nicht der Fall. Es war Blakes Schuld. Weil sein bloßer Anblick mich wütend machte, und ich mir nichts sehnlicher wünschte, als dass unser Zusammentreffen heute eine einmalige Angelegenheit blieb. Zur Not würde ich mich mit Millie und Bobby bei Mom und Dad verschanzen, jeden Tag einen Weihnachtsfilm schauen, literweise Kakao trinken, mich in die kitschigsten Weihnachtsromane flüchten und im Garten hinter dem Haus eine Schneefamilie bauen. Seufzend wandte ich meine Aufmerksamkeit wieder Leena zu, die sich mit Riley unterhielt und dabei interessiert über den Tresen lugte. Einen Moment lang überlegte ich, zu ihnen zu gehen, doch dann setzte ich meinen Weg zum Tisch fort, wo ich meine Jacke über die Stuhllehne hängte und meine durchnässten Accessoires auf einen freien Stuhl fallen ließ. Das Fenster und die Personen davor ignorierte ich geflissentlich, denn ich wollte nicht Gefahr laufen, dass Blake mich dabei erwischte, wie ich ihn beobachtete. Er sollte nicht auf falsche Gedanken kommen. Dass unser Zusammentreffen etwas mit mir anstellte oder so. Er sollte nicht glauben, dass der Umstand, ihm begegnet zu sein, dafür sorgte, dass Erinnerungen meinen Körper fluteten. Nein. Wenn ich sie ausschloss, wenn ich einen Staudamm um mein Herz erbaute, würde die Flut an Emotionen mir nichts anhaben können. Und in was war ich bitte besser, als darin, eine undurchlässige Mauer um mein Herz zu erbauen?

»Du guckst so wie damals, als William dir angeblich deinen Lieblingsfüller geklaut hat«, unterbrach Leena grinsend meine Gedanken und stellte eine große Tasse vor mir ab, aus der verführerischer Dampf emporstieg und über deren Rand eine hellblau-weiß-violett gestreifte Pfefferminzstange baumelte.

Genüsslich schloss ich die Augen und sog den Duft des Peppermint Mocchas mit einer Haube aus Schoko-Minz-Sahne ein. Dann riss ich die Augen wieder auf und schnaubte entrüstet. »Angeblich? Ich *weiß*, dass er es gewesen ist.« Empört verschränkte ich die Arme vor der Brust und legte den Kopf schief. »Ich hatte Zeugen.«

Leena biss sich schmunzelnd auf die Unterlippe, griff nach ihrer klassisch weiß-rot-grün gestreiften Pfefferminzstange und rührte damit in ihrer Tasse herum. »Eine einzige«, erinnerte sie sich. »Seine kleine Schwester Louise, die ihm alles angehängt hätte.«

Ich schüttelte vehement den Kopf. »Nichtsdestotrotz hat sie mir versichert, dass sie ihn dabei beobachtet hat.«

»Sie hat es *behauptet*«, warf Leena ein und zuckte mit den Schultern.

Ich nahm das Getränk in beide Hände und befeuchtete mit der Zunge meine Lippen. »Wer ist hier die Anwältin? Du oder ich?« Vorsichtig setzte ich an, einen Schluck zu trinken, und verbrühte mir prompt den Mund. »Heiß, heiß, heiß«, stieß ich hervor und leckte mir über die Lippen, um sie, leider erfolglos, zu kühlen.

»Schon mal daran gedacht, dass nicht William, sondern Louise deinen Stift stibitzt hat?« Sie zog eine Augenbraue in die Höhe und blickte mich herausfordernd an. »Er war eigentlich nie so der Typ für pinke Schmetterlinge.«

»Natürlich!« Ich bluffte, denn tatsächlich war ich nie auf diese Idee gekommen. »Für was für eine Anwältin hältst du mich?« Anscheinend war ich meinen Abschluss doch nicht wert.

»Für die beste des Landes«, lächelte Leena, und auch wenn sie es als Scherz verpackte, wusste ich, dass sie es insgeheim todernst meinte.

»Dein Glück«, maulte ich und stupste sie unter dem Tisch mit meiner Schuhspitze an.

»Zurück zum Thema«, befahl Leena. »Warum guckst du so grimmig?«

Seufzend ließ ich mich gegen die hölzerne Rückenlehne sinken und geriet kurz in Versuchung, Leena zu erklären, was in mir vorging. Doch noch ehe ich die erste Silbe über die Lippen bringen konnte, wurde mir bewusst, dass ich nicht fähig war, Worte für das zu finden, was da in meinem tiefsten Inneren wütete. Wie sollte ich ihr erklären, warum Blakes purer Anblick dafür sorgte, dass ich ihm am liebsten die Augen ausgekratzt hätte, wenn sie nicht um unsere Vergangenheit wusste? Womöglich wäre sie enttäuscht, erst jetzt alles zu erfahren, auch wenn sie selbst vor vielen Jahren verheimlicht hatte, dass sie etwas für Sam, ihren jetzigen Freund, empfunden hatte. Aber irgendwie war das nicht das Gleiche, denn bei Leena war es kaum mehr als eine Teenager-Schwärmerei gewesen, wohingegen das mit Blake und mir etwas ganz anderes gewesen war. Etwas so Gigantisches, dass ich mich nie so richtig davon erholt hatte. Weil es niemals ein Ende gegeben hatte. Nie ein Gespräch, eine gemeinsame Entscheidung für einen Schlussstrich. Doch andererseits hatte es auch nie einen offiziellen Startschuss gegeben. »Ich glaube, ich brauche einfach eine große Mütze voll Schlaf«, wich ich ihr aus, wobei das nicht einmal gelogen war, denn es würde wirklich nicht mehr lange dauern, bis mir nach der anstrengenden Anreise vor Müdigkeit die Augen zufielen. Die Dunkelheit vor dem Fenster, die lediglich durch die Straßenlaternen und den sanften Schimmer der Lichterkette, die wie eine Girlande vor der Fensterfront baumelte, durchbrochen wurde, tat ihr Übriges.

»In Ordnung«, sagte sie und nahm einen Schluck von ihrem Kaffee. In ihren Augen konnte ich glasklar lesen, dass sie mir nicht glaubte, aber meine Antwort akzeptierte. Vorerst. Verdammt. Sie deutete mit dem Daumen über ihre Schulter zum

Verkaufstresen. »Riley übt für den Back-Wettbewerb«, wechselte sie geschickt das Thema und wackelte mit den Augenbrauen, als wollte sie mich verführen. »Soll ich uns etwas holen? Hast du Lust?«

Lächelnd nickte ich. »Kuchen und Kekse gehen immer«, erklärte ich und rieb mir über den Bauch. Sofort sprang Leena auf und eilte zu Riley, die grinsend begann, ein paar Gebäckstücke auf zwei Tellern zu verteilen. Schon als sie zurückkam, erkannte ich das Ausmaß, und als sie die Teller zwischen unsere Tassen stellte, versteckte ich mein erstauntes Lachen hinter meiner vorgehaltenen Hand. »Wer soll das alles essen?«

»Ich verstehe die Frage nicht«, blödelte Leena herum. »Ich denke, Kuchen und Kekse gehen immer?«

Ich rollte mit den Augen und griff nach einem klassischen Plätzchen, das die Form einer Schneeflocke hatte und mit weißem Zuckerguss verziert war. »Auf dass mir in einem Monat keine einzige Hose mehr passt!« Ich hielt ihr den Keks hin, damit sie ihren, der die Form eines Schlittschuhs mit hellblauem Zuckerguss hatte, dagegen stupsen konnte.

»Darauf stoßen wir an«, erwiderte sie lächelnd und steckte sich den ganzen Keks mit einem Mal in den Mund. »Auf pfu enne Hofen«, nuschelte sie unverständlich und brachte mich damit zum Lachen, wie es kaum ein anderer Mensch auf diesem Planeten schaffte.

»Was ist das?« Ich zog einen Zettel unter einem der Teller hervor, der sich als Flyer entpuppte.

»Keine Ahnung.« Leena zuckte mit den Schultern. »Das ist irgendeine Aktion von Maddy und George, Riley hat mir den Zettel gegeben, sie haben die wohl heute überall in der Stadt verteilt.«

»Lass mal sehen.« Voller Neugierde entfaltete ich das Blatt und schmunzelte. »*Lasst uns wichteln*«, las ich vor und drehte die Seite so zu Leena, dass sie den pixeligen Weihnachtswichtel sehen konnte, der schlecht in den Flyer gephotoshoppt worden war.

»Oh Gott«, grinste sie. »Da wurde am falschen Ende gespart.«

»*Macht mit beim ersten Saint-Mellows-Weihnachtswichteln. Kommt in Maddy's Bakery vorbei und werft euren Namen in den Topf*«, überflog ich die Zeilen. »Saint Mellows, Stadt der Lostöpfe!« Kurz sah ich auf, um mich zu vergewissern, dass Leena mir noch zuhörte. »*Die Regeln sind denkbar einfach. Erstens: Das hier ist K.E.I.N. Schrottwichteln.*«

»Schade eigentlich«, meinte Leena. »Dann wäre ich endlich mal die Duftkerze losgeworden, die nach Pipi riecht, aber zu teuer war, als dass ich sie einfach wegwerfen könnte.«

»Deine Probleme möchte ich haben«, seufzte ich, faltete den Flyer zusammen, tippte ihr mit der Papierkante gegen die Stirn und zwinkerte ihr zu.

»Du hörst das bestimmt nicht gern«, erwiderte meine beste Freundin und schnappte mir den Flyer aus der Hand. »Aber manche deiner Probleme hast du dir ein bisschen selbst zuzuschreiben.«

»Ist ja gut«, stöhnte ich und griff nach einem Zimtschnecken-Viertel, das sich beim ersten Bissen als Mohn-Rosinen-Schnecke herausstellte. »Igitt, Rosinen«, jammerte ich und streckte angewidert die Zungenspitze heraus. »Hör bitte auf, mir das vorzuhalten«, fuhr ich fort und versuchte, zusammen mit der Rosine auch meinen Unmut herunterzuschlucken. Ich wurde nicht gern auf meine Fehler hingewiesen.

»Sorry«, murmelte Leena und steckte sich einen Ingwerkeks in den Mund. »So ganz verstehe ich aber auch nicht, warum da so ein Riesending draus gemacht wird.«

»Was meinst du?« Ich nahm einen weiteren Schluck von meinem Peppermint Moccha und wischte mir anschließend Sahne von der Nase.

»Warum du deswegen gleich gefeuert wirst? Machen das in New York nicht eh alle?« Sie hob die Schultern in einer unschuldigen Geste und blickte mich mit ihren großen Augen an.

Prustend hielt ich mir die Hand vor den Mund. »*Das* denkst du über New York, ja?« Unauffällig sah ich mich um, um sicherzugehen, dass uns niemand belauschte.

»Stimmt es denn nicht?«

Ich schüttelte den Kopf und presste meine Kiefer aufeinander, um nicht loszulachen. Leena schaffte es, durch ihre manchmal unbedachte Art, dass mir ein wenig leichter ums Herz wurde, wenn ich daran dachte, was ich in New York angerichtet hatte. »Nein. Es kommt nie gut, wenn du mit dem Sohn eines Partners schläfst«, schilderte ich ihr mit gesenkter Stimme. »In der Kanzlei. Auf dem Scheißkopierer im Aktenlager, wo man uns erwischt hat, als wären wir bei *Suits*.«

»War er denn wenigstens ein Harvey Specter?« Leena wackelte mit den Schultern, als tanzte sie.

Ich verschluckte mich bei ihrem Anblick fast am Zimtstern, den ich mir just in diesem Moment zwischen die Lippen geschoben hatte. »Was denkst du denn!« Ich grinste anzüglich. »Wäre ja noch trauriger, wenn es sich nicht wenigstens ein bisschen gelohnt hätte.«

»Die New Yorker Upper East Side wäre stolz auf dich«,

lachte meine beste Freundin, worauf ich nur die Augen verdrehte.

»Ob du es glaubst oder nicht, die sind nicht *alle* so, wie du es aus Gossip Girl kennst«, erklärte ich, obwohl ich zugeben musste, dass das auf den Großteil doch zutraf. Bei meiner Arbeit in der Kanzlei hatte ich die unterschiedlichsten Menschen kennengelernt, die jedoch alle eines gemein hatten: ihren Status und die unglaublichen Summen auf ihren Konten, von denen man ganz Saint Mellows auf die Columbia hätte schicken können. Oft hatte ich das Gefühl gehabt, mir auf keinen Fall anmerken lassen zu dürfen, dass ich keine von ihnen war, selbst wenn sie diejenigen waren, die die Dienste eines Anwalts in Anspruch nehmen mussten, die etwas verbrochen hatten, etwas zu vertuschen versuchten und dabei nicht selten überhaupt keine Reue zeigten. Ich hatte den Gedanken, dass meine Mandanten womöglich im Unrecht und keine guten Menschen sein könnten, nie zugelassen, ihn sofort zurückgedrängt, sobald er an der Oberfläche gekratzt hatte. Mir einzugestehen, dass der Weg, den ich eingeschlagen hatte, in die falsche Richtung ging, war unmöglich. Ich hatte mir immer gesagt, dass ich nur so lang als Anwältin für diese Schimmer-und-Glanz-Klientel arbeiten wollte, bis ich meinen Studienkredit abbezahlt hatte, um mich danach endlich für Menschen einzusetzen, die meine Hilfe wirklich nötig hatten. Die, die ihr letztes Hemd bereits verloren hatten, die, die kaum mehr einen Ausweg sahen, und insbesondere die, die durch das System rutschten und mich brauchten, damit sie endlich fair behandelt wurden. Aber ein winziger Teil von mir ahnte, dass ich mir damit selbst etwas vorgemacht hatte, denn je öfter ich mich in meinem einzigen Designer-Kostüm im Spiegel betrachtet hatte, desto mehr Gefallen hatte ich daran gefunden. Falsche Prioritäten, dachte ich und schluckte, weil sich mein Hals auf einmal wie Schmirgelpapier anfühlte. Ich hatte zugelassen, dass sich meine Prioritäten verschoben. Vielleicht war es ja doch richtig, dass alles so gekommen war. Womöglich wäre ich von allein nie aus diesem Hamsterrad ausgestiegen und hätte mich von Tag zu Tag zu Woche zu Monat zu Jahr mehr darin verfangen.

»Das enttäuscht mich jetzt aber«, holte Leena mich aus meinen Gedanken. »Ich dachte wirklich, du kannst dich vor lauter Blairs und Serenas nicht retten.«

Stöhnend versteckte ich mein Gesicht hinter den Händen. »Mit dieser Sorte Mensch hatte ich tatsächlich einige Male das Vergnügen«, sagte ich und lugte zwischen meinen Fingern hindurch. »Na gut, ein bisschen klischeehaft sind da schon alle«, gab ich zu. »Aber es gibt auch Ausnahmen«, versicherte ich ihr.

»Klar«, grinste sie und versenkte ihre Nase in dem Flyer.

Ich griff zu meiner Tasse und nahm den letzten Schluck, schnippte mit dem Finger gegen ihre geleerte Tasse. »Soll ich uns Nachschub holen?«

Leena nickte beiläufig, ohne aufzusehen. »Ja. Ja, Lebkuchen Spice Latte«, murmelte sie, und ich schob lächelnd den Stuhl zurück, um zu Riley zu gehen, die über eine Kugel Teig gebeugt stand und aussah, als zerbräche sie sich den Kopf über etwas.

»Hey Riley«, begrüßte ich sie und stellte die leeren Tassen vor ihr ab.

Erschrocken zuckte sie zusammen, hob den Blick und lächelte mich an, wobei sie ihre langen, blonden Haare zurückstrich. »Sue, hallo. Sorry, ich war so in Gedanken.«

Ich winkte ab. »Kein Ding, warum starrst du den Teigklumpen an, als wäre er dein Erzfeind?«

»Irgendwas fehlt«, meinte sie, griff nach der Kugel und hielt sie mir unter die Nase. »Riech mal«, forderte sie mich auf, und mir blieb gar nichts anderes übrig, als verdattert durch die Nase einzuatmen. »Riecht das für dich nach Weihnachten?«

Oh Gott, ich fühlte mich wie bei einem Test und merkte, wie meine Handflächen zu schwitzen begannen. »Ja?« Ich spürte, wie mir die Röte ins Gesicht schoss, denn Backen war etwas, von dem ich wirklich gar keine Ahnung hatte.

Seufzend ließ Riley den Klumpen sinken. »Irgendwas fehlt«, wiederholte sie geknickt, sodass sich mir das Helferherz zusammenzog.

Grübelnd runzelte ich die Stirn und versuchte, mich daran zu erinnern, was Mom immer in ihre Plätzchen gab. Wie ein Blitz schoss es mir ins Gedächtnis. »Honig!« Augenblicklich lief mir das Wasser im Mund zusammen. »Meine Mom gibt gern kräftigen Tannenhonig an ihre Weihnachtsplätzchen«, erklärte ich Riley, die mich mit weit aufgerissenen Augen ansah, als wäre ich der leibhaftige Weihnachtsmann. »Vielleicht ist das eine passende Zutat?« Riley begann zu nicken.

»Honig«, murmelte sie, griff in den schmalen Spalt zwischen dem Kassenboden und dem Tresen und zog ein abgewetztes Notizheft hervor, das aussah, als wäre es seit Jahrzehnten in Benutzung. Sie blätterte eilig darin herum und fischte zeitgleich ihr Handy aus der Hosentasche, um es daneben zu legen. »Das könnte klappen«, grinste sie und tippte auf eine Seite, öffnete auf ihrem Handy eine Notiz-App und gab etwas ein. »Oh, Sue, danke, das könnte wirklich das sein, was fehlt.« Sie strahlte mich an und deutete auf die leeren Tassen. »Sorry, wollt ihr noch einen?«

Ich nickte. »Aber diesmal zwei Lebkuchen Spice Latte, bitte.«

»Kommen sofort«, trällerte sie und wandte mir den Rücken zu. Neugierig inspizierte ich das Heft, das sich als eine Sammlung handschriftlicher Rezepte herausstellte.

»Sind das deine Rezepte?«, fragte ich und ließ mich auf dem Barhocker an der Kasse nieder, stemmte die Ellenbogen auf den Tresen.

Riley ließ für einen Augenblick, der so flüchtig war, dass man ihn leicht hätte übersehen können, die Schultern hängen, ehe sie sich zu mir umdrehte und schief lächelte. Ich las Trauer in ihrem Blick und hätte mir am liebsten selbst in den Hintern getreten, denn ich ahnte bereits, was sie gleich sagen würde.
»Nein, das gehörte meiner Mom.« Bingo. Ich war so eine dusselige Dampfwalze. »Ich habe es bei ihren Backbüchern gefunden«, erzählte sie und setzte ein mutiges Lächeln auf, das sie offensichtlich Überwindung kostete. »Weißt du, wo ich Tannenhonig herbekommen kann?«, sprang sie zurück zum eigentlichen Thema, wofür ich ihr sehr dankbar war.

»Es gibt am Stadtrand, in der Kathstone Lane, ein kleines Bed and Breakfast, das Humblebee Inn. Der Betreiber, ich meine, er heißt Richard, ist Hobby-Imker und er verkauft dort seinen Honig. Er bietet auch Tannenhonig an.«

»Oh wow, sogar regional«, meinte Riley begeistert, und ich sah, wie sie Humblebee Inn in Maps suchte und abspeicherte. »Das ist ja gar nicht weit entfernt vom Shine.«

»Shine?« Ich runzelte die Stirn. »Das ist das Tanzstudio von Hailey, oder?«

Riley verteilte frisch geschlagene Sahne auf unseren Lebkuchen Spice Lattes, ließ anschließend Lebkuchengewürz darauf rieseln und schob mir die Jumbo-Tassen zu, allerdings nicht, ohne jeweils zwei Mini-Lebkuchen-Schaukelpferde auf den

Untertassen neben den Löffeln zu platzieren. »Genau. Leider hat sich die Eröffnung verschoben.« Angestrengt stieß sie einen Schwall Luft aus. »Wenn jetzt nichts mehr schiefgeht, kann Hailey aber im Dezember eröffnen, noch vor Weihnachten.«

»Das klingt großartig.« Ich lächelte und zog die Tassen zu mir heran. »Danke dir.« Ich deutete erst auf die Getränke und dann auf die 10-Dollar-Note, die ich neben die Kasse gelegt hatte. Mit höchster Vorsicht trug ich die beiden Tassen zurück zum Tisch, wobei ich vollste Konzentration aufbringen musste. Ich bewunderte alle Personen, die kellnern konnten, denn ich selbst scheiterte schon oft dabei, einen vollen Teebecher von der Küche bis zum Sofa zu tragen, ohne dabei die Hälfte auf dem Boden und mir selbst zu verschütten. Dass ich es mit unseren Kaffees wohlbehalten bis zum Tisch schaffte, grenzte an ein Wunder, das sogar Leena durch ein anerkennendes Pfeifen würdigte.

»Ohne zu kleckern, Sue, das sind ja ganz neue Talente.«

»Ja, ja, du mich auch«, grunzte ich und tat so, als wischte ich mir den Schweiß von der Stirn, als ich mich auf den Holzstuhl fallen ließ.

»Machen wir mit?« Leena wedelte mit dem Flyer.

»Beim Wichteln? Echt jetzt?« Ich zog eine Augenbraue hoch. »Was, wenn eine von uns Rupert zieht?«

»So viel Pech können wir gar nicht haben«, erklärte sie entschieden und schnappte sich einen Löffel, um sich mit ihm Sahne in den Mund zu schieben. »Also?«

Stöhnend nickte ich, denn ich wusste, wie sehr Leena all die Stadtfeste, Traditionen und Aktionen liebte. »Meinetwegen«, gab ich nach und zog eine wehleidige Grimasse.

Blake

»Wieso zur Hölle tu ich mir das alles nur an?« Es war Sonntag, und ich stand in meiner Werkstatt, um eine neue Krippe zu schreinern. Ich wiederhole: Es war *Sonntag*. Eigentlich hatte ich Dads Werkstatt vor fünf Jahren übernommen, um mein eigener Arbeitgeber zu sein. Ich wollte mich nicht von anderen abhängig machen und wenn man den Beurteilungen in meinen Highschool-Zeugnissen Glauben schenkte, hatte ich ein Problem mit Autoritätspersonen. Ach, wem machte ich hier etwas vor: Ich ließ mir wirklich nicht gern etwas sagen. Von niemandem. Dementsprechend lächerlich war es, dass ich das Haus heute überhaupt für etwas anderes als das wöchentliche Familiendinner bei Mom und Dad verlassen hatte. Zu diesem durfte nur fehlen, wer mit hohem Fieber im Bett lag. Und selbst dann kam Mom vorbei, um einem heiße Suppe einzuflößen, ob man wollte oder nicht. Ich schielte zur Pinnwand hinüber, an die ich jeden Montag die Aufträge anpinnte, die ich in der aktuellen Woche abarbeiten wollte oder musste. Kaum zu glauben, dass ich mein Geschäft hintanstellte, nur um diese blöde Krippe zusammenzuzimmern. Ich war Holzbildhauer, verdammt, und keine Handwerker-Aushilfe für jedes Wehwehchen der Stadt. Seit ich im Herbst dank meines Bruders in diese ganze Festivalplanung hineingerutscht war, blieb mir weniger Zeit für mein eigentliches Geschäft. Für das, was *ich allein* mir aufgebaut hatte. Klar, ich führte Dads Werkstatt fort, er hatte sie mir feierlich überschrieben, doch im Gegensatz zu ihm war ich kein Tischler. Meine Arbeiten waren zwar genau wie seine Unikate, doch viel filigraner, künstlerischer und aufwendiger. Weniger praktisch. Manchmal arbeiteten wir noch zusammen, und er half mir beim Bau von komplizierteren Möbelstücken, meinen Rohlingen. Mir ersparte das eine Menge Stress und Zeitdruck, und Dad fühlte sich gebraucht. Es war nicht oft vorgekommen, dass Mom und Dad stolz auf mich gewesen waren, denn insbesondere in meiner Jugend hatte ich ihnen selten Grund dazu gegeben. Das war eher Devons Part – er war der brave Sohn, der jüngere, der zudem einen Schicksalsschlag überstehen musste, da er von einem auf den anderen Tag von seiner großen Liebe verlassen worden war. Doch mit Übernahme der Werkstatt und dem festen Grundsatz, mir für meinen Erfolg so richtig den Arsch aufzureißen, hatte sich Moms und Dads Blick auf mich geändert. Sie hatten mich immer geliebt, das stand außer Frage. Doch an dem Tag, an dem Dad mir die Schlüssel zu seiner Werkstatt und somit zu seinem Lebenswerk übergeben hatte, hatte ich neben all der Liebe, die sie für mich empfanden, auch Stolz in ihren Blicken gelesen. 99 % Stolz und 1 % *»hoffentlich setzt der Junge unser Lebenswerk nicht in Schutt und Asche«*. Und in diesem einen Moment hatte ich den Entschluss gefasst, meine Eltern niemals wieder zu enttäuschen.

Ich riss den Blick von der Pinnwand los, ließ ihn über meine geröteten Hände gleiten und landete schließlich auf den drei Stücken, die ich diese Woche hatte fertigstellen wollen. »Ich werde Kunden verlieren, wenn das so weitergeht«, grummelte ich und schüttelte den Kopf über mich selbst. Kurzerhand packte ich die halb fertige Krippe, von der Rupert *verlangt* hatte, dass ich sie bis Montagmorgen in die Kirche brachte, damit die Kinder das Krippenspiel nicht ohne Krippe üben mussten. War ich von allen guten Geistern verlassen, dass ich auf Rupert hörte?

Es reichte, wenn die Krippe an Heiligabend fertig war. Meinetwegen konnten die Kinder mit einem Brotkorb üben, in den sie die Baby Born warfen, die als Jesuskind herhielt. Ich stellte die Krippe in die Ecke, in der bereits andere Gefälligkeiten für die Stadt lagen, und widmete mich einem schmalen Holzkästchen, das darauf wartete, dass ich es mit einem Blumenmuster versah. Das war zwar nicht mein persönlicher Stil, aber die Frau, die die Kiste bei mir in Auftrag gegeben hatte, ließ sie als Erinnerungsbox für ihre Enkelin anfertigen.

Die Eingangstür wurde aufgerissen, und mein Wirbelwind von Nichte preschte herein. »Onkel Blaaaaake«, schrie sie und rannte auf mich zu, ohne die Tür zu schließen.

»Elsie!« Erschrocken ließ ich alles stehen und liegen und ging in die Hocke, fasste nach ihren eiskalten Patschehänden. »Warum trägst du keine Jacke? Wo sind deine Mütze, Handschuhe und dein Schal, sag mal?«

Elsie starrte verdutzt an sich selbst herunter, hob den Blick und zuckte grinsend mit den Schultern. »Hab ich vergessen«, sang sie fröhlich.

»Verge ...?«

»ELSIE«, donnerte Devon, als er schnaufend durch die Tür gestürmt kam, in der Hand die Winterkleidung seiner Tochter. »Ich kauf dir bald eine Leine, und das meine ich todernst«, drohte er ihr und zog blitzschnell die Tür hinter sich zu. Er deutete auf den Schnee, den Elsie und er hereingetragen hatten. »Tut mir echt leid, Blake.« Erschöpft trat er seine Schuhe am Eingang ab, ehe er auf uns zukam und nach Elsies Arm griff, um ihr den winzigen hellblauen Mantel mit der pinken Kapuze anzuziehen.

»Ich bin doch kein Hund«, echauffierte sich Elsie und zog

die Augenbrauen so fest zusammen, dass auf ihrer samtweichen Stirn eine steile Falte entstand.

»Du benimmst dich aber wie ein wildgewordener Welpe. Nicht nur, dass du nicht allein das Haus verlassen sollst, du sollst erst recht nicht allein auf die Straße und schon gar nicht ohne Kleidung, wenn wir Minusgrade haben, hörst du?«, tadelte er seine Tochter, die mit jedem Wort ein bisschen kleiner zu werden schien.

»Okay, Daddy«, murmelte sie und ließ es wehrlos über sich ergehen, dass Devon sie einpackte, sodass sie am Ende aussah wie ein echtes Marshmallow-Mädchen.

»Warum bist du überhaupt hergerannt, du Kugelblitz?« Ich tippte ihr mit dem Zeigefinger auf die Nasenspitze.

»Es ist spät«, informierte sie mich. »Hast du keine Uhr hier drin?« Sie stemmte die Arme in die Hüften, was mir ein Lachen entlockte.

»Sie ist eindeutig deine Tochter. So etwas Neunmalkluges kann nur deinen Lenden entsprungen sein.«

»Wo sie recht hat«, lachte Devon und deutete mit einem Kopfnicken zur Wanduhr neben der Eingangstür. »Mom fragt, wo du bleibst. Und Elsie hat sich *freiwillig gemeldet*«, er zeichnete Gänsefüßchen in die Luft, »dich zu fragen, wann du mit der Arbeit fertig bist.«

Ich folgte mit dem Blick seiner Geste zur Uhr und stieß erschöpft einen Schwall Luft aus. »Wenn ich denn wenigstens was fürs Geschäft gemacht hätte«, seufzte ich, erhob mich und fuhr mir mit den Händen durch die Haare, aus denen Holzstaub rieselte. »Mein ganzer Sonntag ging dafür drauf, Ruperts und Mrs. Innings To-do-Liste abzuarbeiten.«

»Hör mal«, murmelte Devon und verzog gequält das Gesicht. »Ich hab zwar gerade unfassbar viel in der Schule zu tun – du weißt schon, im Dezember stehen Aufsätze an, die ich alle am besten vor Weihnachten noch korrigieren möchte, und Mr. Mills hat schon wieder eine Sitzung anberaumt und ...«

»Komm zum Punkt, Dev«, unterbrach ich lachend seinen Monolog und lief zur Eingangstür, wo meine Jacke hing.

»Fiona holt Elsie morgen Vormittag bei Mom und Dad ab, also helfe ich dir morgen nach der Schule bei den ganzen Stadt-to-Dos, okay?«

Ich nickte und hob eine Augenbraue, zog den Reißverschluss meiner Jacke bis unters Kinn. »Ich hoffe, du verlangst jetzt nicht, dass ich dir überschwänglich dankend um den Hals falle. Immerhin warst du es, dank dem mir der ganze Scheiß aufgehalst wurde.«

»Onkel Blake hat *Scheiß* gesagt«, rief Elsie dazwischen und versteckte sich kichernd hinter ihrem Schal.

»Großartig, Blake«, murrte Devon Augen verdrehend und löschte das Licht, nachdem er als Letzter aus der Werkstatt getreten war.

»Onkel Blake?« Elsie griff nach meiner Hand, und ich zog fragend die Augenbrauen hoch. »Du stinkst«, informierte sie mich ohne Umschweife. »Du musst duschen.«

Devon versuchte vergeblich, sein Prusten zu verstecken. »Tja, diese Taktlosigkeit hat sie sich wohl von ihrem lieben Onkel abgeguckt«, triumphierte er und zwinkerte mir zu.

***

Frisch geduscht und mit sauberen Klamotten, von denen ich für solche Fälle wie heute welche in Dads Kleiderschrank deponiert hatte, kam ich die Treppe herunter. Meine Haare waren noch feucht, doch ich hatte keine Angst, mich zu erkälten, denn das Erdgeschoss meines Elternhauses glich im Winter einer Sauna, da Dad im Wohnzimmer pausenlos Holz im Kamin nachlegte. Mom hingegen backte von morgens bis abends in der Küche, sodass ich mich manchmal fragte, wie hoch wohl ihre Stromrechnung ausfiel. Doch im Grunde wollte ich es eigentlich gar nicht wissen.

»Mann, hab ich Hunger!«, erklärte ich und rieb mir den Bauch, als ich die Küche betrat, in der es nach Lachs roch. Statt eines regen Gesprächs erwarteten mich drei aufgerissene Augenpaare, die mich anstarrten. »Alles klar bei euch? Wo ist Elsie?« Ich lehnte mich im Türrahmen zurück, um ins Haus zu horchen, und vernahm das Gequake irgendeines Kinderfilms aus dem Wohnzimmer. »Fernsehen, wo sonst«, murmelte ich vor mich hin und überlegte, ob ich jetzt wirklich die Küche betreten wollte. Es war nie ein gutes Zeichen, wenn die Familie einen so ansah, weil man anscheinend in ein Gespräch geplatzt war, das nicht für die eigenen Ohren bestimmt gewesen war.

»Tee?« Dad war der Erste, der sich aus seiner Starre befreite. Er schob seinen Stuhl gemächlich zurück und lief zur Kücheninsel, um die Teekanne zu holen. Auf dem Tisch standen bereits Tassen.

»Klar?« Ich dehnte das Wort misstrauisch. »Was geht denn hier schon wieder vor?«

»Nichts.« Devon straffte die Schultern und tat so, als wollte er seinen Nacken knacken lassen.

»Spuck es aus, Dev«, forderte ich ihn auf und schlug ihm mit der flachen Hand leicht auf den Hinterkopf, bevor ich mich auf meinem Platz niederließ. Devon rieb sich über die

Stelle und warf mir einen finsteren Blick zu, der, gepaart mit der Häme in seinen Augen, nicht sehr überzeugend war.

Mom stand von ihrem Platz auf, schnappte sich ihre Ofenhandschuhe von der Kücheninsel und ging zum Backofen. »Wir fragen uns«, ergriff sie das Wort und öffnete die Ofentür, aus der feuchter Dampf quoll, »warum du gestern dieses Mädchen so angepflaumt hast.«

»Mädchen?« In meinem Hals bildete sich ein Kloß, doch ich durfte ihn nicht herunterschlucken, wollte ich meine coole Fassade aufrechterhalten. »Wen meint ihr?«

»Sue Flores«, erwiderte Devon, und ich sah ein Lächeln an seinem Mundwinkel zupfen. Dieser Verräter! Garantiert hatte er nur darauf gewartet, sich dafür zu revanchieren, dass ich Mom und Dad diesen Sommer von seiner schicksalhaften Begegnung mit Riley auf dem Supermarktparkplatz erzählt hatte. »Vor dem *Anne's*. Du erinnerst dich?« Spitzbübisch blitzte es in seinen Augen. »Glühbirnenlichterkette, Leena kam mit Sue um die Ecke, Schneewehe ...«, zählte er auf.

»Ich weiß, was du meinst. Halt deine ...«, setzte ich an und gab ihm zeitgleich einen Tritt.

»Blake, zügel dich«, tadelte Mom.

»... Klappe«, beendete ich meinen Satz jugendfrei und warf Mom einen Luftkuss zu, die nur seufzend ausatmete und die Augen verdrehte. »Und ich wiederhole: Ich habe *dieses Mädchen*, nicht *angepflaumt*«, erklärte ich in Moms Worten.

»Kennst du sie näher?« Dad, der uns allen seinen selbst gemachten, heißen Apfeltee eingeschenkt hatte, trat neben Mom und half ihr dabei, die Teller auf der Kücheninsel anzurichten. Er verteilte grüne Linguine und einen bunten Gemüsemix auf ihnen, bevor Mom sie mit gebackenem Lachs und Pfeffersauce komplettierte. Dad hielt sich nie lang mit Herumgeplänkel auf und stellte direkt die Fragen, die ihm auf der Zunge lagen. Ihn anzuflunkern war nahezu unmöglich, da man durch seine Direktheit kaum Zeit hatte, sich eine plausible Erklärung, mit anderen Worten Notlüge, einfallen zu lassen.

Auch wenn der Tee viel zu heiß war, griff ich nach der hellgrauen Steinguttasse, in der Apfelstückchen schwammen. Mom hatte sie bei einem Töpferkurs angefertigt. Sie liebte diese Kreativkurse, die an manchen Abenden in der Saint Mellows High angeboten wurden, und ich musste zugeben, dass das Steingutgeschirr wirklich hübsch war. Es hatte diesen perfekt-unperfekten Touch, an dem man sofort erkannte, dass es sich um echte Handarbeit handelte, was mein Herz jedes Mal etwas höher schlagen ließ. Nicht umsonst war ich Holzbildhauer geworden, denn mit Produkten von der Stange konnte man mich jagen. Ich umgab mich lieber mit Dingen, die eine Geschichte erzählten. Höchstwahrscheinlich kam diese Prägung von Mom und Dad, denn auch in meinem Elternhaus gab es kaum etwas, das Dad nicht mit seinen eigenen Händen angefertigt hatte. Angefangen bei den Türen, über die Kücheninsel, sämtliche Tische und Beistelltischchen, bis hin zu Stühlen und Regalen. Alles trug Dads Handschrift, und ich liebte es, wollte diese Tradition in meinem eigenen Heim, für meine eigene Familie weiterführen. Nur, dass ich keine eigene Familie hatte. »Ich kenne sie nur beiläufig von früher«, erklärte ich und hoffte, dass Dad die Lüge nicht durchschaute. Zwar kannte ich sie wirklich von früher, doch *beiläufig* beschrieb unser damaliges Verhältnis nicht im Geringsten. Sues und meiner Vergangenheit konnte man eher den Stempel *Geheimnis* aufdrücken, auch wenn das niemals beabsichtigt gewesen war. Ich für meinen Teil hatte einfach nie einen Grund gehabt, jemandem von uns oder dem, was wir taten, zu erzählen und soweit ich es beurteilen konnte, hatte auch Sue geschwiegen – aus welchen Gründen auch immer. Es war ja nicht so, als hätten wir damals etwas Verbotenes getan oder etwas, wofür wir uns schämen mussten, im Gegenteil. Im Nachhinein war es jedoch gut so gewesen, denn dadurch hatte ich mir Verhöre wie das, in dem ich mich gerade befand, erspart.

»So so, beiläufig«, raunte Dad, als er mir den gefüllten Teller hinschob, und seine linke Augenbraue zuckte kurz, als sich unsere Blicke trafen. Na super, Dad wusste wieder einmal mehr, als mir lieb war, doch in seinen dunkelbraunen Augen las ich auch, dass er dichthalten würde. Vorerst.

»Themenwechsel«, trällerte Mom und eilte damit garantiert absichtlich zu meiner Rettung. Sie griff zu ihrem Besteck und nickte uns allen lächelnd zu. »Guten Appetit.«

»Guten Appetit«, antworteten wir drei im Chor. Elsie aß keinen Fisch, daher saß sie bestimmt mit einem Sandwich vor dem Fernseher.

»Euer Dad und ich nehmen am Weihnachtswichteln teil«, strahlte sie.

Dad hingegen stöhnte und setzte ein beabsichtigt falsches Lächeln auf. »Ja. Juhu. Das wird ein *Spaß*.«

»Beachtet ihn nicht«, forderte Mom uns auf, wofür Dad ihr mit dem Zeigefinger in die Seite pikte, als wären sie ein frisch verliebtes Teenager-Pärchen. »Lass das«, lachte sie und wandte sich wieder an Devon und mich. »Werft ihr beiden doch auch eure Namen in den Lostopf«, bat sie uns aufgeregt.

»Bin schon drin«, klagte Devon und legte den Kopf in den

Nacken. »Riley hat mich gezwungen«, erklärte er kleinlaut, als ich ihm einen belustigten Blick zuwarf.

Ich grinste und schob mir eine Gabel Nudeln in den Mund. »Sie gibt wohl nie auf, was?«, schmatzte ich und verdrehte die Augen vor Genuss. »Wow, Mom, das schmeckt göttlich.«

»Danke, Schatz. Aber sprich bitte nicht mit vollem Mund«, rügte sie mich wie einen Fünfjährigen.

»Sorry, kommt nicht wieder vor«, nuschelte ich, selbstverständlich mit vollem Mund, und grinste sie an.

»Also, was ist?« Mom hielt meinen Blick, und ich hob verständnislos die Schultern.

»Was?«

»Du machst doch auch mit?«

»Mom«, jammerte ich und schüttelte den Kopf. »Nein.«

»Doch«, erwiderte sie.

»Doch?« Perplex ließ ich meinen Löffel los, der klirrend auf dem Teller landete.

»Das wird bestimmt lustig«, sagte sie mit schiefgelegtem Kopf. »Komm schon.«

»Wenn ich Rupert ziehe, schuldest du mir was«, knurrte ich und gab mich geschlagen.

»Deal.« Grinsend ließ sie sich gegen ihre Rückenlehne sinken und blinzelte Dad zu, der die Augen verdrehte und ein Brummen von sich gab. Wenigstens war ich nicht der Einzige hier, der keine Chance gegen Mom hatte.

4. Kapitel

Sue

Überraschenderweise fand ich Gefallen daran, nach all den Jahren mal wieder in den Tag hinein zu leben. Seit einer Woche war ich nun zurück in Saint Mellows, und es war das erste Mal, dass ich das Treiben in der Stadt so richtig genießen konnte. Mir saß keine Deadline im Nacken, ich brauchte keine Akten zu wälzen, für Prüfungen zu lernen oder war mit den Gedanken ganz woanders. Zugegeben, es hatte ein paar Tage gedauert, bis nicht nur mein Herz, sondern auch mein Kopf so richtig in Saint Mellows angekommen war, doch nun genoss ich jeden Tag, so gut es eben ging. Ich traf mich jeden Abend mit Leena im *Anne's*, und wir probierten uns nicht nur durch die *Coffee Specials* Karte, sondern opferten uns ganz freiwillig als Versuchskaninchen für Rileys Back-Kreationen, die mir nach nur einer Woche bereits ein Kilo mehr auf der Waage beschert hatten. Ein Kilo voll Glückseligkeit. Ich schlief aus, bis die Sonnenstrahlen mich an der Nasenspitze kitzelten, schaute einen Weihnachtsfilm nach dem anderen oder kuschelte mich mit einem Roman aus Moms Sammlung vor den knisternden Kamin, Millie und Bobby schnurrend auf dem Schoß.

Einmal täglich machte ich mich zu einem Spaziergang auf und entschied mich jedes Mal für eine andere Strecke, so auch heute. Ich hatte mir direkt nach dem Frühstück einen heißen Kakao gekocht und ihn in einen Edelstahlbecher gefüllt, den ich in der Küche gefunden hatte. Mit meinen dicksten Winterboots an den Füßen war ich in Moms Auto gestiegen und an den Stadtrand gefahren, zu einem der Wälder, die Saint Mellows umgaben.

Eiskalte, trockene Luft, die nach Tannennadeln duftete, begrüßte mich, als ich die Autotür aufstieß und einen Fuß in den Schnee setzte, der knisternd und knackend protestierte. Ich fischte meine kabellosen In-Ear-Kopfhörer aus der Jackentasche, verband sie mit meinem Smartphone und öffnete meine Hörbuch-App. Während meines gestrigen Spaziergangs hatte ich einen kitschigen Weihnachtsroman begonnen, der so zuckersüß war, dass es mir in den Zähnen zog und ich beim Hören von Glücksgefühlen überschwemmt wurde. Da in meiner Liste noch zu hörender Bücher so einige Schätzchen schlummerten, hatte ich die Geschwindigkeit auf anderthalb gestellt, woran ich mich erstaunlich schnell gewöhnt hatte. So ganz konnte ich anscheinend auch beim Faulenzen nicht aus meiner Haut und versuchte auch im *Urlaub*, besonders effektiv zu sein. Doch wer wusste schon, wie viel Zeit mir für Hörbücher blieb, sobald ich wieder Tag und Nacht in einer Kanzlei schuftete, um meinen Studienkredit abzubezahlen?

Ich setzte mir die Mütze auf die Ohren, streifte meine Fausthandschuhe über und bückte mich in den Wagen, um nach meinem Kakaobecher zu greifen, was dank der Handschuhe gar nicht so einfach war. Mit einem lauten Knall warf ich die Fahrertür zu, wandte mich um und atmete erst einmal tief durch. Bis zum Waldrand waren es von hier aus nur ein paar Hundert Meter, also setzte ich mich in Bewegung und genoss die Sonnenstrahlen auf den Wangen. Ich sog die frische Winterluft, die mir in die Nase biss, tief ein und fühlte mich allein durch das Atmen so frei wie lange nicht mehr. In New York war ich auch oft allein spazieren gewesen und hatte mir immer eingebildet, dass es dort gar nicht so anders war als hier. Doch ich musste leider zugeben, dass es doch etwas völlig anderes war, in der Natur zu sein. In der *richtigen* Natur und nicht im Central Park, der an manchen Stellen nur den Anschein von Erholung erweckte.

Innerhalb der letzten Stunden war jemand hier gewesen, das erkannte ich an den Fußstapfen vor mir, die nur von einer dünnen Schicht Pulverschnee bedeckt waren. Ich erkannte außerdem die Umrisse von Tatzen, also war derjenige bestimmt mit seinem Hund unterwegs. Ich ließ den Blick schweifen, während ich durch den Schnee stapfte und zu ignorieren versuchte, dass mir bereits nach wenigen Minuten die Puste auszugehen drohte. Saint Mellows lag in einem Tal, umgeben von Wäldern und Bergen, und auch wenn es gerade nicht den Anschein hatte, dass es hoch hinaus ging, war der Anstieg doch nicht ohne, zumal der Schnee jeden Schritt erschwerte und dafür sorgte, dass es sich anfühlte, als würde ich einen Berg erklimmen. Hoffentlich würden meine Winterboots mich nicht im Stich lassen, denn ich hatte keine Lust, auf meinem Hosenboden zum Auto zurückzuschlittern.

Schnaufend erreichte ich den Wald und wurde von einem Eichhörnchen begrüßt, das in Windeseile den Stamm einer Weißtanne emporkletterte, um sich vor mir, dem Eindringling, in Sicherheit zu bringen. Ich hob meine freie Hand, um auf den Button meiner Kopfhörer zu klicken und das Hörbuch zu stoppen, nahm einen Ohrstöpsel heraus und lauschte.

Ich vernahm das leise Knacken von Ästen, und wenn ich mich konzentrierte, konnte ich das Eichhörnchen rascheln hören, das sich zwischen dem dichten Tannenkleid versteckte. »Alles gut«, murmelte ich ihm zu und kniff die Augen zusammen, damit die Sonne, die sich durch das Tannendach kämpfte, mich nicht blendete. »Ich tu dir nichts.«

Hinter mir räusperte sich jemand. »Das will ich auch hoffen.«

Kreischend sprang ich in die Höhe, wobei ich nicht nur meinen Ohrstöpsel in hohem Bogen von mir warf, sondern auch den Becher mit meinem Kakao fallen ließ. Mein Herz hämmerte mir gegen den Brustkorb, und der Umstand, dass ich panisch und mit tiefen Zügen die eiskalte Luft einatmete, ließ meine Lunge schmerzen. »Du!« Erzürnt stemmte ich die Arme in die Hüften und wandte mich zu Blake um. »Was willst du hier? Und warum erschreckst du mich so? Hast du nicht mehr alle Tassen im Schrank?« Ich fasste mir unter meinem Schal an die Kehle, an der ich meinen Puls rasen spürte.

»Brauche Holz, keine Absicht, doch.« Er hob eine Augenbraue, zuckte mit den Schultern und machte Anstalten, einfach weiterzulaufen.

Perplex schüttelte ich den Kopf und griff, ohne darüber nachzudenken, nach seinem Arm. »Halt, was?«

Blake ließ sich von mir aufhalten, zog die Augenbrauen zusammen, bis sich eine steile Falte auf seiner Stirn bildete, und starrte auf meine behandschuhte Hand, mit der ich seinen Unterarm umklammerte. Blitzschnell ließ ich von ihm ab. Fuck! Ich hatte gerade nicht wirklich nach seinem Arm gegriffen, oder? Hatte ihn nicht wirklich *berührt*? Es fühlte sich an, als hätte ich eine unsichtbare Grenze überschritten, die wir beide vor Jahren gezogen hatten.

»Ich bin hier, um nach Holz zu suchen, das hier ist ein Wald«, erklärte er mir und machte eine Bewegung, als wollte er mir die Baumwipfel präsentieren, als wäre ich drei Jahre alt. »Dich zu erschrecken war nicht meine Absicht, ich dachte, du hättest gehört, dass jemand hinter dir läuft, und doch, mein Küchenschrank ist vollständig mit Tassen gefüllt«, zählte er auf, ohne die Miene zu verziehen. Ich konnte kaum eine Emotion in seinem Gesicht lesen, was man von meinem vermutlich nicht behaupten konnte. Der Schreck saß mir so tief in den Knochen, dass ich unter meiner dick gefütterten Winterkleidung zu schwitzen begann. Trotz der Minusgrade.

»Ich habe dich nicht gehört«, pflaumte ich ihn an und bückte mich zu dem Edelstahlbecher, der allem Anschein nach keinen Schaden genommen hatte.

»Dann tut es mir leid, dich erschreckt zu haben.«

»Dein Glück, dass ich wegen dir nicht meinen Kakao verschüttet habe«, murrte ich, während ich in der Hocke am Boden kauerte, und schaute zu ihm auf. Er sah mir direkt in die Augen. Wandte sich nicht ab, blinzelte nicht einmal, und irgendwie wurde daraus ein Kampf, ein Kräftemessen, wer zuerst wegsehen würde. Der Atem vor meinem Gesicht kondensierte, und ich konnte ihn heiß und feucht auf meiner Oberlippe spüren. Ich verlor, brach den Blickkontakt ab und fluchte innerlich, da ich jetzt dank des grellen Schnees Sternchen vor Augen sah. Ich richtete mich wieder zu meiner vollen Größe auf, wobei ich trotz der dicken Sohlen meiner Boots einen ganzen Kopf kleiner war als Blake. Seufzend suchte ich erneut seinen Blick, verwundert darüber, dass er stumm neben mir stand und noch nicht weitergelaufen war, denn wenn es ihm ging wie mir, wollte er einfach nur schnell hier weg und diese unangenehme Situation hinter sich lassen. Auf seinem Gesicht zeichnete sich ein Lächeln ab, so flüchtig und so hämisch, wie es typisch für ihn war. Oder eher gewesen war, denn woher sollte ich wissen, was für ein Mensch Blake *heute* war? »Sicher, dir tut es leid«, schnaubte ich sarkastisch. »Und warum grinst du dann so?« Ich funkelte ihn so finster an, wie ich nur konnte, um ihm zu zeigen, was ich von unserem Zusammentreffen hielt. Nämlich gar nichts. Er hatte mir schon jetzt den ganzen Tag versaut.

»Tu ich das?« Er fasste sich kurz an die Nase, um von seinem Grinsen abzulenken, wobei mir auffiel, dass er keine Handschuhe trug. Seine Haut war gerötet und übersät von zarten Kratzern.

»Willst du mich verkohlen?«

Er zuckte mit den Schultern. »Ein bisschen vielleicht.« Schmunzelnd deutete er mit dem Zeigefinger zum Wegesrand und griff mit der anderen Hand nach hinten, um Handschuhe aus seiner Gesäßtasche zu ziehen. Ha! Er war wohl doch nicht so ein harter Kerl, wie er vorgab zu sein. »Hast du nicht etwas verloren?«

»Oh Gott«, rief ich aus, denn ich hatte tatsächlich vergessen, dass ich wegen ihm meinen Kopfhörer weggeworfen hatte. »Mein Kopfhörer!« Mit einem Hechtsprung stand ich vor dem Gebüsch, in dem er verschwunden war, und drehte mich zu Blake um. »Willst du mir nicht beim Suchen helfen?«

»Eigentlich nicht«, erklärte er und steckte die Hände lässig in die Hosentaschen. »Hab Besseres vor.« Er hob zwei Finger seiner rechten Hand an die Stirn, als salutierte er, und wandte sich doch tatsächlich ab.

»Bleibst du wohl da!«, donnerte ich und starrte auf seinen

Rücken, fassungslos darüber, dass er mich einfach so hier stehen lassen wollte, wo das alles doch schließlich seine Schuld war.

»Wie bitte?« Er drehte sich um, den Kopf schief gelegt.

»Du hilfst mir gefälligst suchen«, befahl ich in einem Ton, dem nicht einmal ich selbst widersprochen hätte. Doch Blake war nicht ich. Blake gefiel es nicht, gesagt zu bekommen, was er tun sollte, das war nie anders gewesen. Für einen unangenehmen Augenblick lang, der sich anfühlte wie eine Ewigkeit, herrschte Schweigen zwischen uns. Mit jeder Sekunde, die verging, glaubte ich, einen Zentimeter mehr zu schrumpfen. Das Ächzen von Ästen, die sich unter den Schneemassen bogen, und das vereinzelte Flattern von Vogelflügeln war das Einzige, das an meine Ohren drang. Niemand von uns sagte ein Wort, um die Stille zu durchbrechen, und auch über die Distanz hinweg konnte ich Verwunderung in seinem Blick lesen. Mit einem Mal wurde mir klar, dass ich genau wusste, wie seine Augenfarbe aussah. Und das erschreckte mich, doch ich regte mich keinen Millimeter, ließ mir nichts anmerken. Ich hatte dieses Detail offenbar tief in mir abgespeichert – das dunkle Braun, das hier und da mit hellbraunen und grünen Sprenkeln durchsetzt war und sich dennoch deutlich von seiner schwarzen Pupille abhob. Die nahezu schwarzen Wimpern, die sich dicht aneinanderreihten, aber nicht so lang waren, dass ich neidisch auf sie geworden wäre. Und auch wenn ich es jetzt nicht sah, erinnerte ich mich an die zarte Hautverfärbung zwischen seinem Nasenrücken und dem rechten Auge, die man nur erkennen konnte, wenn man ihm nah war. Sehr nah.

Ich wandte den Blick als Erste ab, wieder, und schüttelte den Kopf, um meine Gedanken zu ordnen. Von Blake Fairfield brauchte ich überhaupt nichts erwarten. Nicht, dass er mir eine Antwort gab oder gar suchen half, was hatte ich nur gedacht? Schluckend winkte ich ab und verzog den Mund, presste die Kiefer enttäuscht aufeinander. »Hau doch ab, Blake«, murrte ich gerade so laut, dass die kalte Windböe es zu ihm hinübertrug. Ich rammte meinen Becher eventuell etwas zu heftig in den kniehohen Schnee am Wegesrand, damit er nicht umkippte und den Hang herunterkullerte, und begann, den Schnee zu durchwühlen, unter dem ich meinen Kopfhörer vermutete. Mit einem Mal war ich nicht mehr wütend, dass Blake mich erschreckt hatte. Ich fühlte auch keine Traurigkeit, trotz der Erinnerungen, die mich plötzlich überschwemmten. Da war einfach gar nichts, nur diese große Leere, auf die ich mich schon immer hatte verlassen können. Diese Leere, die mich schon als Kind heimgesucht hatte und von der ich nur einem Menschen auf diesem Planeten ein einziges Mal erzählt hatte. Ausgerechnet dem, der sich jetzt zu fein war, mir zu helfen.

»Weiter links.« Er räusperte sich hinter mir, und ich zuckte zusammen. Erleichterung breitete sich in mir aus, gepaart mit einem Kribbeln im Bauch, und ich realisierte, dass ich zu meiner Schande insgeheim gehofft hatte, dass er doch noch nicht weitergegangen war. Und wenn ich mich nicht täuschte, schwang in seiner Stimme ein Fünkchen weniger Spott mit als noch vor wenigen Minuten.

Ich atmete tief durch und sah ihn über meine Schulter hinweg an, versuchte, das Kribbeln in meinen Eingeweiden zu ignorieren. »Was?«

Blake deutete mit einem Nicken zu meiner Linken und setzte sich in Bewegung. Garantiert nur sehr widerwillig und unter körperlichen Schmerzen, denn er verzog gequält das Gesicht, allerdings nur so leicht und verhalten, dass diese Millisekunde jedem anderen entgangen wäre. Doch ich war geübt darin, auf jede kleinste Regung zu achten, um eventuelle Lügen zu enttarnen. Wie gebannt folgte ich ihm mit meinem Blick, und selbst wenn ich es mit aller Kraft gewollt hätte: Ich schaffte es nicht, mich von ihm abzuwenden. Er blieb neben mir stehen, ich starrte auf seine schwarzen Schnürboots und dann auf seine Knie, als er sich neben mir in die Hocke begab. »Er müsste hier sein«, erklärte er mit kratziger Stimme, und ich hob den Blick zu seinem Gesicht. Er sah starr auf den Schnee vor uns, die Kiefer fest aufeinandergepresst, was sein eh schon kantiges Gesicht noch härter wirken ließ. Ich konnte seinen Widerwillen förmlich in mir selbst spüren. Er streckte den Arm aus, und ich beobachtete seine Hand, die sich durch den Schnee kämpfte, ihn beiseiteschob, bis sie schließlich für einen Augenblick innehielt, ehe er sie herauszog. »Hier«, er öffnete seine Hand und in der Mitte seiner Handfläche, auf dem feucht gewordenen, schwarzen Stoff seiner Handschuhe, lag mein hellblauer Kopfhörer, der sogar noch blinkte.

Wie durch einen unsichtbaren Faden gezogen, setzte sich mein Arm in Bewegung. Ich streifte mir den Fausthandschuh von der Hand, heftete den Blick auf meinen dunkelgrünen Nagellack, der in krassem Kontrast zum Schnee glänzte, und konzentrierte mich darauf, meine Finger nicht zittern zu lassen, als ich nach dem Stöpsel griff. »Danke, Blake«, murmelte ich und sah ihm ins Gesicht, das meinem so nah war. Zu nah, denn ich nahm seinen Duft nach frischen Holzspänen und fruchtigem Orangen-Duschgel wahr. Eindeutig viel. zu. nah.

Blake räusperte sich und blinzelte, was unseren Blickkontakt unterbrach. »Keine Ursache«, entgegnete er mit einem winzigen Wackeln in der Stimme. »Sue.« Er legte seine Hände auf die Knie und stemmte sich ächzend hoch, atmete tief durch, als wollte er noch etwas sagen. Doch stattdessen wandte er sich ab, entfernte sich Schritt für Schritt von mir und ließ mich hier unten hocken. Keine Ahnung, wie lang es dauerte, bis er aus meinem Blickfeld verschwunden war, doch erst dann schaffte ich es, mich aus meiner Starre zu lösen und mich aufzurichten. Er hatte sich nicht umgedreht und war einfach gegangen, obwohl da gerade etwas zwischen uns passiert war. Hatte nur ich es gespürt?

Blake

War ich denn nirgends mehr für mich allein? Nicht nur, dass ich, sobald ich auch nur mit dem kleinen Zeh den Bürgersteig betrat, von Rupert oder Mrs. Innings verfolgt wurde. Jetzt konnte ich nicht einmal mehr an einem Vormittag unter der Woche zu meinem liebsten Waldstück fahren, um dort nach Holz zu suchen, ohne dass mir aufgelauert und die Zeit gestohlen wurde. Und dann auch noch ausgerechnet von Sue! Kurz hatte ich mit dem Gedanken gespielt, umzukehren oder wortlos an ihr vorbeizulaufen. Doch irgendetwas in mir hatte mich davon abgehalten. Vielleicht meine gute Kinderstube, die ab und an doch mal durchblitzte.

Es waren so viele Jahre vergangen, seit Sue ein Teil meines Lebens gewesen war, und ich hatte nicht vorgehabt, sie wieder daran teilhaben zu lassen, egal in welcher Form. Diese Chance hatte sie sich einfach verspielt. Mürrisch setzte ich den Blinker und nahm den Fuß vom Gaspedal, um langsam an die rote Ampel heranzurollen. Ich entschied, auf dem Weg in die Werkstatt am *Anne's* zu halten, um mir einen Kaffee zu holen, und öffnete das Handschuhfach, in der Hoffnung, einen To-Go-Becher darin zu finden.

»Na wenigstens etwas Gutes heute«, murmelte ich, als ich die Finger um das recycelte Plastik des Bechers legte. Ich bog ab, direkt auf das Café zu, und wünschte mir wieder einmal, mich unsichtbar machen zu können. Doch wenn ich einen Kaffee wollte, musste ich wohl oder übel in den sauren Apfel beißen und mich der Gefahr, die da Kleinstadt lautete, stellen. Zwar liebte ich meine Heimatstadt, doch ab und an verstand ich schon, was der Reiz an anonymen Großstädten war. Manchmal wollte man einfach nur für sich sein, seine Routine durchziehen. Ich hasste es, meine Zeit mit sinnlosem Geplänkel zu vergeuden, ich war eher ein Fan von *richtigen* Gesprächen.

Schon von draußen erblickte ich sie durch das Ladenfenster und verdrehte die Augen. »Das ist jetzt nicht wahr«, schimpfte ich in meinen Schal und drückte die Eingangstür auf, woraufhin das Klingeln der Ladenglocke meine Ankunft ankündigte. Ich schritt auf den Tresen zu, wobei meine nassen Schuhsohlen quietschende Laute von sich gaben, stellte meinen Becher demonstrativ neben die Kasse und fischte mein Portemonnaie aus der Jeans.

»Hi«, begrüßte mich Riley mit einem halben Grinsen und deutete mit dem Stift, mit dem sie etwas in ein Heftchen gekritzelt hatte, auf den Becher. »Ist das deine neue Art, Kaffee zu bestellen? Wortlos?«

»Jap«, bestätigte ich mürrisch, woraufhin Sue, die vertieft

in ein Buch am Tresen saß, zusammenzuckte. Hatte meine Stimme diese Wirkung auf sie?

Sie klappte das Buch mit dem blauen Buchrücken zu und legte es mit dem Cover nach unten vor sich, als dürfte niemand sehen, was sie da las, ehe sie sich mir zuwandte. »Verfolgst du mich etwa?« Sie runzelte die Stirn, schaute in ihre leere Kaffeetasse, warf ihr Buch in ihren Rucksack und machte Anstalten aufzustehen.

»Klar, ich kann mir nichts Lustigeres vorstellen«, erwiderte ich sarkastisch und hob eine Augenbraue. »Du musst wegen mir nicht gehen, ich hole mir nur einen Kaffee zum Mitnehmen.«

»Mir egal, was du machst«, pflaumte sie mich an. Sie band sich hektisch ihren Schal um und warf sich blitzschnell, dafür aber sehr ungelenk den Mantel über. »Bild dir mal nichts ein, ich bin mit Leena bei Maddy und George zum Mittagessen verabredet.« Ihre Reaktion erschien mir etwas übertrieben.

»Schön«, grinste ich und schob Riley nachdrücklich meinen Becher zu, da ich wollte, dass sie aufhörte, Sue und mich so offen anzustarren. Nicht, dass sie noch auf irgendwelche Gedanken kam. »Interessiert mich nur nicht«, bemerkte ich gleichgültig und wandte mich an Riley. »Wehe, ich finde wieder eine *Prise Weihnachten* in meinem Kaffee«, drohte ich ihr, woraufhin sie gleichzeitig ertappt und belustigt dreinblickte. Sie hatte es nach meinem letzten, ausdrücklichen Verbot tatsächlich wieder versucht.

»Nur ein bisschen?« Riley zuckte mit den Schultern.

»Riley!« Ich sprach ihren Namen aus, als wäre sie ein ungezogener Welpe, der mir gerade auf den Flokati gemacht hatte. »Ich warne dich. Wenn du mir irgendwas in den Kaffee mischst, findest du Sonntag beim Familiendinner eine Prise

Weihnachten auf meine Art in deinem Essen. Du und Abby seid doch dieses Wochenende wieder dabei, oder?«

Sie verdrehte die Augen und stellte meinen Becher unter die Siebträgermaschine. »Ist ja gut«, gab sie sich geschlagen. »Du verpasst etwas. Und ja, sind wir.« Riley wandte sich an Sue, deren Anwesenheit ich mit jeder Faser meines Körpers spürte, sie aber gekonnt ignorierte. »Bis morgen, Sue!« Sie winkte ihr zum Abschied und erst, als ich das Bimmeln der Klingel hörte, entspannte ich meine Schultern. »Okay, was war das?« Riley schloss den Becher mit dem dazugehörigen Deckel mit einem lauten Klicken und schob ihn mir über den Tresen. »Ich wusste gar nicht, dass ihr mal was miteinander hattet, das hat Devon mir wohl verschwiegen.« Sie verzog enttäuscht den Mundwinkel.

»Quatsch«, widersprach ich. »Wir konnten uns einfach noch nie richtig leiden.« Das war eine dicke, fette Lüge, denn bevor Sue mich einfach hatte sitzen lassen, war da etwas gewesen. Etwas, das nie einen Namen bekommen hatte. »Keine Sorge, Devon hat dir nichts unterschlagen«, beschwichtigte ich sie. Riley war diesen Sommer nach vielen Jahren mit ihrer kleinen Schwester nach Saint Mellows zurückgekehrt, das sie nach dem tödlichen Unfall ihrer Eltern verlassen hatte. Erst nach und nach war herausgekommen, dass sie an einer retrograden Amnesie litt und sich nicht an ihre letzten Highschool-Jahre erinnern konnte. Wir alle konnten nur erahnen, wie schwer es für sie sein musste, immer wieder mit Erinnerungen konfrontiert zu werden, die sie selbst vergessen hatte. Doch in diesem Fall konnte ich sie beruhigen, denn es gab absolut gar nichts, was irgendwer über Sue und mich zu wissen brauchte.

»Okay«, schmunzelte sie und blinzelte mir zu, als glaubte sie mir nicht. Na großartig.

Ich legte ihr zwei Dollar in die ausgestreckte Hand und verließ kopfschüttelnd das Café, stapfte auf direktem Weg zu meinem Wagen. Mit erhobenem Arm schirmte ich meine Augen vor dem beginnenden Schneefall ab und blickte flüchtig über die Festwiese, auf der reges Treiben herrschte. Einige Helfende stellten die ersten Buden für den *Saint Mellows Christmas Market* auf, was genau genommen allerhöchste Zeit war. Wenn mich nicht alles täuschte, sollte er in zwei Tagen öffnen und bisher sah es nicht so aus, als würde das klappen. Mein Blick blieb am Pavillon hängen, dessen Balken ganzjährig mit Lichterketten geschmückt waren. Ich fragte mich, warum jedes Jahr im Februar, nachdem auch der Wintermarkt zu Ende war, sämtliche Beleuchtung abgenommen wurde, außer die am Pavillon. Es hatte zweifelsohne seinen Charme, dass der Pavillon im Frühling mit Frühlingsblumen, im Sommer mit Wimpelketten und im Herbst mit Kürbislaternen geschmückt wurde. Saint Mellows feierte doch eh jeden Monat irgendetwas. Nicht, dass ich ein Dekorationsexperte war, aber passten Lichterketten nicht immer? Die Organisation dieser Stadt war, insbesondere was die Festplanung anging, einfach ein Graus und Besserung war nicht in Sicht. Ich kniff die Augen zusammen, um durch den stärker werdenden Schneefall etwas erkennen zu können.

»Na sieh mal einer an«, murmelte ich grinsend und umfasste meinen warmen Kaffeebecher fester. »So viel zum Mittagessen mit Leena.« Unter dem mittlerweile denkmalgeschützten, achteckigen Dach des Pavillons saß niemand Geringeres als Sue, ihren Rucksack neben sich und das Buch von eben auf ihrem Schoß. Im Winter lagen in einer Holzkiste im Pavillon Decken bereit, in die man sich einkuscheln konnte, wenn man vorhatte, sich dort aufzuhalten. Ich hätte nicht gedacht, dass sie tatsächlich einmal Verwendung fanden. Die Scharniere der Kiste quietschten und bedurften einer Ölung, was ich wusste, weil dies ein Punkt auf der To-do-Liste war, die Rupert mir übergeben hatte. Kurzerhand, und ohne groß darüber nachzudenken, umrundete ich meinen Wagen, um den Kofferraum zu öffnen und aus meiner mobilen Utensilienbox das Öl herauszunehmen. Ich ergriff die eiskalte Flasche, und im gleichen Moment hielt ich inne. Was zur Hölle sollte das werden? War ich von allen guten Geistern verlassen? Seit Tagen kämpfte ich dagegen an, wollte nicht zulassen, dass irgendetwas mich zu Sue hinzog. Ich sollte sie meiden, so tun, als hätte ich sie nicht gesehen, und doch war ich schon auf halbem Weg bei ihr. Es war, als handelte ich gegen meinen Willen. Ich *wollte* nicht mit Sue reden, *wollte* sie nicht in meinem Leben wissen, nicht einmal diesen einen Monat lang. Alles, was Sue betraf, würde nur wieder damit enden, dass ich allein war. So wie damals. Und ich war lieber aus eigenen Stücken allein, als aus dem Grund, sitzen gelassen worden zu sein. Und genau darauf würde es hinauslaufen, denn Sue blieb nicht. Sie war schon damals ein Großstadtmädchen gewesen, gefangen in der Kleinstadt. Sie brauchte den Trubel, die Geräuschkulisse um sich. Das Einzige, das mich an der Großstadt reizte, war die Anonymität. Ansonsten war sie mir zu laut, zu groß, zu überladen. Zu leuchtreklamig, zu straßenmusikartig, zu wolkenkratzig, zu businessanzugig. Ich starrte auf das Öl in meiner Hand, schüttelte die Flasche, um die Viskosität zu testen, denn es konnte zäh werden, wenn es zu lang bei Minusgraden gelagert wurde. »So ein Quatsch«, tadelte ich mich selbst und legte das Öl zurück, warf die Kofferraumklappe mit einem lauten Knall zu und stiefelte zur Fahrertür. Es war das Beste für uns beide, wenn wir uns aus dem Weg gingen.

Sue

»Soll das ein Scherz sein?« Ich verschränkte empört die Arme vor der Brust, wodurch die Kordeln meines Winter-Pyjamas, der mit glitzernden Schneeflocken bedruckt war, hin und her baumelten. »Mom? Dad?«

Dad räusperte sich und hob die Arme in die Höhe. Er stand vom Küchentisch auf, an dem wir ein so harmonisches Frühstück hätten verbringen können. Stattdessen hatten mir meine Eltern offenbart, dass ihnen *irgendwie herausgerutscht war*, dass ich *als helfende Hand zur Verfügung* stand. Schnaubend ließ ich mich gegen meine Sessellehne fallen. Mom und Dad hatten ihre Küche letztes Jahr von einer hippen Innenarchitektin einrichten lassen, wodurch es keine normalen Stühle mehr gab, sondern drehbare Mini-Sessel, in denen es schwerfiel, aufrecht am Tisch zu sitzen. Dafür waren sie aber unglaublich gemütlich. Ich zog ein Bein hoch und lehnte mein Kinn aufs Knie, machte einen Schmollmund und blinzelte Mom an. Als ich ein Kind war, hatte dieser Blick doch auch immer funktioniert.

»Es tut mir echt leid, Suzie«, beteuerte Mom und nannte mich bei meinem Spitznamen, was fies war, denn das machte es mir wirklich schwer, ihr böse zu sein. »Ich hab Mrs. Innings in der Bibliothek getroffen«, erklärte sie mir. »Da sind wir ins Gespräch gekommen, und sie war so durch den Wind.

Weißt du«, Mom senkte ihre Stimme, als könnte Mrs. Innings sie sonst hören. »Unsere Bürgermeisterin ist nicht mehr die Jüngste, und langsam wächst ihr die Organisation dieser ganzen Feste über den Kopf.«

»Sie konnte das noch nie gut«, murrte ich bockig mit zusammengezogenen Augenbrauen. »Organisieren, meine ich.«

Mom atmete seufzend aus und überging meinen Einwand, was typisch für sie war, denn sie verlor nie, wirklich *nie* ein schlechtes Wort über irgendjemanden. »Ich kann ihr auch sagen, dass du doch keine Zeit hast«, schlug sie mit schiefgelegtem Kopf vor. »Ich weiß ja auch nicht, was mich da geritten hat.« Mom schluckte und griff nach einem Schoko-Zimt-Croissant, das ich zusammen mit anderem Gebäck in aller Früh aus dem *Anne's* geholt hatte. Im Pyjama, über den ich mir einfach meine Ski-Hose gezogen hatte, da ich keinen Grund gesehen hatte, mich umzuziehen. »Wenn ich genauer drüber nachdenke, tut es mir leid, Süße.«

Hellhörig geworden runzelte ich die Stirn, schnappte mir ein Apfel-Brötchen und langte über den Tisch, um die Zimtbutter zu mir zu ziehen. »Das muss es nicht, Mom«, beschwichtigte ich sie, denn im Grunde hatte sie ja nichts verbrochen.

»Doch«, insistierte sie. »Schließlich entspannst du dich gerade endlich mal, das hast du dir doch so verdient.« Ich schaute auf und sah sie an. In ihrem Blick las ich … Stolz? »Ich weiß doch, wie viel du arbeitest.«

Ein Kloß bildete sich in meinem Hals. Wie konnte es passieren, dass die eigene Welt von einer Minute auf die andere ohne Ankündigung auf den Kopf gestellt wurde? Sahen meine Eltern etwa doch, was ich all die Jahre geleistet hatte, und waren *deswegen* vielleicht ein bisschen *extrastolz* auf mich? »Es ist echt okay, Mom«, murmelte ich und schluckte meinen Bissen Apfel-Brötchen zusammen mit dem Kloß im Hals herunter. »Bei der einen oder anderen Gelegenheit kann ich bestimmt behilflich sein.« Ich zuckte mit den Schultern und sah einen Funken Reue über Moms Gesicht huschen. Blitzschnell wandte sie ihren Blick ab und zerrupfte ihr Croissant. »Mom?«

»Es kann sein, dass ich Mrs. Innings gesagt hab, wie gut du im Strukturieren und Ordnen bist«, erklärte meine Mom so schnell, dass es mir schwerfiel, sie zu verstehen.

»Und…?« Mir schwante Schreckliches.

Mom zog den Kopf so fest ein, dass er, wäre sie eine Schildkröte gewesen, komplett im Panzer verschwunden wäre. »Sie erwartet dich eine halbe Stunde vor der heutigen Veranstaltungsversammlung in der Alten Halle«, beichtete sie und schob mir den Brotkorb zu, in dem der letzte Cranberry-Marshmallow-Pekannuss-Minz-Muffin, Rileys Das-ging-wohl-schief-Gratisbeigabe, lag. »Muffin?«

»Kein Muffin dieser Welt kann das wiedergutmachen, Mom«, murrte ich, griff nach dem Gebäck, brach es entzwei und reichte ihr lächelnd eine Hälfte, um ihr zu zeigen, dass ich nicht sauer war.

***

»Ekliges Wetter«, schimpfte ich, als die schwere Eingangstür zur Alten Halle hinter mir ins Schloss fiel. Ich war, nachdem ich den ganzen Tag im Pyjama auf dem Sofa verbracht hatte, den Weg zur Halle gelaufen, um wenigstens etwas Bewegung zu haben. Doch kaum zwei Straßen von meinem Elternhaus entfernt hatte ich begonnen, meine Entscheidung zu bereuen. Die Sonne war schon untergegangen und auch die vielen Lichter, die die Helfenden in dieser Woche in der ganzen Stadt angebracht hatten, hatten nicht darüber hinwegtäuschen können, dass der heutige Tag scheußlich war. Eiskalte, nasse Schneeflocken waren mir ins Gesicht geklatscht und hatten binnen Minuten meine Jacke, Hose und Mütze durchnässt. Ich liebte den Winter, ich liebte Schnee und die Kälte. Doch das heute waren nur weißer Matsch, der vom Himmel fiel, und nasse Kälte, die sich mir direkt in den Knochen festsetzte und nicht vorhatte, mich bald wieder zu verlassen. Bibbernd streifte ich meine Handschuhe, den Schal und die Mütze ab und legte sie auf die uralte Heizung unter dem Buntglasfenster, das zur Straße hinausging.

»Suzanna, hallo«, begrüßte mich Mrs. Innings überschwänglich, woraufhin ich zusammenzuckte und mich zu ihr umwandte. Sie hielt einen Wust an Papieren an ihre Brust gedrückt und strahlte mich an, als wäre ich die Lösung all ihrer Probleme. Nun. Vermutlich hielt sie mich wirklich dafür, was kaum Druck auf mich ausübte. Überhaupt nicht.

»Hi, Mrs. Innings. Sagen Sie doch Sue«, bat ich, denn mir bogen sich sofort die Zehennägel hoch, sobald mich jemand Suzanna nannte. »Wollen wir loslegen?« Lächelnd wies ich auf das Wirrwarr an Zetteln.

Die Bürgermeisterin grinste breit und deutete mit einem Kopfnicken zu einem Tisch, der glücklicherweise genau an einem Heizkörper stand. »Klar, lass uns keine Zeit verlieren.« Es war wirklich schrecklich kalt hier drinnen, daran konnte auch die laut röchelnde Heizung nichts ändern. Das Gebäude war einfach zu alt und der Raum zu groß, um ihn warm zu halten. Wenn ich mich recht entsann, gab es im hinteren Bereich der Alten Halle kleinere Versammlungsräume und eine Veranstaltungsküche.

»Ist es in den kleineren Räumen nicht etwas wärmer?« Ich bereute es schon, meine Jacke ausgezogen und an den Wandhaken neben der Tür gehängt zu haben, und wünschte mir meinen dicken Norwegerpulli her.

Mrs. Innings seufzte und schenkte mir ein entschuldigendes Lächeln, während wir nebeneinanderher zum Tisch gingen. »Die Heizkörper dort sind außer Betrieb und das Einzige, das in der Küche Wärme spendet, sind der Toaster und die Gasherde.«

Grinsend biss ich mir auf die Unterlippe. »Wenn das so ist, ziehe ich es doch vor, mich an das alte Ding da zu kuscheln.« Ich tat so, als streichelte ich die grau lackierten Lamellen des Heizkörpers, was der Bürgermeisterin ein Lachen entlockte. Mom hatte recht, sie war in den letzten Jahren irgendwie alt geworden. Seit ich denken konnte, war sie die Bürgermeisterin von Saint Mellows, fast so wie in einer Zeichentrickserie, in der die Charaktere immer dieselben blieben und auch nach Jahrzehnten nicht alterten. Nur, dass wir uns hier in der Realität befanden, in der graues Haar und Falten vor niemandem Halt machten. »Wobei kann ich helfen?« Ich stützte beide Ellenbogen auf den Tisch, der übersät war mit Heftern, Stiften und einem Locher. Ich legte den Kopf auf meine Handballen und zog die Beine auf dem Stuhl zu einem Schneidersitz zusammen.

»Wo fang ich nur an, Kindchen?« Sie tippte auf den Stapel unsortierter Papiere. Einige Blätter waren bedruckt, andere sahen auf den ersten Blick aus, als hätte jemand in Windeseile etwas darauf gekritzelt.

»Zeigen Sie mal her«, lächelte ich, klaubte alles zusammen und stapelte es zu einem ordentlichen Haufen, denn das Durcheinander war mir ein Dorn im Auge. Ich sichtete Blatt für Blatt, und sofort befand ich mich in meinem geschäftigen Strukturierungsmodus, der mir Bauchkribbeln bescherte, das sich leise kitzelnd bis in meine Fingerspitzen ausbreitete. Es war, als machte ich mich mit einer Akte vertraut, denn es waren die gleichen Bewegungen, die ich in meinem motorischen Gedächtnis abgespeichert hatte.

Mrs. Innings tätschelte mir die Schulter, und ich schenkte ihr ein flüchtiges Lächeln. »Ich hole uns mal etwas zu trinken, Liebes.« Ihr Stuhl schabte über den alten Holzboden, und aus dem Augenwinkel sah ich, wie sich ihr Gesicht schmerzvoll verzerrte und sie sich die Hüfte stützte.

Ich sprang auf. »Warten Sie, bleiben Sie sitzen, ich hole etwas«, bot ich an, denn wer war ich, dass ich mich von jemandem bedienen ließ, der offenbar Schmerzen hatte? »Setzen Sie sich!«

Mrs. Innings winkte ab, ließ sich aber wieder nieder. »Vielleicht sollte ich von Sallys Pilateskurs wieder zum Yoga wechseln«, witzelte sie. *Oder zum Seniorenaerobic*, dachte ich und biss mir auf die Zungenspitze, um keine derartige Bemerkung fallen zu lassen.

»Was soll ich uns bringen? Kaffee? Tee?« Ich wies mit dem Daumen über meine Schulter zum hinteren Bereich der Alten Halle, wo ich hoffentlich schnell die Küche finden würde.

Die Bürgermeisterin sah stirnrunzelnd zur Wanduhr. »Ach, was soll's, für mich gern einen Kaffee.«

Nickend entfernte ich mich und bat sie, in meiner Abwesenheit das Utensilienchaos auf dem Tisch zu beseitigen, was ihr die Röte ins Gesicht schießen ließ. So langsam schwante mir, warum seit Jahren sämtliche Planungen im Tohuwabohu endeten.

5. Kapitel

Blake

Vielleicht hätte ich mir einen anderen Tag aussuchen sollen, um meine fertigen Arbeiten zur Alten Halle zu fahren. Ich hob die Holzfigur des Weihnachtsmanns von der Ladefläche von Dads Truck, den ich mir geliehen hatte, und hielt ihn mir über den Kopf, um mich vom Schnee abzuschirmen. Glücklicherweise brauchte ich mir um seinen Anstrich keine Sorgen zu machen, denn der war selbstverständlich wetterfest. Gegen Nachmittag war der strahlende Sonnenschein, der bis dahin geherrscht hatte, einer nasskalten Dunkelheit gewichen. Durch die schmutzigen Buntglasfenster der Halle drang gedämpftes Licht nach draußen, was mir zeigte, dass schon jemand dort war. Die Versammlung, zu der auch mein Bruder und ich erwartet wurden, würde erst in zwanzig Minuten beginnen. Offiziell. Also erfahrungsgemäß eher in vierzig.

In Ermangelung einer freien Hand trat ich sachte mit der Fußspitze gegen die dicke Holztür, die mich schon immer an das Tor einer Ritterburg erinnert hatte, in der Hoffnung, dass mich jemand hören und einlassen würde. »Komm schon, schneller, wer auch immer dort drin ist«, knurrte ich, denn ich trug keine Handschuhe und der Wind hatte gedreht und schlug mir seitlich den Schnee ins Gesicht.

Die antike, gusseiserne Klinke bewegte sich quietschend nach unten, und die Tür wurde in quälender Langsamkeit aufgezogen. Mrs. Innings stemmte sich dagegen, da sie sonst von allein wieder zugefallen wäre, und begrüßte mich überschwänglich grinsend. »Blake, guten Abend.«

»Einen wunderschönen«, brummte ich und bedeutete ihr, mir ein Stück aus dem Weg zu gehen, damit ich den lebensgroßen Santa ins Innere bugsieren konnte. »Wohin?« Ich drehte mich mit Santa über dem Kopf um meine eigene Achse und zog die Augenbrauen hoch.

Als hätte ich sie aus einem hundertjährigen Schlaf gerissen, stob sie über das Parkett und deutete auf die einzige Stelle an der Wand, die noch nicht von irgendwelchen Kisten verdeckt wurde. »Wie wäre es dort?«

»Klar«, murmelte ich und lehnte Santa ächzend dagegen. »Ich hole dann mal den Rest«, erklärte ich und verkeilte die Eingangstür, damit sie nicht wieder ins Schloss fiel.

Die Bürgermeisterin zog sich ihren knielangen Cardigan enger um den Körper, da der Wind nicht nur Schneeflocken, sondern auch die Eiseskälte mit ins Gebäude trug. Nacheinander schleppte ich den Engel, Rudolph und die Kisten mit den goldenen Gürtelschnallen, roten Rudolphnasen und weißen Engelsflügeln in die Alte Halle und drückte schließlich die Tür zurück ins Schloss.

Die von der Kälte steif gewordenen Finger aneinander reibend schlenderte ich zu Mrs. Innings hinüber, die sich zusätzlich in einen dicken Schal gehüllt hatte. Sie war dabei, neben einem Tisch mit zwei Stühlen, auf dem ein Stapel Papier lag, wodurch es wirkte, als arbeitete hier tatsächlich mal jemand, Klappstuhlreihen aufzubauen. Wortlos, aber nicht ohne verwundert eine Augenbraue hochzuziehen, ging ich ihr zur Hand. Sie lächelte mich dankbar an und begann, Sitzkissen auf den Plastikstühlen zu verteilen. »Findet die Versammlung heute hier statt?« Ich sah den Atem vor meinem Gesicht kondensieren. »Und warum ist es hier so arschkalt?«

»Die Heizung im hinteren Teil des Hauses ist ausgefallen«, erklärte sie mir seufzend. »Und die Halle hier vorn braucht einige Tage, um richtig aufzuheizen. Phil hat leider erst morgen Zeit, sich das anzusehen.« Sie verzog entschuldigend den Mund. »Heute müssen wir eben etwas kuscheln, damit uns warm bleibt«, witzelte sie.

»Unbedingt«, schnaubte ich sarkastisch. »Ich mache nichts lieber, als mit Rupert und den anderen zu *kuscheln*.«

»Das werd ich ihm gleich mitteilen«, ertönte plötzlich eine spöttische Stimme, was mich ruckartig herumfahren ließ.

Sofort versuchte ich mit aller Kraft, mir den Schreck nicht anmerken zu lassen. »Was willst du denn hier?«

Sue stand mit einem Tablett neben dem Tisch und stellte eine Kanne, aus der heißer Dampf emporstieg, ein Kännchen und zwei Tassen darauf ab. »Also nicht, dass es dich etwas angeht, aber ich helfe der Bürgermeisterin«, erklärte sie schnippisch, während sie Kaffee in die Tassen goss. Verführerischer Duft nach frisch gemahlenen Kaffeebohnen stieg mir in die Nase, und mir lief das Wasser im Mund zusammen.

»Das Gleiche tu ich auch«, informierte ich sie und wandte mich von ihr ab, um zur Küche zu laufen und mir eine Tasse zu holen. »Ich hoffe, du hast genug für drei gekocht.«

»Wenn du unbedingt helfen willst, bring die Thermoskannen und Becher aus der Küche her. Ich habe Tee für die Versammlung gekocht.«

»Ach, was für eine liebreizende Idee, Liebes«, rief die Bürgermeisterin begeistert aus. »Ich danke dir.« War das ihr Ernst? *Das* war *liebreizend*? Einmal Tee kochen und schon war sie Mrs. Innings Liebling? Hatte sie nicht gesehen, wie ich ihre Scheißholzfiguren in Lebensgröße durch den Schneematsch geschleppt hatte? Mal ganz davon abgesehen, dass ich meine Zeit dafür geopfert hatte, die Teile herzustellen? Oder dass ich seit Wochen, nein Monaten, sämtlichen Mist reparierte, der in der Stadt anfiel? Ohne mich dafür bezahlen zu lassen? Komplett un.ent.gelt.lich? Ein Danke war noch nie gefallen, denn meine Arbeit wurde offenbar als selbstverständlich angesehen.

»Liebreizend, ich glaub, ich muss kotzen«, kommentierte ich naserümpfend ins Sues Richtung, sodass nur sie es hörte. Statt einer Antwort verengte sie finster die Augen zu Schlitzen und stellte die Kaffeekanne abrupt zurück auf den Tisch, sodass die Tassen auf den Untertassen klirrten. »Beruhige dich«, murmelte ich noch und spürte ein zufriedenes Lächeln an meinem Mundwinkel zupfen. Ich erinnerte mich daran, als wäre es gestern gewesen, wie sehr sie es hasste, wenn man von ihr verlangte, sich zu beruhigen. Mir wurde bewusst, dass ich genau wusste, welchen Schalter ich umlegen musste, um sie zum Explodieren zu bringen. Aus irgendeinem Grund genoss ich es, sie zu ärgern.

»Arschloch«, fauchte sie mir zu, nachdem sie einmal zu Mrs. Innings geschielt hatte, um sich zu vergewissern, dass diese es nicht hörte. Sie stierte mich so finster an, dass sogar ihre Augenbrauen unter ihrem geraden Pony hervorlugten.

Ich imitierte sie, und wir standen uns stumm gegenüber, sahen uns direkt in die Augen und es fühlte sich an wie ein Kampf, den wir beide um jeden Preis gewinnen wollten. Sue war stur, und je länger wir uns mit Blicken duellierten, desto größer wurden ihre Pupillen. Auf ihren Wangen bildeten sich rosa Flecken, und mit Genugtuung nahm ich aus dem Augenwinkel wahr, dass sie ihre Finger nervös ineinander knetete. Ich selbst hatte eine Hand in die Tasche meiner grauen Jeans gesteckt, während die andere betont lässig neben meinem Körper hing. Ich hatte mich zu meiner vollen Größe aufgerichtet, was Sue dazu zwang, ihren Kopf ein Stück anzuheben, und versuchte, die Lockerheit in meinen Gliedmaßen beizubehalten. Insgeheim machte ihr erzürnter Blick etwas mit mir. Ihre verdammten braunen Rehaugen, die der Inbegriff der Unschuld waren, ließen mir das Herz schneller gegen den Brustkorb hämmern. Das war schlichtweg Sues Aura und hatte nichts zu bedeuten, versuchte ich mir einzureden. Es hatte überhaupt nichts mit den Erinnerungen zu tun, die unerlaubt auf mich einprasselten. Daran, wie wir Schulter an Schulter auf einer Mauer gesessen und uns eins der Sandwichs geteilt hatten, die an uns Helfende verteilt worden waren. Daran, wie ich sie von der Bushaltestelle nach Hause begleitet und so getan hatte, als läge es eh auf meinem Weg, obwohl wir beide wussten, dass dem nicht so gewesen war. Ich schluckte, wobei mein verräterischer Kehlkopf hüpfte, denn ich erinnerte mich daran, welche Wärme mich damals durchflutet hatte, sobald Sue mich angelächelt hatte. Da diese Zeiten allerdings vorbei waren, und ich nicht das geringste Interesse daran hatte, sie wieder aufleben zu lassen, drängte ich das warme, kitzelige Gefühl in meinem Bauch zurück, das sich anfühlte, als stoben spitze Eiskristalle gegeneinander und sprühten Funken.

»Sue«, unterbrach Mrs. Innings Stimme diesen *Moment* zwischen uns, von dem ich wünschte, dass es ihn niemals gegeben hätte. Wir beide wandten gleichzeitig den Blick ab, wodurch diese Schlacht unentschieden ausging. »Hilfst du mir beim Sortieren?« Die Bürgermeisterin hatte sich stirnrunzelnd über eine Zettelwirtschaft gebeugt, von der ich besser gar nicht erst wissen wollte, was sie beinhaltete.

»Klar«, krächzte Sue und räusperte sich, drehte mir den Rücken zu, allerdings nicht, ohne mir noch einmal einen Blick zuzuwerfen, der töten könnte.

»Das kann ja lustig werden«, murmelte ich und setzte mich in Bewegung, um mir eine Tasse und die verdammten Teekannen zu holen. Letzteres tat ich nur widerwillig, denn es fühlte sich an, als gehorchte ich Sues Befehl, ohne eine andere Wahl gehabt zu haben. Und die hatte ich sehr wohl. Oder?

Sue

»Süße!« Maddy strahlte mich an, als ich sein Geschäft betrat. Er trug eine weihnachtliche Schürze, auf der ein Pinguin und ein Eichhörnchen Händchen hielten und jeweils eine Weihnachtsmannmütze trugen, darüber der Schriftzug *Ho Ho Ho*. Wo fand er nur immer diese außergewöhnlichen Schürzen? »Was verschafft uns die Ehre?« Maddy, der eigentlich Martin hieß, kam um den Tresen zu mir herum, fasste mich an den Schultern und zog mich an seine Brust. Er knuddelte mich, als wäre er der Papabär und ich das kleine Teddy-Mädchen: So fest, bis mir der Sauerstoff auszugehen drohte.

»Maddy, Maddy, stopp, Luft«, krächzte ich und keuchte, als er mich aus seiner Umarmung entließ. »Sorry, dass ich nicht viel eher vorbeigekommen bin«, stammelte ich schuldbewusst, denn immerhin war ich seit über einer Woche in Saint Mellows. Ich streifte mir die Kapuze vom Kopf und schob meine langen, dunkelbraunen Haare zurück hinter die Ohren, an denen ich heute goldene Rudolph-Stecker trug. Passend dazu hatte ich meine Nägel in aller Früh in weihnachtlichem Dunkelrot lackiert und meinen liebsten Winterpullover aus der Kommode gekramt. Er war blau, hatte weiße Bommeln an den Säumen und ein weißes Muster aus Schneeflocken auf der Brust.

»Ach«, winkte Maddy ab. »Wie ich höre, hast du viel zu tun.« Er zog neugierig eine Augenbraue hoch und grinste mich an.

»Das hast du also *gehört*, ja?« Schmunzelnd biss ich mir auf die Unterlippe. Maddy und sein Ehemann George waren die Anlaufstelle Nummer eins für sämtlichen Tratsch der Stadt. Irgendetwas hatten die beiden an sich, das dafür sorgte, dass man ihnen liebend gern alles erzählte, auch wenn man wusste, dass es sich danach in der gesamten Stadt verbreitete. Uns allen war bewusst, was für ein Klischee die beiden bedienten.

»Was darf es denn sein?« Er überging meinen Kommentar zwinkernd und deutete auf einen Tisch am Fenster, direkt neben einer Heizung.

Lachend legte ich den Kopf schief und lugte über seine Schulter zur Auslage. »Was gibt es denn heute?«

Maddy hatte die *Maddy's Bakery* von seiner Großmutter Madeleine übernommen und liebte die verblüfften Blicke der Touristen, wenn er sich ihnen als Maddy vorstellte. Bis zu ihrem Tod hatte er ein anderes Leben gelebt, das für uns alle ein großes Geheimnis war. Angeblich war er ein großer Fisch im Immobilienbusiness von Los Angeles gewesen. Heute konnte man sich den pummeligen, liebenswürdigen Mann mit dem langsam ergrauenden, schütteren Haar und den stahlblauen Augen nicht mal mehr in einem spießigen Anzug vorstellen. Vielleicht lag es an seiner eigenen Vergangenheit, dass er mich eine Spur väterlicher behandelte als meine Freunde. Oft erwischte ich ihn dabei, wie er mir verträumte, irgendwie traurige Blicke zuwarf, die ich bis heute nie geschafft hatte, richtig zu deuten. Ich kam einfach nicht dahinter, was zum Kuckuck er in mir zu sehen glaubte. Doch ich genoss seine Aufmerksamkeit sehr, das brauchte ich nicht zu leugnen.

Maddy und George hielten sich jedenfalls ungern an Normen, daher war ein Besuch in ihrer Bäckerei immer wieder eine Überraschung. Sie boten an, worauf sie Lust hatten, und das war in den seltensten Fällen saisonales Gebäck.

»Du wirst es kaum glauben«, grinste er, und die Wangen über seinem grauen Vollbart erröteten. »Aber Georgie und mir war heute Morgen tatsächlich nach klassischen Peanut Butter Jelly Buttons, also haben wir sie gebacken. Und zwar nicht irgendwelche, sondern die Originalen nach dem Rezept meiner Grandma Madeleine.« Er wies mit dem Ellenbogen zur Tür hinter dem Tresen, durch die man nicht nur in den Hausflur gelangt, von dem aus man die Treppe in seine und Georges Wohnung hinaufstieg, sondern die auch zur Küche führte, aus der ein lautes Piepen zu hören war. »Wie aufs Stichwort.« In die Hände klatschend, wandte er sich um und stob aus dem Gastraum, der angesichts der Mittagszeit gut besucht war. Lustigerweise herrschte im *Anne's* um diese Zeit immer eine Flaute, dafür war in der *Maddy's Bakery* frühmorgens kaum etwas los. Als sprächen sich die Mellowianer ab, sodass jeder Cafébesitzer mal zur Ruhe kam.

Ich schlenderte zu dem freien Tisch am Fenster, entledigte mich meiner Winterkleidung und setzte meinen Rucksack auf dem freien Stuhl neben mir ab. Seufzend fischte ich die Mappe daraus hervor, in der ich nach der Versammlung des Veranstaltungskomitees sämtliche Unterlagen von Mrs. Innings sortiert hatte. Es hatte mich Stunden gekostet, und am Ende war ich erst weit nach Mitternacht nach Hause gekommen. Und genau wie früher hatte ich es nicht geschafft, mich ins Haus zu schleichen, ohne dass Mom und Dad es bemerkt hätten. Dieses verdammte Dachbodenzimmer, das ich nichtsdestotrotz liebte. Nach dem Ordner zog ich meinen Laptop aus meinem Rucksack hervor und öffnete ihn, wobei ich aus dem Augenwinkel sah, wie eine mir unbekannte Frau missbilligend den Kopf schüttelte. Was war ihr Problem? Als ob ich sie damit irgendwie gestört hätte. Ich stellte mir über mein Smartphone einen Hotspot bereit, denn so etwas wie freies WLAN bot in Saint Mellows kein einziges Geschäft an, und loggte mich ein. Sofort bereute ich, beim letzten Mal mein Mailprogramm nicht geschlossen zu haben, denn sofort ploppte am oberen rechten Bildschirmrand eine Mail nach der anderen auf, untermalt von einem lauten *bing bing bing*. Schnell schaltete ich den Ton aus, damit ich nicht womöglich doch noch jemanden störte. Andererseits war das Radio bei Maddy und George immer so laut aufgedreht, dass ich bezweifelte, dass irgendjemand etwas anderes hörte als Bing Crosby, der einen seiner Weihnachtsklassiker schmetterte. Wie gebannt starrte ich auf die eingehenden Mails, in der Hoffnung, eine Antwort auf eine meiner Bewerbungen erhalten zu haben. Die letzte Woche in New York hatte ich genutzt, um meine Vita an so viele renommierte Anwaltskanzleien zu senden, wie ich nur finden konnte. Von Los Angeles über Chicago bis Boston war alles dabei. Doch ich hatte mir geschworen, erst nächstes Jahr die Rückmeldungen zu checken, also zwang ich mich, das Mailprogramm mit einem Shortcut zu schließen, und atmete erleichtert auf, als es vom Bildschirm verschwand.

»Alles in Ordnung?« Maddy stand plötzlich neben mir, und vor Schreck entkam meiner Kehle ein Fiepen.

»Du hast mich erschreckt!« Ich fasste mir ans Dekolleté, wo mein Puls hektisch pochte.

Er legte entschuldigend den Kopf schief und stellte mir einen Teller mit so frischen Peanut Butter Jelly Buttons hin, dass sie schon vom bloßen Ansehen zerbröselten. Zarter Dampf stieg von ihnen auf und kitzelte mich mit seinem verführerischen Duft in der Nase. »Die riechen ja himmlisch«, lobte ich Maddy und schluckte, da sie mir wortwörtlich das Wasser im Mund zusammenlaufen ließen. »Machst du mir bitte noch eine heiße, weiße Schokolade dazu?« Ich kramte meinen Geldbeutel aus der vorderen Tasche des Rucksacks, doch Maddy winkte ab.

»Geht heute auf mich, als kleines Willkommensgeschenk.« Er legte mir seine große Pranke auf die Schulter und drückte leicht zu, was mir einen Kloß im Hals bescherte. Verdutzt nickte ich und ließ die Finger von meinem Portemonnaie. »Danke«, lächelte ich stattdessen. »Du, sag mal, ihr habt doch einen Drucker, oder?« Ich hasste Suggestivfragen, warum stellte ich jetzt plötzlich selbst eine?

»Ja, einen ganz neuen, so ein Laserding«, brüstete Maddy sich, und wenn mich nicht alles täuschte, wurde er vor Stolz ein paar Zentimeter größer.

»Super, warte mal«, bat ich ihn und öffnete mein Federmäppchen, um einen Stick herauszuholen, auf den ich eine Datei zog. »Kannst du mir das ausdrucken, bitte? Sind nur zwei Seiten. Was macht das?« Wieder wollte ich zu meinem Geld greifen, denn das war ich einfach gewohnt. In New York schenkte einem niemand etwas.

»Lässt du wohl die Finger von deinem Geldbeutel. Du wolltest mir doch jetzt nicht wirklich einen Penny geben, damit ich dir zwei Seiten ausdrucke?«

»In New York wäre es mindestens ein Dime«, nuschelte ich ertappt.

»Noch ein Grund, warum du zurück nach Saint Mellows kommen solltest«, erklärte er und wandte sich so blitzschnell ab, dass ich gar keine Zeit hatte, seine Aussage zu hinterfragen.

Kaum fünf Minuten später brachte er mir die heiße Schokolade, die er mit Sahne und roten und grünen Streuseln dekoriert hatte, meinen Stick und die zwei Blätter. »Super, danke«, strahlte ich und verlor keine Zeit. Ich hatte mir von ihm eine Kalenderübersicht der nächsten Wochen ausdrucken lassen, da es bisher – kaum zu glauben – gar keinen richtigen Plan gegeben hatte, in dem alle Events der Stadt notiert worden waren. Ich fragte mich wirklich, wie Mrs. Innings und Rupert es so fast ohne Struktur all die Jahre geschafft hatten, dass alles irgendwie glattging und kein Event mit dem Nächsten kollidiert war.

An die Seite kritzelte ich mir eine Legende, jedes Event bekam eine eigene Farbe. Gerade, als ich so richtig vertieft war, holte mich ein bekanntes Räuspern, das mir eindeutig *viel zu nah* war, aus den Gedanken. »Was wird das?« Blake stand neben mir und blickte mit einem nicht deutbaren Ausdruck im Gesicht auf mich herab. »Versuchst du ernsthaft, Struktur in diesen Chaoshaufen zu kriegen?«

»Was willst du hier?«, fauchte ich ihn an und schob Mrs. Innings Ordner auf meine Planung, um sie zu verdecken. Ich war fast fertig damit. »Geh deine Figürchen schnitzen«, forderte ich ihn mit einer wegscheuchenden Handbewegung auf und schämte mich augenblicklich dafür. Ich war sehr beeindruckt gewesen von den Figuren, die Blake für die Weihnachtsolympiade gebaut hatte, nicht nur, weil sie handwerklich einfach perfekt waren, sondern auch, weil ich nie gedacht hätte, dass Blake sich so für die Stadt engagieren würde.

Blake warf lachend den Kopf in den Nacken. »Figürchen schnitzen?«, wiederholte er meine Worte und schüttelte den Kopf. »Ich hole mir nur etwas zu essen«, rechtfertigte er sich schulterzuckend. »Weißt du, *Figürchen schnitzen* ist anstrengende, körperliche Arbeit. Und glaub mir, ich wünschte auch, wir würden uns nicht ständig über den Weg laufen.«

»Und warum stehst du dann hier?« Ich machte eine Geste, die den Bereich rund um meinen Tisch einschloss, und versuchte dabei, Blickkontakt zu vermeiden. »Und nicht dort hinten? Am Tresen? Wo man dir *dein Essen to go* reicht?«

»Weil ich nicht unhöflich bin und Menschen, die ich kenne, grüße.«

»Ach was.« Ich zog eine Augenbraue hoch. »Und wo bleibt dann deine *freundliche Begrüßung*?« Ich zeichnete Gänsefüßchen in die Luft und sah zu ihm hoch. An seiner Arbeitskleidung haftete der intensive Duft frischen Holzes, zusammen mit dem beißenden Gestank irgendeiner Lackierung. Und verdammt, diese Mischung schien mich förmlich anzuziehen, denn mein Inneres zog sich schmerzhaft zusammen und pochte mit meinem Herzen um die Wette.

»Hi Suzanna, bye Suzanna«, flötete er und machte auf dem

Absatz kehrt, ließ mich hier sitzen, sprachlos, weil er es wirklich gewagt hatte, mich mit meinem vollen Namen anzusprechen. Genauso, wie er es damals getan hatte, um mich auf die Palme zu bringen. Was war das hier nur mit ihm und mir? Es war *abgeschlossen*, verdammt noch mal! Blake und ich waren fertig miteinander. Ich riss meinen Blick von seinem Rücken los und heftete ihn wieder auf die Tischplatte und meine Arbeit. Ich griff nach dem erstbesten Stift, der sich als pastellfarbener Glitzer-Textmarker entpuppte, und ließ aufgebracht die Kappe aufploppen und zuklicken. Aufploppen und zuklicken, aufploppen und zuklicken. Ich lauschte mit gespitzten Ohren. Lauschte über die Weihnachtsmusik hinweg auf die Eingangstür, die endlich geöffnet und wenige Augenblicke später mit einem *Klack* geschlossen wurde. Die Anspannung wich aus meinen Schultern, und ich ließ den Textmarker los, starrte auf meine Fingernägel, die rhythmisch auf das Papier trommelten. In bedachter Langsamkeit richtete ich mich auf und blickte durch das Ladenfenster. Ich sah Blake in einen Truck steigen, auf dessen Ladefläche vermutlich Holzarbeiten von ihm lagen, denn eine dunkelgrüne Plane schützte sie vor der Witterung. Er fuhr also Arbeiten aus. Mit gerunzelter Stirn versuchte ich, in die Fahrerkabine zu schauen, und dann erkannte ich, dass er aß. Das Gefühl, das mich in diesem Moment überfiel, als hätte mich eine zwei Meter hohe Welle eiskalten Wassers erwischt, traf mich unvorbereitet. Ich fröstelte. Hielt er es mit mir nicht freiwillig im gleichen Raum aus, sodass er es vorzog, im frostigen Wagen zu essen? Waren wir wirklich *so* verfeindet? Einerseits war ich froh, ihn nicht mehr unmittelbar neben mir zu wissen, denn so hatte ich das Gefühl, freier atmen zu können. Andererseits bescherte mir diese Situation einen Kloß im Hals, ließ Schuldgefühle auf mich einprasseln wie Hagelkörner. Und schnürte mir ebenfalls den Atem ab. Es war, als hätte sich in dem Moment, als ich Blake das erste Mal wieder begegnet war, eine steinerne Faust um meinen Hals geschlossen. Ich konnte nicht mehr atmen, wenn er in meiner Nähe war. Und gleichzeitig konnte ich es nicht, wenn er es nicht war. Was hatte ich mit meiner Rückkehr nur angestellt? Warum schmerzten plötzlich all die Narben, die Blake mir zugefügt hatte, obwohl ich doch so sehr darauf geachtet hatte, unverwundet alles hinter mir zu lassen?

Er hob den Blick von seinem Mittagessen und wandte sich langsam um, bis er aus dem Fenster sah, zu *Maddy's Bakery*, zu mir, als hätte er mein Starren gespürt. Wir schauten uns an. Jeder sicher vor dem jeweils anderen und vor den Blicken der Mellowianer. Niemand bemerkte, dass wir uns auf diese Weise ansahen. Es tat weh. Mein Herz zog sich schmerzhaft zusammen, bis es sich anfühlte, als wäre es auf die Größe einer Rosine geschrumpft. Meine Rückkehr hatte mich verletzlich gemacht, und ich musste mir in diesem Augenblick eingestehen, dass ich Blake nicht hasste, so wie ich es mir all die Jahre eingebildet hatte. Wie ich es mir um meines Wohlergehens willen gewünscht hatte. Ich konnte diesen Menschen überhaupt nicht hassen. Nicht ihn. Nicht Blake Fairfield. Und doch würde ich einen Teufel tun und ihm verzeihen. Wie sollte man dem Menschen verzeihen, der einem das Herz gebrochen hatte und gar nicht erst versuchte, es wiedergutzumachen? Es war leichter für mich, ihm die kalte Schulter zu zeigen und die Tage zu zählen, bis ich Saint Mellows wieder hinter mir lassen konnte. Und mit Saint Mellows auch Blake, denn das Einzige, das half, war Entfernung.

Blake

Leider half es nicht, mir vorzustellen, dass die Holzbalken, die ich durch meine Kreissäge jagte, Sues Gliedmaßen wären. Ich bekam dieses Mädchen, aus dem mittlerweile eine Frau geworden war, einfach nicht aus dem Kopf, dabei wünschte ich mir nichts sehnlicher. Vielleicht sollte ich es Elsie gleichtun und einen Brief an Santa schreiben, in dem ich ihn bat, Sue aus meinen Gedanken zu vertreiben. Und am besten auch gleich aus Saint Mellows. Oder direkt aus Wisconsin. Ach, warum nicht gleich aus ganz Amerika? In Europa gab es doch sicher genauso spießige Anwaltskanzleien, in die Sue hervorragend passte. Blöd nur, dass die Briefe der hiesigen Kinder an Santa bei niemand Geringerem als bei Anne landeten, die zusammen mit einem kleinen Team jedes Jahr all den Kindern antwortete. Auch ich war mal ein kleiner Junge gewesen und hatte diese Antwortschreiben erhalten. Jedes Jahr aufs Neue und erst als Teenager war ich dahintergekommen, dass sie gar nicht vom echten Santa stammten. Anne war einfach die beste Seele der Stadt und würde es für immer bleiben. Sie hatte diese eine besondere Superkraft, denn sie konnte gebrochene Herzen sehen. Sie sah Trauer hinter strahlenden Augen und Angst hinter mutigen Taten. Vermutlich würde ich ihr aus diesem Grund aus dem Weg gehen müssen, sobald sie wieder aus ihrem Urlaub zurück war. So sehr ich mir gewünscht hatte, das Kapitel Sue beendet zu haben, so sehr musste ich mir eingestehen, dass ich das Buch vorzeitig zugeklappt hatte. Ich hatte es einfach abgebrochen, weil es mir nicht gepasst hatte. Keine Ahnung, was für Zeilen nun folgten, ob sie mir gefielen, oder nicht. Fakt war, dass man Geschichten zu Ende erzählen musste, bevor man sie zwischen Buchdeckeln einschloss, denn sonst stellte man sich womöglich immer und immer wieder die alten Was-wäre-wenn-Fragen.

Seufzend schleuderte ich ein unbehandeltes Stück Holz, das so krumm und schief und voller Astlöcher war, dass ich es unmöglich verwenden konnte, in hohem Bogen in den Reste-Karton neben der Tür. Nachher würde ich ihn rüber zu Mom und Dad bringen, damit sie das Holz im Kamin verfeuern konnten. Ich setzte die Schutzbrille ab, die mir wie immer schmerzvoll gegen den Nasenrücken gedrückt hatte, und begutachtete den Haufen an quadratischen Klötzen auf meiner Arbeitsfläche. Als Nächstes würde ich sie an der Drehmaschine bearbeiten und so nach und nach kleine Sockel für Schneekugeln herstellen. Jeden Monat fand ein neuer Kreativ-Workshop für interessierte Mellowianer statt, und diesen Dezember sollten Schneekugeln selbst hergestellt werden. Mrs. Innings hatte mir aufgetragen, doch bitte die Holzsockel dafür zu fertigen. »Wieder ein unbezahlter Auftrag der Stadt«, seufzte ich kopfschüttelnd und entschied in genau diesem Moment, dass es so nicht weiterging. Mit einem Kloß im Hals stiefelte ich zur Garderobe, um mein Handy aus der Jackentasche zu fischen. Mit flinken Fingern suchte ich nach Mrs. Innings Kontakt und wählte ihn an. Mir egal, dass es bereits später Abend war.

»Wer stört um diese Zeit?«, trällerte die Bürgermeisterin ins Telefon, wobei ihr Tonfall nicht zu den Worten passte, was mich im ersten Augenblick irritierte.

»Blake«, räusperte ich mich. »Hier ist Blake, ich muss etwas mit Ihnen besprechen.«

»Ach, gut, dass du anrufst.« Sie atmete erleichtert aus, und ich nahm eine seltsame Geräuschkulisse im Hintergrund wahr. Ein Tumult aus Stimmen, die durcheinandersprachen, und so laute Weihnachtsmusik, dass ich von hier aus hätte mitsingen können. Außerdem – täuschte ich mich, oder schwang in ihrer Stimme ein lallendes Säuseln mit? War die Bürgermeisterin etwa betrunken?

»Sind Sie auf einer Party?« Verdutzt zog ich die Augenbraue hoch und schielte zur Wanduhr. Halb zehn.

»Was? Nein, Jungchen«, lachte sie und versuchte, ein Hicksen zu tarnen, was darin endete, dass sie grunzte.

»Mrs. Innings«, setzte ich erneut an. »Ich muss etwas mit Ihnen besprechen.« Mir schwante, dass es ausweglos war.

»Perfekt«, japste sie. »Machen wir so.«

»Was?« Verzweifelt raufte ich mir die Haare. Mein Geduldsfaden war grundsätzlich schon sehr kurz, doch bei angetrunkenen Leuten ähnelte er eher einer Zündschnur, die blitzschnell Feuer fing und mich zum Explodieren brachte. »Was machen wir?«

»Entschuldige«, schrie sie plötzlich ins Telefon. Prima, anscheinend war sie schon an dem Punkt, an dem ihre Lautstärkeregelung nicht mehr ganz funktionierte. »Weißt du was?« Ja, dachte ich. Ich wusste eine Menge. Angefangen damit, dass ich es hasste, mit Betrunkenen zu sprechen, denn das war wie mit einem Baby zu diskutieren. Und ich wusste auch, dass ich dieses Gespräch um jeden Preis schnell beenden wollte. Ich ging nicht auf ihre rhetorische Frage ein und wartete ab, in der Hoffnung, sie würde nicht vergessen, was sie sagen wollte.

»Komm vorbei«, schlug sie vor. »Wir sind bei Gaddy und Meorge.« Hoffentlich meinte sie Maddy und George. »Und wir haben Kekse und Kakao«, lockte sie mich. »Mit Schuss«, fügte sie mit einem Krächzen hinzu, das wohl eigentlich ein verführerisches Flüstern hätte werden sollen, aber eher an eine Hexe erinnerte.

»Oh ja, einen Schuss haben Sie auf jeden Fall«, murmelte ich Augen verdrehend. Mein Blick blieb an den Rohlingen für die Schneekugel-Sockel hängen, und mir kam eine Idee. »Wissen *Sie* was?« Ha, ich konnte ebenfalls so dusselige, rhetorische Fragen stellen. »Ich komme vorbei.«

»Willst du Kakao mit Schussi?« Sie flüsterte ins Telefon, als wäre die Frage verboten.

Schussi? »Klar«, seufzte ich. »Warum nicht? Ich bin in einer Viertelstunde da«, erklärte ich und hoffte, dass der *Schussi* in meinem Kakao nicht knauserig ausfiel. Auch wenn ich selten mehr trank als das obligatorische Wochenendbier mit Dad und Devon, schwante mir, dass ich den Alkohol heute Abend gebrauchen konnte.

Ohne viel Zeit zu verlieren, öffnete ich den schmalen Verschlag, in dem ich Faltkartons für die Auslieferung meiner kleineren Stücke lagerte, und holte einen mittelgroßen daraus hervor. Der Blick aus dem Fenster, das zur Straße hinausging, bestätigte mir, dass der Schneefall zum Abend hin stärker geworden war. Mit einem Schwung fegte ich sämtliche Holzwürfel in den Karton und schloss den Deckel, um sie vor dem Schneetreiben vor der Tür zu schützen. Bevor ich in meinen Winterparka schlüpfte und mich zudem in Schal, Mütze und Handschuhe hüllte, klopfte ich meine Arbeitskleidung grob aus. Sogleich umhüllte mich eine Staubwolke aus Millionen, nein Trillionen feiner Holzpartikel, die sogar mir in der Nase kitzelten, obwohl ich seit Jahren abgestumpft war, was diesen besonderen Staub anging. Ich tauschte meine Werkstattschuhe gegen meine Winterboots und trat, bewaffnet mit der Pappbox und einem eisernen Willen, auf das Glatteis vor der Tür. Um ein Haar hätte ich mein Gleichgewicht verloren, und fluchend schlitterte ich die paar Meter bis zu meinem SUV.

Auf dem kurzen Weg zu *Maddy's/Gaddy's Bakery* begegnete ich dem freiwilligen mellowianischen Winterdienst, der aus dem alten Mr. Bagott und seinem Enkel Chester bestand. Ich grüßte sie nickend und war froh drum, nicht an ihrer Stelle die öffentlichen Gehsteige von Schnee befreien und streuen zu müssen, damit niemand stürzte. Ich parkte direkt vor der Bäckerei, aus der gedimmtes Licht nach draußen drang. Der Qualm, der aus dem Schornstein des Gebäudes quoll, verriet mir außerdem, dass sie den Kamin im Ladeninneren angezündet hatten. Mit den Sockelrohlingen im Gepäck kündigte ich mich mit einem Klopfen an und drückte die Klinke mit dem Ellenbogen herunter, um einzutreten.

»Blake ist da«, trötete Mrs. Innings und klatschte erfreut in die Hände. Woher kam diese Euphorie? Ich konnte mich nicht erinnern, jemals so herzlich von ihr begrüßt worden zu sein. Vielleicht wäre es gar nicht so schlecht gewesen, wenn Mrs. Innings öfter Bekanntschaft mit *Schussis* gemacht hätte.

»Hey«, grüßte ich in die Runde und stellte den Pappkarton auf einem Tisch ab, der wie ein paar Weitere an den Rand geschoben war. Aus den anderen Tischen war in der Mitte des Raums eine Tafel aufgebaut worden, auf der Teelichter in kitschigen Behältnissen brannten. Vereinzelt sah ich Tannenzweige herumliegen, auf den Tischen, Stühlen und auf dem Boden, der zudem über und über mit Glitzer bestäubt war. Es roch nicht nur nach Kakao, Gebäck, Rum und Amaretto, sondern auch nach einer Heißklebepistolen-Schlacht. »Vielleicht sollte man mal ein Fenster öffnen«, schlug ich naserümpfend vor und wartete gar nicht erst auf Zustimmung, sondern öffnete für einen Moment die Eingangstür, die hinter mir bereits ins Schloss gefallen war.

»Wir haben heute Weihnachtskränze gebastelt«, erklärte George und strahlte mich an wie ein Kleinkind. Seine Wangen und seine Nase glühten, als wollte er Rudolph Konkurrenz machen, was womöglich am Kakaobecher in seiner Hand lag. Um seinen Hals baumelte einer der besagten Kränze, der aussah, als hätte Elsie ihn gemacht. Pink, glitzernd und zerrupft wie ein Huhn auf der Flucht.

»Sehr erfolgreich, wie ich sehe«, schmunzelte ich und pellte mich aus meiner Jacke, nachdem ich die Tür geschlossen hatte.

»Komm her, komm her«, winkte Mrs. Innings mich zu einem freien Stuhl. Ich entschied, noch zu warten und sie nicht sofort mit meinem Anliegen zu konfrontieren, mich erst einmal der Runde anzuschließen. Erst jetzt blickte ich mich genauer um und erkannte ganz am Ende der Tafel niemand Geringeren als meinen Bruder mit seiner Verlobten Riley. Er hatte seinen Arm auf ihre Stuhllehne gelegt, und sie saß seitlich da, die Beine auf seinem Schoß ausgestreckt, und unterhielt sich ausgelassen mit Leena, die auf Devs anderer Seite saß. Neben ihr war ein Stuhl frei und auf dem daneben saß Sam, Leenas Verlobter. Ich brauchte keinen Universitätsabschluss, um mir zusammenzureimen, wer in dieser Runde garantiert nicht mehr lange fehlen würde. Fuck! Ich nahm Mrs. Innings den Kakao, den sie mir freudestrahlend hinhielt, aus der Hand und gönnte mir einen großen Schluck. War ich denn zu keiner Zeit und nirgends mehr sicher vor meiner Vergangenheit, vor Sue? Ich begegnete Devons Blick, der verschmitzt einen Mundwinkel anhob und mir zuzwinkerte, ehe er mir mit einem Kopfnicken bedeutete, zu ihnen zu kommen. Ich entschuldigte mich blinzelnd bei Mrs. Innings und umrundete die Tafel, steuerte zielgerichtet auf den freien Stuhl neben Riley zu, der sich unglücklicherweise am nächsten zum Kamin befand. Es reichte ja nicht, dass ich auch so schon unter meinem Arbeitspullover schwitzte.

»Was macht ihr alle hier?« Devon hielt mir die Faust hin, und ich stieß mit meiner dagegen, drückte Riley einen brüderlichen Kuss auf die Wange und nickte Leena und Sam grüßend zu.

Rileys Oberkörper drehte sich zu mir herum, wobei ihre Beine auf Devs Schoß liegen blieben. Mir brach schon allein beim Anblick dieser Drehung der Rücken, doch Rileys Tänzerinnenkreuz konnte das allem Anschein nach nichts anhaben. »Eigentlich fing alles damit an, dass Leena, Abby, Sue und ich Weihnachtskränze basteln wollten«, erklärte sie in getragenem Ton. Sie fuhr sich mit ihren zierlichen Fingern durch das lange, blonde Haar, in dem sich vereinzelte Überreste der Kränze verfangen hatten. »Dev und Sam wollten Leena und mich abholen, da hat George ihnen Kakao angeboten und jetzt sitzen wir hier«, grinste sie achselzuckend.

»Klingt absolut plausibel«, erwiderte ich lachend und lehnte mich in meinem Stuhl zurück, wobei ich hoffte, dass meine lockere Haltung glaubwürdig wirkte. Denn eigentlich stand ich unter Strom. Unauffällig ließ ich den Blick durch den Raum schweifen. Mir selbst brauchte ich nichts vorzumachen: Ich hielt Ausschau nach Sue, die jeden Augenblick durch die Tür hinter dem Tresen spazieren kommen musste, die zur Küche, Maddys und Georges Wohnung und der Besuchertoilette führte. »Und Abby ist schon zu Hause?« Ich blickte mich nach meiner Stiefnichte in spe um, wobei sie genau genommen nicht meine wirkliche Stiefnichte war, allerdings fühlte es sich für uns an wie ein klassisches Onkel-Nichte-Verhältnis.

Riley nickte errötend. »Ihr wurde es hier wohl etwas zu *peinlich*.« Sie zeichnete Gänsefüßchen in die Luft. »Hoffentlich ist meine Schwester wirklich zu Hause«, murrte sie gedämpft, woraufhin Dev ihr Gesicht sanft am Kinn zu sich herumdrehte.

»Ist sie«, versicherte er ihr mit so viel Zuneigung in der Stimme, wie ich sie wohl niemals würde aufbringen können.

»Ich sollte mir ein Babyfon besorgen«, meinte Riley Augen verdrehend und voller Ironie.

»Klar. Bewacht zu werden finden Teenager doch super.« Ich zwinkerte ihr grinsend zu und griff nach meinem Becher. Wo zur Hölle blieb Sue?

Mein Bruder beugte sich über Riley zu mir herüber und senkte die Stimme. »Sie ist gleich zurück, holt nur irgendeine Mappe«, informierte er mich.

»Wer?« Mich dumm zu stellen machte meine Glaubwürdigkeit zunichte.

Schnaubend schüttelte mein kleiner Bruder den Kopf und zog eine Augenbraue hoch, als er sich zurück gegen seine Lehne sinken ließ. Vermutlich wollte er mir mit diesem überheblichen Gesichtsausdruck klarmachen, dass ich für ihn nur allzu durchschaubar war. Zu gern hätte ich ihn jetzt in den Schwitzkasten genommen, um ihm das Haupt zu polieren.

Just in diesem Moment vernahm ich das Klacken der Eingangstür, die ins Schloss fiel, zusammen mit einem angenehm kalten Windzug. Krampfhaft darauf bedacht, lässig zu wirken, drehte ich den Kopf herum, ein beiläufiges Lächeln auf den Lippen. Was dann in meinem Körper geschah, machte mich selbst fassungslos. Ich sah Sue, wie sie Maddy, der ihr die Tür geöffnet hatte, freudestrahlend angrinste. Sie hatte besagten Ordner auf dem Tisch abgelegt, und ich beobachtete jede ihrer selbstsicheren Bewegungen, die mich schon damals in ihren Bann gezogen hatten. Mein Herz polterte aufgeregt gegen meinen Brustkorb. Schwungvoll drehte sie sich aus ihrem Schal und ließ ihn gemeinsam mit ihren Handschuhen und der Mütze auf den Tisch fallen. Ihr glattes, dunkles Haar hatte sich im Nacken verwirbelt, was ihr einen Frisch-aus-dem-Bett-Look verpasste. Nicht, dass ich gewusst hätte, wie sie aussah, wenn sie aufwachte. Das Poltern meines Herzens breitete sich aus, sodass mein Puls in meiner Kehle klopfte. Sie schlüpfte aus ihrer hellbraunen Jacke, die aussah, als wären einhundert flauschige Teddybären dafür draufgegangen, und plötzlich hielt sie inne. Als wäre ein Blitz durch ihren Körper gefahren, starrte sie auf den Tisch, auf dem in Ermangelung einer Garderobe all unsere Jacken lagen. Ich folgte ihrem Blick und realisierte, dass sie meinen Parka fixierte. Für einen Moment war es, als hätte jemand auf *Pause* getippt. Ich selbst bemerkte, dass ich das Atmen eingestellt hatte, und hoffte, niemand, insbesondere nicht Devon, bemerkte es. In Sues Gesicht regte sich etwas, sie runzelte die Stirn und sog die Lippen ein, straffte die Schultern, nur, um sie sofort wieder fallen zu lassen. Nachdrücklich schob sie ihre Jacke zur einzigen freien Stelle direkt neben meiner. Sie wollte genauso locker wirken wie ich, dabei sah ich ihr an, dass sie Höllenqualen litt. So wie ich. Konnte es sein, dass Sue vom gleichen Gefühlschaos heimgesucht wurde wie ich? Dass sie gleichermaßen versuchte, den Erinnerungen an unsere gemeinsame Vergangenheit zu entkommen? Und dass sie, so wie ich, kläglich scheiterte? Sie schnappte sich ihren Ordner, wobei mir sogar aus der Entfernung auffiel, wie ihre Finger zitterten. Ihr war nicht kalt, das bezeugten ihre rosigen Wangen. Meine Anwesenheit jagte ihr Angst ein, machte sie unsicher. Fahrig ordnete sie ihren Pony, dessen Spitzen ihr dank des Schneefalls an der Stirn klebten. Schnell, als wollte sie ein Pflaster abreißen, fuhr sie herum und trat professionell lächelnd auf Mrs. Innings zu, die auf den freien Stuhl neben sich klopfte und auf einen gefüllten Kakaobecher deutete.

6. Kapitel

Mist, Mist, Mist! Nichts anmerken lassen. Heute war der erste Abend, an dem ich ausgelassen war. Den ich mit meinen Freunden verbrachte und es genoss, mal kein schlechtes Gewissen zu haben. Denn auch, wenn ich mir immer wieder einredete, dass es *okay* war, endlich mal einfach in den Tag hinein zu leben, konnte ich dieses andere Gefühl nicht abstellen. Dieses Gefühl, etwas tun zu müssen, den Stunden des Tages einen Sinn geben zu müssen, sie nicht einfach so verstreichen zu lassen. Das Gefühl, dass die Agenda meines Lebens endlich einen nächsten Punkt brauchte, eine Richtung, und ich wieder einen Ort finden sollte, an den ich gehörte. Noch mehr als nach Saint Mellows. Noch nie in meinem Leben war ich so hin und her gerissen gewesen. Dass ich meine Heimatstadt samt all ihrer Bewohner liebte, stand außer Frage. Doch wollte ich wirklich *hier* versauern? Hier, wo der 24-Stunden-Minimarkt nur zehn Stunden geöffnet hatte? Wo das stadteigene Kino, das Cinemellow, Filme erst einkaufte und zeigte, wenn der Hype vorbei war? Wo mich Menschen auf der Straße grüßten, die meinen nackten Hintern gesehen hatten, weil ich als Kleinkind einmal auf der Flucht vor der Dusche nackt ausgebüxt war? *So viel* sprach gegen ein Leben in Saint Mellows, allen voran, dass ich hier keine berufliche Perspektive hatte. Meine Abschluss-Urkunde der *Columbia Law School* sollte nicht nur als schöne Erinnerung an ein Ziel über meinem Sofa an der Wand hängen, sondern in meinem eigenen Büro. Dort, wohin ich meine Klientel einlud, um ihnen dabei zu helfen, gegen die Ungerechtigkeit zu kämpfen. Wo diese Urkunde ihnen die Sicherheit gab, dass sie bei mir in den besten Händen waren. Ich träumte seit der Highschool von diesem eigenen Büro mit verglasten Türen und einem Blick auf irgendeine gottverdammte Skyline dieser Welt. Ich wollte auf blinkende Lichter und das rasante Leben, das sich in den Straßen abspielte, herabblicken. Wollte mich anonym unter Menschen begeben, Musik oder ein Hörbuch auf den Ohren, wollte Restaurants testen, in Clubs feiern und vielleicht sogar einem Mann begegnen, mit dem ich all dies teilen konnte. Wem sollte ich in Saint Mellows schon begegnen? Ich hatte nicht das Glück wie meine beste Freundin Leena, deren Leben sich durch ein schnödes Tombola-Los um 180 Grad gedreht hatte. Oder das von Riley und Devon, deren Liebe schon auf der Highschool begonnen hatte und wie durch ein Wunder wiedergefunden worden war. Wobei Riley auf dem Weg dorthin einen der schlimmsten Schicksalsschläge, den man sich vorstellen konnte, hatte durchmachen müssen.

»Liebesch, hörscht du mir überhaupt schu?« Mrs. Innings lallende Worte drangen in mein Bewusstsein, und ich schluckte, konzentrierte mich wieder aufs Hier und Jetzt. Die Bürgermeisterin tippte mit einem Stift, den sie verkehrt herum in der Hand hielt, auf der Agenda herum, die ich erstellt hatte.

»Sicher«, seufzte ich nickend, nahm ihr den Stift aus der Hand und setzte vorsichtshalber die Kappe darauf, bevor noch ein Unglück passierte. Betrunkene waren kaum besser als Dreijährige. »Und nein. Ich denke nicht, dass wir das Hockey-Match am gleichen Tag vorbereiten sollten, an dem wir feierlich den Weihnachtsbaum aufstellen.«

»Warum nisch?« Sie starrte mich durchdringend mit ihren glasigen Augen an und verschränkte ihre Finger ineinander, was ihr erst beim zweiten Anlauf gelang. Meine Güte, die hatte für heute wirklich genug. »Dasch spart Zeit!«

»Und lässt uns alle in Chaos versinken«, widersprach ich. »Wir haben nicht unendlich viele helfende Hände, die Mellowianer haben alle selbst noch Jobs«, tadelte ich sie nicht zum ersten Mal, seit ich zum Weihnachtsgremium gehörte. »Lassen Sie uns die Planung doch besser morgen noch einmal durchgehen, okay? Mit frischem Kopf.« *Und frischem Atem.* Nachdrücklich klaubte ich die Zettel zusammen und hob für eine Sekunde den Blick, was ich sofort bereute. Blake. Er sah mich an. Unbewegt, schamlos. Anders als bisher sah er nicht blitzschnell weg, als sich unsere Blicke trafen. Ich hatte die letzten Minuten kontinuierlich versucht, seine Anwesenheit zu ignorieren, dabei hätte ich schwören können, dass sein intensiver Duft nach Holz und Orange bis zu mir herüberdrang. Das war bestimmt Absicht, um mich aus der Fassung zu bringen. Erst war sein Blick so undurchdringlich, wie es typisch für ihn war. Als wäre es sein Markenzeichen, dass man ihn nicht durchschauen konnte. Doch dann, für den Bruchteil einer Sekunde, sah ich eine Emotion über sein steinernes Gesicht huschen. Ein zahmes Lächeln zupfte sachte an seinem Mundwinkel und blitzte in seinen Augen auf. Da realisierte ich, dass meine Situation, mein *Gespräch* mit Mrs. Innings ihn amüsierte. Statt kapitulierend die Lider zu senken oder ihn einfach weiterhin in Grund und Boden zu starren, entschied ich mich für ein Waffenstillstandsangebot. Als ich mir sicher war, dass nur Blakes Blick auf mir lag, deutete ich mit einem so leichten Kopfnicken, dass es kaum auffiel, auf Mrs. Innings, verdrehte die Augen und schmunzelte. So kurz, dass es dem Flügelschlag eines Kolibris gleichkam. Doch auch so eklatant, dass Blake gar nicht anders konnte, als es wahrzunehmen.

Kaum hatte ich mich von ihm abgewandt, fluteten Emotionen meinen Körper, die mir wie eine Welle aus heißem Kakao mit doppeltem, nein dreifachem Schuss in den Eingeweiden brannten. Ich spürte, wie mir Hitze ins Gesicht stieg, ja sogar meine Ohren glühten, und ich hoffte, dass man es mir durch das schummrige Licht des Feuers und der Lichterketten nicht ansah. Ich hatte es wirklich gewagt, hatte als erste eingelenkt und ihm ein winziges Friedensangebot gemacht. Ein heimliches, so wie damals, als niemand auch nur geahnt hatte, dass Blake und ich uns überhaupt beim Namen kannten. Was er jetzt damit anstellte, blieb allein ihm überlassen. Doch ich für meinen Teil brauchte mir keine Vorwürfe mehr machen oder mich fragen, was das zwischen uns war. Denn meine Reaktion gerade war eine Einladung gewesen, es herauszufinden. Ob Blake zur Party erschien, lag ganz bei ihm.

»Na gut«, lenkte die Bürgermeisterin ein und nickte unaufhörlich wie eine dieser solarbetriebenen Wackelkopffiguren, die man ab und zu auf Armaturenbrettern fand. »Morgen ruf dischan.«

»Klar«, grinste ich und legte ihr eine Hand auf den Unterarm. »Schlafen Sie gut und nehmen Sie eine Aspirin«, riet ich ihr und klappte den Ordner schwungvoll zu. Aus dem Augenwinkel nahm ich wahr, wie Blake aufstand und am Kamin vorbei zur Eingangstür spazierte. Wie schaffte er es nur, so selbstsicher zu wirken? Seine Schultern waren gestrafft und der Rücken durchgedrückt, aber nicht zu sehr, als hätte er einen Stock im Arsch. Seine dunklen Haare, von denen ihm einzelne Strähnen vor die Augen fielen, glänzten im Licht des Feuers und sorgten dafür, dass ich mich augenblicklich danach verzehrte, mit den Fingern hindurchzufahren. Er bewegte sich aus meinem Blickfeld, sodass ich ihn nicht weiter unauffällig beobachten konnte, ohne den Kopf zu drehen, und ich unterlag der Versuchung. Ich schaffte es nicht, mich gegen den Drang zu wehren, und folgte ihm mit dem Blick. Er griff nach einer Kiste, die unter einem der Tische am Eingang gestanden hatte und mir vorhin nicht aufgefallen war. Vermutlich, weil ich so abgelenkt gewesen war von seinem Winterparka, der mir unweigerlich verraten hatte, dass er sich ebenfalls hier aufhielt. Dass er, warum auch immer, zu dieser ungeplanten Mini-Weihnachtsfeier gestoßen war, als hätte er es darauf abgesehen, mir überallhin zu folgen und mich aus dem Konzept zu bringen. Blake schlenderte, den Pappkarton in den Händen, direkt auf … mich zu? Ich zog warnend die Augenbrauen zusammen, denn ich hatte ihm zwar ein flüchtiges Angebot zum Waffenstillstand unterbreitet, war allerdings noch nicht bereit, ihm *sofort* so nah zu sein oder mich gar mit ihm zu *unterhalten*. Schluckend verschränkte ich die Arme vor der Brust und hoffte, er würde den abweisenden Wink verstehen. Doch zu meiner Überraschung überging er mich einfach, würdigte mich nicht einmal eines Blickes. Was mir, so ungern ich es zugab, auch wieder nicht passte. Meine Güte, was war nur los mit mir? Ich wollte nicht mit Blake sprechen. Nicht hier, nicht vor all den anderen. Doch gleichzeitig spürte ich

Trotz in meiner Brust wüten, eben weil er mich *nicht* angesprochen hatte.

»Mrs. Innings«, wandte er sich stattdessen an die Bürgermeisterin. »Wir wollten noch etwas besprechen.«

»Wasch? Ja, klar, komm her, Plake«, nuschelte sie und winkte ihn zu sich heran. Was unsinnig war, da er schon direkt neben uns stand. »Wasch liegt dir aufm Herzn?«

»Wäre ich doch nur schon vor drei Bechern Kakao mit Schussi gekommen«, stöhnte Blake, was mir ein unfreiwilliges Prusten entlockte, das ich schnellstmöglich als Hüsteln zu tarnen versuchte. Doch vermutlich hätte ich auch ein großes Schild in die Höhe halten können, auf dem »*Ha Ha Ha, ich lache*« stand. Blake ignorierte mich.

»Kakao?«, wiederholte Mrs. Innings und zog ihren Becher zu sich heran, schielte hinein und verzog die Mundwinkel enttäuscht nach unten. »Ist leer«, informierte sie Blake und zuckte entschuldigend mit den Schultern. Oh Mann, war das witzig! Ich durfte nicht lachen, obwohl der Spott an meinen Lippen kitzelte. Auf gar keinen Fall durfte ich zeigen, wie sehr mich Blakes *Unterhaltung* mit der betrunkenen alten Dame erheiterte.

Blake stellte ungefragt sein Bein auf das Stückchen Sitzfläche, das auf meinem Stuhl hinter meinem Po frei war. Ich saß im Schneidersitz da und war aus meinen Winterboots geschlüpft, die unter dem Tisch lagen. Mein Blick, dem meine Empörung hoffentlich anzusehen war, lag auf seinem schwarzen Schnürboot, wanderte dann aber peinlich berührt zu meinen pinken Socken, auf denen Weihnachtsmützen tragende Einhörner Pole-Dance an Zuckerstangen ausübten. Leena hatte eine Schwäche für hässliche, zu den Jahreszeiten passende Socken und hatte mir dieses äußerst spezielle Paar letztes Jahr in ihren für mich selbst gebastelten Adventskalender gepackt. Zusammen mit vielen anderen, sodass sie mir auch ja nicht ausgingen und meine Füße sich jeden Tag fühlen konnten, als wären sie auf einem weihnachtlichen LSD-Trip. Ich zwang meinen Körper dazu, nicht auf Blakes Berührung zu reagieren. Wenn man es denn überhaupt so nennen konnte, denn im Grunde *streifte* mich nur die Spitze seiner dicken Schuhsohle.

Er stellte die Box auf seinem angewinkelten Oberschenkel ab und stützte sie mit einer Hand, um mit der anderen den Deckel abzunehmen. Was wohl dort drin war? Gespannt hielt ich den Atem an und beobachtete das Schauspiel. Meine Finger umschlangen den Becher, der sich wie durch ein Wunder – ein Wunder namens Maddy – immer wieder mit Erwachsenen-Kakao füllte, und wenn ich dem nicht bald einen Riegel vorschob, würde ich später mindestens so blau wie Mrs. Innings durch die Straßen torkeln. Ohne Vorwarnung hob Blake die Kiste über den Tisch und leerte sie aus, sodass unzählige Holzklötze polternd herausfielen. Sämtliche Blicke zuckten zu ihm. Und unweigerlich auch zu Mrs. Innings und mir. Mich unauffällig aus der Affäre zu ziehen war unmöglich. Dazu kam, dass ausgerechnet jetzt ein Liederwechsel war und Katy Perry's *Cozy Little Christmas* von Jordin Sparks' *Oh, It's Christmas!* abgelöst wurde. Für eine Sekunde herrschte absolute Stille im Raum, doch die Blicke sprachen Bände. Maddy und George waren aufgeregt ob des nagelneuen Tratschs, den sie morgen taufrisch in der Stadt verbreiten konnten, und auch in den Gesichtern meiner Freunde las ich pure Neugierde. »So«, durchbrach Blake das Schweigen und ließ den Pappkarton achtlos neben sich auf den Boden fallen. »Das«, er deutete mit der ausgestreckten Hand auf das Holz, »sind die Sockel für Ihre Schneekugeln.« Er klatschte die Hände ineinander, wie um sie von Staub zu befreien, und stemmte in Erwartungshaltung die Arme in die Hüften. »Bitte, danke, gern geschehen.«

»Dasin keine Gockel«, hickste Mrs. Innings empört. »Ss-sockel, meine ich.« Sie stupste den Holzwürfel, der obenauf thronte, erstaunlich zielgenau mit dem Zeigefinger an, woraufhin dieser Klotz für Klotz herunterpurzelte und haarscharf vor der Tischkante liegen blieb. Sie schluckte und schüttelte den Kopf, als versuchte sie, ihr alkoholisiertes Sprachzentrum auszunüchtern. »Ichhab dir doch eine Sssskizze gezeigt«, faselte sie mit gerunzelter Stirn. »Die sah anners aus.«

»Die *Gockel*«, wiederholte Blake hämisch grinsend, »sind auch noch nicht fertig. Allerdings mag ich mir nicht mehr von Ihnen, und erst recht nicht von Rupert, auf der Nase herumtanzen lassen.« Desillusioniert und auch etwas begriffsstutzig glotzte sie Blake an, als wartete sie auf eine weitere Erklärung. Ich ahnte schon, worauf das hinauslaufen sollte, und fragte mich, ob Blake das wirklich hier und jetzt, vor uns allen besprechen wollte. Seufzend legte er den Kopf schief und versuchte, einen etwas freundlicheren, gar versöhnlichen Ton anzuschlagen. »Ich kann es mir nicht mehr leisten, für all diese vermeintlich *kleinen Gefälligkeiten*, die *ja für die Stadt* sind, keine Rechnung zu stellen«, erklärte er, und irgendwie fand ich es mutig von ihm. Nicht, weil er die Bürgermeisterin vor allen Anwesenden zur Rede stellte – das fand ich sogar etwas fies, vor allem, da sie ordentlich einen im Tee hatte –, sondern, weil er ohne mit der Wimper zu zucken zugab, sich etwas nicht leisten zu können. So, als wäre das überhaupt keine Schwäche.

»Aber Blake!« Panisch fasste sich die Bürgermeisterin ans Dekolleté. »Du bisso teuer!«

Ich biss mir auf die Unterlippe, um ein Lachen zu unterdrücken, denn es klang einfach zu lustig. Der teure Blake legte seufzend den Kopf in den Nacken und eine Hand mitfühlend auf Mrs. Innings Schulter. »Wir werden uns schon einig werden, meinen Sie nicht?« Er drückte ihre Schulter, und ich starrte wie gebannt auf seine Hand, verfolgte unwillkürlich die zarten Narben und frischen Kratzer, blieb an seinen gepflegten Fingernägeln hängen und zwang mich schließlich mit aller Kraft, den Blick loszueisen.

»Einen Quarter pro Sockel«, murrte die Bürgermeisterin und verschränkte die Arme vor der Brust.

»Sagen wir einen halben Dollar pro Sockel ohne Schutzlasur«, entgegnete Blake, als wären wir auf dem alljährlichen Trödel-Basar-Festival gewesen, das jedes Jahr im Herbst stattfand und eigentlich nur dafür sorgte, dass Schrott, den man nicht mehr brauchte, von einer Garage in die nächste zog. »Sie wissen hoffentlich selbst, dass meine Handwerkskunst um *einiges* mehr wert ist?«

»Gut«, lenkte sie mürrisch ein und zog eingeschnappt die Augenbrauen zusammen, was ihr ein fast kindliches Aussehen verlieh.

»Prima«, lächelte Blake breit, wandte mir urplötzlich den Rücken zu, sodass ich gar keine Chance hatte, mich abzuwenden, und bückte sich nach dem Karton. Sein Hintern, der in einer mit Holzstaub bedeckten Arbeitshose steckte, befand sich mit einem Mal direkt vor meinem Gesicht. Errötend wandte ich den Blick ab und suchte auf dem Boden meines Kakaobechers nach der Antwort auf die Frage, warum zur

Hölle Blake mir seinen Po auf dem Präsentierteller servieren musste.

Die Bürgermeisterin wandte sich an mich und tatschte eindringlich auf meine Mappe. »Ssschreib dasch auf die Koschtenlischte, Liebesch«, fuhr sie mich an, als wäre ich schuld an dieser Ausgabe.

»Genau«, grinste Blake mich an. »Schreib das auf«, wiederholte er Mrs. Innings Worte. »*Liebes.*« Er zwinkerte mir kaum wahrnehmbar mit dem rechten Auge zu, wobei sich auch auf seinen Lippen ein zartes Lächeln abzeichnete. Eines, das nicht hämisch war, nicht falsch, nicht schadenfroh oder überheblich. Dieses flüchtige Lächeln war der Blake von früher. Der Blake, dem ich mein Herz ausgeschüttet hatte, und der, an den ich es um ein Haar auch verloren hatte.

Blake

Es klopfte an meiner Werkstatttür, und noch bevor ich *Herein* rufen konnte, schwang sie auf. »Hey«, begrüßte mein Bruder mich und wandte sich zur Seite, um die Musik, die aus meinem uralten Werkstattradio tönte, herunterzudrehen. Normalerweise verband ich einfach mein Smartphone mit Bluetooth-Boxen, doch ich hatte das Ladekabel dafür verlegt. Ausgerechnet heute, wo ich viel zu früh auf den Beinen war, war der Akku leer gewesen. »Hab ich es doch richtig gesehen, dass schon Licht bei dir brennt.« Lernfähig, wie er war, trat er seine Schuhe am Eingang ab und kam, ohne eine Schneespur durch meine Werkstatt zu ziehen, zu mir herüber.

Mit einem Kopfnicken deutete ich auf meine Pinnwand.

»Komm mir nicht zu nah«, warnte ich ihn mürrisch und hob das Drechselmesser in meiner Hand gespielt bedrohlich in die Höhe. »Das ist nicht meine Zeit, ich habe einen Arsch voll Arbeit, weshalb ich Extraschichten schieben muss, und am schlimmsten ist, dass ich noch keinen Kaffee intus habe. Könnte also sein, dass ich *versehentlich* ausschlage.« Ruckartig öffnete ich das Dreibackenfutter, in das ich eins der Holzstücke für die Sockel eingespannt hatte, um es an der Drechselbank zu drehen. »Wusstest du, dass das *Anne's* um sechs Uhr morgens noch nicht geöffnet hat?« Mit Nachdruck stellte ich den fertigen Gockel-Sockel für den Schneekugel-Kreativkurs zu seinen Freunden, die ich bereits fertiggestellt hatte. »Acht Dollar«, zählte ich seufzend mit. Bisher hatte ich sechzehn dieser Sockel fertiggestellt und konnte selbst nicht fassen, wie viel Zeit ich in ihre Fertigstellung investiert hatte. Jeder andere hätte in Windeseile irgendwelche Sockel gedreht, erst recht, wenn man pro Stück nur einen halben Dollar verdiente. Doch das konnte ich nicht. Meine Arbeiten waren vernünftig, hatten Qualität. Sogar diese beknackten Gockel-Sockel für diesen behämmerten Kreativkurs.

»Ja?«, grinste er mit hochgezogener Augenbraue, und ich entdeckte, dass er in jeder Hand einen Kaffeebecher hielt. Der traute sich was.

»Klar«, murrte ich. Natürlich wusste er das. »Du schläfst mit der Barista, stimmt ja.« Ich deutete mit einem Brummen auf die Becher. »Wenn du nicht vorhast, mir einen von denen zu geben, muss ich dich leider hochkant rauswerfen. Mit dem Gesicht voran in den Schnee.«

Lachend schüttelte er den Kopf und sah auf die Becher, aus denen neben heißem Dampf auch betörender Kaffeeduft stieg.

»Der ist eigentlich für einen Kollegen, aber er sieht es mir bestimmt nach, wenn ich ihm erzähle, dass mein liebenswürdiger großer Bruder, ein absoluter Morgenmensch, mich verprügelt hätte, wenn ich ihm nicht seinen Kaffee gegeben hätte.«

Ich zuckte mit den Schultern und grinste. »Also ich finde es glaubwürdig.« Routiniert griff ich nach einem weiteren Rohling, um ihn in die Drehbank zu spannen. Ächzend drückte ich den Rücken durch, fasste mir mit den Händen in den Nacken und massierte ihn. Ich schlenderte zu Devon, der die Getränke auf meiner frei geräumten Arbeitsplatte abgestellt und sich einen Drehhocker herangezogen hatte. Er öffnete den Reißverschluss seines Mantels und folgte meinem Blick, der zur Wanduhr neben der Eingangstür ging.

»Ich muss erst in zwanzig Minuten los«, beantwortete er meine unausgesprochene Frage. »Heute ist eine morgendliche Schulversammlung wegen des kommenden Weihnachtsballs. Mr. Mills Geschwafel über sexuell übertragbare Krankheiten und die Auswirkungen von heimlich auf die Party geschmuggeltem Alkohol reicht bis in die erste Stunde. Da muss ich nicht anwesend sein, der Vortrag ist nämlich noch der Gleiche wie vor acht Jahren.«

»Was hab ich doch für ein Glück, dass Direktor Mills sich so gern reden hört«, murmelte ich und setzte den seltsam geformten To-go-Becher an die Lippen. »Was ist das denn für ein Ding?« Kritisch beäugte ich das dunkelrote Trinkgefäß, das sich anfühlte wie festes Silikon. Wenn ich minimal Kraft aufwendete, konnte ich die Becherwände sogar eindrücken. Ich drehte und wendete ihn und blieb an einem Schriftzug hängen. *Anne's – Saint Mellows – Est. 1973.*

»Die kann man ab heute bei Anne kaufen oder leihen«, erklärte Devon stolz, als hätte er etwas damit zu tun. »Ziemlich cool, oder? Man kann sie ineinander drehen, dann falten sie sich zusammen. Riley hat ein paar davon herstellen lassen. Jetzt kann niemand mehr rumheulen, dass man immer an seinen Becher denken muss.«

»Du willst mir erzählen, in Saint Mellows gibt es jetzt *faltbare* Coffee-to-go-Becher, die man sich *ausleihen* kann?« Schmunzelnd nahm ich einen weiteren Schluck. »Fortschrittlich.«

»Ein bisschen frischer Wind schadet unserer Stadt nicht, oder?«

»Kommt drauf an, aus welcher Richtung er weht«, entgegnete ich.

»Wind aus New York schmeckt dir wohl nicht so?« Devon gab mir unter der Arbeitsplatte einen Tritt gegen das Schienbein und grinste mich herausfordernd an.

»Keine Ahnung, worauf du hinauswillst«, brummte ich und setzte noch eine Drohung hinzu. »Aber wenn du mich noch einmal trittst, spielen wir gleich eine Runde *Steck Devon den Schwanz an* statt *Steck Rudolph die Nase an*, verstanden?«

Devon stieß mit seinem Becher prostend gegen meinen. »Trink deinen Kaffee, Sonnenscheinchen!« Er erhob sich und schlenderte zu meiner Pinnwand, um sich meine Aufträge anzusehen. Auf dem Weg dorthin fuhr er hier und dort mit der Handfläche oder bloß den Fingerspitzen über diverse Holzarbeiten, die ich zeitnah fertigstellen sollte, wenn ich sie nicht mit ins nächste Jahr nehmen wollte. Außerdem waren die Kunden immer glücklicher, wenn ich ihnen ihre Stücke noch vor Weihnachten lieferte, denn dann konnten sie mit ihnen vor ihrer Verwandtschaft angeben. Mit vor Überraschung hochgezogenen Augenbrauen drehte er seinen Oberkörper zu mir herum. »Du hast deine Arbeiten unterteilt in *Fairfields Wooden Art* und *verdammte Gefälligkeiten für die verdammte Stadt*?« Er zeichnete mit seiner freien Hand Gänsefüßchen in die Luft und nahm feixend einen weiteren Schluck Kaffee, bevor er meine vorgefertigte Rechnung für die Sockel von der Wand nahm. »Wow, ich verstehe deinen Unmut immer mehr«, murmelte er und kam mit der Rechnung zu mir zurück.

»Ach ja?«, brummte ich und fuhr mir unbedacht mit der Handfläche über das Gesicht. »Fuck«, fluchte ich, da ich mir den feinen Holzstaub, der unsichtbar an meinen Fingern klebte, in die Augen gerieben hatte. Leider passierte mir das viel zu häufig, sodass ich mich nicht wundern brauchte, sollte ich irgendwann wegen einer Netzhautverletzung in der Notaufnahme landen. Mit zusammengepressten Lidern hangelte ich mich zu der unscheinbaren schmalen Tür, hinter der sich ein winziges Badezimmer versteckte, um mir die Augen auszuspülen. Mir war dieses Malheur bereits so oft passiert, dass Devon mir schon gar nicht mehr panisch hinterher eilte oder mich ins Bad geleitete wie einen alten, klapprigen Mann über die Straße. Stattdessen wartete er geduldig an der Arbeitsplatte, bis ich zurück war, und nahm den Faden wieder auf, als wäre zwischenzeitlich nichts passiert.

»Ich würde mich tierisch ärgern, wenn ich um sechs Uhr morgens in meiner Werkstatt stehen müsste, um für fünfzehn lausige Dollar irgendwelche Kleinteile zu drehen.« Er deutete mit der Rechnung in der Hand auf die Drechselbank.

»Danke für deine Anteilnahme«, spottete ich und war versucht, ihn aus Frust vom Hocker zu schubsen.

Lachend führte mein Bruder seinen Kaffee zum Mund, und

ich fragte mich, wie er um kurz vor acht Uhr schon so munter und fröhlich sein konnte. »Aber zurück zum Wind aus New York.«

Ich stöhnte auf. Er konnte es einfach nicht lassen. Was war nur los mit ihm? Ich vermisste meinen kleinen Bruder, der mich und meine Angelegenheiten einfach in Ruhe gelassen hatte. Seit er zurück in Saint Mellows und wieder mit Riley zusammen war, schien er es sich zur Aufgabe gemacht zu haben, mir meinen allerletzten Nerv zu rauben. »Da weht nichts.« Ich zuckte gleichgültig mit den Schultern, war aber insgeheim froh um den Silikon-Kaffeebecher, da ich meine verräterischen Finger darum krallen konnte. Sobald ich intensiver an Sue dachte, ergriff ungewohnte Nervosität Besitz von mir.

Seufzend faltete Devon seinen Becher zusammen und sah mich eindringlich an. »Ich sehe es, Blake«, informierte er mich mit ruhiger Stimme, in der kein Spott, nichts Verachtendes und keine Belustigung mitschwangen. »Keine Ahnung, was zwischen dir und Sue läuft«, führte er weiter aus. »Aber...« Er stockte. Ich hätte zu gern gewusst, was er damit meinte, dass er es sah.

»Aber?«, hakte ich nach und zuckte zusammen, da mir klar war, dass ich dadurch irgendwie zugegeben hatte, dass da tatsächlich *etwas* mit Sue war.

»Aber lass es doch einfach auf dich zukommen«, riet er mir.

Ich reagierte mit einem Schnauben und kippte den restlichen Kaffee auf einmal hinunter. »Wozu?«

»Meinst du nicht, du hast es verdient?« Devs drängender Blick fraß mich geradezu auf.

»Was verdient?« Ich stellte mich ahnungslos, wobei ich wirklich nicht genau wusste, was er meinte.

Dev schnappte sich meinen Becher, faltete ihn ebenfalls zusammen und ließ ihn gemeinsam mit seinem in seine hässliche Messenger Bag fallen, bei der es ein Wunder war, dass sie nicht mittlerweile in ihre Einzelteile zerfiel, so alt war sie. »Lass es auf dich zukommen«, wiederholte er nur, nestelte am Reißverschluss seines Mantels herum, bis er es schaffte, ihn zu schließen, und machte auf dem Absatz kehrt. Ohne ein weiteres Wort, jedoch mit einem fast schon vorwurfsvollen letzten Blick über die Schulter, ließ er mich allein in meiner Werkstatt zurück. Er blieb mir die Antwort schuldig, und ich wusste, dass ich es zu meinem Leidwesen nicht schaffen würde, den restlichen Tag nicht mehr an seine Worte zu denken.

»Auf mich zukommen lassen«, wiederholte ich seine Worte entrüstet. Ich schnaubte und schüttelte den Kopf. Das schwere Gefühl in meinem Magen und die belegte Kehle waren wohl Zeichen genug, dass ich nichts Falscheres tun konnte, als irgendetwas, das Sue betraf, *einfach auf mich zukommen zu lassen*. »Einmal und nie wieder«, knurrte ich und stand auf, schob Devs und meinen Hocker zurück unter die Platte und stapfte zur Drehbank, um die restlichen vierzehn Sockel herzustellen. Es war in meinem Leben ein einziges Mal vorgekommen, dass ich jemanden so nah an mich herangelassen hatte, dass ich mich verletzlich machte. Auf gar keinen Fall beging ich diesen Fehler ein zweites Mal. Und erst recht nicht bei der gleichen Person, die mich schon einmal so enttäuscht hatte. »Auf gar keinen Fall!« Ich griff zum Drechselmeißel. Mehr als einen Waffenstillstand brauchte Sue nicht von mir zu erwarten. Und auch sonst niemand.

Sue

Zuversichtlich ließ ich den Gummi zuschnappen, der meinen neuen Heiligen Gral, die Organisationsmappe für die Saint Mellows Weihnachtsfestivitäten, zusammenhielt. »Das hätten wir«, grinste ich freudig und durchbrach die geruhsame Stille in der Küche, die lediglich vom leisen Dudeln akustischer Weihnachtslieder aus dem Echo Dot untermalt wurde. Mom saß an der Stirnseite des Esstischs, genau wie ich im Schneidersitz, auf ihrem Sessel, ihr iPad in den Händen. Dad saß an der anderen Stirnseite und hatte die Beine auf den Tisch gelegt. Sollte sich jemals jemand wundern, woher ich es hatte, dass ich nicht normal mit den Beinen unter dem Tisch sitzen konnte, würde ich denjenigen wohl in mein Elternhaus einladen müssen. Ich schmunzelte, griff nach einem zweiten Croissant, das mit Haselnusscreme gefüllt und mit Fäden aus grün und rot gefärbter Schokolade verziert worden war.

Dad sah von seinem E-Reader auf, auf dem er garantiert wieder irgendein Fantasy-Epos las. »Na? Alles in Sack und Tüten?« Er zog eine Augenbraue hoch und unter seinem dichten Schnauzbart, der die gleiche dunkle Farbe hatte wie sein kurz geschnittenes, lockiges Haar, zeigte sich ein Lächeln.

»Jap.« Ich nickte euphorisch. »Es hat gedauert, aber ich habe alle Events so organisiert, dass sie ohne großes Chaos stattfinden können.«

»Suzie, der Weihnachtsengel, rettet Weihnachten«, witzelte Mom und sog amüsiert die Lippen ein.

»Es ist ja nicht so, als würde ich nicht gerade lieber mit einem Weihnachtsfilm, Kuschelsocken und Dads berühmtem

Weihnachtspopcorn auf dem Sofa liegen«, erinnerte ich sie gespielt vorwurfsvoll und legte ihr die Hälfte vom Croissant auf den Teller. »Tief vergraben unter einer deiner gestrickten Decken und einer Thermoskanne voll Kinderpunsch.«

Mom seufzte und legte das Tablet neben ihrer Kaffeetasse ab. Mein Blick huschte zum Display, auf dem ein Rezept für Plätzchen zu sehen war. Anscheinend war Mom mittlerweile komplett auf E-Magazine umgestiegen. Einerseits freute ich mich immer über Fortschritt, andererseits fehlte es mir ein wenig, in jeder Ecke des Hauses über irgendein Hochglanzmagazin zu stolpern und darin zu versinken. »Ich mache das irgendwann wieder gut.« Mom legte den Kopf schief und lächelte mich an. In ihrem Blick lag die Bitte um Vergebung. Was superfies war, da Mom mit ihren nahezu schwarzen Augen den Welpenblick wie keine zweite beherrschte. Die Haare hatte sie sich vor ein paar Monaten abschneiden lassen, sie trug jetzt einen frechen Pixie-Cut, der ihr erstaunlich gut stand. Doch manchmal vermisste ich ihre glatte, kastanienbraune Mähne, die ich von ihr geerbt hatte. Von Dad hatte ich dafür die grünen Augen, wobei seine eher ins Bläuliche und meine ins Bräunliche gingen. Anscheinend war ich ein guter Mix aus ihnen beiden.

»Sicher wirst du das«, seufzte ich schmunzelnd, lehnte mich im Sessel zurück und sah aus dem Küchenfenster im Landhausstil auf unseren Vorgarten hinaus. Das Haus war auf einer kleinen Anhöhe erbaut worden, sodass der Vorgarten etwas unterhalb des Hauses lag. Wenn man nicht gerade am Esstisch saß und aus der Küche sah, fiel es allerdings kaum auf. Meine Eltern hatten den Garten im Herbst winterfest gemacht und statt auf kleine Bäume und Büsche mit den wildesten Blüten blickte ich auf unzählige Planen. Mom hatte es sich natürlich nicht nehmen lassen, diese ebenfalls weihnachtlich zu schmücken. Meine Lieblingsbuschplane war die, der Mom ein blinkendes Rentiergeweih aufgesetzt hatte.

Als Dad sich gerade wieder seinem Buch widmete und Mom nach ihrem iPad griff, unterbrach der nervtötendste Weihnachtssong des Universums die Stille: Moms Weihnachtsklingelton, der mich an meinen Anreisetag und die schreckliche Busfahrt erinnerte. »Oh, Mom«, beschwerte ich mich gedehnt und hielt mir übertrieben dramatisch die Ohren zu.

»Ich gehe ja schon.« Sie entknotete ihre Beine und rückte ihren bunten Weihnachtsponcho zurecht, damit er ihr nicht von den Schultern rutschte. Flink tippelte sie zur Arbeitsplatte, auf der ihr Handy lag und dort an der Steckdose lud. »Oh.« Sie runzelte die Stirn, als sie auf das Display sah, und ging ran. »Ja?«

Sie wandte uns den Rücken zu und warf mir einen prüfenden Blick über die Schulter zu, woraufhin ich Dad überrascht zublinzelte. »Benimmt sie sich seltsam?« Ich zog eine Augenbraue hoch, und Dad nickte.

»Tut sie, ja.« Er legte gespannt seinen E-Reader zur Seite und nahm leise ächzend die Beine vom Tisch. Ich versuchte, mir ein Grinsen zu verkneifen, doch er bemerkte es. »Lach nicht so frech, wir alle werden älter«, schmunzelte er und massierte sich den unteren Rücken, ehe er auf meine geleerte Kaffeetasse deutete. »Noch einen?«

Nickend schob ich sie ihm hin und genoss es ganz einfach, mal wieder von Dad verwöhnt zu werden. »Gern. Aber nicht zu stark, sonst geht mein Puls wieder so in die Höhe.« Ich blödelte herum, rollte übertrieben mit den Augen.

»Weichei«, kommentierte Dad und drückte mir im Vorbeigehen einen Kuss auf den Scheitel.

»Okay, ich sage es ihr«, raunte Mom ins Handy, und in mir wuchs die böse Vorahnung, dass es sich bei *ihr* um *mich* handeln könnte. »Ja, sie schafft das schon«, versicherte sie und warf mir einen Seitenblick zu, der Bände sprach. Entschuldigend, reuevoll, das schlechte Gewissen deutlich erkennbar. »Bis bald und gute Besserung.« Ausatmend legte sie das Handy zurück auf die Platte, und ich sah, dass sie ihre Schultern angespannt bis zu den Ohren hochgezogen hatte.

»Mom?« Eine Warnung schwang in meiner Stimme mit.

»Setz dich besser hin«, murmelte sie und drehte sich blitzschnell zu mir herum. So, als hätte sie sich selbst ein Pflaster abgerissen.

»Ich sitze, Mom«, erklärte ich ihr ungeduldig. »Rück sofort raus mit der Sprache, sonst esse ich deine Croissanthälfte auch noch.« Ich versuchte, locker zu klingen, dabei hätte man die Luft hier in der Küche mit einem Mal schneiden können.

»Ich habe mich gemeint«, versuchte Mom ebenfalls witzig zu sein, was mir allerdings Sorgen bereitete.

Seufzend atmete ich aus und trat unter dem Tisch gegen ihren Sessel, der allerdings so schwer war, dass er sich nicht bewegte. Das hatte mit unseren klapprigen Holzstühlen früher eindeutig besser funktioniert. »Komm her und beichte!« Ich verstellte meine Stimme zu einem tiefen Brummen und deutete mit ausgestrecktem Arm zu ihrem Sessel. »Mrs. Flores wird in den Zeugenstand gerufen.«

Kapitulierend warf Mom die Arme in die Höhe und kam zurück zum Esstisch. Ich folgte jeder ihrer Bewegungen, und sofort schaltete sich mein Gehirn auf Gerichtssaal-Modus um, denn ich ließ ihr Gesicht nicht aus den Augen, um keine mögliche Regung zu verpassen. »Das am Telefon war Mrs. Innings«, erklärte sie ruhig und nebenbei nahm ich das Geräusch der Siebträgermaschine wahr. Das Plätschern des Kaffees, der in Dads und meine Tassen lief, war neben der leisen Dudelmusik für einige Wimpernschläge das einzige Geräusch im Haus.

»Okay, und? Was wollte sie?« Stirnrunzelnd richtete ich mich auf, um Dad die Tasse abzunehmen, die er mir vor die Nase hielt.

»Wie versprochen, weniger stark. Wir wollen ja deinen Puls schonen«, kommentierte er naserümpfend, und ich warf ihm eine Kusshand zu.

»Mrs. Innings hat sich verletzt, sie soll im Krankenhaus irgendetwas über *verdammte Schussis* erzählt haben, wer weiß, was sie damit meinte. Jedenfalls kann sie für mindestens zwei Wochen nicht aus dem Haus, was heißt, dass du jetzt die Leitung des Veranstaltungskomitees innehast, da sie sich nach dem Sommerfest-Desaster geschworen hat, sie Rupert niemals wieder anzuvertrauen«, ratterte sie herunter und zog Dads Arm zu sich heran, um ihm seinen Espresso zu klauen. Sie setzte das heiße Getränk an ihre Lippen und kippte es in einem Zug herunter, als handelte es sich um einen bitteren Kräuterschnaps.

»Was?«, polterte ich los und stand in weniger als einer Sekunde auf den Beinen. »Ist das ein Scherz?«

»Ich fürchte nein.« Mom zog den Kopf ein und biss sich auf die Unterlippe, wobei meinem geschulten Auge nicht entging, dass sie schmunzelte.

Stöhnend warf ich den Kopf in den Nacken. »Anscheinend ist Dads Superröstung gar nicht nötig, um meinen Puls auf 180 zu bringen«, jammerte ich und fasste mir an die Kehle, in der sich ein dicker Kloß bildete. »*Ich* soll Mrs. Innings' Job übernehmen? Hab ich das richtig verstanden?«

Mom nickte und schob mir mit gesenktem Blick ihre Croissanthälfte herüber. »Croissant?«

»Ja«, murrte ich, ließ den Drehsessel zu mir schwingen und mich hineinfallen. »Ich weiß doch gar nicht, wie das geht«, murmelte ich geschockt und zupfte mir ein Stück Gebäck ab, um es mir in den Mund zu stopfen. »Iff hab nof nie die Verampfwortump für die gampfe Stadt übernehmen müffen«, nuschelte ich mit vollem Mund.

»Oh Schatz«, mischte sich Dad ein. »Du hast schon viel größere Verantwortung auf deinen Schultern getragen.« In seinen Augen glänzte Stolz, und ich war mir sicher, dass er auf die Fälle anspielte, in denen ich als Jura-Studentin assistiert hatte. Er lehnte sich über den Tisch, um mit dem Zeigefinger meine Organisationsmappe zu mir herüberzuschieben. »Das hier wird ein Klacks für dich«, bestärkte er mich und lachte plötzlich auf. »Und sollte alles schiefgehen, ist es auch nicht so schlimm. Dann passt es wenigstens zu unserem Saint Mellows, oder nicht?«

Grinsend biss ich mir auf die Unterlippe und umfasste meine Kaffeetasse, die meine kalt gewordenen Fingerspitzen wärmte. »Was für ein Trost«, schnaubte ich, denn es lag in meiner Natur, alles dafür tun zu wollen, dass eben *nichts* schiefging. Und das war in Saint Mellows schon fast eine größere Herausforderung als meine ersten Fälle nach dem Studium in der Kanzlei. In der Kanzlei, die *mich* allein hochkant rausgeworfen hatte für einen Fehler, den ich keineswegs allein begangen hatte. Die Kanzlei, die weder all meine schlaflosen Nächte noch meine Erfolge auch nur im Geringsten wertgeschätzt hatte. Die Kanzlei, in der ich mich jahrelang so hart hatte beweisen müssen, und der ich dann doch völlig egal gewesen war. Meine Heimatstadt hingegen hatte mich mit offenen Armen empfangen. Den Mellowianern musste ich mich nicht erst beweisen. Sie vertrauten darauf, dass ich unsere Weihnachtsfeste schon nicht gegen die Wand fuhr. Und falls doch, würden sie es wahrscheinlich sogar mit einem Lächeln abtun. »Ihr habt recht«, murmelte ich und sah von meinem Americano mit der perfekten Crema, wie nur Dad sie mit seiner eigenen, kleinen Lieblings-Siebträgermaschine hinbekam, auf. Ich ließ meinen Blick aus dem Fenster schweifen, vor dem die tanzenden Schneeflocken immer größer wurden und doch federleicht gen Boden sanken.

7. Kapitel

Blake

Devons Kaffee heute Morgen hatte ungeahnte Kräfte in mir freigesetzt. In null Komma nichts waren mir die Sockel von der Hand gegangen, und kaum eine Stunde später hatte ich sie bereits sicher im Lieferkarton verpackt. Kurz war ich versucht, diesen auch noch auf die Rechnung zu schreiben, entschied mich dann allerdings dafür, einen Zettel hineinzulegen, dass man ihn mir bitte nach dem Kurs zurückbringen möge.

Gegen neun Uhr war ich zu einer Auftragsarbeit übergegangen, für die ich auch tatsächlich würdig entlohnt wurde. Ich war so im Flow gewesen wie schon lange nicht mehr, sodass sogar meine Gedanken für wenige Stunden geruht hatten. Zentimeter für Zentimeter hatte die naturbelassene Haustür, bei deren Herstellung mir Dad unter die Arme gegriffen hatte, Gestalt angenommen. Die Kundin hatte mir ein aufwendiges Muster von einem Dorf vorgelegt, das auf einem Berg lag, an der obersten Spitze eine Kirche und umringt von Tannen. Nach und nach meißelte ich das Relief in die Tür und vergaß die Zeit beim Arbeiten. Ich konnte mich nicht erinnern, wann es das letzte Mal so gewesen war.

Erst mein Magenknurren zwang mich dazu zu pausieren, und so legte ich seufzend das Schnitzhohleisen zum Flachbeitel und drückte mir eine Hand auf den Magen. Ein kurzer, prüfender Blick zur Wanduhr verriet mir, dass es bereits früher Nachmittag war, was hieß, dass ich schleunigst etwas in den Bauch kriegen sollte. Ich entschied, auf dem Weg in den Stadtkern die Sockel in der Highschool, wo der alberne Kurs stattfinden würde, und die Rechnung bei Mrs. Innings abzuliefern.

Ich entdeckte Devons Wagen auf dem Lehrerparkplatz und stellte mich einfach frech auf einen freien Platz daneben. Normalerweise ging Devon zu Fuß, da es weder von seiner Wohnung noch von Rileys Haus weit bis zur Schule war. Seinen Wagen dort stehen zu sehen verriet mir, dass er im Anschluss an seinen Unterricht und das Football-Training direkt nach Chicago fahren würde, um seine Tochter bei seiner furchtbaren Bald-Exfrau abzuholen. Seine Scheidung zog sich bereits seit Monaten, und allem Anschein nach wurde sie immer ekliger, da Fiona plötzlich nicht mehr wollte, dass Elsie, sobald sie im Schulalter war, zu uns nach Saint Mellows zog. Nachdem ich den brummenden Motor ausgeschaltet hatte, steckte ich mir meine Kopfhörer in die Ohren, um so die Musik, die eben noch aus den Lautsprechern getönt war, weiterzuhören. Ich lief um meinen SUV herum und holte die Transportbox aus dem Kofferraum. Der stärker werdende Schneefall sorgte dafür, dass die einzigen Spuren am Boden von meinen Reifen und meinen Schuhen stammten. Der Schnee knisterte und knackte unter meinen Schritten, und das viele Weiß blendete mich, da sich zusätzlich die Sonne durch die grauen Wolken kämpfte. Zielstrebig lief ich auf die breite Eingangstür zu und warf einen Blick auf die monströse, analoge Uhr darüber. Es war bald drei Uhr, und ich versuchte krampfhaft, mich daran zu erinnern, wann die Schule aus oder Pausenzeiten waren, da ich keine Lust hatte, gleich in eine Meute Teenies zu rennen. Das war mir schon zuwider gewesen, als ich selbst noch in dem Alter gewesen war, weshalb ich es gern riskiert hatte, zu spät zum Unterricht zu kommen. Hauptsache, die Gänge waren leer. Ich pustete mir den Schnee von den Lippen und zwinkerte, da sich einige der schweren Flocken in meinen Wimpern verfingen. Angestrengt zog ich die schwere Tür auf, die Kiste zwischen meiner Hüfte und einem Arm balancierend, und schlüpfte ins Warme. Prompt blickte ich in zwei Augenpaare, eins davon so tiefblau und mir so vertraut, dass ich erschrocken Luft holte. Abby, Rileys kleine Schwester, glotzte mich an wie ein Reh im Scheinwerferlicht, und kaum eine Sekunde später kapierte ich, in was ich da hineingeplatzt war.

Amüsiert hob ich eine Augenbraue, pausierte mit einem Tippen die Musik an meinem In-Ear-Kopfhörer und nahm einen davon aus dem Ohr. Passenderweise war *SUPERMODEL* von *Måneskin* gelaufen, was unbeabsichtigt Highschool-Vibes durch meinen Körper gejagt hatte. Ich beäugte den Typen kritisch, an dessen Lippen Abby gerade noch gehangen hatte, ehe sie von ihm weggestoben war, als hätte sie sich verbrannt. Ich spürte heiße Lava in meinem Magen brodeln, als sich mein Beschützerinstinkt regte. Normalerweise ließ ich keine Möglichkeit aus, meine Pflichten als Quasi-Onkel zu erfüllen, indem ich Abby, wann immer es sich ergab, neckte. Ich musste sämtliche Selbstbeherrschung aufbringen, es dieses eine Mal nicht zu tun.

»Hey?« Ich grinste sie wissend an. Sie stand einen Meter von dem Jungen entfernt, der nach wie vor lässig mit dem Rücken gegen den Spint lehnte und Abby stirnrunzelnd anblickte.

»Hey.« Abby schluckte und sah zwischen dem Kerl und mir hin und her. Man brauchte kein Spezialist zu sein, um in ihrer

Mimik lesen zu können, dass sie sich augenblicklich weit, weit wegwünschte. »Onkel Blake«, begrüßte sie mich mit zusammengepressten Kiefern, wobei sie das Wort *Onkel* extra betonte, damit auch die obercoole Trantüte es verstand.

»Oh«, reagierte dieser und fasste sich peinlich berührt an den Hinterkopf.

»Das heißt *Hi* und nicht *Oh*«, brummte ich in seine Richtung und wandte mich an Abby. »Hast dir anscheinend eine Intelligenzbestie ausgesucht, hm?« Verdammt. Ich konnte wohl doch nicht ganz aus meiner Haut.

»Warte hier«, raunte sie ihm zu und kam auf mich zugeflitzt. »Bitte …«, begann sie.

»Bitte erzähl es nicht Riley?«, erahnte ich, was sie von mir verlangen wollte.

Sie schluckte nickend, griff nach meinem Ellenbogen und zog mich herum, sodass *er* uns nicht verstehen konnte. »Sie weiß nichts von Tyler, weil …« Sie errötete und verdrehte die Augen.

»Weil das mit euch sowieso nichts Offizielles ist?«

Sie nickte verwundert. »Genau.«

»Ich war auch mal Teenager«, erinnerte ich sie liebevoll und warf Tyler einen nicht ganz so liebevollen Blick zu. Mist, er erinnerte mich an mich selbst in dem Alter. Er hatte diese *Mir-doch-egal-Ausstrahlung*, die sich bei mir zum Glück noch mal zum Guten gewendet hatte. Doch für meine Nichte wünschte ich mir eher den Klassenbesten als den Rebell. »Warum bist du nicht im Unterricht?« Tadelnd senkte ich die Stimme. »Ich halte nur so lange dicht, wie dich der da nicht von der Schule abhält oder Dinge mit dir anstellt, für die ich ihm die Eier abhacken muss.«

»Schsch«, forderte sie mich auf und wedelte entrüstet mit den Händen. »Blake! Schieb mal keine Panik, ey. Ich habe eine Freistunde!« Beschämt schielte sie zu Tyler hinüber und sah mir dann wieder ins Gesicht. Ich blickte sie durchdringend an. »Wirklich«, beharrte sie zischend und rollte mit den Augen.

»Und er?« Verurteilend legte ich den Kopf schief und erkannte daran, wie sie die Lippen verzog, dass er eigentlich im Unterricht hätte sitzen müssen. »Abby«, seufzte ich. »Ich hoffe du weißt, dass das nicht der beste Umgang ist, ja?«

»Du warst doch genauso«, erwiderte sie und verschränkte beleidigt die Arme vor dem Oberkörper. »Das hat mir Gran…«, sie brach ab. »Ich meine … deine Mom erzählt.« Peinlich berührt senkte sie den Blick. Riley und Abby hatten keine Familie mehr und waren erst diesen Sommer wieder zu uns gestoßen. Mom und Dad hatten die beiden ohne mit der Wimper zu zucken in unsere Familie aufgenommen, und manchmal war das alles noch etwas verwirrend für Abby und sie tat sich schwer.

Lachend warf ich den Kopf in den Nacken. »Aber du weißt schon, dass aus mir was geworden ist, ja? Außerdem habe ich nicht … nicht oft … die Schule geschwänzt.« Es brachte ja nichts, sie anzulügen.

»Außer, um mit Sue zusammen zu sein«, erwiderte sie überlegen, und ich sah ein hinterhältiges Blitzen in ihren Augen.

Überrumpelt hätte ich fast den Karton fallen lassen und stellte ihn vorsichtshalber vor mir auf den Boden. »Wie bitte?«

»Ihr beide seid nicht weit davon entfernt, *das* Stadtgespräch überhaupt zu werden, hast du das noch nicht bemerkt?« Als ich nichts erwiderte und nur den Kopf schütteln konnte, sprach sie weiter. »Die ganze Stadt tappt im Dunkeln, was das mit euch ist«, erklärte sie und verzog den Mund zu einem so diabolischen Lächeln, dass mir die Spucke wegblieb. »Aber ich habe *recherchiert*.« Sie senkte die Stimme.

»Ach«, grinste ich und war plötzlich sehr gespannt darauf, was sie meinte, gefunden zu haben. »Hast du das, ja?«

Sie nickte. »Ihr seid beide in der Wohltätigkeits-AG gewesen.«

Okay, fuck! Sie war unserer Vergangenheit ja *wirklich* auf der Spur. Auf gar keinen Fall durfte ich mir anmerken lassen, dass sie der richtigen Fährte folgte.

»Okay«, nickte ich, ohne die Miene zu verziehen. »Und das sagt jetzt was genau aus?«

»Noch gar nicht so viel«, schmunzelte sie und fuhr sich wie die Unschuld in Person mit den Fingern durch die Haare. Überlegen spielte sie mit ihren Haarspitzen, drehte sie um ihren Zeigefinger.

»Aber?«

Schulterzuckend deutete sie mit einem Nicken zu Tyler, der unterdessen sein Smartphone hervorgeholt hatte und darauf herumscrollte. Garantiert durch TikTok, wie Abby es manchmal tat, bis Riley es ihr verbot und ihr stattdessen ein Buch in den Schoß fallen ließ. »Ich kann dichthalten«, versprach sie mit einem Unterton in der Stimme, der mir missfiel.

Missbilligend presste ich die Kiefer aufeinander, und ich brauchte gar nicht erst versuchen, ein Lächeln zu unterdrücken, denn da war keines. »Abigail Carmello möchte mich also erpressen, ja?«

Ihre Coolness verrutschte. Sie schluckte, hielt aber meinem Blick stand. »*Erpressen* würde ich es nicht nennen. Eher …«, grübelnd runzelte sie die Stirn. »Gegenseitige Gefälligkeit?«

»Süße«, lächelte ich fies. »Ich hätte auch so dichtgehalten, ist dir das nicht bewusst? Aber jetzt überlege ich es mir noch mal.«

Sie errötete und die steile Falte, die sich zwischen ihren dichten Augenbrauen bildete, verriet mir, dass sie ihr Verhalten bereits bereute. Mit mir spielte man nicht. »Mich erwartet nur eine Rüge von Riley«, behauptete sie, und ich entschied, sie nicht darauf hinzuweisen, dass sie damit gewaltig falschlag. Die Rüge würde von der ganzen Familie kommen. »Und dich?«

In meine Verärgerung mischte sich noch etwas anderes, was ich allerdings niemals zugegeben hätte: Anerkennung. Abby war eine harte Nuss, und ich fragte mich, woher ihre teuflische Ader kam. Garantiert nicht von ihrer großen Schwester. »Beweise mir, dass du nicht bluffst«, verlangte ich, denn mal ehrlich: Woher sollte ich wissen, ob sie mir nicht einfach einen Bären aufband?

»Williams Bay, Springfield, Stevens Point, Waterford«, zählte sie nur einige Örtlichkeiten Wisconsins auf. »Chicago«, endete sie und hob selbstsicher eine Augenbraue.

Fein. Sie bluffte vielleicht doch nicht. All das waren Orte, in denen wir, Sue, ich, aber auch einige andere aus der AG, geholfen hatten. »Das sagt doch nichts aus, Sherlock«, schmunzelte ich, bückte mich herunter, um den Karton wieder aufzuheben, und machte Anstalten, meinen Weg fortzusetzen.

Abby hielt mich zurück, indem sie eine Hand auf die Transportbox legte. »Onkel Blake?« Sie lächelte. Und zwar nicht mehr so wie noch vor wenigen Sekunden. Ohne Schalk, Überlegenheit, Erpresserdurst oder Angst davor aufzufliegen. Ihr Lächeln war ehrlich.

»Abby?«

»Weißt du, wenn da wirklich nichts wäre zwischen dir und

Sue, dann hätten wir diese kleine Unterhaltung eben vermutlich gar nicht geführt.« Sie klopfte auf den Karton, wie um unser Gespräch zu beenden, drehte sich um und schlenderte zurück zu Tyler, der ihr irgendetwas zutuschelte und mir einen Blick aus zusammengekniffenen Augen zuwarf.

Der Punkt ging an sie. Verdammte Scheiße.

Sue

»Ich lasse mir doch von so einer kleinen Schickimicki-Möchtegern-Chefin nichts vorschreiben«, brüllte Rupert in ohrenbetäubender Lautstärke durch das *Anne's* und wedelte, passend zu seiner Entrüstung, wild mit den Armen. Fehlte nur noch, dass er seinen Earl-Grey mit der Halbfettmilch und sein Shortbread vom Tisch fegte. Es hätte mich nicht einmal gewundert, wenn er Schaum vorm Mund gehabt hätte.

»Rupert«, seufzte ich und brachte sämtliche Selbstbeherrschung auf, um *nicht* die Stimme zu erheben und *nicht* die Augen zu verdrehen. Wie albern konnte sich so ein alter Kauz eigentlich aufführen? »Ich schreibe dir doch nichts vor«, versuchte ich ihm vergeblich klarzumachen. Erneut. Genau genommen das vierte Mal. Es war, als müsste ich einem Kätzchen anhand eines Diagramms erklären, warum es bitte nicht mehr an den Gardinen hochklettern sollte. Ausweglos, kräftezehrend, aber vor allem sinnlos.

»*Rupert*«, äffte er mich nach, wackelte dabei mit dem Kopf und verzog die Mundwinkel zu einer grausigen Fratze. Meine Güte, er würde mir noch meinen letzten Nerv rauben. »Du kannst deine ach so tolle *Planung* ja gern den anderen Helfenden auf den Tisch klatschen.« Seine Stimme drang durchs Café. Wann würde er endlich einsehen, dass er ein Hörgerät benötigte? Rupert gab es einfach nicht in Zimmerlautstärke, sondern nur in der Festival-Ausgabe. »Aber *ich* mache da nicht mit.« Er gab meinem Ordner, der aufgeklappt zwischen uns auf dem Tisch lag, einen aggressiven Schubs.

Da platzte mir der Kragen. »Fein«, donnerte ich zurück, denn meine Arbeit trat man, zur Hölle noch mal, nicht mit Füßen. Oder schubste sie fast vom Tisch. »Dann bist du raus«, informierte ich ihn eiskalt. Ich stand auf, ließ die Mappe so laut zuknallen, dass sogar Rupert zusammenzuckte, und verfrachtete sie in meinen Rucksack.

»Du kannst mich nicht rauswerfen«, schnaubte er, wobei die Vene auf seiner Stirn bedrohlich anschwoll. Wenn er sich nicht bald beruhigte, würde sie womöglich platzen.

»Doch, Rupert!« Zornfunkelnd starrte ich ihn an. »Mrs. Innings ist verhindert und hat *mir* die Planung anvertraut. UND NICHT DIR.« Mir egal, dass sämtliche Blicke auf mir lagen. Rupert hatte es wirklich geschafft, mich zum Explodieren zu bringen, was doch eigentlich nicht zu mir passte. Selbst die frechste Klientel hatte mich nie meine Professionalität verlieren lassen. Doch verdammt sei meine Professionalität! Ich war in Saint Mellows und nicht in New York. Ich trug hier nicht meinen souverän wirkenden knielangen, arschteuren Mantel, den ich ausschließlich für wichtige Gerichtsverhandlungen aus dem Schrank nahm, wo ich ihn danach immer wieder ordentlich im Kleidersack verstaute. Meine Haare hatte ich nicht zu einem strengen Dutt hochgesteckt. Meine Augen waren nicht von tiefschwarz getuschten Wimpern umrandet, die meinen eiskalten Blick – den ich eventuell tagelang vor dem Spiegel geübt hatte – betonten. Meine Haare fielen mir stattdessen offen über die Schultern, Make-up hatte mein Gesicht seit Tagen nicht mehr gespürt und ich trug noch nicht einmal einen BH unter meinem schneeweißen Rollkragenpullover. Nein, das hier war eindeutig *nicht* New York. Und ich war dementsprechend auch nicht die New Yorker Version von mir selbst. Sondern einfach Sue. Eine wütende Sue, die es nicht mehr einsah, unseren Stadtschreck Rupert mit Samthandschuhen anzufassen. »Du kannst gern Mrs. Innings anflehen, dich für die Frühlingsfeste wieder ins Team aufzunehmen.« Ich zerrte meine Jacke von der Stuhllehne, der Schal, Mütze und Handschuhe folgten, und zog mich an. »Aber für diese Saison bist du verdammt noch mal raus.«

Perplex öffnete Rupert den Mund und stieß ein Keuchen aus. »Das werden wir noch sehen«, drohte er mir und verengte seine Augen zu Schlitzen.

»Werden wir nicht. Glaub mir.« Ich schulterte meinen Rucksack und griff nach meiner Tasse, um den letzten, bereits kalt gewordenen Schluck meines Toffee Nut Lattes zu trinken. »Du *bist* raus«, verkündete ich ein zweites Mal und untermalte meine Aussage, indem ich die Tasse zurück auf die Untertasse pfefferte, dass es klirrte.

Ich würdigte ihn eines letzten, eisigen Blicks, wandte mich um und winkte Riley im Gehen zu, die mir ein aufmunterndes Lächeln zuwarf, das mir wohl zeigen sollte, dass sie auf meiner Seite stand. Leider hatte mich Rupert derart auf die Palme gebracht, dass ich kaum imstande war, ihr Lächeln zu erwidern. Mehr als ein freudloses Zucken meines Mundwinkels war nicht möglich.

»Na toll«, murrte ich, als ich nach draußen trat und prompt

von einer Schneewehe begrüßt wurde, die mir eiskalt und nass ins Gesicht peitschte. Ich senkte den Blick auf meine Schuhspitzen, die im Schnee versanken, und wischte mir mit meinen Handschuhen über das Gesicht. Ohne aufzusehen, stapfte ich los und knallte prompt gegen etwas so Hartes, dass ich für einen Moment dachte, entweder gegen die Häuserwand oder eine Laterne gerannt zu sein. Eine Sekunde später landete mein Hintern auf dem Gehsteig, und ich realisierte, dass ich im wadenhohen Schnee saß. »VERDAMMT NOCH MAL!«, fluchte ich unkontrolliert und schlug in den Schnee. »Das kann doch wohl nicht wahr sein. Was für ein beschissener Tag.«

»Dir auch ein glückliches Hallo«, lachte die Häuserwand, die sich als Blake entpuppte. War ja klar. Wo waren wir hier? In einem Weihnachtsfilm, dessen Plot nur aus Zufällen bestand und nur durch sie funktionierte? »Willst du da sitzen bleiben und dir den Tod holen?« Ich hörte seiner Stimme an, dass er grinste.

»Vielleicht?«, erwiderte ich und machte keine Anstalten, mich zu bewegen. In weiser Voraussicht trug ich heute eine Ski-Hose, was im Winter in Saint Mellows einfach immer die beste Wahl war. »Ich bleibe einfach hier sitzen, bis ich komplett eingeschneit bin. Du kannst weitergehen«, forderte ich ihn auf und wedelte abweisend mit der Hand. »Tschüss.«

»Ich weiß zwar nicht, warum«, schmunzelte Blake. »Aber vielleicht interessiert es dich, dass Rupert hersieht und dich auslacht?«

»Was?« Wie eine Cartoonfigur sprang ich blitzschnell auf die Beine und ignorierte die Schmerzen in meinem Steißbein und an meiner Stirn. »Dem zeig ich's«, fauchte ich und machte Anstalten, wieder ins *Anne's* zu stürmen.

Ich spürte, wie sich Blakes Hand um meinen Unterarm schloss, um mich zurückzuhalten. »Warte«, forderte er mich auf und verdutzt ob seiner Berührung wandte ich mich ihm zu.

»Was?«, blaffte ich und schüttelte ihn ab.

»Das ist Rupert«, erläuterte er. »Willst du deine Energie *wirklich* verschwenden, indem du ihn zur Schnecke machst?«

»Ich habe genug Energie, Blake«, zischte ich ihm zu und zog die Augenbrauen zusammen.

»Schon klar. Aber das da ist Rupert. Ist er es wert, dass du dich da drin zum Affen machst?« Er deutete mit einem Nicken ins Ladeninnere.

»Ja«, erwiderte ich trotzig, stapfte los und legte meine Hand auf den Türknauf, nur um in der gleichen Sekunde innezuhalten. »Vielleicht doch nicht«, murrte ich und drehte mich um. »Wenn du nicht sofort aufhörst, so hämisch zu grinsen, wirst du es noch bereuen.«

»Werde ich das, ja?« Blake hatte seine Hände locker in den Seitentaschen seines Mantels versenkt und zuckte mit den Schultern.

»Was willst du überhaupt hier?«, fuhr ich ihn an und deutete in Richtung seiner Werkstatt. »Musst du nicht irgendwas meißeln?«

Er schüttelte lachend den Kopf. »Nicht, dass ich dir in irgendeiner Weise Rechenschaft schuldig bin. Aber stell dir vor, ab und zu esse ich auch etwas.«

»Dann nimm dir ein Sandwich mit«, schlug ich ihm vor und spürte, dass ich all meine aufgestaute Wut auf Blake ablud. Tief in mir wusste ich, dass das unfair war, doch in diesem Moment kümmerte es mich herzlich wenig. Lieber Blake als meine Eltern oder Leena.« »Mir geht es nämlich langsam ziemlich auf den Zünder, dass ich dir jeden einzelnen Tag über den Weg laufe. Diese Stadt ist …«

»… zu klein für uns beide«, beendete er meinen Satz, und mit einem Mal war ihm das Lächeln aus dem Gesicht entschwunden. »Das habe ich auch schon gemerkt. Weißt du, was die Lösung wäre? Dass du wortlos abhaust. Meiner Erinnerung nach hast du darin ja schon Erfahrung.« Blakes scharfkantiger Blick durchdrang mein Herz wie ein Dolch.

»Wie bitte?« Meine Stimme war so leise, dass es gut sein konnte, dass er sie nicht gehört hatte. Plötzlich drangen das Knirschen der vorbeifahrenden Autos auf den verschneiten Straßen und das Pfeifen des Winds, der um die Ecke wehte, lauter an mein Ohr.

»Du hast mich schon verstanden«, knurrte er und machte Anstalten, sich an mir vorbeizudrängen.

Ich streckte den Arm aus, versperrte ihm den Weg, denn seine Formulierung riss diese eine bestimmte Narbe auf, die ich so gern verheilt gewusst hätte. Ich war nie wortlos abgehauen, niemals. *Er* war es gewesen, der mich hängen gelassen hatte. *Ich* hatte auf *ihn* gewartet und dann auf die harte Tour verstanden, dass er kein Interesse an einem *Uns* hegte.

»Nein.« Ich schüttelte den Kopf, um all die umherwirbelnden Gedanken hinter meiner Stirn zu sortieren. Es war, als stoben Hunderte, nein Tausende kleiner Zettelchen durch meinen Kopf, auf jedem eine Erinnerung, eine Information aus meiner Vergangenheit. Es war mir unmöglich, in diesem Moment die Richtige herauszufiltern. »Was hast du da gerade gesagt, Blake?« Konnte es sein, dass … Nein. Nein, es waren so viele Jahre vergangen, in denen es nur eine einzige Wahrheit für mich gegeben hatte. Nämlich, dass Blake damals eine bewusste Entscheidung getroffen hatte, als er nicht aufgekreuzt war, obwohl wir uns doch hatten treffen wollen. Als er mich nach diesem Tag nie wieder angerufen hatte, aus der AG ausgetreten war und für den Rest seines letzten Schuljahres kein einziges Wort mehr an mich gerichtet hatte, war mir klar gewesen, dass er es nicht wollte. Dass er mich nicht wollte.

»Dass du meinetwegen wieder wortlos abhauen kannst«, wiederholte er seine Worte so langsam und deutlich, dass mein Herz erneut brach. Ich hätte es nicht für möglich gehalten, doch er hatte es wieder getan, es erneut gebrochen. Ich realisierte, dass da *doch* diese Hoffnung in mir geschlummert hatte. Die Hoffnung darauf, Blake verzeihen zu können.

Ich atmete tief durch, hob den Blick und reckte das Kinn vor. »Das bin ich nie. Du warst es, der mich sitzen gelassen hat«, erklärte ich und verteufelte den Kloß in meinem Hals, der meine Stimme so belegt klingen ließ, als würde ich jeden Moment in Tränen ausbrechen. »Und das lasse ich kein zweites Mal mit mir machen«, informierte ich ihn zischend, riss den Blick von seinen Augen los, die mich so emotionslos anblickten, als wäre er eine Statue, und lief los, ohne überhaupt ein Ziel zu haben. Doch jeder Ort war der richtige Ort, solange er weit, weit weg von Blake war.

Das bin ich nie. Du warst es, der mich sitzen gelassen hat.

Sues Worte fegten wie ein Waldbrand durch meine Venen und brannten auf ihrem Weg alles nieder, das sich ihnen in den

Weg stellte. Mit aller Kraft versuchte ich, an meinen Erinnerungen festzuhalten, doch Sues Worte rüttelten unablässig an ihnen. Zweifel rieselten auf mich herab wie der sanfte Schnee vor dem Werkstattfenster, und ich versuchte zu verstehen, was sie damit gemeint hatte. Die Straßenlaternen waren schon vor einigen Stunden angesprungen, und ich hatte es vermieden, einen Blick auf die Wanduhr neben der Tür zu richten. Ich hatte mich gezwungen, wie mechanisch an dem Türrelief zu arbeiten, denn ich konnte es mir nicht leisten, irgendwelchen Gedanken nachzuhängen. Wenn ich nicht langsam zu Potte kam, würden mir Kunden abspringen. Mein Kreuz schmerzte, denn ich musste Stunden in gebückter Haltung auf meinem Dreh-Schemel gesessen haben. Dads warnende Stimme gesellte sich in meinem Kopf zu der Sues. Er hatte mir immer und immer wieder gepredigt, dass ich den Großteil meiner Arbeit im Stehen verrichten sollte. Doch da ich es bis heute nicht geschafft hatte, Dads Arbeitsplatte auf meine Höhe anzupassen, zog ich das Sitzen vor. Ich überragte Dad um einen halben Kopf, und die Platte hatte er vor all den Jahren haargenau auf sich selbst zugeschnitten, und nicht auf seinen Sohn, der die Werkstatt eventuell mal übernehmen würde. Ich schüttelte den Kopf, um Dad daraus zu vertreiben, doch wer nach wie vor hartnäckig blieb, war Sue.

Ich spürte, wie Müdigkeit von meinem Körper Besitz ergriff, und verstaute mein Werkzeug in der alten, abgegriffenen Tasche, die zuvor Dad gehört hatte. »Ich habe sie nicht sitzen gelassen«, flüsterte ich mir selbst zu, in der Hoffnung, die Worte hätten ausgesprochen mehr Gewicht.

Ein eiskalter Windzug schnitt mir in den Nacken. »Wen?« Ruckartig schoss ich herum und blickte in die wissensdurstigen Augen meines Bruders. Langsam wurde es wirklich Zeit, einen Bewegungsmelder vor der Tür anzubringen.

»Niemanden«, knurrte ich und log dabei nicht einmal. Denn ich hatte wirklich noch *nie irgendjemanden* sitzen gelassen.

»Blake.« Seufzend zog Dev die Werkstatttür hinter sich zu und entledigte sich seiner Kleidung, als wäre es eine Selbstverständlichkeit, dass ich ihn jetzt hier haben wollte.

Resigniert atmete ich ein und legte mit geschlossenen Augen meinen Kopf in den Nacken, wobei dieser ein befreiend knackendes Geräusch von sich gab. Ächzend entließ ich die Luft aus meinen Lungen und sah meinen Bruder mit einem Blick an, der ihm hoffentlich zu verstehen gab, wie sehr er mir auf die Nerven ging. »Du nervst«, stellte ich zusätzlich direkt und unmissverständlich klar.

Er lachte verhalten und schüttelte den Kopf. »Weißt du, was *wirklich* nervt? Diese ganze Situation mit dir und ihr.«

»Ihr?« Ich wandte mich ab, damit er nicht glaubte, irgendeine Emotion in meinem Gesicht lesen zu können.

»Sue«, stellte er klar. »Du und Sue. Der einsame, missmutige Blake, der stets einen lockeren Spruch auf den Lippen hat, von dem aber alle wissen, dass er sofort alles stehen und liegen lässt, um zu helfen«, führte er aus, was mir einen Kloß im Hals bescherte. So sahen die Leute mich? Als mies gelaunten, aber irgendwie auch hilfsbereiten Eremiten? »Und die geheimnisvolle Überfliegerin Sue, die es schafft, Klasse und Albernheit in ein und derselben Person zu vereinen.«

»Klasse«, schnaubte ich.

»Die Frage ist …« Schmunzelnd trat er an mich heran und legte mir seine Hand auf die Schulter. »Was haben diese beiden Menschen gemein, von dem niemand hier weiß?«

Stöhnend schüttelte ich seine Hand ab. »*Niemand hier?*«, wiederholte ich seine Worte. »Das klingt als …«

»Als fragte sich das die ganze Stadt?« Sein schadenfrohes Grinsen erreichte seine Ohren »Bingo.«

»Wenn du nicht möchtest, dass ich dein Gesicht mit meinem Schnitzwerkzeug bearbeite, solltest du schleunigst deine Mundwinkel unter Kontrolle bringen.« Ich drohte ihm mit erhobenem Zeigefinger. »Haben die Leute keine eigenen Probleme?« Verärgert schob ich die Schublade zu, in der ich meine Werkzeuge verstaute, was ein Rumsen durch die Werkstatt jagte.

Dev zuckte mit den Schultern und lief zur Wand hinüber, an der die Tore für das Mellowianische Christmas Hockey Match darauf warteten, dass ich sie generalüberholte. Allerdings würde ich so lange keinen Finger rühren, bis Mrs. Innings mich für diese *Gefälligkeit* entschädigte. Dieses Wort hing mir mittlerweile zu den Ohren heraus. Devon lehnte sich rücklings gegen die Kiefernholz-Vertäfelung, die an jeder Wand der Werkstatt angebracht war. Sogar die Decke war mit Holz verkleidet, sodass man sich auch wirklich sicher sein konnte, dass es sich hier um eine Holz-Werkstatt handelte.

»Doch klar haben sie die«, versprach er mir. »Aber die Probleme der anderen lassen sich doch viel einfacher lösen als die eigenen. Zumindest scheint es so.«

»Schlaue Worte«, spottete ich. »Wo hast du die denn ausgegraben?«

Dev überging meinen Kommentar und dachte gar nicht daran, das Thema zu wechseln. »Was ist das mit euch?« Seine Stimme, in der bis vor wenigen Sekunden noch Belustigung gelegen hatte, war mit einem Mal butterweich. »Blake, komm schon«, hakte er weiter nach, obwohl er es doch besser wissen sollte, als zu erwarten, dass ich ihm mein Herz ausschüttete.

»Es ist …« *Nichts, und jetzt verschwinde,* dachte ich. »Lange her«, antwortete ich stattdessen und kniff die Augen fest zusammen, da ich gegen meinen eigenen Grundsatz verstoßen hatte: Ich. vertraute. mich. niemandem. mehr. an. Auch nicht oder erst recht nicht meinem Bruder. Er war einfach zu nah, zu wichtig.

»Und Zeit heilt bekanntlich keine Wunden, oder?« Mitfühlend trat Devon neben mich, und mir lag ein bissiger Kommentar auf der Zunge. Dass er aufpassen sollte, weil er gleich auf seiner eigenen Schleimspur ausrutschen würde. Doch stattdessen bekam die Mauer um mein Herz einen winzigen Riss.

»Sieht ganz so aus«, gab ich zu und nahm den Blick von der Arbeitsplatte, auf die ich die letzten Sekunden gestarrt hatte. Ich atmete tief durch und fühlte mich so nackt wie nie zuvor. Entblößt vor meinem eigenen Bruder. Doch statt zu spotten und mir Salz in die Wunde zu streuen, kam er zu mir, griff nach meinem Handgelenk und drehte mich zu sich um.

Er legte den Kopf schief und sah mir mit einem verständnisvollen Ausdruck in die Augen. »Das wird«, versicherte er mir und zog mich in eine kurze, aber so feste Umarmung, dass mir die Kehle schmerzte.

»Wenn du das sagst«, brummte ich, als er von mir abgelassen hatte. »Kannst mir ruhig ein Stück von deinem Wunder abgeben.« Mürrisch gab ich ihm einen Hieb gegen den Oberarm.

»Du kannst deinen eigenen Wunschzettel an Santa schreiben«, witzelte Devon und lächelte mir aufmunternd zu. »Vielleicht erfüllt er dir ja einen Wunsch?«

»Genau«, lachte ich. »Ich gehe schnell nach Hause, Kekse backen, und halte unterwegs noch im Supermarkt, um Milch zu kaufen.«

»Und eine Möhre«, warf mein Bruder ein.

»Was?« Erheitert zog ich eine Augenbraue hoch.

»Für Rudolph, Mensch.«

»Ah«, grinste ich, als ich verstand. »Elsie?«

Mein Bruder verdrehte die Augen. »Genau. Hast du eigentlich schon gehört, dass Mrs. Innings verletzt ist und die gesamte Planung an Sue übergeben hat?« In seinen Augen blitzte es schelmisch auf, und ich kannte meinen Bruder gut genug, um zu wissen, dass er es genoss, mir diese Information unter die Nase zu reiben. Gerade noch mitfühlend, was ich hasste, und plötzlich hämisch, was ich ebenso hasste.

»Wie bitte?«, fuhr ich ihn an. »Was heißt das?«

Amüsiert zuckte er mit den Schultern. »Keine Ahnung? Vielleicht, dass du ab jetzt enger mit Sue zusammenarbeiten musst?«

»Das kann sie vergessen.« Ich schüttelte den Kopf und verschränkte die Arme vor der Brust.

»Witzig«, grinste Devon.

Jeder Faser in mir widerstrebte es, nachhaken zu müssen. »Was ist witzig?« Ich presste jedes Wort einzeln zwischen den Zähnen hervor.

»Sue hat genauso reagiert wie du.«

»Macht dir das Spaß?« Angespannt schnappte ich mir meine Jacke und machte einen Schritt in Richtung Tür.

»Ein bisschen«, gab er zu. »Aber ich hoffe, du weißt trotzdem, dass ich nur das Beste für dich will, Blake«, ergänzte er und zog sich ebenfalls seinen Parka an. »Mom hat mir vorhin geschrieben, dass sie heut zu viel gekocht und für jeden von uns eine Portion in den Kühlschrank gestellt hat.« Er deutete mit einem Kopfnicken zum Haus unserer Eltern, das in unmittelbarer Nähe zur Werkstatt lag, und hob fragend die Augenbrauen.

Eigentlich wollte ich nach Hause. Doch mein knurrender Magen überzeugte mich, mit meinem Bruder zu gehen. »Meinetwegen«, brummte ich und zog die Werkstatttür hinter mir ins Schloss. »Wehe, es ist kein Auflauf.«

»Besser«, strahlte Dev, der sein klingelndes Handy aus seiner Jackentasche zog. »Es ist Lasagne. Ja?« Er hielt sich mit der einen Hand das Smartphone ans Ohr und schirmte es mit der anderen ab, da der Wind ganz schön durch die Straße fegte. »Was?« Er hielt an und bedeutete mir mit einem Winken, ebenfalls stehen zu bleiben. »Ja, er ist hier.« Er zuckte unwissend mit den Schultern und verzog den Mund entschuldigend. Ich runzelte die Stirn, was man unter der Mütze garantiert nicht sah, also legte ich noch eine Portion Unmut in meinen Blick. »Klar«, erwiderte er der Person am Telefon und hielt es mir plötzlich vor die Nase.

Ich glotzte es an und machte keinerlei Anstalten, es anzunehmen, denn wer auch immer mich erreichen wollte, konnte mich auch direkt anrufen. »Wer?«

»Leena. Sie sagt, sie hat deine Nummer nicht.«

»Da hat sie recht«, nickte ich zustimmend und griff, wenn auch widerwillig, nach seinem Handy. »Ja?«

»Hey Blake«, begrüßte sie mich etwas undeutlich, und auch wenn ich Leena nicht allzu gut kannte, konnte ich genau vor mir sehen, wie sie sich auf die Unterlippe biss.

»Was gibt's?« Ich wies mit dem Daumen zu unserem Elternhaus, um Devon zu verstehen zu geben, dass wir ruhig weiterlaufen konnten.

»Ich habe keine Ahnung, wie es passieren konnte, dass ich jetzt mit in dieser ganzen Festivalplanung stecke, aber ich mache es kurz: Ich habe hier eine Liste mit Dingen, die du anscheinend reparieren oder bauen sollst«, informierte sie mich.

»Ah ja?« Diese Liste hätte ich ja wirklich zu gern mal gesehen. »Und?«

»Wir müssen das mal abgleichen.«

»Jetzt?« Ich hob den Blick gen Himmel, an dem der Mond so strahlend hell leuchtete, dass es garantiert schon *sehr* spät war. »Ich hab Feierabend. Lass uns das doch morgen einfach kurz im *Anne's* besprechen«, schlug ich vor und fragte mich im gleichen Moment, ob ich von allen guten Geistern verlassen war.

»Morgen kann ich nicht, Sally und Larry sind im Kurzurlaub, und ich kann den Laden nicht allein lassen. Aber weißt du was? Sue macht das sicher gern.«

»WAS MACHST DU DA?«, hörte ich plötzlich niemand Geringeren als Sue im Hintergrund blaffen. »Vergiss es!«

Genervt stieß ich den Atem aus. »Hallo?«

»Ich denke, da ist nichts«, vernahm ich Leenas zischende Stimme und kam nicht umhin zu grinsen. »Dann kannst du den ganzen Quatsch hier auch selbst mit ihm klären.«

Ich hörte Sue schnauben. »Nur über meine Leiche.«

»Genau«, stimmte ich ihr zu. »Unter diesen Umständen hab ich morgen leider auch keine Zeit«, flötete ich ins Handy und folgte meinem Bruder, der bereits im Flur meiner Eltern stand, ins Warme.

»Meine Güte«, stöhnte Leena so laut, dass auch Devon es

hören musste. »Kommt doch bitte langsam mal miteinander klar.«

»Komm du doch klar!«, erwiderte Sue schnippisch, und Leena lachte los, bevor sie sich wieder an mich wandte.

»Okay, Blake.« Ich hörte sie lächeln. »Sue meldet sich morgen bei dir.«

»DAS WERDE ICH NI...«, schrie die empört und wurde durch das Tuten in der Leitung unterbrochen. Leena hatte aufgelegt und dem Theater ein Ende bereitet.

»Ihr benehmt euch wie Teenager«, schmunzelte mein Bruder und war dabei, die Auflaufform aus dem Kühlschrank zu ziehen.

»Wenn das so ist, verprügel ich dich gleich noch stilecht oben in deinem ehemaligen Kinderzimmer. Wie klingt das für dich?«

»Als wäre da etwas zwischen dir und Sue, was endlich geklärt werden sollte«, erwiderte er seufzend, stellte die Form auf den Ofenrost und schlug die Klappe zu.

8. Kapitel

Sue

Als hätte man meine Gebete erhört, war ich Blake die letzten Tage nicht begegnet. Weder im *Anne's* noch bei Maddy und George oder einfach auf den verschneiten Straßen. Dieser Abstand hatte mir gutgetan, denn die Spannung zwischen uns war kaum mehr auszuhalten gewesen. Mit jedem Tag wurde mein Frust kleiner, mein Unmut weniger und ich schaffte es sogar, nicht alle zwei Sekunden an ihn zu denken. Da ich die allerbeste Freundin auf dem gesamten Planeten hatte, hatte Leena das Treffen mit Blake für mich übernommen. Auch wenn ich ihr dafür erst gewaltig den Kopf waschen und sie an unseren Beste-Freundinnen-Kodex hatte erinnern müssen, an den wir uns hielten, seit wir ihn in der Junior High definiert hatten.

Heute war der große Tag des Weihnachtsbaums, was hieß, dass die riesige Tanne, die am Rand der Festwiese stand, mit vielen Lichterketten und Hunderten von Weihnachtskugeln, Sternen, Figuren, Schleifen, glänzenden Äpfeln und was einem sonst noch so einfiel geschmückt wurde. Sobald es dunkel war, fanden sich die Mellowianer zusammen, um den *großen Moment* mitzuerleben, in dem der Schalter umgelegt wurde, der den Weihnachtsbaum zum Strahlen brachte. Dieser Moment war zeitgleich der Start des *Christmas Markets*. Es würde kleine Stände geben, die die Helfenden momentan noch fleißig aufbauten. Seit Tagen freute ich mich auf diesen fröhlichen Abend, der in meiner Erinnerung untrennbar mit dem Duft von Annes berühmt-berüchtigtem Weihnachtspunsch verbunden war. Es würde gebrannte Nüsse, kandiertes und schokoliertes Obst und bunte Zuckerwatte und Popcorn für die Kleinsten geben. Maddy und George, die natürlich ebenfalls einen Stand hatten, hatten sich bei mir die *Erlaubnis* eingeholt, von ihren traditionellen Gerichten – Champignon-Pfanne und überbackene Käsebrote – abzuweichen. Was genau uns erwartete, wollten sie mir nicht verraten, doch ich vertraute den beiden, dass es ein kulinarischer Höchstgenuss werden würde.

»Alles läuft nach Plan«, flüsterte ich mir selbst zu und spürte, wie mich bei diesen Worten ein Glücksgefühl überkam. »Nimm das, Rupert«, lachte ich triumphierend, als ich seine Mopsdame Panda und ihn in seinem braun karierten Wintermantel vor Annes Café stehen sah, die Arme bockig vor der Brust verschränkt. Panda trug einen dunkelroten Hunde-Pullover, und sogar eine kleine Mütze hatte Rupert ihr umgebunden. Amüsiert biss ich mir auf die Unterlippe. Dieser arme Hund! Ich war gerade dabei, einen Kontrollgang über die Festwiese zu machen, um den Fortschritt zu begutachten. Es fehlte nicht mehr viel. Die Buden standen, und ich lächelte Pat zu, unserem Stadt-Elektriker, der vermutlich jede Steckdose in jedem Haus hier installiert hatte. Er überprüfte den Kabelsalat und stellte sicher, dass der Starkstrom-Generator seinen Dienst tat. Er schenkte mir ein Lächeln und hob den Daumen in die Höhe, um mir zu bedeuten, dass alles nach Plan lief. Oh, wie ich es liebte!

»Sue«, rief Riley mir zu und strahlte mich aus der Entfernung an. Sie und Anne, die seit gestern aus ihrem Urlaub zurück war, kamen auf mich zu, jeweils ein Tablett in den Händen.

»Hey ihr beiden«, begrüßte ich sie und drückte Anne einen Kuss auf die Wange, da wir uns bisher noch gar nicht gesehen hatten. »Anne, wie schön.«

»Hallo, Liebes«, grüßte sie mich und deutete lächelnd auf das Tablett in ihren Händen. »Nimm dir eins, du bist so fleißig.«

Ich winkte ab und deutete über die Wiese. »Ach was. Schau, wie hart die anderen alle arbeiten. Ich inspiziere nur.« Trotzdem begutachtete ich die Auswahl, die sich mir bot. Auf den Tabletts standen die neuen Faltbecher in allen möglichen Farben, und in weiser Voraussicht klebte an jedem ein lavendelfarbener Haftnotizzettel. *Peppermint Moccha, Gingerbread Latte, Americano, Earl Grey Milk, Cinnamon Moccha, Toffee Nut Latte, Dark Hot Chocolate, White Hot Chocolate.* »Wie soll ich mich da bitte entscheiden?« Grinsend schloss ich die Augen und hob den Arm, um blind, aber vorsichtig, nach einem Becher zu greifen. »Cinnamon Moccha«, las ich das Post-It vor. »Perfekt.«

Anne legte lachend den Kopf in den Nacken, dann blieb ihr Blick an jemandem hinter mir hängen. »Hi, Blake!« Sie lächelte und deutete auf den Americano. »Riley hat mir gebeichtet, dass sie dich verärgert hat?«

»Anne! Schön dich zu sehen.« Seine langsam näherkommende Stimme drang direkt in meine Blutbahn. »Wurde auch Zeit, dass du wieder da bist, Rileys *Prise Weihnachten* ging mir gewaltig auf…«

»Hüte deine Zunge, Blake Fairfield«, rügte Anne ihn, woraufhin er lachte.

»Auf den Zünder«, beendete er seinen Satz und griff an mir vorbei zu dem dunkelgrünen Faltbecher mit dem *Americano*-Zettelchen. »Hey Riley, hübsches Weihnachtselfenkostüm.«

»Hi Blake!« Riley, die eine dunkelgrüne Strumpfhose und einen roten Mantel trug, grinste etwas gezwungen und ihr Blick zuckte nervös zu mir. Sie wirkte plötzlich, als wünschte sie sich sehnlichst irgendwo anders hin, und ich verstand, dass es an mir lag. An Blake und mir. Daran, dass wir beide uns einander nicht mehr als fünf Meter nähern konnten, ohne uns gegenseitig an die Gurgel zu gehen. »Was hast du da?«

»Das, Riley, nennt man ein Brett.« Ich hörte sein spöttelndes Lachen und wollte mich zeitgleich übergeben und mitlachen. »Maddy und George hatten einen, nennen wir es *Unfall* an ihrem Stand. Sie haben mich gebeten, ein Loch auszubessern.«

»Wie bitte?« Empört darüber, nichts davon zu wissen, drehte ich mich um und fand mich noch viel unmittelbarer vor Blake wieder als gedacht. Er hatte wirklich den Schneid gehabt, sich *direkt* hinter mich zu stellen, und somit unsere unausgesprochene Übereinkunft ignoriert, uns nicht näher als zwei Armlängen zu kommen. Das Einzige, das uns trennte, waren sein Kaffeebecher in der einen und ein Holzbrett in seiner anderen Hand. »Warum weiß ich davon nichts?«

»Dir auch einen wunderschönen Tag, Sue«, höhnte er, und für den Bruchteil einer Sekunde huschte ein verschmitztes Lächeln über sein Gesicht. So flüchtig, dass es sogar mir beinahe entgangen wäre. Ich hasste es, dass sein Anblick dafür sorgte, dass in meinem Magen zweihundert Pinguine gleichzeitig um die Wette watschelten.

»Hallo«, erwiderte ich frostig. »Was haben Maddy und George mit ihrem Stand angestellt?«

Blake zuckte mit den Schultern. »Keine Ahnung, George hat irgendwas von einem Brandloch gefaselt, er war ziemlich aufgebracht am Telefon, du kennst ihn doch.«

»Aha. Und jetzt eilst du als Retter in der Not zu ihnen?« Ich krallte meine Finger um meinen Kaffeebecher und meinen Organisationsordner und war froh, dass man es durch die Handschuhe nicht sah. »Was für ein Held«, spottete ich und machte Anstalten loszulaufen.

»Wo willst du hin?«, rief er mir hinterher, und ich wandte mich im Laufen um, ohne anzuhalten.

»Mir das Brandloch ansehen, was sonst?« *Und ganz schnell die bitternötige Distanz zwischen uns bringen.* Ich drehte ihm wieder den Rücken zu und setzte einen Fuß vor den anderen. Rannte einfach weg von Blake. Weg, weg, weg. Glücklicherweise hatte sich heute Vormittag der Schneefall gelegt und die Sonne sämtliche Wolken vom Himmel verdrängt. Die eiskalte Luft half mir dabei, meinen klaren Kopf wiederzuerlangen. Ich sog sie tief ein und wandte das Gesicht gen Himmel, um die sanften Sonnenstrahlen zu genießen, die meine Nase kitzelten. Es war ein traumhafter Wintertag, und ich wollte nicht, dass sich diese Gewitterwolke namens Blake vor ihn schob. Ich schritt über den Festplatz, auf dem es auf wundersame Weise nach frischer Wäsche roch, zielstrebig auf den Brandloch geschädigten Stand zu, als ich schnelle Schritte hinter mir hörte und schließlich einen näherkommenden Schatten wahrnahm. Blake joggte hinter mir her, bis er mich eingeholt hatte. Er passte sich meinem Tempo an, und kurz war ich versucht loszurennen, um ihn wieder abzuhängen. »Was soll das?«, zischte ich ihm zu, ohne die Miene zu verziehen. Wer wusste, wer uns beobachtete. Laut Leena hatte sich die Gerüchteküche um uns gerade erst wieder etwas abgekühlt. »Verfolgst du mich?«

»Klar«, lachte er, was so vertraut klang, mich nach unserer letzten Begegnung aber auch immens verwirrte. »Vielleicht wollte ich auch nur dabei zusehen, wie du Maddy und George zur Schnecke machst.«

Ich lächelte. Und verzog die Mundwinkel sofort wieder zu einer frostigen Miene. Er sollte nicht glauben, dass es okay war, mich in irgendeiner Form zum Lachen zu bringen. »Das habe ich gar nicht vor«, erwiderte ich und legte doch einen Zahn zu. Ich wich Danielle und Phil aus, die gemeinsam ein überdimensioniertes Rehkitz aus Bast durch den Schnee schoben, um es neben dem Eisbären zu positionieren, der wiederum etwas zu klein geraten war. Letztes Jahr hatte es so ausgesehen, als würde das Reh den Eisbären fressen wollen. Ich verdrehte die Augen bei dieser Erinnerung, die einfach so typisch war für meine Heimatstadt.

»Hey, Sue, warte!« Blake rannte ein Stück voraus und stellte sich mir in den Weg, um mich aufzuhalten.

Perplex starrte ich ihn an, den Faltbecher gefährlich fest umklammernd. Hoffentlich würde das Silikon nicht nachgeben, aber ich war dermaßen angespannt, dass ich es nicht schaffte, meine Kraft zu zügeln. »Geh mir aus dem Weg«, forderte ich ihn auf und setzte ein gezischtes »Bitte« hinterher. Ich machte einen Schritt zur Seite und lief an ihm vorbei, doch Blake entpuppte sich als hartnäckig, denn er wich nicht von meiner Seite.

»Wir sollten reden«, raunte er mir grummelnd zu. Er warf mir diese Worte wie einen Stock zwischen die Beine, sodass ich dank ihnen ins Straucheln geriet.

»Wir sollten … was?« Ich zog die Augenbrauen zusammen.

»Reden«, ächzte er und hielt sich die Seite. »Meine Güte, hast du ein Tempo drauf.«

Abrupt blieb ich stehen und wandte mich zu ihm um, streckte den Rücken durch und sah zu ihm auf. »Ich möchte aber nicht mit dir *reden*«, äffte ich ihn nach. »Genau genommen möchte ich *gar nichts* mit dir tun, okay?« Wut legte ihre eiserne Faust um meinen Hals.

»Das glaube ich dir nicht mehr«, entgegnete er mir mit fester Stimme.

Er … was? »Du … was?« Irritiert kniff ich die Augen zusammen und hätte mir am liebsten die Ohren zugehalten. Blakes durchdringender Blick hielt mich gefangen. Er machte keine Anstalten wegzusehen. In seinen braunen Augen, die mich die letzten Tage so missbilligend angeblickt hatten, lag nun Wärme. Eine Wärme, die es allerdings nicht schaffte, mein Herz zu erreichen. Denn ich zog die eiskalte Mauer aus Stein um mich herum hoch und schluckte, wappnete mich für seine Worte, die ich nicht hören wollte.

»Ich glaube«, begann er, und ich realisierte, dass es ihm schwerfiel. Nach wie vor war das da vor mir Blake. Ein Mann, der nicht gerade für seine Mitteilsamkeit bekannt war.

»Suuueee«, unterbrach uns eine aufgebrachte Stimme, und ich sah, dass Blake zusammenzuckte. Er presste die Kiefer aufeinander und blickte an mir vorbei in Richtung der Stimme. »SUE«, wiederholte diese kratzig, und ich wandte mich stirnrunzelnd um.

»Mrs. Innings?« Verdutzt verstärkte ich den Griff um meine Organisationsmappe. »Was machen Sie hier?« Sie kam auf uns zugeeilt, wobei sie mit einem Arm wedelte, der – in einem

Gips steckte? Mir fiel auf, dass sie humpelte, also richtete ich meinen Blick auf ihre Beine. Einer ihrer Füße steckte in einer gigantischen Schienenkonstruktion. Au Backe! Dass sie *derart* verletzt war, hatte ich nicht geglaubt.

Ich hob beide Arme in die Höhe und lief auf sie zu, um sie zu beschwichtigen. »Langsam«, forderte ich sie auf. »Machen Sie langsam! Was ist denn los?«

Aufgebracht hielt sie sich die Seite, keuchte und fasste sich mit der unverletzten Hand an ihre Hochsteckfrisur, von der ich zu gern gewusst hätte, wie sie die einhändig hinbekommen hatte. Ich selbst brauchte ja schon beide Hände, um mir meinen Pony hochzustecken. »Das Buch«, rief sie theatralisch, obwohl ich ihr direkt gegenüberstand.

»Buch?« Ratlos schüttelte ich den Kopf und zog die Stirn in Falten, denn ich hatte keinen Schimmer, wovon sie sprach.

»Ja, Kindchen«, tadelte sie mich, was ich ihr dieses eine, einzige Mal durchgehen lassen würde. Sie deutete zum Rednerpult auf der niedrigen Bühne neben dem Weihnachtsbaum, an dem gerade die letzten Handgriffe vorgenommen wurden. »Es ist nicht da.«

Ich schloss für eine Sekunde die Augen und atmete tief durch. »Okay. Mrs. Innings, von welchem Buch reden Sie?«

»Na, das *Saint Mellows Christmas Traditions*?« Sie glotzte mich an, als wäre ich ein Alien, der vorhatte, ihre Frisur durcheinanderzubringen. Voller Unverständnis und Missfallen.

»Das, aus dem Sie jedes Jahr ein Gedicht oder eine Kurzgeschichte vorlesen, bevor die Lichter am Baum entzündet werden«, schloss Blake, der leise wie ein Geist neben mich getreten war. Ich versuchte, trotz seiner unmittelbaren Nähe nicht den Verstand zu verlieren. Ich erinnerte mich nur vage daran, musste einige Schubladen in meinem Oberstübchen aufziehen, bis ich auf die passende Erinnerung stieß. Die letzten Jahre hatte ich das feierliche Entzünden des Weihnachtsbaums verpasst und deshalb diese Tradition wohl schlichtweg vergessen. Jetzt, wo Blake mir unbewusst auf die Sprünge geholfen hatte, erinnerte ich mich. Daran, wie Leena und ich als Kinder ganz vorn gestanden hatten, in unseren bunten Kinderbechern heißer Kakao mit Marshmallows. Wie wir den Gedichten und Geschichten gelauscht hatten, die Mrs. Innings schon damals aus diesem geheimnisvollen alten Buch mit dem grünen Einband vorgetragen hatte, bis es dunkel wurde. Aufgeregt hatten wir uns an den Händen gehalten und wie gebannt zum Weihnachtsbaum gestarrt, der, nachdem wir alle einen Countdown gezählt hatten, plötzlich hell erstrahlt war – und nicht nur er, sondern auch die restlichen Weihnachtslichter auf der Festwiese. Es war ein magischer Moment, und mit einem Mal übertrug sich Mrs. Innings Aufregung auf mich. Ich wusste, dass ich sofort alles in Bewegung setzen würde, um das Buch zu finden. Es hätte mir das Herz gebrochen, all die Kinder zu enttäuschen, die heute Abend mit leuchtenden Augen vor der Bühne stehen würden.

»Ich finde es«, versprach ich, klemmte mir die Mappe unter die Achsel und legte der Bürgermeisterin tröstend meine Hand auf den Unterarm.

»Wir finden es«, grätschte Blake dazwischen und räusperte sich, als ich ihn entgeistert anstarrte.

»Das ist jetzt hoffentlich nicht dein Ernst?«, zischte ich ihm durch meine zusammengebissenen Zähne zu. Ich hatte *wirklich* keine Lust, die nächsten Stunden so tun zu müssen, als wären wir ein gutes Team. So wie damals.

»Danke, Kindchen«, schniefte Mrs. Innings und hielt sich

den verletzten Arm. »Danke, Blake«, lächelte sie ihm zu. »Ich habe schon fast alle gefragt, die nach dem Wasserschaden ihre Garagen und Keller als Lager zur Verfügung gestellt haben«, seufzte sie geknickt. »Nirgends war es zu finden. Niemand hat es gesehen. Es geht doch bald schon los.« Die Traurigkeit in ihren Augen traf mich unvorbereitet, und ich schluckte.

»Wo sollen wir suchen?«

Sie schüttelte den Kopf und zuckte verzweifelt mit den Schultern. »Ich weiß es ni ... Ah, doch!« Sie riss ihre Augen auf und klatschte sich mit der unverletzten Hand gegen die Stirn. »Wie konnte ich das vergessen? Im Rathaus! Auf dem Dachboden sind auch einige der Dekorationskisten untergekommen. Vielleicht wurde es dort oben vergessen.« Sie drehte sich seitlich zu mir, deutete mit ihrem Blick zur Tasche ihres dunkelroten Wollmantels. »Wärst du so lieb, den Schlüsselbund herauszuholen?«, bat sie mich, und ich reichte Blake stumm meine Mappe und den Becher und tat wie geheißen. Sie zeigte mir, welcher der passende Schlüssel für das Rathaus war, und ich entfernte ihn vom Bund, umschloss ihn sicher mit der Hand, bevor ich ihn in meiner Jackentasche verstaute. Etwas zu ruppig entriss ich Blake meine Habseligkeiten wieder.

Das schmerzverzerrte Gesicht der Bürgermeisterin erinnerte mich daran, dass sie verletzt war und überhaupt nicht hierhergehörte. »Gehen Sie sich sofort hinsetzen«, befahl ich ihr und deutete mit einem Nicken zum *Anne's*. »Ich ...« Ich kniff die Augen zusammen und sog die Lippen ein, da ich die folgenden Worte eigentlich nicht aussprechen wollte. »*Wir* machen uns direkt auf die Suche.«

»Kommen Sie.« Blake bot Mrs. Innings seinen Arm an, um sie zu stützen. »Ich bringe sie noch zum Café.« Der ernste Ton in seiner Stimme duldete keine Widerrede, und so ergab sich die Bürgermeisterin seufzend.

»Ist gut«, nickte sie und humpelte an seiner Seite durch den Schnee.

Ich bewegte mich keinen Millimeter und fragte mich, ob ich träumte. Das war doch ein schlechter Witz, oder?

Blake

»Damit das klar ist«, fauchte Sue mich an, ohne mich eines Blickes zu würdigen. Ich folgte ihr auf dem Weg zum Rathaus und hatte fast Probleme, bei ihrem flotten Schritt mitzuhalten. »Wir reden nicht, wir sehen uns nicht an, wir suchen das Buch und gehen jeder wieder unserer Wege.«

Grinsend schüttelte ich den Kopf. »Wie du meinst«, erwiderte ich und schloss zu ihr auf, bis ich so dicht neben ihr lief, dass sich unsere Ärmel berührten.

Sie riss ihren Arm zu sich und brachte wieder ein paar Zentimeter Abstand zwischen uns. »Punkt fünf: Wir berühren uns auch nicht«, knurrte sie und hielt den Arm verkrampft an ihre Seite gedrückt.

»Wie es aussieht, übertreibst du immer noch sehr gern«, entgegnete ich trocken und spürte langsam aber sicher Frust in mir aufsteigen. Sue erwiderte nichts, wofür sie wahrscheinlich sämtliche Selbstbeherrschung aufbringen musste. Ich wusste, wie schwer es ihr fiel, jemandem das letzte Wort zu überlassen.

»Wie es aussieht, hältst du dich noch immer nicht an Regeln«, brabbelte sie in ihren Schal und hatte den Kampf gegen ihre Selbstbeherrschung verloren.

»An Regeln?« Ich lachte spöttisch und schüttelte den Kopf. »Was glaubst du, gibt dir bitte das Recht, mir den Mund zu verbieten?« Ich begab mich nur zu gern auf dünnes Eis. Denn wir standen beide auf derselben Stelle, und wenn ich einbrach, würde auch Sue den sicheren Boden unter ihren Füßen verlieren.

»Das ist das Beste für uns beide«, erklärte sie und fuhr für einen Augenblick zu mir herum, um mir einen finsteren Blick zuzuwerfen. Damit hatte sie schon zwei ihrer eigenen Regeln gebrochen.

»Findest du, ja?« Wir bogen um die Ecke zur Primrose Street, und es hätte mich nicht gewundert, wäre der Schnee unter unseren Füßen dank Sues Überhitzung geschmolzen.

»Ich *weiß* es«, betonte sie.

»Wie willst du das wissen?« Ich hatte keine Lust mehr, kleinlaut um sie herumzutänzeln, wie ich es die letzte Viertelstunde lang getan hatte. Ich hatte ihr eine Aussprache vorgeschlagen, und auch wenn ich mir bereits gedacht hatte, dass sie das Angebot ausschlagen würde, hatte ich nicht damit gerechnet, *wie* abweisend sie sein würde. Ja, ich wollte nach wie vor mit ihr reden, denn ihre Anschuldigung, dass ich sie angeblich hätte sitzen lassen, war mir die letzten Tage einfach nicht aus dem Kopf gegangen. Sie hatte mich verfolgt, mir überall aufgelauert, um mich in jeder freien Sekunde zu überfallen. Ich musste einfach wissen, was sie damit gemeint hatte. Ich brauchte eine Erklärung, sonst drehte ich noch durch.

Wir erreichten das Rathaus, und Sue stoppte wütend. Ich tat es ihr gleich und wandte mich zu ihr um. Ihr Gesichtsausdruck verriet, dass sie ein brodelnder Vulkan war. Noch ein Wort von mir und sie würde ausbrechen. »Die letzten Tage waren eine Erholung für mich«, spie sie mir entgegen. »Dich *nicht* zu sehen, *nicht* mit dir reden zu müssen hat mir verdammt gutgetan.« Ihre dunklen Augen verengten sich zu Schlitzen. »Ich will mich nicht wieder schlecht fühlen, und das geht nur, wenn du aus meinem Leben verschwindest. Verstanden?« Sie schnaufte, wobei ich nicht wusste, ob wegen der Worte, die sie mir so ungefiltert an den Kopf geworfen hatte, oder wegen des Tempos, mit dem sie den Mellowianer Marathon hätte gewinnen können.

»Großartig«, erwiderte ich eiskalt, nickte und griff an ihr vorbei zur dunklen Eingangstür des Rathauses. Ich rüttelte daran, als mir einfiel, dass Sue den Schlüssel hatte. »Großartig«, wiederholte ich zwischen zusammengepressten Kiefern und ließ vom Türknauf ab, allerdings nicht ohne einen zornigen Schubs. »Schließ auf«, forderte ich sie auf, wissend, dass sie das rasend machen würde.

»Hör auf, mir Dinge zu befehlen, die ich sowieso im Begriff bin zu tun!« Sie funkelte mich böse an, klemmte sich wieder ihre Mappe unter den Arm und versuchte, gleichzeitig ihren Kaffeebecher balancierend, die schwere Tür aufzuschließen. Eher hätte sie ihren Kaffee auf der Stelle heruntergestürzt, als mich zu bitten, den Becher für eine Sekunde zu halten. Das Schloss hakte, was Balsam für meine verwundete Seele war. Erzürnt zerrte Sue am Knauf, lehnte sich mit ihrem gesamten Körpergewicht nach hinten und presste die Zähne zusammen, und zu meiner Enttäuschung gab das Schloss das erlösende Klicken von sich. Mir war bewusst, dass ich ein Arschloch war, weil ich mir gewünscht hatte, dass sie mich um Hilfe bitten musste. Doch eigentlich hätte mir auch klar sein sollen, dass Sue sich lieber nackt im Schnee gewälzt hätte, als vor irgendjemandem schwach zu wirken. Erst recht nicht vor mir. Sie stieß die Tür auf, und wir traten ein. Anders als erwartet, umfing uns keine mollige Wärme, sondern ein kühles Foyer, das ein wenig nach kaltem Keller und Mottenkugeln roch. In dessen Mitte befand sich die Treppe, die in das obere Stockwerk führte. Durch die dicken Scheiben der alten Fenster drangen Sonnenstrahlen herein, in denen der Staub tanzte, den wir durch unsere Bewegungen aufgewirbelt hatten. Zu unserer Rechten stand ein Schreibtisch, auf dem ein Metallschild auswies, dass es sich dabei um die Anmeldung handelte. Ich lief hinüber, um meinen Kaffeebecher darauf abzustellen, nachdem ich die letzten Schlucke getrunken hatte. Die Tür dahinter war geschlossen, doch ich wusste, dass sich dahinter Mrs. Innings Büro befand. Auf der gegenüberliegenden Seite reihten sich Ständer aneinander, in denen es neben Postkarten der Stadt auch Infomaterial gab. Broschüren über die Geschichte Saint Mellows, ein Stadtplan, ein Café- und Restaurantführer, Werbeflyer sämtlicher Pensionen und in Poleposition ein Eventplaner für die Touristen.

Die alten Dielen knarzten, als wir, ohne viel Zeit zu verlieren, nach oben gingen. Der dicke weinrote Teppich auf den Stufen dämpfte unsere Schritte. An den Wänden hingen Gemälde, was ein wenig das Gefühl vermittelte, als befänden wir uns in einem Museum. Neben den Gesichtern all der vorangegangenen Stadtoberhaupte hingen in Öl eingefangene Zeichnungen einiger Wahrzeichen der Stadt: der Pavillon, der Kirschblütenpark, die Festwiese.

Fast beschlich mich das Gefühl, etwas Verbotenes zu tun, denn wann war man schon mal allein im Rathaus? Stirnrunzelnd suchte ich nach dem Eingang zum Dachboden. Sue deutete mit ausgestrecktem Finger auf eine Schnur, an deren Ende eine Kugel hing. Ich verstand, dass das die ausfahrbare Treppe sein musste, die zur Luke in der Decke führte. Ich erinnerte mich, dass Sue mir damals von ihrem Zimmer erzählt hatte: einem ausgebauten Dachboden mit breiten Fensterfronten. Nicht, dass ich jemals dort gewesen wäre. Ich zog an der Schnur und quietschend setzte sich die Konstruktion in Bewegung. Sogar ich musste mich auf Zehenspitzen stellen, um an die unterste Sprosse der Leiter zu gelangen. Ratternd fuhr sie sich aus, bis sie einen Meter über dem Boden komplett zum Stehen kam. »Sieht sicher aus«, spottete ich und rüttelte an dem alten Holz.

»Wird's bald?«, murrte Sue hinter mir genervt, und auch wenn ich ihr den Rücken zugewandt hatte, wusste ich, dass sie die Augen verdrehte.

»Nach Euch, Eure Hoheit«, forderte ich sie auf und deutete eine buckelige Verbeugung an.

»Halt das«, befahl sie mir und drückte mir blitzschnell Becher und Mappe gegen die Brust, sodass ich überrumpelt danach griff. Sie zog sich ihre hellblauen Handschuhe von den Fingern und verstaute sie in ihren Jackentaschen.

»Warum schleppst du das die ganze Zeit mit dir rum wie einen beknackten Ring, Gollum?« Schulterzuckend ließ ich den Ordner mit der flachen Seite auf den Boden fallen. Der Knall hallte von den Wänden wider.

Empört sog Sue, die die Hände um die Sprossen der Leiter geschlossen hatte, die Luft ein. »Weil sie *wichtig* ist«, fauchte sie und deutete mit einem Kopfnicken auf die Mappe. »Heb sie wieder auf«, forderte sie, und ich sah, dass sie sich so fest an die Leiter krallte, dass ihre Fingerknöchel weiß hervortraten.

Ich schüttelte belustigt den Kopf. »Habe ich das kleine, feine Wörtchen *bitte* überhört? Ich denke nicht«, erwiderte ich in dem Wissen, dass ich sie damit nur noch mehr verärgerte.

»Weißt du was?« Sie hob ungelenk ein Bein, um mit dem Fuß die unterste Sprosse zu erreichen. »Lass sie liegen. Wir sind hier sowieso in null Komma nichts fertig.« Ächzend drückte sie sich hoch. Ihre Arme zitterten, und das Leiter-Gestell wankte bedrohlich unter ihrem Gewicht, als sie es Sprosse für Sprosse erklomm. Ich konnte es mir nicht verkneifen, sie heimlich zu mustern. Ihre Beine steckten in einer Blue-Jeans, die ihren Hintern betonte, und ich erwischte mich selbst dabei, wie ich mir angetan seitlich auf die Unterlippe biss. Schnell schluckte ich und schüttelte den Kopf, um die unangebrachten Gedanken, die dieser Anblick weckte, zu vertreiben. Sie trug klassische Timberland Boots, die die gleiche Farbe hatten wie ihre hellbraune Jacke. Die, die aussah, als wäre sie mal ein Teddybär gewesen, ehe man aus ihm ein Kleidungsstück gefertigt hatte. Fehlte eigentlich nur, dass an der dicken Kapuze Bärchenohren angenäht waren wie bei Babykleidung. Elsies Mom hatte meine Nichte auch immer in solche Klamotten gesteckt. Auf dem Kopf trug sie eine schneeweiße Mütze, die ihre braunen Haare noch dunkler erscheinen ließ, und um den Hals hatte sie einen übergroßen Wollschal gewickelt, dessen Blau minimal dunkler war als das ihrer Handschuhe.

Ich wartete einen Augenblick und kletterte die Leiter erst hoch, als ich ihre dumpfen Schritte über mir vernahm. Jede Sprosse knackte unter meinem Gewicht, und beim näheren Hinsehen fiel mir auf, dass das Schienensystem korrodierte. Stück für Stück schob ich mich nach oben, und da es weder ein Geländer noch irgendetwas anderes gab, an dem ich mich festhalten konnte, hatte ich keine andere Möglichkeit, als auf allen Vieren auf den Dachboden zu krabbeln. Genau in dem Moment, als ich meine Schuhsohle vom letzten Querholz nahm, knarzte es. Wie in Zeitlupe beobachtete ich, wie sich die uralte Bodenverankerung auf einer Seite aus dem Holzboden löste. Eine Mutter kullerte auf mich zu, und geschockt nahm ich sie zwischen Daumen und Zeigefinger, drehte sie im fahlen Licht, das durch das winzige, kreisrunde Fenster hereinfiel. Sie war so korrodiert, dass man das Gewinde nur noch erahnen konnte, und es war nur eine Frage der Zeit gewesen, bis sie bei Belastung von der Schraube sprang.

»Was tust du da?« Kreischend hechtete Sue auf mich zu und warf sich auf den Bauch, um nach der Leiter zu greifen, die im Begriff war, hinabzukrachen.

Ich schaltete blitzschnell und umfasste ihre Taille mit beiden Händen, hielt sie fest und zog sie bäuchlings zurück auf sicheren Boden. »Willst du dir das Genick brechen oder was?«, fuhr ich sie an. Der Schock pochte mir in der Kehle, und ich zog zornig die Augenbrauen zusammen. Sue erwiderte meinen Blick mindestens ebenso hitzig. Neben uns quietschte es, dann hörte man das Knacken von brechendem Holz, und kaum eine Sekunde später krachte es unter uns. Die Leiter, die bis eben noch wackelig an einer Seite gehangen hatte, war Geschichte.

»Das ist jetzt nicht wirklich passiert«, hauchte Sue, und sofort ließ ich von ihr ab, als hätte ich mir die Finger an ihr verbrannt. Sue lag bäuchlings auf dem alten, staubigen Boden, alle viere von sich gestreckt, als übte sie im Trockenen schwimmen. »Nein, nein, nein, nein«, stammelte sie und richtete sich wankend auf, näherte sich der Luke.

Meine Schockstarre ließ nach, und auch das Adrenalin

ebbte ab, das eben noch durch meinen Körper gejagt war. Ich spürte Schmerz in meinen Knien, der wohl davon kam, dass ich auf ihnen über den Boden gerutscht war, um Sue davon abzuhalten, sich kopfüber durch das Loch im Boden ins Stockwerk unter uns zu stürzen. »Komm weg da«, forderte ich sie auf, meine Stimme erinnerte entfernt an das Knurren eines Wolfes. »Das ist zu gefährlich.«

Sue, deren Hände zu Fäusten geballt waren, wandte sich betont langsam zu mir um. »Du sollst aufhören, mir etwas vorzuschreiben«, erinnerte sie mich, wobei sie jedes einzelne Wort zischend betonte.

»Dann tu dir keinen Zwang an, Sue«, donnerte ich, denn mir reichte es. »Los doch. Wenn du es darauf anlegst zu stürzen, stell dich ruhig *direkt* an den Abgrund. Wenn du Glück hast, ist das Holz zu allem Überfluss auch noch morsch.«

»Arschloch«, fauchte sie, tat aber wie befohlen und entfernte sich von dem Loch im Boden.

»Ziege«, entgegnete ich mit zusammengepressten Kiefern, richtete mich auf und rieb mir über die Knie. Warum war Mrs. Innings nie darauf gekommen, mich bei all dem unnötigen Mist, den ich für sie erledigte, darum zu bitten, diese Scheißleiter zu erneuern?

Aus dem Augenwinkel sah ich, wie Sue sich umblickte. »Prima«, murmelte sie und warf den Kopf in den Nacken, wobei ihre Mütze ein Stück verrutschte. »Einfach prima.« Sie lief zu dem runden Fenster, das unsere einzige Lichtquelle war, und griff nach einem der Kartons, der direkt darunter stand.

»Was tust du da?« Ich hob eine Augenbraue und beobachtete sie dabei, wie sie sich blitzschnell durch den Inhalt der Box wühlte.

»Wonach sieht es denn aus, Sherlock?« Sie setzte den Pappdeckel wieder auf den Karton. »Ich suche das Buch.«

Amüsiert leckte ich mir über die Unterlippe. »Und dann? Wirfst du es durch das Fenster, in der Hoffnung, es fliegt direkt zur Festwiese?«

Sue straffte die Schultern und atmete tief durch, als wäre ich die anstrengendste Person, die sie je kennengelernt hatte. Nun, vielleicht kam es ihr in diesem Moment auch wirklich so vor. »Irgendjemand wird schon nach uns suchen«, erklärte sie mürrisch. »Vielleicht nicht nach *dir*«, ergänzte sie, und wenn ich mich nicht täuschte, mischte sich ein winziges bisschen Belustigung in ihre Stimme. »Aber bestimmt nach mir.«

»Wie charmant«, prustete ich und versenkte meine Hände in den Hosentaschen. Ich entschied, die Distanz zwischen uns zu überbrücken und ihr zur Hand zu gehen.

Ohne mich anzusehen, kramte sie sich durch eine transparente Plastikbox. »Hast du etwas anderes erwartet?«

»Man darf ja noch hoffen.« Ich zuckte mit den Schultern und streckte mich, um an die oberste Kiste des Turms neben mir zu gelangen. Wer auch immer sie dort postiert hatte, musste mindestens so groß sein wie ich.

»Also von *dir* erwarte ich *gar nichts*«, setzte sie Zähne knirschend hinzu, was mich aufseufzen ließ.

»Ernsthaft, Sue?« Ich stellte die Kiste zu meinen Füßen ab und begab mich in die Hocke, um in ihr nach dem Buch zu suchen. »Ist es dir wirklich *so* wichtig, *immer* das letzte Wort zu haben?«

Ein Knall ließ mich zusammenzucken. Anscheinend hatte ich einen wunden Punkt bei ihr getroffen, denn sie hatte den Plastikdeckel schwungvoll zurück auf die Box gedonnert.

»Nur, wenn ich im Recht bin.« Ihre eiskalte Stimme ließ die Temperatur auf dem Dachboden gen Gefrierpunkt sinken.

»Ganz die Frau Anwältin. Kämpft immer bis zum Schluss«, spottete ich und in dem Moment, in dem ich die Worte ausgesprochen hatte, wusste ich bereits, dass ich zu weit gegangen war.

»Was hast du eigentlich für ein Problem, Blake?« Sie spie meinen Namen aus, als widerte er sie regelrecht an. »Niemand zwingt dich, mit mir zu reden. Ich *reagiere* nur auf dich. Halt die Klappe, dann bin auch ich ruhig. Das ist ganz einfach.«

»Wir wissen beide, dass das hier alles ist, aber nicht *einfach*.« Ich richtete mich auf, stieß die Kiste mit dem Fuß in eine freie Ecke und deutete mit ausgestrecktem Zeigefinger zwischen uns hin und her. Ich war nie ein Freund großer Worte oder langer Reden gewesen, das hatte ich von meinem Dad. Aber ich hasste es ebenso, Problemen beim Wachsen zuzusehen, nur weil man nicht versuchte, sie aus der Welt zu schaffen. Das hatte ich wiederum von Mom.

»Du willst wissen, warum es mir wie Folter erscheint, ausgerechnet mit dir hier oben auf diesem staubigen, dunklen, kalten, verlassenen Dachboden eingesperrt zu sein?« Sie wirbelte zu mir herum, Wut und Beklemmung in der Stimme, aufsteigende Tränen in den Augen, die sie unwirsch mit dem Handrücken wegwischte. »Weil sich mein Herz wegen *dir* ganz genauso anfühlt, Blake. Staubig, dunkel, kalt und verlassen.«

Ihre Worte trafen mich hart. So hart, dass ich ein paar Meter zurücktaumelte, Abstand zwischen uns brachte. Ich fuhr mir mit den Händen über das Gesicht und bereute fast, dass ich versucht hatte, sie zum Reden zu bringen. Denn *damit* hätte ich im Leben nicht gerechnet. Sue hatte mich damals sitzen gelassen, war irgendwann sogar ohne ein Wort des Abschieds verschwunden, und all die Jahre hatte sich eine Wut in mir angestaut, die jetzt wie eine Seifenblase zerplatzte. »Das verstehe ich nicht.« Kopfschüttelnd begann ich, hin und her zu laufen. Hin und her, hin und her, hin und her. Abrupt blieb ich stehen, raufte mir die Haare und wandte mich zu Sue um, die sich keinen Millimeter gerührt hatte. Sie stand neben dem Fenster, die Hände zu Fäusten geballt, die Kiefer aufeinandergepresst und eine einzelne Träne auf der Wange. »Warum?«

Sie löste sich aus ihrer Starre, senkte den Blick, als könnte sie es nicht ertragen, mich bei den folgenden Worten anzusehen. »Weil du damals nicht erschienen bist, dich nie dafür entschuldigt hast und mich seit diesem Tag ignoriert hast«, flüsterte sie mit gebrochener Stimme. »Ich habe lange versucht zu verstehen, warum. Habe versucht, darüber hinwegzukommen. Aber sieh mich an!« Sie hob den Kopf, sodass ich in ihre von Tränen verschleierten Augen blicken konnte. »Wie es aussieht, habe ich es nicht geschafft.« Und in diesem Augenblick war die starke, emanzipierte Suzanna Flores einfach nur Sue, eine verletzte, junge Frau.

Nein! Meine Gedanken wirbelten durcheinander, und ich schaffte es nicht, auch nur einen einzigen von ihnen zu fassen zu kriegen. »Sue, ich ...« Kein einziges weiteres Wort kam über meine Lippen.

»Und wieder einmal«, seufzte Sue, »habe ich das letzte Wort.« Ich konnte die Bitterkeit ihrer Worte nahezu auf meiner eigenen Zunge schmecken. Ich wollte etwas sagen. Wollte, dass sie aufhörte, derart traurig zu sein, doch ich war wie gelähmt. Noch nie in meinem Leben waren mir die Worte im Hals stecken geblieben. »Wir sollten weitersuchen«, schlug sie resigniert vor und wartete gar nicht erst auf meine Zustimmung. Um genügend Distanz zwischen uns zu bringen, lief sie zu einem alten Holzschrank, vor dem ein paar Umzugskartons gefüllt mit Stadt-Dekoration standen, und zog einen davon zu sich heran.

Ich starrte sie weiter an. Eine eiskalte Welle durchfloss meinen Körper und ließ mich frösteln. Was Sue mir eben gestanden hatte, änderte alles, stellte alles, wovon ich die letzten Jahre überzeugt gewesen war, auf den Kopf. Ich wusste, ich sollte mit ihr reden, sollte einiges richtigstellen. Es ihr erklären. Aus dem Weg räumen, was die ganze Zeit zwischen uns gestanden hatte, doch verdammt, ich musste selbst erst einmal verstehen, was das hieß. Dass wir uns all die Jahre gehasst hatten, aus dem einfachen Grund, weil wir dachten, der jeweils andere hätte uns verlassen? Zwei versehentlich gebrochene Herzen, die zu stur waren, auch nur einen Meter aufeinander zuzugehen? Konnte das wirklich sein? Mechanisch griff ich nach einer weiteren Kiste und sah wie versteinert auf die Dekoration hinunter, die ich darin fand. Pinkfarbene Glitzerkugeln aus Plastik, die schon bessere Zeiten erlebt hatten, verheddert in einer Tonne silbernem Lametta. Ich schob es beiseite und blickte auf den grünen, alten Einband des Buches, wegen dem wir hier auf dem Dachboden saßen. Gefangen wie zwei wilde Tiere in einer Falle.

»Nein«, hörte ich plötzlich Sues weinerliche Stimme und sah auf. Ihr Tonfall hatte etwas an sich, bei dem sofort all meine Alarmglocken schrillten. »Nein, nein, nein«, schrie sie und ließ einen Ordner, den sie anscheinend aus dem alten Schrank gezogen hatte, zu Boden fallen, als hätte sie sich daran verletzt. Geistesabwesend schob ich das Lametta wieder über das Buch und schloss den Deckel der Kiste, ging vorsichtig auf Sue zu, die starr und ohne zu atmen dastand, mit ihrem Blick den Hefter durchbohrend. Ich hielt einige Meter vor ihr an, um ihr Raum zu geben.

»Sue?« Zögerlich setzte ich einen weiteren Schritt auf sie zu und spürte mein Herz bis in meinen Hals schlagen. Irgendetwas stimmte hier nicht. »Sue, alles in Ordnung?« Ich ging vor ihr in die Hocke, um ihr von unten ins Gesicht blicken zu können, und erschrak bei dem Anblick, der sich mir bot. Stumme Tränen rannen ihr über das Gesicht, die Augen waren ausdruckslos, und instinktiv wusste ich, dass sie nicht meinetwegen weinte. »Was ist los?« Statt mir zu antworten, holte sie japsend Luft, immer schneller und schneller, bis sie kurz davor war zu hyperventilieren. Sie schüttelte den Kopf, immer und immer wieder, schluchzte und schlug sich die Faust vor den Mund, starrte den Ordner an, der aufgeklappt auf dem Boden vor ihr lag. Mein Puls jagte in die Höhe, aus Unverständnis, Hilflosigkeit, Besorgnis. Ich folgte ihrem Blick und las ihren Familiennamen auf dem Rücken, geschrieben in einer krakeligen Handschrift, vermutlich der von Mrs. Innings. Verwundert beugte ich mich zu dem Ordner herunter, deutete fragend darauf. »Darf ich?«

»Ja«, krächzte sie und schluchzte erneut, nickte mir zu. So nervös, als müsste ich ohne Fachkenntnisse eine Bombe entschärfen, griff ich nach der Mappe und drehte sie um. Sofort fielen lose Blätter daraus hervor, Unterlagen, die wichtig aussahen.

»Was hat das alles zu bedeuten?«, murmelte ich und griff nach den ersten Papieren, einige vom Gericht, sogar etwas von der Kirche, bis ich auf die Worte stieß, die Sue vor wenigen Augenblicken den Boden unter den Füßen weggerissen hatten.

Antrag auf Adoption. Suzanna Flores.

»Oh, Sue«, hauchte ich und wandte mich gerade noch rechtzeitig zu ihr um, bevor ihre Beine nachgaben und sie in sich selbst zusammensackte wie ein angeschossenes Rehkitz. Blitzschnell machte ich einen Satz vorwärts, warf mich selbst auf meine schmerzenden Knie, um sie aufzufangen. Zuerst hingen ihre Arme einfach nur schlaff zu meinen Seiten herab, und ich hielt sie. Ich hielt sie so fest, dachte gar nicht daran, sie loszulassen, während ihr stumm die Tränen über das Gesicht liefen und unaufhörlich auf ihren Schal und meine Schulter tropften. Nach Sekunden, oder vielleicht auch Minuten, spürte ich sie beben. Ihr zierlicher Körper zitterte, und mit einem Mal schlang sie die Arme um meinen Hals, als wäre ich ihr Rettungsring. Ich spürte ihre eiskalten Fingerspitzen an meinem Hals, mit denen sie sich an mir festklammerte und mir eine Gänsehaut bescherte.

»Lass mich nicht allein«, bat sie mich wispernd und so gebrochen, dass mein Herz ebenfalls entzweibrach.

Sue

»Mach ich nicht«, versprach Blake mir leise und drückte mich fest an sich. Eine Decke aus den verschiedensten Emotionen legte sich über mich, erdrückte mich nahezu. Ich spürte in jeder einzelnen Faser meines Körpers eine so tiefgehende Traurigkeit, wie ich sie noch nie zuvor empfunden hatte. Fragen über Fragen durchfluteten mich, Hand in Hand mit den Antworten, die ich mein Leben lang gesucht hatte. War dieser Moment hier unausweichlich gewesen? War es mein Schicksal gewesen, irgendwann so direkt mit der Nase auf den Fakt gestoßen zu werden, dass ich es mir all die Jahre nicht bloß eingebildet hatte? Dieses Gefühl von Nicht-Dazu-Gehören? Dieser Drang danach, einen Ort zu finden, an dem ich mich *anders* zu Hause fühlen konnte als in Saint Mellows? Ich war Sue, die ihr *mehr* suchte. Sue, der ihre Heimat zu klein war, die sich eingeengt und anders fühlte, ohne je zu wissen, warum. Denn eigentlich war ich doch normal. So ein stinknormales Mädchen aus einer stinknormalen Kleinstadt, das dem Traum der Metropole nachgejagt war. Wie Hunderttausende andere junge Menschen auch.

»Alles ergibt plötzlich Sinn«, hauchte ich und realisierte, dass ich geflüstert hatte, als Blake innehielt. Er hatte mir mit einer Hand über den Rücken gestrichen und drückte mit der anderen sanft meinen Kopf gegen sein Schlüsselbein. Vorsichtig löste ich meine Wange von seiner warmen Brust. Sein gleichmäßig pochendes Herz war es gewesen, das mich die letzten Minuten beruhigt hatte. Ich traute mich nicht, den Kopf zu heben, aus Angst vor Blakes Blick. Ich ertrug kein Mitleid. Erst recht nicht von Blake. Warum war ausgerechnet *er* jetzt hier, um mich zu halten? Der Mann, bei dem ich mich das erste und einzige Mal in meinem Leben hatte fallen lassen können. Ich hatte mir geschworen, es nie wieder zu tun. Blinzelnd sah ich mich auf dem düsteren Dachboden um, und mir wurde bewusst, dass kaum mehr Licht durch das kreisrunde Fenster drang. Die Sonne war am Untergehen, und plötzlich fiel mir siedend heiß ein, warum wir *eigentlich* hier waren. »Das Buch«, rief ich entsetzt aus, löste mich aus Blakes warmer Umarmung und sprang auf die Beine. Sofort ließ mich die eiskalte Luft auf dem Dachboden frösteln.

»Sue«, murmelte Blake, und als ich mich zu ihm umwandte, schluckte er. »Das Buch ist nebensächlich.«

Ja, er hatte recht. Ich wusste, dass er recht hatte. Doch ich brauchte in diesem Moment etwas, an das ich mich klammern konnte. Etwas, das dafür sorgte, dass ich mich bewegte, einen Schritt vor den nächsten setzte und der Schwermütigkeit gar nicht erst die Chance gab, über mich hereinzubrechen wie der schwärzeste aller Gewitterstürme. Rational gesehen würde sich nichts ändern. Oder? »Es ist, wie es ist«, wisperte ich so leise, dass er es unmöglich hören konnte. Ich wollte nicht daran denken, was *nach* diesem Abend sein würde. Wollte mir den Moment nicht ausmalen, in dem ich Mom und Dad zur Rede stellen würde. Denn neben all den Antworten, die plötzlich auf mich einprasselten, regnete es Fragen. So, so viele Fragen. Allen voran die Frage, wer ich überhaupt war. »Ich weiß«, gab ich dennoch zu. »Aber ich habe es ...«

»Du hast es Mrs. Innings versprochen«, unterbrach Blake mich seufzend und richtete sich auf, kam einen Schritt auf mich zu und fasste mich vorsichtig an den Händen. Woher wusste er, was ich hatte sagen wollen? »Es stimmt. Das hast du«, murmelte er und zog mich einfach wieder in seine Arme, als wäre mein Versprechen nicht wichtig. »Das hast du«, wiederholte er und legte sein Kinn auf meinem Kopf ab, wiegte mich sanft hin und her. Ich ließ meine Schultern sinken, die ich, ohne es zu merken, bis an die Ohren hochgezogen hatte, und ließ es einfach geschehen. Mir war gleichzeitig eiskalt und heiß, ich spürte meine Fußsohlen kribbeln und versuchte, mich darauf zu konzentrieren, auf meinen weichen Knien nicht wieder einzuknicken. »Ich bin da, okay?« Blakes raue Stimme durchbrach die unheilvolle Stille, und ich schaffte es kaum, mehr als ein Nicken zustande zu bekommen. Blake war da. Doch wo war ich? Wer war ich? Warum hielt er mich so fest, als würde ich jeden Augenblick zerspringen? Vielleicht, weil er es spürte? Weil er spürte, dass ich kurz davor war, kraftlos in mich zusammenzusinken und niemals wieder aufstehen zu können? Alles fühlte sich taub an: Meine Finger, die sich in Blakes Mantel krallten, meine Beine, die nur standen, weil Blake mich hielt, und mein Herz, das verzweifelt versuchte, seine Schutzmauern aufrechtzuerhalten, damit es nicht nackt und verletzlich vor der Welt stand, vor einer Realität, die ich noch gar nicht richtig erfassen konnte, erfassen wollte.

»Okay«, krächzte ich und wischte mir mit dem Handrücken über das Gesicht, da sich erneut Tränen ihren Weg darüber suchten. »Verdammte Tränen«, fluchte ich und versuchte mich vergeblich an einem Lächeln. Es erstarb im Keim und wurde von einem weiteren Schluchzer davongetragen. Ich fühlte mich, als triebe ich auf dem offenen Ozean, der an mir zerrte und zog und all meine Glücksmomente, an die ich mich klammerte, um mich über dem eiskalten Wasser zu halten, auf einzelnen Wellen von mir wegtrug. Sie glitten mir durch die erfrorenen Fingerspitzen. Einer nach dem anderen. Als hätte es sie nie gegeben, die Momente voll Liebe, Glück, Freude. Da war nichts mehr, das mich hielt. Nichts außer Blake. Ausgerechnet Blake.

Ich wusste nicht, wie viel Zeit vergangen war, hatte nicht bemerkt, dass die Dunkelheit inzwischen vollends über uns hereingebrochen war. Irgendwann, als ich stark zu zittern begonnen hatte, vor Kälte, vor Verlust, vor Angst, hatte Blake stumm seinen Mantel geöffnet, mich zu sich gezogen und ihn um mich geschlossen. All die Zeit war er keinen Millimeter von mir gewichen und nicht für eine Sekunde nahm er seine Hände von meinem Rücken. Mit zusammengekniffenen Augen lehnte ich an ihm, meine Wange im weichen Stoff seines Pullovers und meine Hände in seine Seiten gekrallt, dass mir die Gelenke schmerzten. Neben seiner Wärme und seinem kräftigen Herzschlag war es sein Geruch, der mich tröstete. Er roch noch viel intensiver nach frischem Holz als damals, und da war immer noch dieser sanfte, unaufdringliche Moschus-Duft, der mir zeigte, dass manches blieb, egal, wie stark sich die Welt um einen herum veränderte. Egal, wie sehr man sich selbst veränderte. Er erinnerte mich an damals, daran, wie wir uns gekabbelt hatten, als niemand hingesehen hatte. Daran, wie wir uns so scheu nähergekommen waren, als hätten wir alle Zeit der Welt gehabt. Ich, die Jahrgangsbeste, die Streberin. Er, der unnahbare Rebell, zwei Klassenstufen über mir. An die heimlichen Blicke auf der Straße oder im *Anne's*, wenn wir uns zufällig dort begegnet waren. Blake war mein wundervolles Geheimnis gewesen, und er war es noch immer. Und jetzt, so wurde mir bewusst, war ich selbst ein noch viel größeres Geheimnis.

Ein Knall, auf den ein Poltern folgte, ließ Blake und mich zusammenfahren. Ich nahm den Kopf von seiner Schulter und sah zu ihm auf, suchte seinen Blick, was schwer war, da das einzige Licht hier drinnen der schwache Schein des Monds und der Straßenlaternen war, der durch das winzige Fenster hereindrang. »Was war das?« Meine Stimme, die vom Weinen und Schluchzen ganz heiser war, hörte sich an, als gehörte sie jemand anderem. Ich kniff die Augen im schummrigen Licht zusammen und erkannte, dass Blake aufmerksam in Richtung der Luke sah. Als hätte er es vorausgeahnt, hörte man alte Elektrik knacken und blinkend ging Licht in den unteren Stockwerken an, drang durch die Luke bis zur Dachkammer. Es sah aus, als leuchtete der Boden zu unseren Füßen, und erst Leenas Stimme, die von den Wänden widerhallte, ließ mich meine Starre abschütteln.

»Sue? Blake?«, rief sie näherkommend. Sie war auf der Treppe, und mein Herz pochte mir bis zum Hals. Beschäftigt mit all den Trümmern, in die die Adoptionspapiere meine Welt gelegt hatten, hatte ich ganz vergessen, dass Blake und ich auf dem Dachboden festsaßen.

»Leena«, antwortete ich krächzend, räusperte mich und rief erneut. »Leena! Wir sind hier oben.«

Blake ließ mich nicht los, sondern drückte mich ein bisschen fester an sich, senkte den Kopf zu mir herab, bis seine Lippen um ein Haar mein Ohrläppchen berührten. »Ist alles okay?« Er flüsterte, da diese Worte nur für mich bestimmt waren.

Ich schauderte und schluckte, schüttelte den Kopf und drehte mein Gesicht zu ihm herum. Er richtete sich langsam auf und ließ etwas lockerer. Kurzerhand wand ich mich aus seiner Umarmung, griff stattdessen nach dem Reißverschluss seines Mantels, um ihn liebevoll zu schließen. Ich wollte, dass er wusste, wie dankbar ich war. Und da Blake und ich nicht die Besten darin waren, miteinander zu sprechen, wollte ich diese Geste sprechen lassen. »Nein«, erwiderte ich. »Nichts ist okay.« Ich wischte mir erneut über die Augen.

Blake lächelte. »Kommst du klar?«

Ich nickte tapfer, umfasste meine Oberarme mit den Händen, da ich ohne Blakes Nähe fröstelte. »Das muss ich doch«, wisperte ich. Ich machte Anstalten, zur Luke hinüberzulaufen, doch Blake hielt mich zurück, legte seinen Arm blitzschnell um meinen Bauch.

»Sue.« Sein Ton war ernst, und beim Blick in seine Augen wusste ich, dass, egal was er jetzt sagte, ich ihm alles glauben würde. »Ich bin da, okay? Ich bin immer da.«

Ich konnte nichts weiter tun, als zu nicken, da mich seine Worte überwältigten.

»Oh mein Gott!«, donnerte es vom Stockwerk unter uns, was uns beide zusammenfahren ließ. »Die Leiter, ach du meine Güte!« Mrs. Innings entsetzte Stimme drang an unsere Ohren, als stünde sie direkt neben uns. »Seid ihr verletzt?«

»Nein«, rief Blake hinunter und folgte mir, da ich mich bereits dem Loch im Boden näherte. »Wir sind ...« Er stockte. »Wir sind *okay*.« Ich spürte seine Hand auf meiner Schulter, mit der er mich zurückhielt. »Nicht so nah an das Loch, Sue«, bat er mich, und für den winzigen Bruchteil einer Sekunde entlockte er mir dadurch ein Lächeln.

»Du sollst mir doch nichts befehlen«, murmelte ich, fasste aber mit meiner Hand nach seiner, um ihm zu zeigen, dass ich scherzte. Vielleicht war das die einzige Möglichkeit, mit all dem klarzukommen.

»Leena«, wandte Mrs. Innings sich an meine beste Freundin. »Rufst du Pat an? Er hat doch diese Leiter, die man so weit ausfahren kann.«

»Mach ich«, hörte ich Leena murren, und ich erkannte an ihrem Ton, dass es ihr nicht passte, kein *bitte* von der Bürgermeisterin zu hören.

»Habt ihr wenigstens das Buch gefunden?« Mrs. Innings krähte zu uns hoch, dass es uns in den Ohren klingelte.

»Verdammt!« Ich schnappte nach Luft. »Das Buch«, zischte ich Blake zu, der mir sanft eine Hand auf den Mund legte.

»Ja«, bestätigte er. »Wir haben es hier oben gefunden.«

»Dem Himmel sei Dank«, stöhnte die Bürgermeisterin auf, und ich konnte vor mir sehen, wie sie ihren Gips vor Erleichterung in die Höhe schwang. »Jetzt ist die Weihnachtszeit gerettet.«

»Was redest du denn da?«, fragte ich flüsternd, legte den Kopf schief und hob die Augenbrauen. »Haben wir doch gar nicht.«

»Doch.« Er zuckte mit den Schultern. »Einen Moment.« Er ging zu einer Kiste am Fenster, hob den Deckel an, kramte darin herum und beförderte doch tatsächlich das Buch daraus hervor. »Hier ist es.« Er hielt es hoch und kam damit auf mich zu.

»Wow.« Ich lächelte schwach. »Du Held«, neckte ich ihn, stieß ihn mit der Hüfte an und sah blinzelnd zu ihm auf. Hoffentlich las er in meinem Blick, dass er genau das heute für mich war, ein Held, ein Retter, ein Anker.

9. Kapitel

Blake

Seitdem Sue und ich vor Stunden mit Hilfe von Pats Leiter vom Dachboden geholt worden waren, hatte ich nicht mehr mit ihr gesprochen. Ich hatte sie während des feierlichen Entzündens des Weihnachtsbaums, mit dem doch tatsächlich gewartet worden war, bis das Buch wieder da war, beobachtet. Die Mellowianer waren bis dahin bereits *halb erfroren* gewesen, um es mit Miesepeter-Ruperts Worten zu sagen. Die Bürgermeisterin hatte nicht zugelassen, dass die Buden schon vorher geöffnet wurden, und so hatten sich all die Leute *ohne Glühwein die Eisbeine in den Bauch gestanden* – auch das Ruperts bockige Worte. Nachdem Mrs. Innings ein besonders kurzes Gedicht aus dem Buch vorgetragen – vermutlich war es das Kürzeste überhaupt – und feierlich den Hauptschalter umgelegt hatte, erstrahlten der *Saint Mellows Christmas Market* und die geschmückte Tanne. Jubel brach aus, der lauter war als all die Jahre zuvor, und in Windeseile entstanden Schlangen an den Buden mit Punsch und weihnachtlichen Spezialitäten. In der ganzen Zeit hatte ich die Augen nicht von Sue abwenden können. Sie war tapfer gewesen, hatte zusammen mit ihren Eltern, Leena und deren Eltern dagestanden, gelacht und immer wieder an der dampfenden Tasse in ihren behandschuhten Fingern genippt.

Ich hatte das Bedürfnis verspürt, zu ihr zu gehen, sie in meine Arme zu ziehen und hin und her zu wiegen. Doch Sue brauchte das gar nicht, sie war stark. Und eine verdammt gute Schauspielerin, denn wenn ich nicht gewusst hätte, was sich nur kurz zuvor auf dem Dachboden abgespielt hatte, hätte ich nicht geglaubt, dass etwas nicht stimmte. Vielleicht hatte sie aber auch sich selbst etwas vorgespielt, damit es einfacher war.

Ich war Devons Blick den ganzen Abend ausgewichen und hätte ihm irgendwann zu gern eine reingehauen, denn er konnte es einfach nicht lassen, mich vorwurfsvoll und zugleich fragend anzusehen. Die Eröffnung des Weihnachtsmarktes war jedes Jahr eine Familiensache, sodass die meiste Aufmerksamkeit glücklicherweise auf Elsie lag. Meine Eltern lasen ihr jeden Wunsch von den kleinen Rehäuglein ab, was darin mündete, dass Mom sie nach Hause bringen musste, da ihr speiübel war. Ein kandierter Apfel, schokolierte Erdbeeren, gebrannte Haselnüsse und Zuckerwatte waren dann wohl doch zu viel des Guten gewesen. Devon gab seiner überzuckerten Tochter einen Kuss auf den Scheitel, und ich hielt ihr in meiner typischen Cooler-Onkel-Manier die Hand hin, damit sie abklatschen konnte. Anscheinend ging es ihr wirklich nicht gut, denn ihr sonst so breites Strahlen war diesmal nur ein gequältes Lächeln.

Nachdem Dad, Devon und ich unsere Glühweinbecher geleert hatten, schnappte sich mein Bruder seine Verlobte und deren kleine Schwester, um sie nach Hause zu begleiten. Dad legte mir seine Hand auf die Schulter und flüsterte mir »Ihr macht das schon« zu, ehe er ging. Seine Worte waren so vielsagend, und doch besagten sie nichts. Ich war zurückgeblieben und allein über den Weihnachtsmarkt geschlendert. Im

Minutentakt konnte ich beobachten, wie die Familien den Heimweg antraten: vollgefuttert, glücklich und die ein oder andere Person ein wenig beschwipst vom mellowianischen Weihnachtspunsch.

Meine Füße hatten mich nicht nach Hause tragen wollen, und so wanderte ich jetzt allein umher. Da waren zu viele Gedanken, die wie ein Hagelschauer durch meinen Kopf fegten und in meinem Haus nicht genug Platz gefunden hätten. Die einzige Möglichkeit, einen klaren Kopf zu bekommen, war ziellos durch das nächtliche, friedlich schlafende Saint Mellows zu spazieren. Ich erinnerte mich nicht daran, wann ich es das letzte Mal getan hatte. Allein durch die Nacht zu laufen, vorbei an den verlassenen Vorgärten, der einsamen Kirche auf dem Cherry Blossom Court und den dunklen Schaufenstern der Cafés, Restaurants und Läden, war, seit ich ein Teenager war, Balsam für meine Seele gewesen. Niemand wusste davon, weder Mom noch Dad oder gar Devon hatten mich je dabei erwischt, wie ich des Nachts heimlich aus dem Haus geschlichen war. Oder sie hatten nur nie etwas gesagt. Als ich die Ginger Street passierte, setzte der Schneefall wieder ein, der uns einen ganzen Tag lang Ruhe gegönnt hatte. Zarte Schneeflocken tanzten im Licht der wenigen Laternen, die noch brannten, legten sich auf all die Spuren, die wir im Tageslicht hinterlassen hatten, und ließen sie verschwinden. Leider gab es nichts, das imstande gewesen wäre, verschwinden zu lassen, was Sue heute erfahren hatte. Dank Mrs. Innings Sparkurs und Annes Umweltschutzbemühungen leuchtete ab Mitternacht nur jede dritte Laterne, sodass ich von Lichtkreis zu Lichtkreis lief. Nach einer Weile bog ich in die Lemon Alley ein, in der sich Elsies Lieblingsspielplatz befand, der mit der großen Wippe und den Schaukeln. Flocke um Flocke, so groß und flauschig wie Wattebällchen, segelte vom Nachthimmel herab und machte es mir schwer, weiter als ein paar Meter zu sehen. Ich hörte ein leises Quietschen, je näher ich dem Spielplatz kam, und runzelte die Stirn, denn das war keins der Geräusche, die ich von meinen Wanderungen durch die Nacht kannte. Normalerweise lag die Stadt in friedlicher Stille, die je nach Jahreszeit lediglich vom entfernten Geheul der Wolfsrudel, die in den Wäldern rund um Saint Mellows lebten, den Liedern einer sehr hartnäckigen Nachtigall oder der Gute-Nacht-Geschichte einer mitteilsamen Eule unterbrochen wurde. Doch im Winter war das einzige Geräusch, das gewöhnlich an meine Ohren drang, der pulverige Neuschnee, der unter meinen Schuhsohlen knirschte. Ich kniff die Augen zusammen und folgte dem Geräusch mit angehaltenem Atem, stapfte direkt auf die einzelne Laterne zu, die am Rande des Spielplatzes stand.

Für einen Wimpernschlag hielt ich sie für eine Fata Morgana, doch die gab es im Winter bekanntlich nicht. Ich rieb mir mit der Hand über die Augen, um sicherzugehen, und schluckte. Dort, auf einer der beiden Schaukeln, saß einsam und allein Sue, den Kopf in den Nacken gelegt, eine Hand an der Eisenkette. Mit den Füßen schubste sie sich leicht vom Boden ab, sodass sie sanft vor und zurück schaukelte. In dem Augenblick wusste ich, dass ich dieses Bild von ihr, wie sie todtraurig in den Sternenhimmel blickte, aus dem es immer dichter schneite, niemals wieder aus meinen Erinnerungen würde löschen können. Das Herz, das mir seit Stunden so schwer in der Brust lag, sandte ein schmerzhaftes Stechen durch meine Nerven, das ich bis in die Fingerspitzen spürte. Wie gebannt starrte ich sie an, stand deutlich sichtbar im Schein der Straßenlaterne und kam mir doch vor wie ein Eindringling. Was für ein unheimliches Bild ich abgeben musste, wie ich mich so einschneien ließ, als wäre ich eine leblose Bronzestatue. »Oh, Sue«, flüsterte ich in die Nacht hinein und konnte nicht fassen, wie sehr mich ihr Schicksal traf. Wie sehr ich mir wünschte, für sie da sein zu können. Sie in meine Arme nehmen, ihre Schläfe küssen und ihr zuflüstern zu können, dass alles gut werden würde, auch wenn ich nicht wusste, ob meine Worte wahr werden konnten. Doch das ging nicht. Zwischen uns gab es diese Kluft, breiter als die Gebirge um unsere Kleinstadt. Und mit jedem Jahr, jeder Woche, ja jeder Minute hatten wir uns weiter voneinander entfernt. Es war schlicht unmöglich, die Zeit zurückzudrehen und alles ungeschehen zu machen. Zu viele Dinge waren ungeklärt, zu viele gegenseitige Vorwürfe, die doch niemals ausgesprochen worden waren, hingen in der Luft. Wir hatten uns zu sehr verletzt, als dass ich jetzt einfach auf sie zuspazieren konnte.

Sue regte sich, senkte ihren Blick und ließ ihn über den Spielplatz gleiten. Bange, wie sie auf mich reagieren würde, hielt ich den Atem an und war froh, dass sie auf die Entfernung unmöglich sehen konnte, dass ich vor Anspannung die Hände zu Fäusten geballt hatte. Ich bewunderte, wie angstfrei sie war, denn auch wenn wir uns hier im sicheren Saint Mellows befanden, hatte ein verlassener Spielplatz mitten in der finsteren Nacht doch immer etwas Unheimliches an sich. Die Büsche, die ihn säumten, lagen unter einer dicken Schneeschicht, genauso wie die Spielgeräte. Es fühlte sich wie eine halbe Ewigkeit an, bis sie mich entdeckte. Ich sah sie zusammenzucken und war sicher, dass sie sich für einen kurzen Moment erschrocken an die Schaukelkette krallte, bis sie mich erkannte. Sie nahm ihre freie Hand von ihrem Schoß, um sie ebenfalls um die Kette zu legen, ließ mich dabei nicht aus den Augen. Behutsam stieß sie sich wieder vom Boden ab, und das Quietschen, das mich angelockt hatte, wurde vom sanften Nachtwind zu mir herübergetragen. Sie löste ihre Hand wieder, um mir zögerlich zuzuwinken. Es war kein Heranwinken, auch keine Geste, die mich vertreiben sollte, sondern etwas, das einfach nur ein Gruß hätte sein können. Doch ich wusste, dass es ein Annäherungsversuch war. Es war die Frage, warum ich hier war, und gleichzeitig ein *Danke, dass du da bist*, ein *Lass mich nicht allein* und vielleicht sogar ein kleines *Es tut mir leid*. Es war ein: *Schau, wie einsam und kaputt meine Welt ist* und ein *Wirst du mich festhalten?*

Das Herz in meiner Brust zog sich schmerzvoll zusammen, als ich den ersten Schritt auf Sue zusetzte, und ich realisierte, dass die Furcht davor, *wieder* von ihr abgelehnt zu werden, tief in mir saß. Doch heute ging es nicht um mich, mein Herz oder meine Furcht. Ich lief zu ihr, wobei der Schnee unter meinen Füßen knirschte, hielt unmittelbar neben ihr an, sah ihr ins Gesicht und schluckte. Tränen liefen ihr noch immer heiß die Wangen herunter. In einem Moment voller Mut ging ich vor ihr in die Knie, zog den Handschuh von meiner Hand und hob sie an ihr Gesicht, das eiskalt war. Mit meinen warmen Fingern strich ich ihr über die Wange, was Sue schluchzen und neue Tränen aus ihren Augen fließen ließ. »Es tut so weh«, wisperte sie kopfschüttelnd und sah für einen Wimpernschlag zu mir auf, ehe sie ihre Wange Schutz suchend in meine Handfläche schmiegte.

»Ich weiß«, erwiderte ich schwach, denn es gab keine Worte

auf dieser Welt, die sie hätten trösten können. Vorsichtig strich ich ihr mit dem Daumen über die Wange, immer und immer wieder, bis sie genug Kraft fand, den Kopf zu heben. Ich holte tief Luft, erhob mich und stapfte zu der zweiten Schaukel, die sich neben ihrer befand. Ich wischte den Schnee von der Sitzfläche herunter, der mindestens zehn Zentimeter hoch lag, bevor ich mich setzte. Das alte Gestell knackte bedrohlich unter meinem Gewicht, doch ich wusste, dass es standhalten würde. Sue richtete den Blick zum Sternenhimmel und blinzelte, sobald sich eine Schneeflocke in ihren Wimpern verfing. Ich tat es ihr gleich, und meine tiefen Atemzüge waren das einzige Geräusch, das die Stille zwischen uns störte.

»Ich weiß nicht, was ich tun soll, Blake«, hauchte sie irgendwann und aus dem Augenwinkel nahm ich wahr, dass ihr Blick auf meinem Profil lag.

Ich räusperte mich und befreite mich aus meiner Starre, suchte ihren Blick. »Du wirst es deinen Eltern aber sagen, oder?«

Lächelnd verdrehte Sue die Augen und wiegte ihren Kopf hin und her. »Ja. Natürlich.« Sie atmete ein, wobei sich ihr Brustkorb anhob. »Aber ich weiß nicht, wie.«

»Ich glaube, es ist egal, welche Worte du dafür wählst. Du wirst keine finden, die *nicht* wehtun«, erklärte ich ihr und fragte mich im gleichen Moment, was ich wohl an ihrer Stelle tun würde. »Aber warte nicht zu lang«, riet ich ihr.

»Warum nicht?« Ihre Stimme brach, und ich realisierte, dass ich keine plausible Antwort parat hatte.

»Ich schätze, weil es nicht einfacher wird.« Ich stieß mich ab und begann, vor und zurück zu schaukeln.

»Nichts ergibt mehr Sinn«, flüsterte sie, klammerte sich

an die Eisenketten und stieß sich ebenfalls ab, wodurch das Quietschen lauter wurde und mich an ein trauriges Lied erinnerte. »Von wem habe ich meine Augen, wenn nicht von ...« Sie stockte, was mir beinahe das Herz zerriss.

»Wenn nicht von deinem Dad«, beendete ich den Satz für sie. »Er *ist* dein Dad, Sue«, versuchte ich ihr mit ruhiger Stimme klarzumachen. »Eine Familie besteht doch aus mehr als aus Blut.« Ich wusste, dass ich leicht Reden hatte.

Sie schnaubte. »Ja. Aus Lügen.« Ihre Stimme klang bitter.

Ich kniff die Augen zusammen und stemmte meine Hacken in den Schnee, wobei ich auf den gefrorenen Sand darunter stieß. »Aus Geborgenheit, aus Liebe. Aus dem Gefühl, nach Hause zu kommen«, zählte ich auf und versuchte in diesem Moment, all die Dinge zu fühlen, die meine Familie für mich zu meiner Familie machten. »Aus deinem Lieblingsessen auf dem Esstisch, wenn du zu Besuch kommst. Aus den warmen Blicken und dem Lächeln, das dir geschenkt wird. Aus Erinnerungen, Sue.«

»Blake«, schluchzte sie und hielt sich die Hand vor den Mund. »Ich weiß nicht mehr, wer ich bin. Ich weiß nicht, ob ich das überhaupt jemals gewusst habe.«

Ihre Aufrichtigkeit legte sich wie eine eiserne Faust um meine Kehle und drückte zu. Das Atmen fiel mir mit jeder verstreichenden Sekunde schwerer, und mir wurde immer bewusster, dass ich mich auf hauchdünnem Eis befand. »Sue.« Mir war klar, dass wir an einem Punkt angelangt waren, an dem Worte nichts mehr ausrichten, nichts helfen oder wiedergutmachen konnten. Sie konnten nur noch mehr verletzen. Ich erhob mich, fand mich keine Sekunde später vor ihr wieder, wo ich die Hände um ihre Schaukelketten schloss, um sie zu stoppen. Verwundert sah sie zu mir auf und zog die Augenbrauen unter ihrem Pony zusammen. Ich ließ meine Hände an den Ketten heruntergleiten, bis sie auf Sues lagen, zog sie auf ihre wackeligen Beine, direkt in meine Arme. »Ich weiß, wer du bist«, flüsterte ich ihr ins Ohr und drückte sie so fest an mich, als würde sie mir sonst entgleiten. »Und ich bin mir sicher, dass auch du dich wieder daran erinnern wirst.«

Sue

Der neue Tag brach an, ohne dass ich auch nur ein Auge zugetan hatte. Mein Kopf war schwer, fühlte sich an, wie mit klebrigen Marshmallows gefüllt und pochte, als hätte ich ein paar von Maddys und Georges Punschbechern zu viel gekippt.

Keine Ahnung, wie spät es bereits gewesen war, als Blake mich nach Hause begleitet hatte. Meinen halb erfrorenen Gliedmaßen nach zu urteilen, mussten wir uns Stunden auf dem verschneiten Spielplatz aufgehalten haben. Erst als der Schneefall so dicht wurde, dass er drohte, uns unter einer dicken Decke zu begraben, hatte Blake vorgeschlagen zu gehen. Dabei hätte es mich gar nicht gestört, unter dem schützenden Schnee zu verschwinden. Vielleicht hätte er es früher oder später geschafft, meine Gedanken einzufrieren. Auf dem gesamten Nachhauseweg hatte Blake seinen Arm um meine Taille gelegt, mich gestützt und mir dadurch Trost gespendet. Es war, als hätte er ein Stückchen meines Ballasts für mich getragen, doch sobald ich die Treppen im Vorgarten meiner Eltern allein emporgestiegen war, war es wieder, als drohte die Last mich zu erdrücken. Mucksmäuschenstill hatte ich mich die Treppe hinaufgeschlichen und erst wieder aufgeatmet, als ich mich in meinem Dachbodenzimmer befand. Welch Ironie des Schicksals, dass ausgerechnet heute weder Mom noch Dad von meiner Ankunft wach geworden waren. Als Teenager hätte ich es mir gewünscht.

Blakes Worte schwirrten mir im Kopf herum wie lästige Wespen, die um ein Limonadenglas tanzten, immer bereit zum Angriff, obwohl man ihnen nichts getan hatte. Seine Worte, dass ich nicht zu lang warten sollte und dass es wehtun würde, egal, wie ich das Thema ansprach. Mir gefiel nicht, dass er recht hatte. Ich wünschte mir, dass ich nur ganz fest die Augen schließen musste, um dann, wenn ich sie wieder öffnete, feststellen zu können, dass das alles nur ein schlimmer Traum gewesen war. Doch ich konnte so oft blinzeln und die Augenlider mit Nachdruck aufeinanderpressen, wie ich wollte. Die Wahrheit blieb die Wahrheit, meine Vergangenheit blieb eine Lüge und meine Zukunft lag verschwommen vor mir. Wie bitte sollte ich in die Zukunft blicken, wenn meine Vergangenheit auf einem Lügenkonstrukt aufgebaut worden war?

Die Sonne ging hinter den Wäldern und Bergen auf, die Saint Mellows umgaben. Saint Mellows, meine Heimat. Der Kloß in meinem Hals, der seit Stunden nicht verschwinden wollte, schwoll wieder zu einer Größe an, die mich schmerzte und mir die Luft abschnürte. Zartes, rosafarbenes Licht, das unterbrochen wurde von Pastellgelb, kräftigem Orange und vereinzelten hellgrauen Wolken, schien durch meine riesigen Fenster im Landhausstil und färbte meine größtenteils weißen Möbel ein. Ich liebte diesen Anblick, seit ich denken konnte, und hatte unzählige Wintermorgen damit verbracht, es mir mit meiner Bettdecke und all meinen Kissen auf dem Fußboden vor dem bodentiefen Fenster gemütlich zu machen, ein Buch auf dem Schoß und Musik auf den Ohren. Wenn nicht mein Hunger oder meine Blase mich irgendwann dazu gezwungen hätten hinunterzugehen, wäre ich vermutlich niemals aufgestanden.

Doch heute weckte der Anblick der strahlenden Wintersonne, die so kraftvoll auf unsere Stadt schien, keins der Glücksgefühle von damals. Ich befürchtete, dass die Traurigkeit in meinem Inneren von nichts beiseitegeschoben werden konnte. Sie war eben keine Regenwolke, die vorüberzog, sobald sie sich einmal verausgabt hatte. Eher ein Gewittersturm, der in meinem Herzen wütete und alles mit sich riss, bis nichts mehr so war wie vorher.

Ich trug noch immer die Kleidung vom Vortag, hatte mich lediglich meiner klitschnassen Jacke, der Mütze und der Handschuhe entledigt. Jetzt, Stunden später, wickelte ich den Schal ab, der all meine Tränen aufgesogen hatte, und ließ ihn achtlos neben meinem Wäschekorb fallen. Meine zitternden Finger wanderten zu meiner hinteren Hosentasche, in die ich heimlich den Adoptionsantrag meiner Eltern gesteckt hatte, als Blake nicht hingesehen hatte. Er wog tonnenschwer in meiner Hand, als ich ihn herauszog, und das Geräusch des raschelnden Papiers, als ich es entfaltete, krachte ohrenbetäubend laut.

Adoptionsantrag

Geburtsname des Kindes: UNBEKANNT
Geschlecht: weiblich
Geburtsdatum: UNBEKANNT, schätzungsweise 2 Monate alt
Geburtsort: UNBEKANNT

Leibliche Mutter: UNBEKANNT
Leiblicher Vater: UNBEKANNT

Ich überflog die ersten Zeilen, die so schmerzten, als jagte mir jeder einzelne Buchstabe eine Faust abwechselnd ins Gesicht und in die Magengrube. UNBEKANNT. UNBEKANNT. UNBEKANNT. Schlag, Schlag, Schlag. Du. Bist. Niemand.

Adoptivvater: Daniel Flores
Adoptivmutter: Victoria Flores
Name Adoptivkind: Suzanna Flores

Erst als eine einzelne Träne neben meinem Daumen auf dem Papier landete, realisierte ich, dass ich wieder weinte, und riss die Augen von dem Dokument los. Wie konnte ein einzelnes Blatt Papier nur dafür sorgen, dass ein ganzes Leben aus den Fugen geriet? Meine ganze Welt hatte für einen Augenblick aufgehört, sich zu drehen, und dadurch einen Schaden in meinem gesamten Universum angerichtet.

Ich hörte Mom und Dad unten in der Küche hantieren. Geschirr klapperte, Dads Siebträgermaschine pfiff grell, was Mom hasste, obwohl ihr Entsafter, mit dem sie sich jeden Morgen frischen Saft zubereitete, kein bisschen leiser war. Dad beschwichtigte sie immer, indem er es auf das italienische Temperament von *Bella Coffeina* schob. So hatte er seine Kaffeemaschine schon vor Jahren getauft, was mir immer wieder ein Lächeln entlockte. Moms Lachen drang durchs Haus und setzte sich mitten in meinem Herzen fest, ließ es noch viel schwerer werden. Da Dad schon im Weihnachtsurlaub war und Mom sich ihre Arbeitszeit als Selbstständige weitestgehend selbst einteilen konnte, entschied ich, das Pflaster heute abzureißen, wo beide nicht in Eile waren. Denn das, womit ich sie gleich konfrontieren würde, besprach man nicht mal eben zwischen Tür und Angel. Ich ging an meinen Schrank, um eine saubere, hellblaue Jeans herauszuziehen, und erschrak bei meinem Anblick im Spiegel. Verquollene Augen, knallrote Nase und so trockene Haut, dass sie sich schon fast schuppte. Sobald ich im Türrahmen erschien, würden die beiden wissen, dass etwas nicht stimmte, dafür würde ich noch nicht einmal Worte brauchen. Aus meiner niedrigen Kommode holte ich einen tiefschwarzen Kapuzenpullover, der innen flauschig gefüttert war. Vielleicht half er mir dabei, das Frösteln, das mich seit Stunden heimsuchte, zu bekämpfen, doch eigentlich glaubte ich nicht daran. Ich faltete das Adoptionsdokument wieder fein säuberlich zusammen und versenkte es in der Bauchtasche meines Hoodies. Auf wackeligen Beinen stieg ich die Treppe in den ersten Stock hinunter und atmete tief durch, ehe ich den ersten Fuß auf die freischwebende Treppe setzte, die das Herzstück meines Elternhauses war. Wie gewohnt loderte im Kamin bereits ein Feuer und aus versteckten Lautsprechern drang leise, weihnachtliche Chormusik, die in meinen Ohren nur schwerfällig, traurig und hoffnungslos klang. Also der perfekte Soundtrack zu meinem Leben. Auf Mitte der Treppe war es, als hielte mich ein unsichtbares Band zurück, kettete mich an, schützte mich. Schluckend blieb ich stehen und war fast im Begriff umzudrehen, als Blakes Worte wie eine zweite Kraft in mich fuhren. Eine, die mir helfen wollte, auch wenn es schmerzte, eine, die es mir ermöglichte, Stufe für Stufe zu meinen Eltern hinabzusteigen. Ich blieb seitlich im Türrahmen zur Küche stehen, um Mom und Dad heimlich zu beobachten. Dad, der seine Ellenbogen vor *Bella* auf die Arbeitsplatte gestützt hatte und dabei zusah, wie die schwarze Flüssigkeit in seine Tasse floss. Mom, die stirnrunzelnd ihr iPad schüttelte, weil es vermutlich mal wieder nicht so wollte wie sie.

»Sue, mein Gott.« Dad fasste sich erschrocken mit einer Hand ans Herz, während er mit der anderen seine Tasse balancierte, die auf der Untertasse klimperte. Er trug sie so vorsichtig zum Esstisch herüber, als wäre wirklich flüssiges Gold in ihr. »Komm, Frühstück ist fertig.« Er winkte mich lächelnd heran und deutete auf meinen Platz, an dem schon ein Kaffee stand. In meinem Lieblingsbecher. Dem, der schon mein liebster gewesen war, als ich noch zur Junior High gegangen war. Es war eine Special Winter Edition von Disney, auf der Stitch im Schnee spielte. Und ohne, dass ich es hätte kommen sehen, brach ich zusammen. Wer hätte geahnt, dass ein Kinderbecher mir endgültig den Boden unter den Füßen wegziehen würde? Das erste, das die schwarzen Hochglanzfliesen berührte, waren meine Knie, dicht gefolgt von meinen Handflächen.

»Sue!« Moms entsetzte Stimme drang nur gedämpft zu mir durch, in meinem Kopf wütete ein Schneesturm, viel lauter und zerstörerischer als alle, die ich bisher erlebt hatte. »Sue, mein Schatz, alles okay?« Ich spürte Hände an meinen Schultern, die versuchten, mich aufzurichten. Ich hörte Stimmen, die sich sorgten und mich baten, doch bitte aufzustehen. Und ich sah durch einen verschwommenen Schleier die Tränen, die stumm auf die Fliesen tropften, eine nach der anderen. Doch ich konnte nicht einfach aufstehen und mich dort an diesen Tisch setzen, der das Einzige in der Küche war, das bei der Rundumrenovierung nicht ausgetauscht worden war. Mit einem Mal verstand ich, warum ich nie damit klargekommen war, dass Mom und Dad das Haus neu hergerichtet hatten. Es war mir vorgekommen, als hätten sie mir ein Stück meiner Erinnerungen, meiner Kindheit, meines Zuhauses, meines sicheren Hafens genommen. Ich wusste, dass meine Beine mich nicht tragen würden, wenn ich jetzt versuchte aufzustehen, also ließ ich mich nach hinten sinken, setzte mich erst auf meine Fersen und zog dann die Beine in einen Schneidersitz vor mich. Mit gesenktem Kopf, denn ich war noch nicht stark genug, um in Moms und Dads fragende, besorgte Gesichter zu blicken.

»Mom«, hauchte ich und streckte den Arm in die Richtung aus, in der ich sie vermutete. Ihre eiskalten Finger griffen nach meinen, und sie rutschte auf den Knien zu mir heran, drückte sich meine Hand fest auf ihre Brust, dort, wo sich ihr Herz befand.

»Mein Baby«, schluchzte sie, und in diesem Moment realisierte ich, dass sie wusste, was der Grund dafür war, dass ich weinend auf unserem Küchenboden saß, unfähig, ihnen, meinen Eltern, in die Augen zu blicken. »Mein Baby, mein Baby, mein Baby«, wiederholte sie immer und immer wieder, wankte vor und zurück.

Ohne den Blick von meinem Schoß zu nehmen, hob ich meine andere Hand, die ich zur Faust geballt hatte, und streckte sie nach Dad aus, der neben Mom auf die Knie gefallen war. Blitzschnell fasste er nach ihr wie nach einem Rettungsanker, zog sie an sein Gesicht, schmiegte seine Wange in meine Hand und drückte mir tausend Küsse auf den Handrücken, die Handfläche, meine Finger. Sein Schnauzbart kitzelte mich und erinnerte mich an meine Kindheit, in der ich immer vor ihm weggerannt war, wenn er mir einen Abschiedskuss hatte geben wollen, weil sein Bart mich so gepikt hatte. Dad sprach kein Wort, sondern klammerte sich an meine Hand, als hätte er Sorge, er würde mich verlieren, sobald er sie losließ.

»Warum?« Meine Stimme drang krächzend aus meiner Kehle, und eine Welle von Schluchzern ließ meinen Körper beben. »Mom, Dad, warum?« Ich biss mir auf die Unterlippe, bis ich Blut schmeckte, und fand endlich den Mut aufzublicken. In die Gesichter der Menschen, die plötzlich nicht mehr die waren, für die ich sie mein ganzes Leben lang gehalten hatte. Die tiefe Schwermut in ihren Augen traf mich mit voller Wucht und zerrte an mir, als wollte sie mich mit sich reißen, tief hinab in einen Strudel, in dem es nichts mehr gab.

Ich entzog Mom meine Hand und fischte das Adoptionsdokument aus meiner Tasche. Ich legte es zwischen uns auf den Fußboden, nachdem ich es entfaltet hatte, und wischte mir mit den Fingern über das Gesicht, dessen Haut von all den Tränen, die ich in den letzten Stunden vergossen hatte, brannte wie Feuer. »Wer bin ich?«, hauchte ich.

Mom war die Erste, die es nach einer gefühlten Ewigkeit schaffte zu sprechen. »Man hat dich ...« Sie brach ab und holte tief Luft. Ihre Stimme war so dünn, so gebrochen und so voller Leid, dass es mir einen qualvollen Stich versetzte. Ich hasste mich dafür, meinen Eltern das antun zu müssen. »Man hat dich gefunden, mein Schatz«, erklärte sie und kaum, dass sie die Worte ausgesprochen hatte, fand ich mich in ihren Armen wieder. Ich war zusammengezuckt, als hätte man neben mir zwei Becken aufeinandergeschlagen. Es tat so weh, die Wahrheit zu hören, eine Wahrheit, vor der ich mich so gefürchtet hatte. Ich hatte nicht wirklich daran gezweifelt, nachdem ich die Dokumente gesehen hatte, und doch zerriss es mich von innen, die Wahrheit aus dem Mund meiner Mutter zu hören. Als Anwältin hatte ich gelernt, wie wichtig, wie gewaltig Worte sein konnten. Wie zerstörerisch, verhängnisvoll, vernichtend. Und doch war es, als verstand ich erst jetzt, was ich all die Jahre nur zu wissen geglaubt hatte.

»Wir haben dich vom ersten Tag an mehr geliebt als alles andere auf dieser Welt«, versicherte Dad mir murmelnd. Er hielt noch immer meine Hand in seinen. »Und das tun wir noch immer.«

»Für immer«, ergänzte Mom, die mir tröstend über den Kopf streichelte und mit den Fingern durch meine Haare fuhr, von denen ich immer geglaubt hatte, dass sie das Einzige waren, das ich von ihr geerbt hatte. Es war so bitter, mir klarmachen zu müssen, dass *nichts* an mir von ihnen stammte. Überhaupt nichts. Ich wiegte den Kopf hin und her, legte ihn in den Nacken und starrte zur Küchendecke, die mit weiß lackiertem Holz verkleidet war. Die modernen Spots darin konnten Mom und Dad via App steuern. Ich vermisste die uralte Küchenlampe mit dem vergilbten Schirm über dem Esstisch, die nach Lust und Laune geflackert hatte.

»Warum habt ihr mir nie etwas gesagt?« Stirnrunzelnd strich ich mir den Pony aus der Stirn, der mir sofort wieder vor die Augen fiel. In meinem Studium hatte ich nie etwas mit Adoptionen zu tun gehabt, zumindest erinnerte ich mich nicht einmal dunkel daran. »Hätte ich nicht das Recht gehabt?«

Mom sog zischend die Luft ein, als hätte ich sie mit meiner Frage verwundet, und statt ihrer übernahm Dad das Reden. »Hättest du, mein Schatz.« Er räusperte sich und drückte meine Hand fester. »Du hättest seit Jahren Einsicht in deine Vermittlungsakte nehmen können.« Er tippte auf den Wisch zu unseren Knien. »Oder in deinen Geburtseintrag. Deine Mom und ich haben jahrelang überlegt, ob und wann wir es dir sagen sollen, doch die Zeit ist vergangen und du hast nie den Anschein erweckt, als würdest du irgendetwas bemerken, Suzie.«

Ich verstand, was er sagte. Und doch verstand ich gar nichts. »Und weil ich nichts *bemerkt* habe, habt ihr beschlossen, es mir einfach *niemals* zu sagen?« Ich schniefte und blinzelte, sah nach oben, um die Tränen aufzuhalten. »Das klingt nicht richtig, Dad«, schloss ich schluckend. Ich war wütend auf Mom und Dad, so wütend. Doch irgendetwas hielt mich davon ab, hier und jetzt zu explodieren.

»Wir wollten dir Leid ersparen«, schaltete Mom sich ein. »Du bist unser Kind, unser Baby und unsere größte Liebe seit dem Moment, in dem wir dich das erste Mal gesehen haben. Für *uns* gab es keinen Grund, dir wehzutun, indem wir dir sagen, dass du ein Findelkind bist.«

»Findelkind«, wiederholte ich ehrfürchtig und zuckte erneut zusammen. Bis eben hatte ich nicht gewusst, dass es mir körperliche Schmerzen bereiten konnte, ein Wort auszusprechen. »Das heißt, meine leiblichen Eltern sind ...« Mir fehlte die Kraft, diesen Satz zu beenden.

Mom tippte auf den Adoptionsantrag, dorthin, wo die Namen meiner leiblichen Eltern hätten stehen sollen. »Unbekannt. Wir wissen nicht, wer sie sind.«

Ich nickte und realisierte endlich, wie sehr ich Mom und Dad in diesem Augenblick wehtat. »Es ist okay«, flüsterte ich, wobei ich nicht wusste, ob meine Worte wahr waren, oder ob ich sie nur sagte, um Mom und Dad weiteren Schmerz zu ersparen. Keiner der beiden erwiderte etwas. Ich hatte so viele Fragen, und doch brachte ich in diesem Moment keine einzige über die Lippen.

»Lasst uns frühstücken«, schlug Dad schließlich vor und half mir auf die Beine, deutete auf meine Stitch-Tasse, in der der Kaffee mittlerweile bestimmt kalt war. »Willst du einen neuen?«

»Gern«, krächzte ich und nickte, ließ mich in den Sessel sinken und war mir sicher, dass ich sowieso nichts herunterbekommen würde. Egal, ob warm oder kalt. Doch ich kannte meinen Dad und wusste, dass er sich bewegen musste, dass er das Gefühl brauchte, etwas Sinnvolles zu tun. Und wenn das war, mir einen neuen Kaffee zu bringen, tat ich ihm den Gefallen. Mom legte erst mir, dann sich selbst eins der Weihnachts-Croissants aus dem *Anne's* auf den Teller, doch mehr, als die roten und grünen Streusel anzustarren, schaffte ich nicht. Wortlos stellte Dad meinen frischen Kaffee vor mir ab und setzte sich auf seinen Platz. Minuten später herrschte noch immer Stille wie auf einem Friedhof, und mir fiel auf, dass wir alle drei aus dem Küchenfenster starrten, vor dem der Schnee rieselte, als wäre überhaupt nichts passiert. Wie konnte der Schnee, den ich all die Jahre wie einen guten Freund begrüßt hatte, einfach ungerührt weitermachen? Wie konnte es sein, dass sich die Welt noch weiterdrehte, obwohl sich meine so anfühlte, als hätte man ihr ein paar Kontinente entrissen? Aus dem Augenwinkel sah ich, wie Mom sich hastig über das Gesicht wischte, was mir einen schmerzenden Kloß im Hals bescherte. »Ich hoffe, ihr wisst, dass ich euch liebe, Mom, Dad.«

»Wissen wir, Suzie«, wisperte Mom. »Das wissen wir.«

10. Kapitel

Blake

Stunde um Stunde verging. Doch was nicht verging, war, dass meine Gedanken unaufhörlich um Sue kreisten. All mein Groll gegen sie, der die letzten Jahre stärker geworden war, war in dem Augenblick verpufft, in dem sie sich mir wieder geöffnet hatte. Doch war es wirklich nötig gewesen, dass ihre Welt erst zerbrechen musste, bevor ich wieder einen Platz in ihr fand? Nachdem ich Sue nach Hause gebracht hatte, war ich auf direktem Weg ebenfalls nach Hause gelaufen. Bis dahin war mir gar nicht aufgefallen, wie eiskalt es geworden war. Selbst eine heiße Dusche und meine dicke Bettdecke hatten es nicht geschafft, mich wieder aufzuwärmen.

Weil ich Gesprächen aus dem Weg gehen und mit meinen wirren Gedanken allein sein wollte, war ich heute Morgen auf dem Weg in die Werkstatt nicht im *Anne's* gewesen, um mir dort Kaffee und Frühstück zu besorgen. Das hatte auch den Vorteil gehabt, dass ich meinen Kaffee nicht vor Rileys *Weihnachtsprise* verteidigen musste. Stattdessen hatte ich den Umweg zum Supermarkt außerhalb der Stadt gemacht, um mir dort aus dem Automaten einen Kaffee zu ziehen. Es hatte nur ein vorsichtiges Nippen gebraucht, dass ich den Plastikbecher – für den die umweltbewusste Anne mich gerügt hätte –

samt Inhalt angewidert im Mülleimer am Supermarkteingang versenkte. Sofort hörte ich Moms und Devons Stimme, die mir seit Jahren damit in den Ohren lagen, mir doch endlich selbst eine Kaffeemaschine zu kaufen. Ich hatte diesen Vorschlag immer damit abgetan, dass der Kaffee bei Anne oder bei Maddy und George eh besser schmeckte und ich keine bräuchte. Auch wenn ich sonst kein sonderlich spontaner Mensch war, lief ich zielstrebig zur winzigen Elektroabteilung, wo ich den Verkäufer mit einem Lächeln abwies, das vermutlich grimmiger wirkte, als ich es beabsichtigt hatte. Keine zehn Minuten später stapfte ich, einen schweren Karton mit dem einzigen Kaffeevollautomaten, den es im Laden gab, unter dem einen Arm und einer Packung Kaffeebohnen, Croissants und Fertig-Sandwichs, mit denen ich über den Tag kommen würde, in der anderen Hand, zurück zu meinem SUV. Für das Geld, das ich für den Automaten hingeblättert hatte, hätte ich online vermutlich zwei bekommen, doch heute war mir alles egal. Ich wollte nur für mich sein, Kaffee trinken und arbeiten, um mich auf etwas anderes zu konzentrieren als auf Sue. Denn was konnte ich schon für sie tun? Ich *wollte* ihr helfen, doch das war nicht so einfach. Und vor allem hätten wir dafür entweder unsere Vergangenheit ignorieren oder uns aussprechen müssen. Ersteres hasste ich, Letzteres wollte Sue nicht.

Es war bereits dunkel geworden, als ich das Türrelief für meine Kundin fertiggestellt und versiegelt hatte. Morgen früh würde ich die Tür für meine Homepage fotografieren, sie danach verpacken und meiner Kundin per Spedition zukommen lassen können, was bedeutete, dass sie ihre Tür noch vor den Feiertagen hatte, um mit ihr anzugeben. Es hatte sich gut angefühlt, endlich wieder einen meiner größeren Aufträge von der Pinnwand nehmen zu können, wobei ich die Spalte mit den Arbeiten für die Stadt geflissentlich ignoriert hatte. Durch meinen morgendlichen Ausflug zum *Saint Mellows Supermarket* stand mein SUV vor der Werkstatttür, und ich sparte mir den fünfzehnminütigen Fußweg nach Hause. Ihr fuhr die schmale Einfahrt zu meinem Grundstück hoch und fühlte mich augenblicklich wie der Grinch höchstpersönlich. Meine Nachbarn, die O'Briens, eine junge Familie, die erst diesen Sommer mit ihren drei Kindern hergezogen war, hatten selbst gebastelte Weihnachtsgirlanden an den Zaun gehängt, die bunt blinkten. Im Garten strahlten Leucht-Rentiere mit einem riesigen Leucht-Santa um die Wette, der proportional überhaupt nicht zu dem winzigen Schlitten daneben passte. Mrs. O'Brien trug gerade Einkäufe ins Haus und winkte mir freundlich zu, als sie mich in der Auffahrt sah. Ich rang mir ein Lächeln ab – mein erstes seit dem Supermarkt – und winkte zurück. Meine anderen direkten Nachbarn, Mr. und Mrs. Fuldington, zwei Senioren, die sehr kinderlieb waren, aber selbst nie Eltern geworden waren, hatten ihren Garten und alle Fenster ihres Hauses mit warmen bunten Weihnachtslichtern geschmückt. Durch das Wohnzimmerfenster konnte ich sogar den blinkenden Weihnachtsbaum sehen, der neben dem Kamin stand, an dem zwei Nikolaussocken hingen. Irgendwie versetzte mir der Anblick dieser zwei Socken einen schmerzhaften Stich. Ich hatte es lang ignoriert, doch so wollte ich nicht enden, oder schlimmer: ganz allein. Ich wollte keine einsame Socke sein, die am kalten Kamin hing, sondern wollte umgeben sein von anderen Weihnachtsstrümpfen, gefüllt mit Nüssen, Orangen, Äpfeln, Marshmallows und Liebe.

Etwas *zu* energisch knallte ich die Autotür zu und stapfte

durch den mittlerweile kniehohen Schnee zu meiner Veranda, auf der mein Schneeschieber auf seinen Einsatz wartete. Jeden Morgen und jeden Abend schaufelte ich meinen gepflasterten Weg, meine Auffahrt und den Gehweg vor meinem und dem Haus der Fuldingtons frei, da ich nicht wollte, dass Mr. Fuldington das selbst machte und sich dabei seine alten Knochen brach. Nach jedem Hieb mit dem Schieber, in den ich all meinen Frust legte, fühlte ich mich besser. Ich schippte und schippte, beförderte den Schnee in meinen Vorgarten, in dem er niemanden störte, und genoss es, mich körperlich zu verausgaben. Es half mir dabei, meine Gedanken zu ordnen, denn es war, als wäre Sue ein hartnäckiger Weihnachtsgeist, der darin herumschwirrte und alles durcheinanderwarf. »Sue, mein Geist vergangener Weihnachten«, spottete ich leise. Warum jammerte ich eigentlich so herum? Schnaubend hielt ich mitten in der Bewegung inne und runzelte die Stirn, stemmte einen Unterarm schnaufend auf den Stiel des Schiebers und schaute mich in meiner wie leer gefegten Straße um. Ich sah meinen stoßweise gehenden Atem vor meinen Lippen kondensieren. Kein Fußgänger war unterwegs, dafür drang Licht aus den Häusern und in den Fenstern sah ich Familien. Und ich? Ich stand mutterseelenallein hier, suhlte mich in Selbstmitleid, und das nur, weil ich so dumm gewesen war, vor all den Jahren nicht um die Frau zu kämpfen, weil ich *geglaubt* hatte, sie hätte mich zurückgewiesen, als wir kaum erwachsen gewesen waren? Und was war ich eigentlich für ein Freund, der von ihrer Not wusste und sie trotzdem den ganzen Tag über im Stich ließ? Vielleicht wollte Sue gerade nicht mit mir sprechen, warum sollte sie auch, das hatten wir schließlich so lange nicht getan. Doch wer weiß, ob sie schon genug Kraft gefunden hatte, ihren Eltern oder vielleicht ihrer besten Freundin Leena von ihrem Fund zu erzählen?

Kurzerhand zog ich meinen Handschuh von den Fingern und holte mein Smartphone aus meiner Hosentasche, dessen Fingerabdrucksensor durch die Kälte nicht funktionierte. »Scheißteil«, fluchte ich und tippte eilig meinen Entsperrcode ein. So schnell, als würde mich sonst innerhalb der nächsten zwei Minuten der Mut verlassen, suchte ich Sues Handynummer, die zu löschen ich nie übers Herz gebracht hatte. Keine Ahnung, ob sie überhaupt noch aktuell war. Ich eröffnete einen neuen Chat und ließ meinen Daumen über die Tastatur fliegen. Ich tippte, tippte, tippte, löschte alles, biss mir kopfschüttelnd auf die Unterlippe und verfasste haargenau den gleichen Text noch einmal. Eine geschlagene Minute starrte ich ihn an und zerbrach mir den Kopf, ob es schlau war, ihr zu schreiben. Doch ich würde es niemals erfahren, wenn ich die Nachricht nicht einfach abschickte. Was sollte schon passieren? Dass Sue und ich nicht mehr miteinander sprachen? Ich schnaubte, denn ich fühlte einen Mix aus Belustigung und Verzweiflung. Es war ja nicht so, als hätten wir keine Übung darin, uns mit allen Kräften zu ignorieren. Ich tippte auf das Symbol, das den Text sandte, und stieß einen Schwall Luft aus, den ich vor lauter Anspannung angehalten hatte.

> Ich: Hey Sue. Nur, damit du es auch noch einmal schriftlich hast: Ich bin da. Blake

Ich hatte es ihr versprochen. Hatte ihr versprochen, für sie da zu sein, als sie in meinen Armen geweint hatte, und ich wollte ihr zeigen, dass das keine leeren Worte gewesen waren. Denn so etwas gab es nicht von mir. Niemals und niemandem gegenüber. Ich hielt meine Versprechen *immer*. Und wenn ich mir nicht sicher war, ob ich das konnte, sprach ich keines aus. Erst als das Display in meiner Hand schwarz wurde, steckte ich das Handy zurück in die Tasche, beendete das Schneeschippen und betrat mein dunkles Haus. Seufzend ließ ich die Tür hinter mir ins Schloss fallen und betätigte den Lichtschalter im Flur, woraufhin Licht bis ins angrenzende Wohnzimmer strahlte. Mein Haus war nicht groß, doch ich liebte es, und in diesem Moment wurde mir klar, dass ich es eigentlich nie nur für mich gekauft und ausgebaut hatte. Die meisten Möbel waren Unikate, Dad hatte mir beim Bau geholfen. Ich hatte einige Wände mit warmem Holz verkleidet und jede kleinste Ecke mit Herzblut eingerichtet. Doch was mir in meinen eigenen vier Wänden schon immer gefehlt hatte, war ein Mensch, mit dem ich sie teilte. All die Frauen, die ich gedatet hatte, in der Hoffnung, unter ihnen die Richtige zu finden, hatten mir nur Energie geraubt und sich, plump gesagt, als reinste Zeitverschwendung entpuppt. Keine einzige von ihnen hatte es geschafft, dass mein Herz schneller schlug oder gar aus dem Takt geriet, wenn ich sie ansah. War es wahr, was einige Mellowianer über mich tuschelten? War ich ein unnahbarer Eremit? Oder war mein Herz einfach schon vergeben?

Ich stellte meine Boots unter die dunkle Bank aus Walnussholz und hing meinen Mantel an den Garderobenhaken darüber, schlurfte erschöpft vom Tag und all den Gedanken in meine offene Wohnküche. Auf der Kücheninsel, dem Herzstück des Raums, wartete eine einsame, benutzte Tasse, in der ein Rest Tee war, darauf, in den Geschirrspüler geräumt zu werden. Seufzend lief ich zum Kühlschrank hinüber, um mir

Brot, Käse und Salat, der gestern noch viel frischer ausgesehen hatte, herauszuholen. Ich begann, mir ein Sandwich zu schmieren, auch wenn ich eigentlich überhaupt keinen Appetit darauf hatte. In großen Bissen schlang ich es herunter, ein Zweites direkt hinterher, da mir während des Essens auffiel, wie hungrig ich war. Ich schlenderte zu meinem schwarzen Sofa aus veganem Lederimitat, um mir mein Buch zu schnappen und auf der Anlage Musik zu streamen, obwohl ich eigentlich genau wusste, dass ich doch nur wieder vor dem Fernseher enden würde, um mich von einer Serie berieseln zu lassen, als das Handy in meiner Hosentasche vibrierte. Ich ließ mich ins weiche Polster fallen und zog es heraus. Jemand hatte mir eine Nachricht geschrieben. Mein Herzschlag setzte für einen Moment aus, und ich spürte, wie meine Atmung sich beschleunigte. Solange ich nicht nachsah, konnte die Nachricht von jedem Menschen sein, der meine Nummer hatte, vielleicht von Sue, vielleicht aber auch nur von Kundschaft. Für einen kurzen Augenblick genoss ich die Hoffnung, die bei dem Gedanken in mir aufstieg, dass es tatsächlich Sue war, die mir schrieb.

»Komm schon.« Ich straffte die Schultern, als stünde ich vor einer schweren Prüfung. »Sie wird es sein.« Ich entsperrte mit meinem Fingerabdruck das Handy und landete direkt beim Nachrichtenverlauf mit Sue. Sofort durchlief mich ein Kribbeln, das so stark war, dass ich nicht ruhig sitzen bleiben konnte und aufstehen musste. Mit einem Mal fühlte ich mich zurückversetzt in eine Zeit, in der sich mein Mund bei Sues Anblick augenblicklich zu einem Lächeln verzogen hatte. In eine Zeit, in der das Kribbeln in meinem Bauch, wenn sie mein Lächeln erwidert hatte, so stark gewesen war, dass mir der Magen gekrampft hatte. Was hatte es für mich, für uns, zu bedeuten, dass diese Gefühle von damals jetzt wie eine Bombe in meinem Inneren explodierten? Als hätten sie all die Jahre in Lauerstellung gewartet, nur um mich im passenden Moment zu überrollen und mir vor Augen zu führen, was ich wirklich wollte. Sue. Einfach Sue. Schon damals, schon immer, einfach Sue.

Sue: In einer Stunde auf dem Spielplatz?

Ich brauchte gar nicht erst zu überlegen, ob ich zum Spielplatz kommen würde oder nicht. Kein Schneesturm der Welt hätte mich davon abhalten können, also öffnete ich die virtuelle Tastatur und tippte los.

Ich: Wir sehen uns dort.

Ich warf das Handy neben mich und ließ den Blick aus dem Fenster schweifen, hinaus in meinen Garten, der glücklicherweise unter kniehohem Schnee begraben lag, denn sonst wäre ich nur wieder daran erinnert worden, dass er mal dringend einen grünen Daumen nötig hatte. Ich sah die Berge in der Ferne, hinter denen die Sonne längst untergegangen war, und deren Gipfel vom Mondlicht beschienen wurden. Kaum eine Wolke war heute Abend am Himmel, und es versprach, eine glasklare, dafür aber auch eiskalte Nacht zu werden. Mir kam eine Idee, und das Gefühl von Brausepulver in meinem Magen verriet mir, dass sie gut war. Kurzerhand griff ich nach dem Smartphone und kehrte zum Chat mit Sue zurück, um noch etwas anzufügen.

Ich: Zieh deine dicksten Boots an.

Ich erinnerte mich siedend heiß daran, dass Sue es hasste, bevormundet zu werden, und tippte blitzschnell weiter.

Ich: Bitte!

Sue: Schade, ich wollte in Pantoffeln kommen.

Ich verdrehte die Augen und grinste. Ich wusste, dass Sue am anderen Ende der Unterhaltung das Gesicht nicht verzogen hatte und nur versuchte, durch ihren Sarkasmus stark zu wirken. Als ich an mir herabsah, realisierte ich, dass ich noch immer meine Arbeitskleidung trug. Probeweise schnupperte ich am Stoff und stemmte mich stöhnend aus den weichen Sofakissen hoch. Es würde wohl nicht reichen, mich nur umzuziehen, also schlurfte ich durch den Flur zur Treppe aus Eichenholz, die ins Obergeschoss führte. Auf dem Weg zog ich mich aus. Mein hellgraues Arbeitsshirt, das eng anlag, damit es nicht versehentlich in meine Maschinen geraten konnte und mich womöglich verletzte, landete zuerst auf dem Boden. Ihm folgte meine schwarze Arbeitshose, die ich die gesamte Woche über getragen hatte und die dementsprechend aussah. Feine Holzpartikel bedeckten sie, und hier und da klebten ein paar Splitter an ihr, die ich morgen entfernen musste, um meine Waschmaschine nicht zu ruinieren. Ich sprang unter die Dusche und schlüpfte danach in meine wärmste Skihose. Gerade noch rechtzeitig verließ ich das Haus und legte einen Zahn zu, um pünktlich am Spielplatz zu sein.

Sue

Ich war froh, ein Ziel zu haben, und wenn es nur eins für diese Nacht war. Fast den ganzen Tag waren meine Eltern und ich umeinander herumgeschlichen, in dem Wissen, dass wir noch längst nicht alles gesagt hatten, was es zu besprechen gab. Da waren noch immer so unendlich viele offene Fragen, für die noch niemand von uns bereit gewesen war. Immer ein Päckchen nach dem anderen öffnen, sonst übernahm man sich. Als hätten Millie und Bobby gespürt, wie traurig ich war, waren sie mir nicht von der Seite gewichen und hatten mir, als ich in meinem Zimmer auf dem Bett gelegen hatte, ihre kleinen Katzennasen ins Gesicht gestreckt und mich mit ihren hellblauen, schielenden Augen angestarrt. So hatten sie es sogar geschafft, mich ein wenig zum Lachen zu bringen. Wenn ich nicht vor Erschöpfung geschlafen hatte, hatte ich den Blick starr an die Decke gerichtet, an der die Wände spitz zusammenliefen. Mein Zimmer war schon immer so schlicht und klar eingerichtet gewesen wie jetzt. Die Wände waren weiß gestrichen, und nur hier und da hing ein gerahmtes Kunstwerk von Mom. Leena hatte mein Zimmer früher gern als Museum oder Kunstgalerie bezeichnet, weil es im Gegensatz zu ihrem bunten Chaos wirklich gewirkt hatte wie das Wartezimmer einer Arztpraxis, doch mir gefiel es so. Keine Ahnung, woher ich diese Neigung zum Minimalismus hatte, denn im Vergleich zum Rest des Hauses war mein Zimmer schon immer anders gewesen. Vielleicht, weil ich einfach anders war als meine Eltern? Selbst mein Appartement in New York war im Vergleich zu meinem Jugendzimmer die reinste Farbbombe gewesen.

Ich schaffte es einfach nicht, meinen Kopf auszuschalten, und suchte schon den ganzen Tag nach all den Dingen, die mich von Mom und Dad unterschieden. Erst Blakes Nachricht hatte es geschafft, mich aus diesem nicht enden wollenden Gedankenstrudel zu befreien. Eigentlich hatte ich gar nicht vorgehabt, das Haus zu verlassen, wollte mich viel lieber in meinem Zimmer verstecken und die ganze Welt dafür hassen, dass sie mich angelogen hatte. Ich wollte sie dafür hassen, dass sie sich einfach weiterdrehte, obwohl ich doch so dringend eine Pause brauchte. Eine Pause, um nachzudenken, um meine Gefühle zu sortieren.

Trotz der Dunkelheit, die sich um mein Herz gelegt und auf meine Gedanken gesenkt hatte, freute ich mich darauf, Blake zu sehen. Doch diese Vorfreude verwirrte mich gleichermaßen. »Ich bin ein Gefühlswrack«, seufzte ich und trat aus der Gartentür auf die Straße. Noch brannten alle Straßenlaternen, da es noch nicht Mitternacht war, und leuchteten mir den Gehweg aus. In New York wäre ich zu so später Stunde nicht mehr allein aus dem Haus gegangen, doch hier in Saint Mellows gab es nichts, das mir Angst bereitete. Meiner Überzeugung nach gab es keine sicherere Stadt in ganz Amerika. Meine Schritte hinterließen eine frische Spur im Neuschnee. Ich lächelte, denn mir wurde bewusst, dass das in New York nie geschehen war, da meine Füße *nie* die Ersten gewesen waren, die frisch gefallenen Schnee berührt hatten. New York war zu jeder Tages- und Nachtzeit laut, hell und immer in Bewegung. Das nächtliche Saint Mellows war friedlich und wirkte wie verlassen, da alle Mellowianer eingekuschelt auf ihren Sofas saßen oder bereits schliefen. Ich hätte es gern geleugnet, doch ich hätte wirklich Gefallen an dieser Ruhe finden können. An der frischen Luft, die ich gierig in meine Lungen sog, und an dem Gefühl von Weite. Hier war man nicht eingezwängt zwischen Häuserfassaden, die teilweise so hoch waren, dass man glauben konnte, sie berührten den Himmel. Das Einzige, das in Saint Mellows an den Himmel herankam, waren die Berge am Horizont. Hier draußen, nichts als den knirschenden Schnee unter meinen Füßen, hatte ich endlich das Gefühl, dass meine Gedanken den Platz bekamen, den sie brauchten.

Während meines Fußmarschs zum Spielplatz hörte es auf zu schneien, was angenehm war, weil sich endlich keine Schneeflocken mehr in meinen Wimpern verfingen und mein Gesicht nicht mehr klitschnass wurde. Ich bog um die Ecke zur Lemon Alley, in deren Mitte sich der Spielplatz befand, und konnte am anderen Ende der Straße eine Person ausmachen. Blake. Ich wusste sofort, dass er es war. Davon abgesehen, dass ich niemand anderen auf der Straße erwartet hatte, hätte ich ihn durch seinen lässigen Gang unter Tausenden erkannt. Was war es nur, das mein Herz über sich selbst stolpern ließ, sobald ich Blake sah? Warum war da diese Erleichterung in meiner Magengrube, die das Gefühl von Einsamkeit im Zaum hielt? Ein winziger Teil von mir hatte offenbar befürchtet, doch wieder allein gelassen zu werden, was mir zeigte, dass ich Blake noch nicht ganz verzeihen konnte. Die Angst, dass seine Versprechungen nur leere Worte waren, war unleugbar. Sie war so präsent, dass mir jetzt, bei seinem Anblick, die Kehle schmerzte, als hätte jemand seine Hände um meinen Hals gelegt und drückte zu. Er war da. Er war wirklich da und ließ mich dieses Mal nicht im Stich.

Je näher wir aufeinander zukamen, desto schneller lief ich, denn auf jemanden zuzulaufen, mit dem man verabredet war,

war immer seltsam. Sollte man demjenigen ununterbrochen in die Augen sehen? Wegschauen? Lächeln? Die ganze Zeit über? Ich atmete seufzend aus und senkte den Blick auf die Schuhspitzen meiner *dicksten* Winterboots, die zwar leicht, aber so klobig waren, dass sie Spuren im Schnee hinterließen, die auch vom Yeti hätten stammen können. Als uns keine zehn Meter mehr trennten, überlief mich eine heiße Welle aus Empfindungen, allen voran diese verdammte Erleichterung, ihn zu sehen. Wie kaputt hatte er mich nur damals gemacht, dass ich jetzt auf diese Art reagierte, nur weil er zu einer Verabredung erschien? Mein Verstand hatte sich unbewusst schon darauf vorbereitet, allein zu sein, hatte versucht, einfach nichts zu erwarten, doch mein Herz hatte sich so sehr darauf versteift, dass er da sein würde, dass es jetzt so schnell in meiner Brust pochte, als wollte es mir zurufen: »*Siehst du, ich hatte recht: Er kommt*«. Noch fünf Meter, die uns trennten, und ich implodierte, dachte das erste Mal seit der letzten dreißig Stunden nicht an das, was mein Leben von Grund auf verändert hatte. In meinem Kopf war gerade nur Platz für Blake, für diese winzig kleine Hoffnung, die ich das erste Mal nach so vielen Jahren wieder zuließ. Ich hatte sie verloren geglaubt, doch da war sie, blitzte auf wie Sonnenstrahlen auf einer unruhigen Wasseroberfläche. Drei Meter. Zwei Meter. Ein Meter.

Als er stehen blieb, stoppte auch ich. »Hi«, murmelte ich in meinen Schal, schluckte und war froh, dass er nicht sah, wie ich meine Hände in den Jackentaschen angespannt zu Fäusten ballte. Nervös sah ich auf, und unsere Blicke begegneten sich wie zwei streunende Katzen, unsicher, ob sie angreifen oder sich doch gemeinsam gegen den Rest der Welt verbrüdern sollten, um zu überleben. In seinen Augen, deren warmes Haselnussbraun im schwachen Schein der Laterne strahlte, lagen so viele Emotionen. Allen voran eine unausgesprochene Entschuldigung für alles und nichts. Ein Versprechen, dass alles, was zwischen uns lag, nicht mehr wichtig war. Nicht hier, nicht heute, nicht jetzt.

»Komm her.« Er breitete seine Arme aus, machte einen vorsichtigen Schritt auf mich zu, überließ es aber mir zu entscheiden, ob ich sein Angebot annehmen wollte. Das Herz in meiner Brust polterte so stark gegen meine Rippen, dass ich den Puls bis in die Fingerspitzen spürte, und ohne das Für und Wider abzuwägen, stolperte ich auf ihn zu, um mich in seine Arme fallen zu lassen. Ich vergrub mein Gesicht in seinem Mantel, wobei mir egal war, dass mir der Reißverschluss in die Nase drückte. Ich ignorierte, wie kalt sich der Stoff auf meiner nackten Wange anfühlte und dass ich mich dem Mann in die Arme geworfen hatte, von dem ich mir all die Jahre geschworen hatte, ihn niemals wieder an mich heranzulassen. Keine Ahnung, wie ich im Tageslicht reagiert hätte, wenn uns all die Menschen hätten sehen können, vor denen wir uns schon damals ohne eigentlichen Grund versteckt hatten. Doch heute Nacht war er das Einzige, das mir Halt gab. Er war die einzige Person, die für mich da sein konnte, und ich griff nach dem Rettungsanker, der mich im Sternenmeer dieser Nacht über Wasser hielt. »Oh Sue«, flüsterte er, und ich spürte, dass er seinen Kopf senkte, um sein Kinn auf meinem Scheitel abzulegen.

Seine Stimme ließ alle Dämme bei mir brechen, die ich die letzten Minuten so tapfer aufrechterhalten hatte. »Blake«, schluchzte ich und nahm meine Hände aus den Jackentaschen, legte zögerlich die Arme um ihn und krallte mich schließlich an seinem Rücken in seiner Jacke fest, als er mich noch ein Stückchen fester an sich zog. »Alles ist kaputt.« Ich weinte, schluchzte, japste eine gefühlte Ewigkeit. Erst als Blake seine Wange auf meinen Scheitel legte und begann, mich rhythmisch hin und her zu wiegen, begleitet von einem *Sch-sch-sch*, als wäre ich ein Baby, dem er dabei helfen wollte, einzuschlafen, schaffte ich es, mich etwas zu beruhigen. »Sorry«, murmelte ich, nahm das Gesicht von seiner Jacke und wollte einen Schritt zurücksetzen, doch Blake hielt mich weiter fest. »Blake.« Ich seufzte, gab auf, mich befreien zu wollen, und hob den Blick, begegnete seinem, der so voller Mitgefühl war, dass sich mein Herz noch viel schwerer anfühlte. »Sieh mich bitte nicht so an«, bat ich ihn mit heiserer Stimme.

»Wie denn?« Er legte den Kopf schief, und seine Hände fuhren mir weiterhin tröstend über den Rücken. »Wie sehe ich dich denn an?«

»So, als wäre ich bemitleidenswert«, erklärte ich und atmete tief durch. »Und das bin ich doch nicht. Oder, Blake?« Irgendwie war ich mir da gar nicht mehr so sicher, jetzt da ich die offizielle Bestätigung hatte, dass meine jahrelange Suche nach einem *mehr* tatsächlich begründet gewesen war. Es war all die Jahre ein Gefühl in mir gewesen, das ich nie hatte benennen oder gar greifen können. »Bin ich bedauernswert?«

»Nein.« Seine feste Stimme ließ keine Zweifel zu. »Aber du bist traurig und das nicht ohne Grund.«

Schnaubend ließ ich meine Stirn gegen seine harte Brust fallen, woraufhin sein Körper sachte bebte, was mir zeigte, dass ich ihn dadurch zum Lachen gebracht hatte. »Was gibt es da zu lachen?« Murrend legte ich den Kopf schief und schielte zu ihm hoch. Sein Gesicht zeigt gleichzeitig tausend Empfindungen und doch keine einzige, wenn man nicht genau hinsah. Wenn man das blitzartige Zucken seiner Mundwinkel und das pfeilschnelle Hochziehen seiner dichten Augenbrauen nicht sehen und deuten konnte. Doch ich konnte es, hatte es schon immer gekonnt, ich sah den echten Blake hinter der harten Schale aus Sarkasmus und Zynismus. Ich riss den Blick von seinen Augen los, bevor ich Gefahr lief, mich wieder in ihnen zu verlieren. So wie damals. Vielleicht war Blake gerade für mich da, doch das hieß nicht, dass ich mich ihm erneut mit jeder Faser meines Körpers hingeben würde. Zu meinem eigenen Schutz ermahnte ich mich streng, die Mauer um mein Herz, die uns beide voreinander beschützte, Stein für Stein wieder aufzubauen. Sie war vielleicht nicht mehr so hoch, dass wir uns niemals wieder erreichen konnten, doch sie war hoch genug, dass er nicht einfach würde darüber springen können.

»Ich dachte, du hättest dich so sehr verändert«, gab er zu, und ich hörte das Lächeln in seiner Stimme, spürte, wie er den Kopf schüttelte. »Aber im Grunde hast du das gar nicht.«

Während er sprach, trocknete meine Kehle aus und schmerzte, als hätte er sie mit Schleifpapier behandelt wie eine seiner Holzarbeiten. »Das weißt du doch gar nicht.« Stirnrunzelnd legte ich meine Handflächen auf seine Brust und drückte mich, diesmal etwas energischer, von ihm weg. Er ließ es zu, nahm seine Hände allerdings nicht von meiner Taille. Unauffällig schielte ich zu ihnen hinunter und wusste nicht so recht, was ich davon halten sollte. Dem warmen Kribbeln in meinem Bauch nach zu urteilen, wollte ich genau das. Wollte, dass er mich hielt, mich berührte, ich wollte seine tröstende Nähe. Doch laut dem Schneesturm in meinem Kopf, der Blitze durch meine Gedanken jagte, sollte ich *wirklich* die Finger von ihm lassen. Ich würde sie mir doch nur wieder an ihm verbrennen.

»Komm.« Er ignorierte meinen Einwand, was ungewöhnlich für ihn war. Denn wenn es darum ging, bis aufs Messer zu diskutieren, standen wir uns eigentlich in nichts nach. Stattdessen hielt er mir seine Hand hin, die ich anstarrte, als würde sie brennen. Er blieb standhaft und machte keine Anstalten, sie zurückzuziehen. Ich haderte mit mir und stieß einen Schwall Luft aus.

»Okay.« Verwundert legte ich meine Hand in seine und war froh um die Stoffschichten unserer Handschuhe. Sie waren der Puffer, den ich dringend brauchte. Kaum auszumalen, welches Feuerwerk in meinem Inneren explodiert wäre, hätte ich seine Haut gespürt. Er schloss seine Finger um meine, was dennoch einen Stromschlag durch meine Nerven sandte. Trotz der klirrenden Kälte der Winternacht sorgte seine Berührung dafür, dass mir warm wurde. Er zog sanft an meinem Arm, um mich zum Gehen zu bewegen. Weg vom Spielplatz. »Wo willst du hin?« Stirnrunzelnd deutete ich mit meiner freien Hand zu den Schaukeln, da ich gedacht hatte, wir würden hierbleiben. So wie letzte Nacht.

»Wir laufen«, erklärte er, was mir allerdings nicht genügte.

»Eloquent wie eh und je«, murmelte ich in meinen Schal und zupfte nervös meine Mütze zurecht. »Gibt es denn auch ein Ziel?« Blake, der so nah neben mir lief, dass sich unsere Arme immer wieder berührten, sah mit einem amüsierten Blick zu mir herunter. Er öffnete den Mund, um etwas zu erwidern, und schloss ihn wieder kopfschüttelnd. »Was?« Ich zog nachdrücklich an seinem Arm. »Warum grinst du so? Und warum antwortest du mir nicht?«

Er verzog den Mundwinkel zu einem schiefen Lächeln und zwinkerte mir zu, was dafür sorgte, dass es in einer ganz bestimmten Region meines Körpers plötzlich zuckte. Oh Gott, ich reagierte auf Blake. So wie damals. *Bitte, Körper*, dachte ich, *lass mich nicht im Stich, bleib standhaft und lass dich nicht von seinem so verdammt hübschen Gesicht verführen.* Mein Blick wanderte von seinen Mundwinkeln über seine Wangen, die von einem Dreitagebart bedeckt waren und auf denen sich Lachfalten abzeichneten, bis zu seinem kantigen Kiefer. Glücklicherweise verschwand dieser zum Teil in seinem Schal, denn schon damals war das die Stelle in seinem Gesicht gewesen, die mich am meisten angezogen hatte. Sein kräftiges Kinn mit dem winzigen Grübchen in der Mitte. Viel zu selten hatte ich die Chance gehabt, mit meinen Fingerspitzen darüber zu streichen. Viel zu schnell war das mit uns vorbei gewesen, noch ehe es überhaupt richtig angefangen hatte.

»Du hast dich verändert, mh?« Er presste grinsend die Lippen aufeinander, und ich spürte, wie mir die Hitze ins Gesicht stieg, denn ich wusste, worauf er hinauswollte. »Nach wie vor gibst du die Zügel nicht aus der Hand, richtig?«

»Bisher bin ich gut damit gefahren«, murmelte ich kleinlaut und zuckte mit den Schultern, denn plötzlich kam ich mir kontrollsüchtig vor. »Außerdem brauchst du wohl kaum reden«, pfefferte ich ihm entgegen und warf ihm einen überlegenen Blick zu. »Du hast dir noch nie etwas sagen lassen, und ich habe nicht den Eindruck, dass sich das geändert hätte.« Ich erschrak vor meinem eigenen Lachen und hielt mir wie erstarrt die Hand vor den Mund. Noch vor wenigen Minuten hätte ich es nicht für möglich gehalten, überhaupt jemals wieder zu lachen.

»*Ich* habe auch nicht behauptet, dass ich mich geändert hätte.« Er zog selbstsicher eine Augenbraue hoch. Ich fluchte innerlich darüber, dass er mich mit dieser Aussage schachmatt gesetzt hatte, denn er hatte recht. Mist. Wie machte Blake das nur? Schon damals war er der Einzige gewesen, der es geschafft hatte, sämtliche meiner Argumente zu entkräften. Vermutlich war an ihm ein wirklich guter und hartnäckiger Anwalt verloren gegangen.

Ich atmete tief durch, wobei mir die eiskalte Luft in der Lunge stach. »Und wo laufen wir nun hin?« Ich entschied, dass es das Beste war, nicht auf seine Neckerei einzugehen. Wir hatten die Lemon Alley bereits hinter uns gelassen und steuerten auf die Lavender Road zu.

Blake stieß einen Schwall Luft aus und drückte meine Hand für eine Sekunde etwas fester. »Ich zeige dir etwas.«

»Was denn?«

»Sue.« Blake legte stöhnend den Kopf in den Nacken und bedachte mich kurz darauf mit einem Blick, der mir sagte, dass ich nicht so neugierig sein sollte.

»Ich hab echt keine Lust mehr auf Überraschungen«, erklärte ich und versuchte, die eiskalte Welle, die mich bei meinen eigenen Worten überflutete, zu ignorieren. »Wirklich nicht«, ergänzte ich leiser und biss mir auf die Unterlippe, senkte meinen Blick auf unsere Füße und den frischen Neuschnee, in dem wir unsere Fußspuren hinterließen. Ich sah Blake aus dem Augenwinkel zusammenzucken. Er stoppte abrupt und hielt mich zurück, wodurch ich kurz ins Straucheln geriet. »Blake!«

Er musterte mich seufzend und ließ meine Hand los, woraufhin sich mein Innerstes enttäuscht zusammenzog. Stattdessen legte er mir seine Hände auf die Schultern, drehte mich auf der Stelle um und trat direkt hinter mich. Ich spürte seine Wärme an meinem Rücken und versuchte, mich auf mein zu schnell pochendes Herz zu konzentrieren, damit es mir nicht aus der Brust sprang. Er beugte sich so weit herunter, dass sein Gesicht direkt neben meinem war, und hob den Arm, um auf ein Waldstück zu zeigen, das etwas oberhalb der Stadt am Fuße eines der Berge lag. »Dort gibt es einen Ort, den ich dir zeigen möchte. Da wandern wir jetzt hin«, erklärte er, und seine Stimme war zwar sanft, doch duldete sie auch keine Widerrede. Wenn Blake etwas wollte, bekam er es, und es gab diesen winzigen Teil von mir, der ihm am liebsten alles ausgeschlagen hätte, nur damit auch er ein einziges Mal verlor.

»Jetzt? Nachts?« Perplex wirbelte ich zu ihm herum und zog die Augenbrauen hoch, sodass mir mein Pony die Sicht versperrte.

»Jetzt. Nachts.« Nickend hielt er mir wieder seine Hand hin, damit ich sie ergriff. So selbstbewusst und völlig sicher, dass ich einfach mit ihm den Berg hinaufwandern würde. Mitten. In. Der. Nacht.

»Aber sonst geht es dir noch gut, ja?« Fassungslos schüttelte ich den Kopf. »Ich wandere doch nicht mitten in der eiskalten Nacht durch einen finsteren Wald und breche mir dabei im Dunkeln sämtliche Knochen.« Ich verschränkte zusätzlich die Arme vor meiner Brust, um meiner Ablehnung Ausdruck zu verleihen. »Es reicht, wenn Mrs. Innings mit Gipsen herumrennt, wenn ich auch noch ausfalle, dann ...«

Blake unterbrach mich, indem er einen Schritt auf mich zu machte und nach meinen verschränkten Armen griff, um sie zu öffnen. Er war mir so nah, dass ich allein deswegen sofort vergaß, was ich hatte sagen wollen. Verfluchter Blake mit seinem verfluchten überlegenen Lächeln, das sein ganzes Gesicht einnahm und mich fast unzurechnungsfähig machte. »Dann fällt die ganze Weihnachtssaison ins Wasser«, beendete er nickend, was ich hatte sagen wollen, doch ich wusste nicht, ob er es ernst meinte oder sich über mich lustig machte. »Und wenn schon, Sue. Es gibt Wichtigeres.«

Ich lachte schnaubend und hob die Hand, um ihm mit dem Zeigefinger gegen die Brust zu piksen, damit er einen Schritt zurücktrat. »Wohl kaum«, erwiderte ich amüsiert und warf für einen Moment die Hände in die Höhe. »Wir sind hier in Saint Mellows, Blake. Falls du es in deinen 28 Jahren noch nicht mitbekommen haben solltest: Hier gibt es *nichts*, das wichtiger ist als unsere Festivals. Erst recht zur Weihnachtszeit.«

Blake griff kurzerhand nach meinem Arm und ließ seine Finger daran herunterwandern, bis sie sich um meine Hand schlossen. Er beugte sich zu mir herab, sein Mund gefährlich nah an meinem Gesicht. »Wir wissen beide, was ich damit meine«, raunte er mir zu und drückte meine Hand. »Also«, seufzte er. »Willst du mitkommen oder willst du wieder nach Hause? Dann begleite ich dich dorthin.«

Er ließ mir keine andere Wahl, was mir grundsätzlich gegen den Strich ging. Doch was mich noch mehr störte, war, dass ich es nicht mehr schaffte, mich selbst zu belügen. Ich wollte in dieser Nacht nicht allein in meinem Zimmer hocken, wollte Blake bei mir haben, meine Hand in seiner, auch wenn ich einen Teufel tun und es zugeben würde. »Meinetwegen«, murrte ich und zupfte an meiner Lieblingsjacke. »Wehe, ich fange dort oben an zu frieren.«

Blake beugte sich ein Stück zurück, um mich zu mustern.

Sein Blick glitt langsam über meinen gesamten Körper, was meine Kehle so trocken werden ließ, als wäre soeben ein Wüstensturm durch sie hindurchgefegt. »Vielleicht hättest du mehr anziehen sollen als diesen ausgestopften Teddybären«, spottete er und schnippte gegen meine dick gefütterte Kapuze.

»Na hör mal«, echauffierte ich mich und schlug ihm auf die Finger. »Das ist meine dickste Winterjacke und außerdem meine liebste. Du befindest dich auf dünnem Eis, Blake, ganz, ganz dünnem Eis.«

Er verdrehte die Augen und deutete die Straße entlang. »Verzeihung.« Er grinste mich an, und ich wusste, dass er die Entschuldigung nicht ernst meinte. »Lass uns hier entlanggehen. Da kommen wir bei mir vorbei, und du kannst dir noch einen zusätzlichen Pullover von mir unter das flauschige Etwas ziehen.«

Super Idee, Blake, dachte ich und ignorierte seine Neckerei. *Damit ich dann überhaupt keinen klaren Gedanken mehr fassen kann, wenn mir der Duft deiner Kleidung unaufhörlich in die Nase steigt. Ganz, ganz klasse, Mr. Fairfield.* »Wie du meinst«, erwiderte ich stattdessen und fragte mich, wohin das noch führen sollte.

Blake

Was hatte ich mir nur dabei gedacht? Jetzt, wo ich mit Sue vor meiner Haustür stand, wurde mir erst richtig bewusst, dass ich im Begriff war, sie in meinen sicheren Rückzugsort einzulassen. An den einzigen Ort in der Stadt, an dem mich noch nicht jede Ecke an sie denken ließ. Ich folterte mich anscheinend gern selbst, doch jetzt war es zu spät für einen Rückzieher. Ich schloss auf, trat ein und hielt Sue, die erstaunlich still geworden war, die Tür auf. »Komm rein.« Ich drückte die Tür hinter ihr ins Schloss, bückte mich zu meinen Boots, um sie auszuziehen. »Warte kurz«, bat ich sie und räusperte mich, da mir ein plötzlicher Kloß im Hals das Sprechen erschwerte. »Bin gleich wieder da.« Ich zog den Reißverschluss meiner Jacke auf und deutete auf die Treppe, wandte mich um, um sie hinaufzusteigen und Sue einen Pullover zu bringen. Das einzige Geräusch, das die Stille störte, war das Rascheln meines geöffneten Winterparkas und meine schnellen Schritte auf der Treppe.

»Hier.« Ich hielt ihr den kleinsten Pullover meiner Garderobe hin und für eine Sekunde bekam ihre harte Fassade, die sie aufrechterhielt, seit wir mein Haus betreten hatten, einen Riss.

»Danke«, krächzte sie und räusperte sich, griff zögerlich nach dem schwarzen Pullover, den sie zu erkennen schien, noch bevor sie ihn auseinandergefaltet hatte. Sie legte ihn bedächtig auf der Kommode mit den zwölf großen Schubladen zu ihrer Linken ab, die mein liebstes Möbelstück im Flur war. Ich hatte viele Stunden für sie aufgewendet und in jede Schublade ein Relief gemeißelt, was die Kommode zu einem absoluten Einzelstück machte. Als sie nach dem Reißverschluss ihrer Winterjacke griff, löste ich mich aus meiner Starre, denn auch wenn es nur ihre Winterjacke war, schien es mir einfach *zu* intim, ihr dabei zuzusehen, wie sie sie auszog.

»Mach in Ruhe, bin gleich zurück«, erklärte ich, froh darüber, dass meine Stimme sich vor Nervosität nicht überschlug. Ich deutete mit dem Daumen über meine Schulter zur Wohnküche, bevor ich schnell dorthin verschwand. Hoffentlich hatte mein Abgang nicht übereilt gewirkt. Ich musste dringend einen kühlen Kopf bewahren und durfte mir nicht anmerken lassen, was ihre Anwesenheit in meinem Haus mit mir anstellte. Heute Nacht sollte es nur um Sue gehen und nicht um meine Gefühle, die so stark durcheinanderwirbelten, dass es hinter meiner Stirn schmerzhaft stach, als würde mich jeder kleinste Gedanke mit einem winzigen Dolch angreifen. Keine Ahnung, wann ich zuletzt auf so eine seltsame Art und Weise nervös gewesen war. Routiniert schnappte ich meinen Wasserkocher, um ihn mit Wasser zu füllen und anzuschalten. Ich zog die Schublade auf, in der ich eine große Auswahl an Teesorten aufbewahrte, und suchte fahrig nach einer fruchtigen Sorte, da ich mich erinnerte, dass Sue die gern trank. Ich stellte eine Thermoskanne auf die Arbeitsfläche, hängte zwei Teebeutel hinein und füllte das sprudelnde Wasser darauf. Zügig drehte ich den Deckel zu und lief zurück in den Flur zu Sue.

Als ich um die Ecke bog, starrte sie mich aus ihren Rehaugen an, als hätte ich sie bei etwas Verbotenem ertappt. Auch mir stockte für einen Augenblick der Atem, wie ich sie in dem Kapuzenpullover vor dem halbhohen Spiegel über der Kommode stehen sah. Was hatte ich mir nur dabei gedacht, ihr gerade diesen Pullover zu geben? »Dass du den noch hast«, murmelte sie und zupfte am Saum.

»Du denn nicht?« Ich legte den Kopf schief und stellte die Thermosflasche auf der Kommode ab, vergrub meine Hände in den Taschen meiner Jeans.

Sie lächelte und wandte sich von mir ab, um sich im Spiegel zu betrachten. »Doch.« Sachte fuhr sie den mittlerweile ausgewaschenen weißen Schriftzug auf der Brust nach. *HHH – Hull*

House Helper. Im Rahmen der Wohltätigkeits-AG zu unserer Schulzeit hatten wir beide eine Zeit lang im Hull House in Chicago ausgeholfen, wo wir die Hoodies getragen hatten. »Das weckt Erinnerungen.« Ihre leise Stimme war kaum mehr als ein Flüstern, und doch sorgte sie dafür, dass mich eine Hitzewelle durchfuhr. Ruckartig nahm sie die Fingerspitzen von dem Aufdruck und deutete fragend auf die Thermosflasche. Beinahe so, als hätte sie kurzzeitig vergessen, wo sie sich befand. »Was ist das?«

»Tee«, erwiderte ich kurz angebunden, zog meinen Reißverschluss zu und griff nach der Flasche, um sie in die große Tasche meines Parkas zu schieben.

Sue nickte und zog die Augenbrauen zusammen, vermutlich verwundert über meine plötzlich hektische Aufbruchsstimmung. Doch ich hatte das Gefühl, als ob sich die Luft hier drin binnen Sekunden derart aufgeheizt hätte, dass mir der Schädel zu platzen drohte, wenn ich ihn nicht schnell abkühlte. Sie zog sich die Kapuze des *HHH*-Pullovers auf die Mütze, griff nach ihrer Jacke und warf sie sich über, wobei mir auffiel, dass sie den Blick nicht von den Schubladen meiner Kommode nahm. Ich trat um sie herum, damit ich an meine Schuhe herankam, darauf bedacht, sie nicht versehentlich zu berühren. Während ich meine Schnürsenkel zuband, verfolgte ich aus dem Augenwinkel, wie sie ehrfürchtig das Relief einer der oberen Schubladen nachfuhr, und zuckte ein wenig zusammen, als ihre Stimme die Stille zwischen uns durchbrach. »Deine Arbeit ist wirklich beeindruckend, Blake.« Ihr Lob ging mir direkt unter die Haut und sorgte dafür, dass meine Knie ein kleines bisschen weich wurden.

»Danke.« Ich nickte und zuckte die Schultern, um zu überspielen, wie viel mir ihre Worte bedeuteten. Auch dass sie gar keinen Zweifel daran hegte, dass die Schnitzerei von mir stammte, machte mich ein wenig stolz.

Ich hörte, dass sie sich den Reißverschluss zuzog. »Warum schmunzelst du so?« Sie betrachtete mich mit schiefgelegtem Kopf. »Bekommst wohl nicht so oft Komplimente?« Sie zwinkerte mir zu, wobei sie mir nichts vormachen konnte, denn das Lächeln erreichte ihre Augen nicht. In ihnen las ich seit gestern nur Wehmut, Fassungslosigkeit und Verwirrung.

»Doch, sehr oft sogar«, entgegnete ich ohne falsche Demut, denn meine Arbeiten wurden immer sehr gelobt.

»Aber?« Sue sortierte ihre Kapuzen und überprüfte im Spiegel über der Kommode den Sitz ihrer Mütze.

»Woher willst du wissen, dass es ein Aber gibt?« Ich stemmte mich vom Boden hoch und legte die Hand auf die Haustürklinke.

»Wie du schon meintest«, sagte sie und biss sich auf die Unterlippe. »*Du* hast dich nicht verändert. Ich sehe es dir noch immer an, wenn …« Sie stockte, als suchte sie nach den passenden Worten, und trat auf mich und die geöffnete Tür zu. Als sie unmittelbar neben mir stand, hob sie den Blick und sah mir in die Augen. »Wenn da *mehr* ist.«

Ich atmete tief ein und bedeutete ihr, nach draußen zu schlüpfen. Mit einem Seufzer zog ich die Haustür hinter uns zu, wobei mein warmer Atem sichtbar an der eiskalten Luft kondensierte. »Meistens werde ich für mein *Talent* gelobt«, erklärte ich, wobei ich beim Wort Talent die Augen verdrehte.

Sue neben mir nickte. »Ich verstehe.«

»Tust du das?«

»Es tut weh, wenn harte Arbeit auf etwas so Simples wie *Ta-*

lent reduziert wird«, erklärte Sue und traf damit den Nagel auf den Kopf. »Man kann unendlich viel Talent haben und doch nichts zustande bringen, wenn man nicht an sich und seinen Fähigkeiten arbeitet.«

Verblüfft verzog ich die Mundwinkel und stieß ihr anerkennend den Ellenbogen in die Seite, als wir von meinem Grundstück auf den Gehweg traten. »Richtig«, pflichtete ich ihr bei. »Genau so ist es.«

Sie lachte bitter auf. »Ob du es glaubst oder nicht, ich habe vielleicht zwei linke Hände und leider wirklich nichts, was ansatzweise als kreatives Talent bezeichnet werden könnte. Aber Menschen tendieren dazu, *alle* Leistungen auf irgendein Talent zu schieben, das ist bei mir nicht anders, weißt du? Und dass man sich dafür den Arsch aufreißen musste, übersehen sie einfach.«

Ich runzelte die Stirn angesichts ihrer harschen Worte. »Ist das dein Ernst?«

Sue, die den Blick im Gehen wieder auf ihre Schuhspitzen gerichtet hatte, nickte und hob die Schultern. »Wenn es nach manchen Menschen geht, habe ich einfach ein Talent zum Lernen, ein Talent dafür, eine gute Anwältin zu sein. Wer weiß«, spottete sie. »Vielleicht war es ja auch nur dieses Talent, das mich an die Columbia Law School und in eine der renommiertesten Anwaltskanzleien New Yorks gebracht hat.« Der Frust in ihrer Stimme versenkte einen Stein in meiner Magengrube, denn auch wenn es doch ganz anders war als bei mir, verstand ich sie gut. »In meinem Lebenslauf stand: Ich habe Talent, nehmen Sie mich.« Schnaubend wedelte sie mit der Hand, als wollte sie den Gedanken verscheuchen. »Sorry.« Sie grinste mich schräg von der Seite an und strich sich ihren Pony aus dem Gesicht, der von der Mütze vor ihre Augen geschoben worden war. »Ich bin etwas … durcheinander.«

Ich schmunzelte. »Bei *mir* brauchst du dich nie für deinen Sarkasmus zu entschuldigen«, erklärte ich. »Und an deiner Stelle wäre ich auch durcheinander.«

»Gut zu wissen«, murmelte sie, bevor wir beide in Schweigen verfielen. Unabsichtlich hatte ich das Thema zurück auf ihre Adoption gelenkt. Wieder waren die einzigen Geräusche der pfeifende Wind, der uns eisig ins Gesicht blies, und das Knirschen des Schnees unter unseren Füßen. Passend dazu begannen die Laternen zu flackern, ehe sie vollständig erloschen. Einen Augenblick später ging jede dritte wieder an, doch für einen Moment hatte die Stadt in Finsternis gelegen, denn auch die Lichter in den Vorgärten waren bei uns in Saint Mellows dank Mrs. Innings an die städtische Stromversorgung angeschlossen. In dieser totalen Dunkelheit war mein Blick zu Sue gehuscht, deren Gesicht vom Mond angestrahlt wurde. Der leichte Tränenglanz in ihren Augen sorgte dafür, dass mir das Herz schwer wurde. Wie sollte ich ihr nur helfen? Ich konnte sie schließlich nicht dazu drängen, mit mir zu reden. Stumm liefen wir nebeneinanderher, wobei Sue einen Schritt mehr brauchte, um mit meinem Tempo mitzuhalten. Es dauerte nicht lang, bis wir den Stadtkern weit hinter uns gelassen hatten und Saint Mellows verließen. Eine schmale Landstraße würde uns zu einem Feldweg an einer riesigen Wiese bringen, die ein beliebtes Ziel von Hundebesitzern war. Sie gehörte zu den Ländereien der Forsters, Sams Eltern, die sich noch nie daran gestört hatten, dass die Mellowianer sich dort aufhielten. Da es mitten in der Nacht war und wir uns mitten in der Pampa befanden, war weit und breit kein Auto zu sehen, sodass wir einfach mittig auf der Straße liefen, zwischen uns plötzlich so viel Platz, als befände sich dort eine dritte, unsichtbare Person.

Ich stieß einen Schwall Luft aus, da es mir trotz der dunklen Weite um uns herum zu eng wurde. Eigentlich hatte ich kein Problem damit zu schweigen, doch aus irgendeinem Grund fühlte sich das gerade verkehrt an. »Sue, warte.« Ich räusperte mich und streckte den Arm nach ihr aus, berührte sie am Oberarm. Sie blieb abrupt stehen und starrte meine Hand an.

»Blake?« Sie atmete tief durch und hob seufzend ihren anderen Arm, um ihre Hand auf meine zu legen. Ihre heisere Stimme drang durch die Nacht, und jetzt sah ich im fahlen Mondlicht, dass ihre Wangen von stummen Tränen benetzt waren.

»Ich bin da, okay?«

Auf ihr Gesicht schlich sich ein müdes Lächeln, und sie wackelte sanft mit dem Kopf hin und her. »Du wiederholst dich«, stellte sie fest, und es stimmte.

Ertappt fasste ich mir an den Hinterkopf, denn ich war nie ein großer Redner gewesen und es bestand noch immer die Möglichkeit, dass Sue mich abweisen würde wie all die Jahre zuvor. »Es ist mir wichtig.«

»Was?« Sie legte den Kopf schief. »Was ist dir wichtig?«

»Dass du es weißt.« Vorsichtig bewegte ich meine Hand unter ihrer. Sie nahm sie weg, und ich strich ihr einmal über den Arm, ehe ich meinen wieder sinken ließ. »Wir können reden oder schweigen. Ganz, was du brauchst, okay?« Im blassen Schein des Mondes und der Sterne war es schwer, ihren Blick auszumachen. Ihre dunkelbraunen Augen wirkten schwarz wie ihre Pupillen. Als sie schließlich nickte und ein nahezu lautloses Seufzen von sich gab, atmete ich erleichtert aus. Mir war bewusst, dass ich mich mit meinem Angebot vor ihr entblößte, dass ich mich angreifbar machte.

»Ich möchte reden«, wisperte sie gebrochen und presste die Lippen zusammen. »Aber es ist, als wären da keine Worte, verstehst du?« Sie legte den Kopf in den Nacken, vermutlich, um ihre Tränen zurückzuhalten.

Unschlüssig streckte ich meine Hand nach ihr aus, hielt sie ihr mit der geöffneten Handfläche nach oben hin. »Das tu ich«, versicherte ich ihr und beobachtete gebannt, wie sie mit sich rang und schließlich ihre Hand aus der Jackentasche nahm, um sie in meine zu legen. Sofort umschloss ich sie mit meinen Fingern und setzte einen Schritt auf sie zu, ließ keine Lücke mehr zwischen uns zu und hob ihre Hand an meine Brust. »Es ist okay, wenn du keine Worte dafür findest. Ich höre dir trotzdem zu.«

II. Kapitel

Sue

Ich *wollte* reden. Wollte, dass alles einen Sinn ergab, wollte, dass Blake mir versicherte, dass alles gut werden würde. Doch was ich mir am meisten wünschte, war, die Zeit einfach zurückdrehen zu können. Zurück zu dem Zeitpunkt, zu dem meine Mom meine Mom und mein Dad noch mein Dad gewesen waren.

Blake drängte mich nicht, sondern gab mir in dieser Nacht den Halt, den ich so dringend brauchte. Mittlerweile hatten wir den Feldweg hinter uns gelassen und das Stückchen Nadelwald betreten, in dem halb Saint Mellows seine Weihnachtsbäume fällte. Von Leena wusste ich, dass Sams Eltern eigens dafür immer wieder neue pflanzen ließen. Sie verlangten nichts dafür, außer, dass wir ihre Wälder und Felder pfleglich behandelten, wenn wir sie für Spaziergänge nutzten. »Kennst du die kleine Lichtung dort hinten?« Meine Stimme drang durch die klirrende Kälte, und ich deutete mit dem Zeigefinger nach links. »Dort gibt es einen kleinen Abhang.«

»Sicher.« An seiner Stimme hörte ich, dass er lächelte. »Mein Bruder ist dort mal in einen Baum gerast. Eigentlich war er noch zu klein, um allein Schlitten zu fahren, aber er wollte es einfach nicht glauben.« Er lachte kurz auf, und aus dem

Augenwinkel nahm ich wahr, dass er mich dabei ansah. »Das war vielleicht ein Geheul.«

»Du bist so fies zu Devon.« Ich tadelte ihn kopfschüttelnd.

»Ich? Fies?« Er schnaubte. »Rate mal, wer ihn daraufhin den ganzen Weg bis nach Hause auf seinem Schlitten hinter sich hergezogen hat?«

»Und wie lang hast du ihm das vorgehalten?« Ich zog eine Augenbraue hoch und wandte mich ihm zu.

»Bis zu seinem Schulabschluss. Aber gut, dass du mich daran erinnerst – es wäre mal wieder an der Zeit.«

Ich stieß ihm mit meiner Schulter in die Seite. »Lass das«, forderte ich ihn auf. »Dein armer Bruder, du kannst so gemein sein.«

»Niemand ist perfekt.« Er zuckte mit den Schultern. »Aber warum fragst du?«

»Ach.« Ich versuchte, beiläufig zu klingen. »Mir ist nur gerade wieder eingefallen, wie ich auch einmal mit meinem Dad dort Schlitten gefahren bin.« In meinem Hals bildete sich ein Kloß. »Er hatte gemerkt, dass ich Angst davor hatte, zur großen Piste zu gehen, die all die anderen hinunterjagten, und war mit mir zu dieser Lichtung gegangen, um mit mir zu üben. Er hat mir dort gezeigt, wie ich mich richtig festhalten muss und wie ich den Schlitten ganz allein lenke. Das ist mir gerade wieder eingefallen«, murmelte ich.

Blake räusperte sich. »Das klingt nach einer schönen Erinnerung.«

»Das ist sie«, flüsterte ich und hob den Blick, um zum Himmel zu blicken, an dem der Mond schneeweiß leuchtete und Tausende von Sternen um die Wette funkelten.

Der Weg durch den Nadelwald wurde langsam aber sicher

steiler, was uns nicht daran hinderte, das Tempo beizubehalten. Ich war diesen Weg noch nie so weit gegangen, daher hatte ich bis eben gar nicht gewusst, dass er, sobald man abbog, direkt den Berg hinauf führte. Wer wusste, was ich hier noch alles nicht kannte. Wer wusste, was für Ecken meine Heimat noch zu bieten hatte. Vielleicht war sie mir ja doch nicht zu klein? War das überhaupt wirklich all die Jahre lang mein Problem gewesen? Oder hatte ich mir nur eingeredet, in eine Metropole zu gehören, weil ich die Zweifel in meinem Inneren nicht hatte hören wollen, die mir zu erklären versuchten, was ich eigentlich gesucht hatte? Jetzt hörte ich sie, doch ich verstand sie dennoch nicht. Als redeten sie alle durcheinander, eine Stimme lauter als die andere, und dazu in einer Sprache, die ich nicht beherrsche.

Mir dröhnte der Schädel. »Seid still«, wisperte ich in meinen Schal und erschrak vor meiner eigenen Stimme.

»Ich sage doch gar nichts«, entgegnete Blake und blickte mich von der Seite an. An seiner Tonlage erkannte ich, dass er es nicht ernst meinte und bemerkt hatte, dass ich in meine eigene Gedankenwelt versunken gewesen war.

»Sorry.« Ich stieß einen Schwall Luft aus. »Die Gedanken in meinem Kopf überschlagen sich«, erklärte ich und fasste mir dort an die Mütze, wo sich meine Stirn befand. »Es ist, als säße ich in einer Achterbahn, aus der ich niemals aussteigen darf.« Es fühlte sich seltsam an, mich ihm zu öffnen und meine wirren Gedanken mit ihm zu teilen. Doch irgendwie auch richtig. Ich drehte den Kopf und betrachtete sein Profil, die gerade Nase und die Wangenknochen, von denen diese wunderschöne Linie bis zu seinem kräftigen Kinn verlief. Ich blieb an seinen Augen hängen, die von einem dichten Wimpernkranz umrahmt wurden und von denen ich wusste, dass ich in ihnen zu versinken drohte, wenn ich sie zu lang ansah. Blake blinzelte und presste die Kiefer aufeinander, als hätte ich auch bei ihm einen wunden Punkt getroffen.

»Alle andere steigen nur für eine Fahrt ein, aber dein Sicherheitsbügel steckt fest?«

»Genau.« Ich nickte. »Du kennst das also auch?«

Er schnaubte nickend. »Natürlich. Aber ...« Er stockte.

»Aber?«

»Lass uns nicht über *meine* Achterbahn reden, okay?« Er lächelte mir zu und streckte den Arm aus, um auf eine Art Felsvorsprung zu deuten, der sich schätzungsweise noch zwanzig Meter über uns befand und von dem ich keine Ahnung hatte, wie wir ihn erreichen sollten. »Dort ist übrigens unser Ziel.«

»Führt der Weg dorthin?« Perplex wies ich auf den Pfad unter unseren Füßen.

»Nicht direkt«, schmunzelte er. »Keine Sorge, alles ganz sicher, Ehrenwort.«

»Ich habe keine Angst«, versicherte ich ihm, und das Kribbeln in meinem Bauch entlarvte meine Worte als Lüge.

Es verging Minute um Minute, während derer wir den Berg hinauf wanderten. Über uns der klare Nachthimmel und unberührter Schnee zu unseren Füßen. Nur unser keuchender Atem durchbrach die Stille und war doch nicht so laut wie meine Gedanken. Als Blake mitten auf dem Weg stoppte, erschrak ich und sah mich um. »Was ist los?«

»Wir müssen hier entlang.« Er hob die Hand, mit der er noch immer meine Finger umschloss, und zeigte neben uns. Das Einzige, das ich sah, war in einiger Entfernung die Felswand und nichts weiter. Dahinter musste ein Abgrund sein.

»Da ist gar kein Weg.« Ich zog misstrauisch eine Augenbraue hoch.

»Stimmt, aber ich bin hier schon unzählige Male entlanggelaufen, es ist sicher.« Er setzte einen Fuß in Richtung des Steilhangs und versank knöcheltief im Schnee.

Ich hielt ihn zurück, indem ich an seiner Hand zog. »Keine zehn Pferde kriegen mich dort hin.« Ich schüttelte vehement den Kopf und hob den Zeigefinger meiner freien Hand in die Höhe. »Erstens ist es stockfinster, zweitens hast du keine Ahnung, wie hoch der Schnee ist, drittens sind wir überhaupt nicht gesichert.« Ich holte Luft, um ihm weitere Argumente an den Kopf zu werfen, doch Blake trat zu mir auf den schmalen Weg zurück und stellte sich direkt vor mich, so nah, dass meine Nasenspitze seinen Parka berührte. Seine Nähe sorgte dafür, dass es mir buchstäblich die Sprache verschlug und mir jedes Wort im Hals stecken blieb.

»Sue.« Blake verdrehte gespielt genervt die Augen. Seine tiefe Stimme vibrierte in seinem Brustkorb.

»Blake.« Ich äffte ihn mit sonorer Stimme nach, was ihm ein Lachen entlockte. Er ließ meine Hand los, und ich versuchte vergeblich, nicht enttäuscht darüber zu sein. Stattdessen legte er beide Hände an meine Oberarme und senkte den Kopf ein Stück, um mir ins Gesicht zu sehen. Der Puls schoss mir in die Höhe, und ich stellte unbewusst das Atmen ein. Was hatte er nur vor? Das war eindeutig zu nah. Viel zu nah. Oh, Himmel. Bloß nicht anmerken lassen, dass seine Nähe etwas mit mir anstellte. »Blake?« Ich wiederholte mich, hielt seinem Blick stand.

»Sue«, erwiderte er lächelnd. »Lass uns nicht umsonst die letzte Stunde durch den Schnee gestapft sein«, bat er mich, drehte mich um, sodass sein Bauch meinen Rücken berührte, und führte mich vor sich einen Schritt vom Weg ab. Unfähig zu protestieren, unwillig, mich zu wehren, versanken meine Schuhe im Schnee. Schritt für Schritt näherten wir uns so der Felswand. »Ist alles okay?« Blake vergewisserte sich, indem er sich zu mir herunterbeugte, ohne seinen sicheren Griff um meine Arme zu lösen. Nichts war okay. Doch mir war klar, dass die Frage nicht der Gesamtheit meines Lebens galt, sondern lediglich dem Moment und der Tatsache, dass ich mitten in einer eiskalten Nacht durch den verschneiten Wald auf einen Abgrund zulief, als wäre ich lebensmüde.

Ich nickte und schluckte. »Gewöhn dich nicht daran, dass ich mache, was du willst«, brummte ich und hoffte wirklich, dass ich das alles hier nicht irgendwann bereuen würde.

Blake lachte, wodurch seine Hände auch mich schüttelten. »Ich würde niemals auf die Idee kommen. Achtung!« Er deutete auf eine kleine Anhöhe vor uns. »Hier müssen wir hoch.«

»Blake!«, stöhnte ich und stemmte die Hände in die Hüfte, wandte meinen Oberkörper zu ihm um, sodass er seinen Griff lösen musste. »Das ist nicht dein Ernst, oder?« Statt einer Antwort hob er sein Knie an und stupste mir damit in den Hintern. Ich war auf alles gefasst gewesen, aber nicht auf eine derartige Berührung. Auch wenn er mich nur necken wollte, hatte sie etwas *zu* Intimes an sich gehabt, das dafür sorgte, dass sich Hitze in mir ausbreitete.

Das Mondlicht spiegelte sich in seinen Augen, und er verzog schelmisch grinsend die Mundwinkel. »Du übertreibst. Und jetzt los!«

Ich wandte mich abrupt um. »Das gefällt mir ganz und gar nicht«, zischte ich in meinen Schal und spürte ein zartes Lächeln auf meinen Lippen, als ich Blake hinter mir leise lachen hörte. Es war gelogen. Es gefiel mir, obwohl das hier ein großer Schritt aus meiner Komfortzone heraus war, von der ich bis vor wenigen Stunden nicht gedacht hätte, sie überhaupt zu besitzen. Das schnelle Wummern meines Pulses bestätigte mir, dass die Empfindung, die seit ein paar Tagen immer wieder ganz sachte mein Bewusstsein streifte, keine Einbildung war. Dass es in meinem Herzen auch nach all den Jahren des Grolls einen Platz für Blake gab, ihn immer gegeben hatte, als hätte ich ihn unbewusst für alle Fälle für ihn freigehalten.

Je höher wir kamen, desto heftiger schnaufte ich, denn der Aufstieg forderte meinen ganzen Körpereinsatz. Es fühlte sich an, als müsste ich vier eingeschneite Treppenstufen auf einmal nehmen – immer und immer wieder. Das Einzige, das ich dank der Dunkelheit vor mir sah, waren Gestein und Schnee, Gestein und Schnee, Gestein und Schnee, angeleuchtet vom Mond, dessen Licht so weiß war, dass es fast unnatürlich wirkte. »Das. Zahle. Ich. Dir. Heim«, keuchte ich und stützte meine Hände auf den Knien ab.

»Du wirst das gleich vergessen haben«, prophezeite er mir, und ich nahm mit Genugtuung wahr, dass auch Blake außer Atem war, denn ich hatte schon an meiner Kondition gezweifelt.

»Das bezweifele ich«, entgegnete ich, atmete tief durch und setzte den Weg fort. Ohne dass ich es hätte kommen sehen, stand ich plötzlich auf einem riesigen Felsvorsprung, von dem aus es nicht weiter nach oben ging. Ich starrte auf die senkrechte Felswand vor mir, legte den Kopf in den Nacken und runzelte die Stirn.

»Wir sind da«, flüsterte Blake unmittelbar neben mir, was

mich zusammenzucken ließ. »Du hast es geschafft.« Er griff nach meiner Hand, um mich herumzudrehen, und der Anblick, der sich mir bot, verschlug mir den Atem.

»Oh mein Gott«, hauchte ich und schaffte es nicht, den Mund, der mir vor Erstaunen offenstand, wieder zu schließen. »Das ist …« Mir fehlten die Worte. Unter uns lag Saint Mellows, friedlich schlafend und erleuchtet von all den Weihnachtslichtern in den Gärten. Dank der Laternen erkannte ich die einzelnen Straßen, und wenn ich die Augen zusammenkniff und mich darauf konzentrierte, konnte ich sogar den Stadtpavillon ausmachen, der am hellsten von allen Gebäuden strahlte.

»Schön?«, half Blake mir auf die Sprünge, doch ich schüttelte den Kopf.

»Schön beschreibt das da nicht ansatzweise.« Ich hob den Arm, um mit dem Zeigefinger hinunterzudeuten. »Ich habe unsere Stadt noch nie aus der Höhe gesehen. Schon gar nicht nachts. Und erst recht nicht zur Weihnachtszeit.« Ein ehrfürchtiges Lächeln bildete sich auf meinen Lippen. »Und ich hatte gedacht, dass der Ausblick aus meinen Dachzimmerfenstern besonders wäre. Aber gegen das hier ist der gar nichts.«

»Gern geschehen.« Blake drückte meine Hand, und aus dem Augenwinkel nahm ich wahr, dass er mich anstarrte.

»Guck mich nicht so an«, wisperte ich verlegen, ohne ihn anzusehen.

Er lachte leise. »Warum nicht?«

Ich verdrehte die Augen. »Das macht mich nervös«, gab ich zu, und das Zittern in meiner Stimme passt zum offensichtlichen Beben meines Körpers.

»Das braucht es nicht.« Er ließ meine Finger los, um seine Hand an meine Taille zu legen und mich an sich zu ziehen.

»Frierst du etwa in deinem Teddykostüm?« Er klang so liebevoll, dass mir seine Neckerei egal war.

Kopfschüttelnd fasste ich mir an die Oberarme und zog die Schultern hoch. »Nur in mir drinnen«, gestand ich, selbst erstaunt darüber, wie offen und ehrlich ich Blake gegenüber war. Fast so, als hätte ich keine Angst mehr, mein Innerstes vor ihm nach außen zu kehren.

»Willst du versuchen, es mir zu erklären? Was genau in dir vorgeht?«

Ich spürte seine Wärme sogar durch all unsere Stoffschichten hindurch und überlegte nicht mehr lang. »Ich werde das Gefühl nicht los, dass alles eine Lüge war. Einfach alles«, wisperte ich, den Tränen wieder gefährlich nah. »Meine Kindheit, meine Erfolge, mein ganzes Leben. Vielleicht lebe ich gar nicht *mein* Leben, sondern das einer anderen.«

Blake neben mir stieß einen Schwall Luft aus, als hätte ich sie ihm mit meinen Worten aus den Lungen gedrückt. »Ich denke, du lebst genau das Leben, das du leben sollst. Ich bin kein Esoteriker, aber ich weiß, dass dein Leben genau für dich gedacht ist, Sue. Und für niemand anderen.«

»Wie kannst du dir da so sicher sein?« Ich riss mich von den Lichtern der Stadt los und sah zu ihm auf. Im gleichen Moment begann es wieder zu schneien. Zarte Schneeflocken, so zurückhaltend als Einzelkämpfer, so gewaltig als Heer.

Er senkte den Blick, bis er meinem begegnete, und die Zuversicht in seinen Augen schnürte mir die Kehle zu. Eine einzelne Schneeflocke verfing sich in seiner Augenbraue und schmolz. »Das bin ich nicht, aber ich glaube daran. Und auch wenn du kein Kind mehr bist, bist du sehr wohl die Tochter deiner Eltern.«

»Du glaubst.« Ich schnaubte. »Ich glaube gar nichts mehr. Ich hoffe nichts mehr, erwarte nichts mehr, wünsche mir nichts mehr.« Meine eigenen Worte drangen eins nach dem anderen wie ein Hammerschlag durch die Schutzmauer um mein Herz, um sie zum Einsturz zu bringen. In meinem gesamten Leben war ich noch nie so hoffnungslos gewesen. So verwirrt, so wütend.

»Aber das wirst du wieder, da bin ich mir sicher. Ich schätze, es ist normal, dass du jetzt so durcheinander bist und nicht weißt, was wahr und was gelogen ist.« Seine Hand wanderte von meiner Taille aufwärts. Er strich mir über den Rücken, über den Oberarm und zog mich noch näher an sich. Bestimmt dachte er, ich zitterte vor Kälte, dabei war es die Traurigkeit, die meinen Körper beben ließ. Doch der Grund für seine Berührung war nicht wichtig. Wichtig war, dass er mich hielt, dass er da war.

Ich blinzelte heftig, um die Tränen aufzuhalten, und lehnte meinen Kopf gegen seine Brust, wobei mein Puls mir bis zum Hals pochte. Da war immer noch diese Angst in mir, dass er mich wegstoßen könnte. Selbst jetzt, in dieser Situation. »Ich habe so viele Fragen an meine Eltern, aber ich traue mich nicht, sie zu stellen. Du hättest den Schmerz in ihren Gesichtern sehen sollen, als ich sie damit konfrontiert habe, Blake. Es hat ihnen die Herzen zerrissen.« Meine Stimme brach, und ich presste die Augen zusammen in der Hoffnung, das Bild meiner Eltern dadurch verschwinden zu lassen. Vergeblich. Ihre verzweifelten Mienen hatten sich schmerzhaft in mein Gedächtnis gebrannt.

Blake atmete tief durch. »Stell ihnen die Fragen, Sue. Alle, bitte.«

»Warum? Die Antworten ändern doch eh nichts.« Ich ballte die Finger in meinen Handschuhen zu Fäusten.

»Weil es sonst *dein* Herz zerreißt, und zwar so, dass man es nicht wieder heilen kann.«

»Das ist doch längst geschehen«, flüsterte ich und spürte in diesem Augenblick nichts als Kummer.

»Auch das glaube ich nicht. Du bist stark, Sue. Dich zerreißt nichts so schnell.« Das Vertrauen in seiner Stimme, die in seinem Brustkorb vibrierte, sorgte dafür, dass mir die Knie schlotterten.

»Das glauben immer alle, oder? Dass ich ach so stark wäre.« Ich presste die Kiefer aufeinander. Es fiel mir schwer zuzugeben, wie sehr mir das Bild zusetzte, das alle seit Jahren von mir hatten. Wie schwer es für mich war, diesem Bild entsprechen zu müssen, und wie sehr ich es hasste, dass ich ihm all die Jahre auch hatte entsprechen *wollen*. Es fühlte sich für mich an, als gäbe es kein Zurück. Als wäre ich eine Soldatin, die niemals wirklich das Schlachtfeld verlassen durfte, wo sie doch so hart gekämpft hatte.

Blake ließ von mir ab, um mich zu sich herumzudrehen, damit ich ihm in die Augen sah. Der Schneefall nahm zu, und die Flocken wurden größer. »Du erinnerst dich vielleicht, dass ich nichts darauf gebe, was andere behaupten.« Er nahm seine Hände von meinen Schultern, und ich beobachtete ihn dabei, wie er langsam einen Handschuh von seinen Fingern streifte. Ich war unfähig zu antworten, starrte ihn nur wie gebannt an. Beobachtete die Eiskristalle, die auf seiner Haut landeten und binnen Sekunden zu Wasser zerschmolzen.

»Ich bin nicht stark, Blake.« Die Worte verließen so leise meinen Mund, dass ich sie selbst kaum hatte hören können.

Blake schluckte nickend und hob seine Hand zu meinem Gesicht. Zart strich er mit seinem Daumen über meine Wange, die sich eiskalt unter seiner Berührung anfühlte. Eine einzelne Schneeflocke landete auf meiner Nasenspitze, und Blake wischte sie weg. »Ich finde schon, dass du das bist«, entgegnete er, seine warme Hand an meiner Wange.

Statt einer Antwort schmiegte ich mich in seine Handfläche, schloss die Augen und konzentrierte mich auf die warme Welle, die seine Berührung durch meinen Körper sandte und die es für den Bruchteil einer Sekunde schaffte, mich etwas anderes als Versagen spüren zu lassen. Für einen Moment, flüchtiger als der Flügelschlag eines Kolibris, zogen sich meine Eingeweide schmerzhaft zusammen, verzehrten sich ausgerechnet nach dem Mann, den ich mir geschworen hatte, für den Rest meines Lebens zu ignorieren. In mir blitzte der Wunsch auf, ihm nahe zu sein, noch viel näher als in diesem Augenblick. Vielleicht, ganz vielleicht, wünschte ich mir, noch ein einziges Mal seine Lippen auf meinen zu spüren. Nur, um zu schauen, ob ich noch das Gleiche dabei empfinden würde wie damals. Vielleicht auch, um mir selbst zu beweisen, dass das aufgeregte Kribbeln, das von mir Besitz ergriff, sobald ich ihn sah, nichts weiter als ein Trugschluss war. Doch dann wurde der Blitz, der diese Wärme durch meinen Körper geleitet hatte, abgelöst von einem Donnergrollen, das mein gesamtes Sein erschütterte. Als hätte jemand einen Eimer eiskalten Wassers über mich ausgekippt, schüttelte ich den Kopf, um mich selbst zurück ins Hier und Jetzt zu bringen. Ja, Blake war für mich da. Aber doch nur, weil er wusste, was ich gerade durchmachte. Würde ich jetzt auch hier mit ihm stehen, wenn all das nicht passiert wäre? Blakes Stimme drang gedämpft an meine Ohren. »Sue? Hallo?« Ich hörte ihn schmunzeln und realisierte, dass er seine Hand weggenommen hatte.

Ich hob ertappt den Kopf. »Was?«

»Wow«, grinste er zu mir herunter. »Du warst wohl gerade ganz weit weg?«

»Sorry.« Ich trat einen Schritt von ihm zurück, woraufhin Blake blitzschnell den Arm nach mir ausstreckte.

»Sue!« Sein Griff um meinen Unterarm war fest, und sein stets cooler Gesichtsausdruck war ihm für eine Sekunde entgleist. »Schon vergessen, wo wir sind?« Er deutete mit einem Nicken hinter mich, und ich wusste, worauf er hinauswollte, auch ohne mich umzudrehen. Ich war so müde, so durch den Wind, dass ich unvorsichtig wurde. Ein Schritt zu weit und ich hätte den Abhang hinabfallen können.

»Natürlich nicht«, seufzte ich schwach und strich mir den Pony zurück unter die Mütze, zeigte auf die Flasche in seiner Jackentasche. »Kann ich einen Schluck trinken?« Meine Kehle schmerzte, und da war wieder diese Eiseskälte, die sich durch mein Innerstes fraß. »Vielleicht hilft's ja«, murmelte ich mir selbst zu.

»Natürlich.« Blake betrachtete mich mit einem skeptischen Blick und zog grübelnd die Augenbrauen zusammen, als könnte er mein Gefühlschaos spüren. »Hier.« Er hielt mir den Becher hin, aus dem es dampfte, und ich griff danach.

»Danke«, murmelte ich und drehte ihm den Rücken zu, um auf Saint Mellows zu blicken. Die Stadt, die vielleicht gar nicht meine Heimatstadt hätte werden sollen.

»Sue?« Er trat neben mich, und wenn ich mich nicht täuschte, schwang Unsicherheit in seiner Stimme mit. Ich nippte am Tee und blickte schließlich seufzend zu ihm auf.

»Lass bitte nicht zu, dass du mir wieder entgleitest, okay?« Er sah mich unverwandt an, stur, stark, mutig und doch war da etwas in seinem Blick, das mich an flehende Kinderaugen erinnerte.

»Das hab ich doch nie gewollt«, erwiderte ich heiser und ließ die einzelne Träne gewähren, die mir über die Wange rollte.

Blake fing sie auf, schluckte und legte mir den Arm um die Schultern, um mich wieder an sich zu ziehen. Er drückte mir einen Kuss auf den Kopf, und ich war froh über die dicke Wolle meiner Mütze, denn ich wusste nicht, was die Berührung seiner Lippen sonst mit mir angestellt hätte. »Okay«, flüsterte er, hielt mich fest und folgte meinem Blick auf unsere schräge, aber wunderbare Stadt, die friedlich schlief.

Blake

Nach letzter Nacht fühlte es sich seltsam an, im Tageslicht durch die Straßen von Saint Mellows zu laufen. So, als befände ich mich in einem Paralleluniversum. Saint Mellows bei Nacht war einfach nicht Saint Mellows am helllichten Tag. Und ich hatte Sorge, dass das Gleiche für Sue und mich gelten könnte. Es hatte diesen einen, winzigen Moment zwischen uns gegeben, an dem ich kurz davor gewesen war, sämtliche Vorsicht über Bord zu werfen und mich in Sues tiefes Meer zu stürzen. Doch dann hatte sich etwas in ihrer Miene verändert, und ich hatte erkannt, dass sie die Schotten dicht gemacht hatte. Es war, als hätte sie mir ohne Worte zu verstehen gegeben, dass ich einen Schritt zurücktreten sollte, wenn ich nicht Gefahr laufen wollte, mich an ihr zu verbrennen. Still hatten wir nebeneinandergestanden, ihre Seite an meiner, ihr Herzschlag so nah neben meinem, dass ich ihn bestimmt hätte spüren können, wären da nicht unsere dicken Winterjacken gewesen. Wir hatten uns den Tee geteilt, und irgendwann hatte ein müder Blick von ihr genügt, dass wir den Rückweg angetreten hatten. Es hatte mich all meinen Mut gekostet, trotz ihres abwesenden Gesichtsausdrucks ihre Hand zu nehmen, und mein Herz hatte in meiner Brust gewütet. Zu meiner Erleichterung hatte sie es wortlos zugelassen, und erst als wir vor der Einfahrt ihres Elternhauses gestanden hatten, hatten wir wieder gesprochen. »Gute Nacht, Blake«, hatte sie gekrächzt und mir ein mutloses Lächeln geschenkt. »Schlaf gut, Sue«, war alles gewesen, das ich zu erwidern wusste. Die halbe Nacht hatte ich wach gelegen, um mich darüber zu ärgern, was ich alles stattdessen hätte sagen können. Ich hätte sie fragen können, ob wir uns heute sehen würden, ob es okay für sie war, jetzt allein zu sein, ob sie etwas brauchte. Doch stattdessen hatte ich, überfordert von der Situation, dagestanden und sie gebeten, gut zu schlafen. Es hätte mich nicht gewundert, wenn sie genau wie ich, kaum ein Auge zugetan hätte.

»Onkel Blaaaaaake!« Die kreischende Stimme meiner Nichte Elsie ließ mich zusammenzucken, und ich wirbelte herum, nachdem ich tief eingeatmet und ein breites Lächeln aufgesetzt hatte, von dem ich hoffte, dass die Vierjährige es mir abkaufte. Kinder waren so viel einfühlsamer, als man dachte.

»Elsie, meine Lieblingsnichte«, begrüßte ich sie, ging in die Hocke und breitete die Arme aus. Sie riss sich von Devons Hand los, der sie über die Straße geleitet hatte, um die paar Meter zu mir zu sprinten und sich in meine Arme zu werfen.

Wie immer packte ich sie am Brustkorb, hob sie hoch und wirbelte sie für zwei Runden herum. Das hatte ich schon mit ihr gemacht, als sie gerade erst Laufen gelernt hatte. Statt sie gleich abzusetzen, behielt ich sie auf dem Arm und drückte ihr einen Kuss auf das rote Bäckchen.

»Du pikst so«, quiekte sie und wischte sich empört über die Wange.

Mein Bruder, der eben noch vor dem *Anne's* gestanden und sich mit Abby unterhalten hatte, schloss zu uns auf. »Wie siehst du denn aus?« Er zog eine Augenbraue hoch und tat so, als malte er sich Ringe unter die Augen.

»Wie charmant du bist«, brummte ich und setzte Elsie ab, die sofort nach meiner Hand griff, um sich daran zu hängen und zu schaukeln wie ein kleines Äffchen. »Was macht ihr?« Ich deutete nickend zum *Anne's*, das die beiden gerade anscheinend hatten betreten wollen, ehe Elsie mich auf der Festwiese entdeckt hatte.

Devon wies mit ausgestreckter Hand zu seinem Wagen, der am Ende der Straße parkte. »Wir sind gerade zurück aus Chicago, ich hab sie bei Fiona abgeholt. Und sie wollte unbedingt erst mal zu Riley und einen Kakao trinken, ehe wir zu Mom und Dad fahren.«

»Kakao, ja?« Ich wandte mich lächelnd an Elsie, die mir strahlend zunickte. »Klingt gut, ich kann auch einen gebrauchen.«

»Okay, dann gehe ich schon mal vooooor zu Riiileeeey«, rief Elsie, die prompt von Devon zurückgehalten wurde, indem er sie an der Kapuze griff.

»Nur bis zum Straßenrand«, erinnerte er sie, ehe er sie lossprinten ließ. »Also«, wandte er sich an mich und versenkte seine Hände in den Taschen seiner Jacke, da er keine Handschuhe trug. »Wie geht's?« Er hob eine Augenbraue, um mir klarzumachen, dass ich gar nicht erst versuchen sollte, Ausflüchte zu finden.

Seufzend klopfte ich meine Hände an meiner Arbeitshose ab und zeigte auf Dads Wagen, auf dessen Ladefläche Bierbänke darauf warteten, abgeladen zu werden. Ich hatte sie ausgebessert und somit einen weiteren Punkt von Mrs. Innings Gefälligkeitenliste gestrichen. »Hilfst du mir tragen?«

Devon zuckte mit den Schultern. »Klar.« Wir setzten uns in Bewegung. »Soll ich noch mal fragen?«

Ich stöhnte auf. »Dev, du kannst ganz schön nerven.«

»Gern geschehen.« Lachend holte er seine Handschuhe aus den Taschen und streifte sie über. »Es ist Sue, oder? Die dir diese hübschen Augenringe beschert?«

Es half ja nichts, es zu leugnen, also nickte ich und presste angespannt die Kiefer aufeinander. Wenn das mit Sue vorher schon kompliziert gewesen war, war es jetzt die totale Katastrophe, denn nun konnte ich ihm noch viel weniger verraten, was eigentlich los war. Denn bei der ganzen Adoptionssache handelte es sich nicht um *mein* Geheimnis, sondern um Sues. Und ich würde mich niemals über ihre Privatsphäre hinwegsetzen, indem ich irgendjemandem davon erzählte. »Es ist ziemlich …« Ich stockte und verdrehte die Augen, weil jeder wusste, welches Wort fehlte, um diesen Satz zu beenden.

»Einen Moment«, bat Devon mich, rannte zu seiner Tochter, die am Straßenrand darauf wartete, hinübergebegleitet zu werden. Ich beobachtete ihn dabei, wie er sie zum Café brachte und durch das Fenster kontrollierte, dass Riley sie in Empfang nahm. Ich war bei Dads Transporter angekommen und hatte die Ladeklappe geöffnet, ehe Devon dazustieß. Er griff von außen nach einer der Bierbänke, schob sie über die Ladefläche zu mir und setzte unser Gespräch fort, als hätte es die kleine Unterbrechung nicht gegeben. »Kompliziert?«

Schnaubend lachte ich. »Ob du es glaubst oder nicht, aber ja. Es ist *wirklich* kompliziert. So sehr, dass du es dir nicht mal ansatzweise ausmalen kannst«, versicherte ich ihm. »Und auch so sehr, dass ich dir nichts weiter erzählen kann.«

»Warum nicht?« Er hielt einen Moment inne und runzelte die Stirn. »Bei mir ist alles sicher, ich bin dein Bruder«, erinnerte er mich.

»Ich weiß. Das ändert in diesem Fall aber leider nichts.« Ich zuckte entschuldigend mit den Schultern und schnappte mir wie Devon eine Bank, um sie zur Festwiese zu tragen. »Ich kann dir nichts weiter sagen, verstehst du?«

Er schüttelte den Kopf. »Leider nicht, Blake.«

»Es geht dabei nicht um mich«, versuchte ich es zu erklären.

»Sondern um Sue«, schloss Devon und lud ächzend die Bank ab. »Sie hat ein Geheimnis?«

Ich nickte mit aufeinandergepressten Lippen und spürte, wie es mir eiskalt den Rücken hinab lief, denn es war, als hätte ich schon mehr erzählt, als ich durfte. »Ja. Und jetzt frag bitte nicht weiter nach.«

»Ich kann für nichts garantieren, ich mache mir Sorgen«, erklärte er ohne Umschweife und suchte meinen Blick. Ich sah ihn an und schluckte den Kloß im Hals herunter, ehe er zu groß werden konnte. Wir hatten die gleiche braune Augenfarbe, was manchmal schon fast gruselig war, denn keine einzige, auch noch so feine Nuance unterschied sie.

»Das brauchst du nicht, okay?« Ich stellte die Beine der Bank aus und drehte sie um, ließ mich darauf nieder und legte den Kopf schnaufend in den Nacken. Der Schlafmangel forderte langsam seinen Tribut, und mich überkam eine bleierne Müdigkeit. »Es geht mir gut«, versicherte ich ihm und blinzelte, da die strahlende Sonne mich blendete.

»Du bist kein sehr begabter Lügner.« Devon verschränkte die Arme vor der Brust, besah mich mit einem strengen Blick und ließ sich schließlich neben mir nieder. »Ich stelle dir nur noch eine Frage, okay?«

Stöhnend stieß ich einen Schwall Luft aus. »Ich schätze, ich kann es dir nicht verbieten.«

»Zwischen dir und Sue ist schon sehr lang etwas, das niemand weiß, oder?« Er konnte mich nicht täuschen. Ich hörte ganz genau das Fünkchen Neugierde heraus.

Ich zuckte mit den Schultern, denn auf die Frage konnte ich weder mit einem klaren Ja, noch mit einem bestimmten Nein antworten. »Vielleicht.«

Devon neben mir lachte kurz auf, sodass die Bank wackelte. »Ich hoffe, ihr kriegt das hin, Sue ist super.«

Ich schnaubte. »Ja, ist sie«, erwiderte ich kurz angebunden, obwohl ich so viel mehr dazu hätte sagen können. Vermutlich wäre Sue, wenn sie es gehört hätte, innerlich zusammengezuckt, weil es genau das war, was sie störte. Dass alle sie für etwas Ähnliches wie eine Superheldin hielten, ohne sie wirklich zu kennen.

»Was wird das hier eigentlich wieder? Was kommt als Nächstes? Hast du aufgepasst, als die Pläne vorgelesen wurden?« Devon deutete über die Festwiese, die zur Hälfte vom Christmas Market eingenommen wurde, neben dem wir die Bänke abluden. Die andere Hälfte war bis auf den wadenhohen Schnee leer.

Ich warf ihm einen amüsierten Blick zu. »Natürlich hab ich *nicht* zugehört. Aber wir werden es bestimmt heute Abend bei der Versammlung erfahren.« Ich verdrehte die Augen. »Zu der ich im Übrigen vorhabe, wieder zehn Minuten später zu kommen.«

»Leitet nicht Sue jetzt die Versammlung?« Devon runzelte grinsend die Stirn. »Ich wette, dann beginnen wir auch mal pünktlich.«

Ich schüttelte den Kopf. »Mrs. Innings hält nichts von ihrer Bettruhe und wird sich die Versammlung samt Gips nicht entgehen lassen. Sie steht kurz davor, Sue wieder das Zepter zu entreißen. Mrs. Innings kann einfach nichts abgeben. Ich hatte heute schon das Vergnügen mit ihr«, erklärte ich ihm. »Oder was glaubst du, warum ich an einem Samstagvormittag nichts Besseres zu tun habe, als das Zeug hier von A nach B zu fahren?« Ich klopfte auf die Bank unter mir.

»Dann bring mir dieses Mal wenigstens auch einen Kaffee mit.« Devon deutete mit dem Daumen hinter sich. »Lass uns die restlichen Bänke herbringen, ich muss zu Elsie, bevor sie Riley ein Ohr abkaut.«

Grinsend stemmte ich mich hoch und folgte meinem Bruder zum Auto. »Bring sie doch mal mit zur Versammlung«, schlug ich vor und stieß ihm den Ellenbogen in die Seite.

»Elsie? Himmel, nein. Sie würde den ganzen Haufen dort aufmischen. Das machen meine Nerven nicht mit. Sie übernachtet heute wie jeden Samstag, an dem sie hier ist, bei Mom und Dad.«

»Schade.« Ich lächelte ihn an und schulterte eine weitere Bank.

Dank Devon waren wir kurz darauf fertig, und gemeinsam betraten wir das *Anne's*, in dem Elsie auf einem der Barhocker am Tresen saß, in ihren Händen eine Tasse Kakao mit Schlagsahne und pinken Glitzerstreuseln. Auf einem Teller daneben lag ein herzförmiger Keks mit weißer und lilafarbener Glasur. Die Krümel auf ihrem bunten Weihnachtspullover verrieten, dass sie bereits das ein oder andere Plätzchen verdrückt hatte. »Na?« Ich ließ mich neben meiner Nichte nieder. »Schmeckt's?«

Elsie nickte euphorisch, sodass sie beinahe kleckerte. »Riley backt leckerere Kekse als Mommy«, erklärte sie mir flüsternd. »Als ich das Mommy erzählt hab, wurde sie sauer.« Sie verzog die Mundwinkel nach unten, als hätte sie mir damit ein prekäres Geheimnis anvertraut.

Lachend wuschelte ich ihr durch die Haare und strich ihr den Pony hinter die Ohren. »Ich liebe deine Ehrlichkeit«, flüsterte ich ihr zu und richtete den Blick auf Riley, die gerade meinen Bruder anschmachtete und ihm über den Tresen hinweg einen Kuss gab. »Hey, ihr Turteltäubchen«, unterbrach ich die beiden. »Bekomme ich auch einen Kakao? Aber bitte ohne Streusel.«

Riley zog misstrauisch eine Augenbraue hoch. »Kein unweihnachtlicher Grinch-Kaffee ohne alles heute, Scrooge?«

Lachend schüttelte ich den Kopf, hakte mich bei meiner Nichte unter und wies mit dem Finger auf ihre Tasse. »Ich versuch mal was Neues. Nur auf das pinke Glitzerzeug kann ich verzichten.«

»Die sind aber schön, guck, Onkel Blake.« Elsie steckte einen Finger in die Sahne, um ein paar der Streusel herauszupopeln.

»Ach, Elsie!« Stöhnend hechtete Devon auf sie zu, bewaffnet

mit einer Stoffserviette. »Neue Regel: Wir stecken die Finger nicht in die Sahne auf der heißen Schokolade, okay?«

»Okay, Daddy.« Elsie zuckte mit den Schultern und ließ sich brav die Finger säubern. »Aber die Streusel sind trotzdem schön.«

»Sind sie, mein Schatz«, grinste Devon und suchte meinen Blick. Seine Augen strahlten, und ich freute mich für ihn. Innerhalb der letzten Jahre hatte er dieses innere Leuchten immer mehr verloren, bis Riley es ihm diesen Sommer wieder zurückgebracht hatte. Ich wandte den Blick von den beiden ab und beobachtete Riley dabei, wie sie mir den Kakao zubereitete, und als hätte sie meinen Blick gespürt, sah sie zu mir auf. Auf ihrem Gesicht breitete sich ein Lächeln aus, und sie zwinkerte mir freundschaftlich zu. Ich hatte plötzlich das Gefühl, dass alle um mich herum in Glück schwelgten, und auf einmal blitzte etwas in mir auf, das nicht zu mir passte. Es war ein Ziehen in der Magengegend und ein Kloß in meinem Hals. War ich neidisch? Nein. Ich gönnte Riley alles und meinem Bruder noch mehr, immerhin waren sie meine Familie. Doch was war es, was sich da in meinem Inneren ausbreitete? Sehnsucht? Was war nur los mit mir? Ich war noch lange nicht so alt, als dass mich die Torschlusspanik befallen hätte. Eine Hochzeit und Kinder waren Dinge, über die ich mir nie verbissene Gedanken gemacht hatte. Ich wollte all das irgendwann und hatte mir nie Sorgen gemacht, dass mir diese Dinge verwehrt bleiben könnten. Doch jetzt, wo ich neben meiner zauberhaften Nichte saß und meinen kleinen Bruder mit seiner Verlobten sah, regte sich etwas in mir. Konnte es sein, dass ein Wunsch von einer auf die nächste Sekunde zu einem riesigen Gebirge anschwellen konnte? Eines, das man nicht umfahren konnte, das man von überall aus sah und auf dessen Gipfel nur ein harter, steiniger und vor allem gefährlicher Weg führte? Sofort schlich sich Sue in meine Gedanken, und mir wurde eiskalt, trotz der molligen Wärme im Café. Ich konnte mir nicht vorstellen, Sue zu heiraten, sah sie auch nicht als Mutter meiner Kinder vor mir, dafür war es viel zu früh, viel zu kompliziert. Doch ich wollte Sue. Ich wollte sie einfach wieder in meinem Leben haben, aber dieses Mal nicht im Geheimen. Wir waren erwachsen geworden und eigentlich hatte doch niemand von uns einen Grund, sich zu verstecken.

Ein Sahneberg, unter dem sich hoffentlich auch eine Tasse verbarg, erschien in meinem Blickfeld, und ich realisierte, dass ich die ganze Zeit den Tresen angestarrt hatte. »Ein minimal weihnachtlicher Kakao ohne Streusel, Grinchi.« Riley schnippte mir gegen das Handgelenk, und ich hob den Blick. Sie musterte mich mit schiefgelegtem Kopf und einem skeptischen Lächeln, als gäbe ihr mein Anblick zu denken. Doch egal, was Riley womöglich vermutete, sie behielt es für sich. Sie konfrontierte mich nicht einfach in aller Öffentlichkeit wie mein Bruder, wofür ich ihr dankbar war.

Ich atmete tief durch, zwinkerte ihr zu und hob die Tasse an meine Lippen. »Moment!« Ich runzelte die Stirn. »Was heißt *minimal weihnachtlich*?«

Eine zarte Röte schlich sich auf Rileys Gesicht und sie zuckte ertappt mit den Schultern. »Eine winzige Prise Zimt?«

»Riley!« Stöhnend legte ich den Kopf in den Nacken. »Wie hält mein Bruder es nur mit dir aus?«

Empört bewarf sie mich mit dem Geschirrtuch, mit dem sie gerade ein Espressokännchen abtrocknete. »Na hör mal, er kann froh sein, dass ich es mit *ihm* aushalte.«

»Ich höre euch«, kam es von Devon, der Elsie dabei half, ein Bild in ihrem liebsten Malbuch auszumalen. Er deutete mit dem dunkelblauen Stift in seiner Hand zuerst auf Riley, dann auf mich, ehe er sich wieder seiner Tochter zuwandte.

Ich griff nach einem Löffel, um etwas von der Sahne zu essen, die mir das Trinken schwer machte. In dem Moment, in dem ich mir einen großen Löffel davon in den Mund schob, ertönte die Klingel der Ladentür und keine Sekunde später hörte ich Leena erbost meinen Namen rufen.

»Blake!« Mit einem Satz war sie am Tresen, die Hände in die Seiten gestemmt, und wenn mich nicht alles täuschte, war sie auf Krawall gebürstet. Nach allem, was Sue mir damals von ihrer besten Freundin erzählt hatte, und nach allem, was ich selbst über sie wusste, passte dieser öffentliche Auftritt nicht zu ihr.

»Leena, hi«, begrüßte ich sie mit angehobener Augenbraue. »Alles okay?« Ich legte den Löffel zurück auf die Untertasse und wandte mich betont lässig zu ihr um. Die Blicke der Tratsch witternden Leute um uns herum waren mir mehr als bewusst.

»Nein?« Ihre Stimme stieg eine Oktave höher, und sie setzte einen weiteren Schritt auf mich zu, bis sie unmittelbar vor mir stand. Obwohl ich auf dem Barhocker saß, war sie nicht größer als ich, sodass ich direkt in ihre hellblauen, sonst so freundlichen Augen blickte. Sie wirkten mit einem Mal eiskalt, und ich spürte ein Kribbeln im Nacken – normalerweise ein Warnsignal meines Körpers, dass irgendetwas faul war. Sie starrte mich so intensiv an, dass es sich zu einem Wettbewerb entwickelte, wer zuerst wegsehen würde. »Nichts ist okay«, erwiderte sie, pfefferte ihre fliederfarbenen Wollhandschuhe auf den Tresen und zeichnete beim letzten Wort Gänsefüßchen in die Luft.

Ich schluckte und presste angespannt die Kiefer aufeinander, denn die Situation hatte sich binnen Sekunden in etwas verwandelt, das sich wie eine Gerichtsanhörung anfühlte, bei der ich der Angeklagte war. Nur dass ich unschuldig war und nicht einmal wusste, um was es überhaupt ging. »Leena.« Ich sprach mit gedämpfter Stimme und bedeutete ihr mit einem zögerlichen Kopfschütteln, dass sie bitte leiser sein sollte. »Was ist denn los?«

Augenblicklich bekam die Härte in ihrem Blick einen Riss, als würde sie realisieren, dass sie mich grundlos angezeigt hatte. »Sue ist so komisch«, erklärte sie mir leise, zog sich einen Barhocker heran und ließ sich so nah neben mir nieder, dass es ausgeschlossen war, dass irgendjemand im Café außer Riley und Devon unser Gespräch belauschen konnte. »Seit sie mit dir auf dem Dachboden des Rathauses festgesessen hat, benimmt sie sich seltsam.«

Ich atmete tief durch und massierte meine Nasenwurzel. »Ja«, pflichtete ich ihr bei. »Ich weiß, aber Leena, ich habe wirklich nichts damit zu tun.«

Überrascht riss sie die Augenbrauen hoch und lehnte sich ein Stück zurück. »Nicht?«

Ich schüttelte den Kopf und hielt ihrem Blick stand, wollte unbedingt, dass sie mir glaubte. »Wirklich nicht.«

Leena stieß einen Schwall Luft aus und drehte sich auf dem Hocker zum Tresen, um ihre Ellenbogen darauf zu stützen, den Kopf in den Händen. »Aber was ist denn dann los, wenn es nicht wegen dir ist?«

Mir wurde heiß. Und kalt. Wieder heiß. Ich spürte, wie

mein ganzer Körper vor Anspannung zu beben begann, und ich ballte die Hände kurz zu Fäusten, um das Zittern unter Kontrolle zu bringen. »Das kann ich dir nicht sagen.«

»Weißt du etwas?« Misstrauisch und auch etwas geknickt sah sie mich an, biss sich auf die Unterlippe.

Ich nickte, denn es half ja nichts, es zu verheimlichen. »Ja, aber ich kann dir wirklich nicht helfen, Leena.« Oder Sue.

»Du kannst nicht, oder du *willst* nicht?« Leena war ungewohnt hartnäckig, was mir nur zeigte, wie wichtig ihr ihre beste Freundin war.

»Leena, komm schon.« Devon trat neben mich und legte mir in einer beschützenden Geste die Hand auf die Schulter. Noch nie hatte es eine Situation wie diese gegeben, und ich begriff, dass das Gefühl, das sich in meiner Brust ausbreitete, Dankbarkeit war. »Blake lügt nicht.«

Leena, der anscheinend plötzlich auffiel, wie sehr sie mir die Pistole auf die Brust gesetzt hatte, seufzte und ließ die Schultern hängen. »Sorry, Blake. Ich bin es einfach nicht gewohnt, dass Sue so dichtmacht.«

Ich hob die Hand, um ihr sanft mit dem Zeigefinger gegen den Oberarm zu stupsen. »Schon gut«, lächelte ich ihr versöhnlich zu. Just in diesem Moment drang das Bimmeln der Ladenklingel zu uns herüber, und ich brauchte keine hellseherischen Fähigkeiten, um zu wissen, dass Sue in der Tür stand. Sowohl Rileys als auch Devons versteinerte Miene verrieten es mir.

»Hey Leute.« Ich hörte, dass sie näher kam. Und ich vernahm das leichte Zittern in ihrer Stimme, das sie zu überspielen versuchte. »Leeni«, wandte sie sich direkt an ihre beste Freundin. »Ich war in der Parfümerie, aber du warst nicht da, und da dachte ich mir, dass ich dich hier finden würde.« Ich realisierte, dass ich verräterisch die Schultern angehoben hatte und den Blick starr auf meine Tasse heftete, also versuchte ich, mich zu entspannen. Lautlos stieß ich die Luft aus, die ich unbeabsichtigt angehalten hatte, richtete mich auf und lehnte mich so lässig wie nur möglich zur Seite, um Sue zu begrüßen. Sie zog sich gerade ihre Mütze vom Kopf und sortierte ihren wirren Pony.

»Hey Sue.« Ich nickte ihr zu, als wären wir zwei entfernte Bekannte, die sich freundlich grüßten, sonst aber nichts miteinander anfangen konnten, und es fühlte sich so falsch an.

»Blake, hi«, erwiderte sie, wobei das Lächeln, das sie krampfhaft zur Schau trug, für einen Wimpernschlag verrutschte. »Riley, machst du uns bitte zwei Oak Milk Toffee Nut Lattes to go?« Sie deutete mit einem Nicken zu Leena, die eine Augenbraue hochzog, aber nichts weiter erwiderte. Stattdessen ließ sie ihren gelben Rucksack von der Schulter gleiten, kramte kurz darin herum, beförderte einen dunkelroten faltbaren Togo-Becher daraus hervor und schob ihn Riley wortlos über den Tresen zu.

»Klar«, meinte Riley in betonter Lockerheit und griff zur Barista Hafermilch, um sie in den Milchaufschäumer zu kippen. »Welche Farbe, Sue?« Sie wies mit ausgestreckter Hand zu den Leih-Bechern, die zu Präsentationszwecken auf der gläsernen Vitrine standen.

»Hellblau«, lächelte Sue und legte Riley zwei Fünf-Dollar-Noten auf den Tresen, die sie aus ihrer Teddy-Jacke gefischt hatte.

»Fertig, Daddy, guck!« Elsies Stimme war es, die das Eis brach, das uns alle zu Statuen hatte gefrieren lassen, und fast zeitgleich zuckten wir alle zusammen.

»Sehr schön«, lobte Devon seine Tochter und räusperte sich.

Ich sah Sue an, konzentrierte mich auf jede kleinste ihrer Regungen, und als ihr Blick meinem begegnete, rieselte es mir eiskalt den Rücken hinab. Sie runzelte für einen Augenblick die Stirn und stellte mir lautlos die Frage, ob ich etwas verraten hatte. Ich erkannte den Anflug eines Vorwurfs in ihrem Gesicht, einen Mundwinkel nach unten gezogen, und schüttelte beschwichtigend den Kopf. *Nein*, versicherte ich ihr mit bloßen Blicken. *Nein, ich habe nichts gesagt, vertrau mir.* Und als hätte sie mich verstanden, presste sie die Kiefer aufeinander und nickte so leicht, dass es womöglich niemandem sonst auffiel. *Danke*, sprach es aus ihren Augen, ehe sie sich Leena zuwandte, die auf die Gebäckauslage deutete und Sue fragte, ob sie auch etwas wollte.

Konzentriert darauf, den beiden zuzuhören, ohne zu wirken, als belauschte ich sie, drehte ich mich auf meinem Hocker zu meiner Nichte um und begutachtete ihr ausgemaltes Bild. »Wow, das sieht ja toll aus«, lobte ich sie und erntete dafür ein stolzes Lächeln. Ich nahm das Heft, auf dessen Cover ein Piratenschiff abgebildet war, und blätterte es durch, wobei ich schmunzelnd feststellte, dass Elsie sämtliche Piratenkleidung mit ihren liebsten Glitzerstiften pink und violett ausgemalt hatte.

»Das ist mein Lieblingspirat«, erklärte sie mir und zeigte auf einen Piraten mit Holzbein, Augenklappe und einem Papagei auf der Schulter.

»Ach was«, tat ich überrascht. »Hat er auch einen Namen?«

Elsie überlegte einen Augenblick, tippte sich dabei ans Kinn und nickte plötzlich ganz aufgeregt. »Ja, das ist Santa!«

Ich prustete los und warf meinem Bruder einen amüsierten Blick zu. »*Das* ist Santa? Bist du dir sicher?«

Elsie nickte überzeugt und schnappte mir das Heft aus den Händen. »Ja.«

»Okay«, grinste ich und wuschelte ihr durch die braunen Haare.

»Hier bitte!« Aus dem Augenwinkel sah ich, wie Riley die Becher gefüllt mit dem scheußlich süßen Kaffee über den Tresen schob. Ich wandte mich wieder zu ihnen um, denn ich wollte auch nicht zu abweisend wirken. Ich beobachtete Leena und Sue dabei, wie sie, jeweils einen Apfelkrapfen in der Hand, nach ihren Bechern griffen.

»Bis später«, rief Leena uns über die Schulter zu, ehe die beiden aus der Tür nach draußen traten.

»Das war ja gerade seltsam.« Riley stieß angestrengt einen Schwall Luft aus und begutachtete mich mit hochgezogenen Augenbrauen, als erwartete sie eine Erklärung. Doch ich schüttelte nur den Kopf und seufzte, um ihr zu bedeuten, dass ich nichts sagen würde. Sie warf einen fragenden Blick zu Devon, der entschuldigend die Schultern anhob, zum Zeichen, dass er auch keinen Schimmer hatte, was hier vor sich ging. Ich hasste dieses Herumgetanze auf rohen Eiern, griff wortlos nach meinem Kakao, der mittlerweile lauwarm war, und sah meiner Nichte dabei zu, wie sie ein weiteres Bild ausmalte. Was hatte ich mir da nur wieder eingebrockt?

12. Kapitel

Sue

Auch wenn sich jeder Bissen angefühlt hatte, als fiele er in ein großes Loch statt in meinen Magen, hatte ich den Apfelkrapfen aufgegessen. Auch Leena hatte ihn bereits vertilgt, und ich ahnte, dass es nur noch eine Frage von Sekunden war, bis ihr Geduldsfaden riss. Wortlos liefen wir durch die Straßen, ganz ohne Ziel, wobei ich den Blick über all die geschmückten Schaufenster schweifen ließ. Es hatte glücklicherweise wieder aufgehört zu schneien, und die Sonne schien uns ins Gesicht, was mir so guttat. Ich genoss die Sonnenstrahlen, die mich an der Nasenspitze kitzelten, und schloss für einen Moment die Augen, atmete tief durch. Mein Blick wanderte von einer Laterne zur nächsten, und erst jetzt fiel mir auf, dass jede Einzelne mit einer großen, roten Schleife verziert worden war. Anscheinend hatte Saint Mellows langsam aber sicher doch den Weihnachts-Knallbonbon gezündet, denn an jeder Ecke wurden wir von Gestecken aus saftig grünen Tannenzweigen, rot-weiß-grün-gestreiften Girlanden, Weihnachtsmannaufstellern oder gigantischen Sternen aus Pappmaschee begrüßt. Weihnachtsmusik drang nicht nur aus den Cafés und Restaurants, sondern auch aus sämtlichen Geschäften, wie dem Obst- und Plattenladen.

»Warte kurz«, bat mich Leena und durchbrach damit das Schweigen zwischen uns. Wir passierten gerade die Parfümerie, in der sie arbeitete und die auch eine Schreibwarenabteilung hatte, eine Doppelfunktion, wie sie typisch war für Saint Mellows. Ich lugte durch das Schaufenster und sah, dass Leena auf Sally, ihre Chefin, einredete, wobei sie auf die Wanduhr über dem Tresen wies. Ich war einfach davon ausgegangen, dass Leena heute freihatte, doch allem Anschein nach war sie nur kurz in ihrer Pause im *Anne's* gewesen. Ich legte meine Hand auf den Türknauf, um den Laden zu betreten und Leena zu sagen, dass es okay war, wenn wir uns erst später sahen. Außerdem hätte ich mir so selbst noch etwas Zeit verschafft, denn eigentlich hatte ich gar nicht im Sinn gehabt, ihr heute von meiner Adoption zu erzählen. Nicht, weil ich ihr nicht vertraute, im Gegenteil, doch ich war noch immer nicht in der Lage, passende Worte für das zu finden, was da in mir vorging. Aber ich war zu spät. Leena kam bereits wieder heraus, und ich zog blitzschnell die Hand zurück, als hätte ich mich an der Tür verbrannt. »Okay«, lächelte sie und strich sich eine ihrer hellblonden Haarsträhnen hinter das Ohr. Ich erkannte, dass sie nervös war, da sie ihren silbernen Nasenring drehte, wobei mir auffiel, dass sie keine Handschuhe trug. Mein Blick heftete sich auf all die Ringe an ihren Fingern, besonders auf den, den ein Schneemann zierte. Ich schmunzelte und versuchte, den Kloß im Hals herunterzuschlucken. Da ich wusste, wie sehr Leena es liebte, zu den Jahreszeiten passende Accessoires zu tragen, hatte ich ihr diesen Ring letzten Winter zu ihrem Geburtstag geschenkt. Leider hatte ich wegen meines Jobs nicht herkommen können, um ihn ihr persönlich zu überreichen, und mit einem Mal realisierte ich, was ich für diesen Job alles aufs Spiel gesetzt hatte. Ich hätte meine Freunde verlieren können und war in diesem Moment umso glücklicher darüber, Leena zu haben. Selbst die Tatsache, dass unsere Freundschaft jahrelang einer Fernbeziehung geglichen hatte, hatte es nicht geschafft, uns zu entzweien, und mir war nie so bewusst gewesen wie jetzt, wie besonders das eigentlich war.

»Es tut mir leid«, murmelte ich, zog mir einen Handschuh von den Fingern und griff nach ihrer Hand, um mir den Ring noch einmal näher anzusehen. Heute war das erste Mal, dass ich sie ihn tragen sah. Der Schneemann hatte eine hellblaue Mütze auf, und Leena hatte passend dazu ihre Nägel in einem Hellblau lackiert – meine Lieblingsfarbe. Seinen kugeligen Körper schmückten drei winzige schwarze Turmalin-Edelsteine.

»Was denn, Sue?« Leena wackelte mit den Fingern, und ich sah ihr ins Gesicht. Sie lächelte mich schief an, und doch las ich Verwirrung in ihren Augen.

»Dass ich so oft nicht da war.« Ich zuckte mit den Schultern und versuchte mich an einem Lächeln, das allerdings im Keim erstickte. Ich ließ ihre Hand los und zog mir wieder den Handschuh über, wobei ich meinen Becher ungelenk zwischen meine Knie geklemmt hatte.

Leena tat es mir gleich und stupste mich mit ihrer Schulter an, als wir weiterliefen. »Das ist doch okay, du hast dein Ziel verfolgt und ich bin die Letzte, die dir deswegen einen Vorwurf macht.« Sie stoppte und streckte einen Arm aus, damit auch ich anhielt. »Das weißt du doch, oder?«

Ich nickte, und dieses Mal war mein Lächeln echt. »Ja, das weiß ich. Trotzdem hätte ich mich öfter blicken lassen können.« Ich tippte ihren Arm vor meiner Brust an, damit sie ihn herunternahm, und setzte mich wieder in Bewegung.

Leena zuckte mit den Schultern. »Du warst trotzdem für mich da, auch wenn ich dich vermisst habe. An manchen Tagen ein bisschen mehr als an anderen.«

»An deinem Geburtstag«, schloss ich und versuchte gar nicht erst, das schlechte Gewissen, das Besitz von mir ergriff, zu ignorieren, denn ich hatte es verdient.

»Ja.« Leena seufzte und nahm einen Schluck von ihrem Toffee Nut Latte.

Da es Samstag war, war wie erwartet viel los auf den Straßen unserer Kleinstadt. Wir wichen Personen aus, die Weihnachtseinkäufe zu ihren Autos oder in ihre Wohnungen schleppten. Fast alle trugen bunte Geschenktüten mit sich herum und egal, in welches Schaufenster ich lugte, überall herrschte Trubel. Es war irgendwie schön, dass die wenigsten Mellowianer die Stadt verließen, um in einer der größeren Städte die Weihnachtseinkäufe zu erledigen. Vor ein paar Jahren hatte es den Aufruf gegeben, dass wir unsere stadteigenen Geschäfte unterstützen sollten, denn was wäre Saint Mellows ohne seine kleinen, familiengeführten Läden gewesen? Doch natürlich hatte auch das Online-Shopping keinen Halt vor Saint Mellows gemacht, weshalb unser hiesiger Postbote Larry, der seit diesem Jahr mit Leenas Chefin Sally zusammen war, alle Hände voll zu tun hatte. Inzwischen war er sogar auf der Suche nach Verstärkung. Seine *Hilfe gesucht*-Zettel hingen überall in der Stadt, doch anscheinend hatte sich noch niemand gefunden. Ohne, dass es unser Ziel gewesen wäre, kamen wir zum CBC, wie wir den Cherry Blossom Court seit der Highschool nannten. Wir überquerten die breite Straße und fanden uns im Kirschblütenpark wieder, der selbst zu dieser Jahreszeit trotz seiner Kahlheit nicht trist wirkte. Das lag vermutlich an den kräftigen, von Schnee bedeckten Ästen, durch die sich die Sonne ihren Weg suchte, und an den Bänken, die im ganzen Park verteilt am Wegesrand standen. Wenn es nicht zu kalt gewesen wäre, hätten wir uns bestimmt hier irgendwo einen Platz gesucht, um zu reden, denn das war einer von Leenas Lieblingsorten in der Stadt. Ich ließ den Blick schweifen, über die Kirche, die Mom und Dad jeden Sonntag besuchten, und über die Geschäfte. Da war das winzige Juweliergeschäft, dessen Besitzer Liam bekannter Weinliebhaber war, weshalb er zusätzlich zum Schmuck ausgewählte Weine verkaufte, die man sogar auf der Karte des *Julio's*, des Italieners ein paar Häuser weiter, wiederfand. Vermutlich gab es keinen anderen Laden hier, dessen Doppelfunktion so viel Sinn ergab, wie bei *Liam's Jewels & Wines*. Und auch kein anderer hatte diesen enormen Zulauf zur Weihnachtszeit.

»Sue?« Wieder war es Leena, die das Schweigen zwischen uns brach. »Was ist mit dir?«

Ich krallte die Finger um meinen Becher, weil ich wusste, dass ich keine Ausflüchte mehr finden würde. Außerdem hatte ich es satt, mich vor meiner besten Freundin zu verstecken wie die letzten zwei Tage. »Auf dem Dachboden …« Ich stockte und räusperte mich, da mir die Worte im Hals stecken blieben. Ich hob den Blick, den ich starr auf meine Fußspitzen gesenkt hatte.

»Was ist dort passiert?« Leenas Gesicht spiegelte etwas wider, das mich beinahe an Panik erinnerte. »Irgendetwas mit Blake?« Sie schluckte, und ich riss erschrocken die Augen auf.

»Nein, Gott, nein. Er hat nichts mit dem zu tun, was in mir vorgeht«, versicherte ich ihr, und ein leises Zwicken in meiner Magengegend verriet mir, dass das nur die halbe Wahrheit war.

Blake war nicht schuld an dem leeren Gefühl in mir. Daran, dass ich meine ganze Existenz, mein bisheriges Leben, einfach *alles* infrage stellte. Aber er war nicht ganz unschuldig daran, dass ich in dieser verdammten Gefühlsachterbahn feststeckte.

Leena atmete erleichtert aus, und als ich sie anblickte, sah ich ein pfeilschnelles Schmunzeln über ihr Gesicht huschen. »Dann ist ja gut.«

»Was gibt es da zu lächeln?« Ich verdrehte die Augen, war aber insgeheim froh über den kurzen Aufschub.

»Du und Blake«, seufzte sie. »Ich weiß nicht, ob ich beleidigt sein soll oder nicht, dass du mir nicht von euch erzählst.«

Ich schluckte, denn ihre Worte weckten leise Schuldgefühle in mir. Mir fiel nichts Besseres ein, als mich zu entschuldigen. »Sorry«, murmelte ich, wobei mir bewusst war, dass das bereits der Beweis für Leena war, dass da tatsächlich irgendetwas zwischen Blake und mir war. »Es ist wirklich keine einfache …« Ich stockte, um mir die nächsten Worte wohl zu überlegen. »Keine einfache Geschichte, die von Blake und mir.«

»Warte!« Leena stoppte abrupt, und auch ich hielt an, drehte mich zu ihr herum. »Das klingt, als wäre da schon früher mehr gewesen? War es das? War ich *so* blind?«

Ich lächelte kopfschüttelnd. »Leeni. *Niemand* außer Blake und mir hat jemals irgendetwas gewusst. Genau genommen war nicht mal uns beiden richtig klar, was das damals war. Oder auch nicht war«, versuchte ich, sie zu beschwichtigen.

»Na gut«, murmelte sie in ihren Schal. »Ich freue mich schon, bald jedes kleinste Detail von dir darüber zu erfahren.« Sie wackelte mit den Augenbrauen, denn natürlich war uns beiden bewusst, dass ich ihr bald alles erzählen würde. Ich fragte mich, warum ich es überhaupt damals vor ihr geheim gehalten hatte. »Aber du meintest, dass dich etwas anderes beschäftigt?« Sie hakte sich mit ihrer freien Hand bei mir unter und zog mich weiter. Inzwischen hatten wir den kleinen Park schon beinahe ganz durchquert.

Mist. Warum konnte Leena nur so hartnäckig sein? Doch im Grunde war es gut, denn ich *wollte* es ja erzählen. Einfach, um mich nicht mehr so einsam damit zu fühlen. »Ich habe auf dem Dachboden etwas gefunden, das mich meine ganze Existenz infrage stellen lässt.«

»Okay?« Leena sah mich an, einen verwirrten Ausdruck in ihrem Gesicht. »Das klingt so ernst, dass es mir fast Angst macht, Sue.«

Ein bitteres Lachen kam über meine Lippen. »Ernster geht es nicht«, flüsterte ich und nahm die Fingerspitzen meines Handschuhs zwischen die Zähne, um ihn abzustreifen. Aus dem Augenwinkel sah ich, wie Leena jede meiner Bewegungen verfolgte, und ich spürte an ihrem Arm, wie sie sich versteifte. Ich versenkte meine Hand in der Hosentasche und zog das zusammengefaltete Adoptionspapier hervor. Wie gebannt starrte ich es an, ehe ich es wortlos an Leena weitergab. Vielleicht brauchte ich ja gar nicht die passenden Worte zu finden. Dieses Stück Papier sprach für sich.

»Was ist das?« Sie sah es misstrauisch an, nahm es aber nicht entgegen.

»Öffne es, lies selbst«, bat ich sie, wobei meine Stimme brach. Erstaunlicherweise hatte ich das erste Mal nicht mit den Tränen zu kämpfen, sobald meine Finger das unheilvolle Dokument berührten. »Bitte.«

Leena löste ihren Arm von meinem, um nach dem Blatt zu greifen. »Mir ist ganz schlecht«, erklärte sie, und daran, dass ihre

Finger leicht zitterten, erkannte ich, dass sie den Ernst der Lage schon jetzt verstanden hatte. »Okay«, murmelte sie, holte tief Luft und entfaltete das Papier. Wie gebannt beobachtete ich sie dabei und wusste ganz genau, in welcher Sekunde sich ihr der Sinn des Dokuments erschloss. Ihre hellblauen Augen weiteten sich, sie sog scharf die Luft ein und innerhalb weniger Atemzüge wurde sie blasser als ein Geist. »Oh mein Gott«, hauchte sie, ließ ihren Kaffeebecher fallen und presste sich die Faust vor den Mund. Ich hatte damit gerechnet, dass sie geschockt sein würde. Doch nicht damit, *wie* geschockt. Ich ging langsam vor ihr in die Hocke, erstaunt darüber, dass ich selbst es schaffte, die Fassung zu bewahren. Ich hob ihren Becher auf, aus dessen Trinköffnung etwas Kaffee auf den Schnee gelaufen war.

»Leena?« Ich stupste ihr gegen den Unterarm und suchte ihren Blick. »Sag doch was.«

»Das ist ...« Sie schüttelte den Kopf und blies die Wangen auf. »Das ist unfassbar. Wissen deine Eltern, dass du es weißt?«

Ich nickte. »Ja, sie zu konfrontieren war das Schlimmste, das ich in meinem Leben tun musste.« Während ich die Worte aussprach, wünschte ich mir, damit zu übertreiben, doch es stimmte: Nie zuvor hatte ich etwas so Schweres hinter mich bringen müssen.

»Das glaube ich dir.« Leenas Stimme war kaum mehr als ein Krächzen und statt nur nach tröstenden, aber sinnlosen Mitleidsbekundungen zu suchen, zog sie mich in eine feste Umarmung. »Aber Sue«, flüsterte sie mir ins Ohr. »Das hier ...« Sie wedelte mit dem Papier durch die Luft. »Es ändert nichts daran, dass du Sue bist. Meine beste Freundin, die schon jetzt Großartiges geschafft hat und deren Heimat hier ist. Hier in Saint Mellows, für immer, okay?«

»Ich bin mir da nicht mehr so sicher«, wisperte ich, woraufhin Leenas Arme mich noch viel fester umschlungen.

»Das ist okay.«

War es das? War es okay, dass man nicht mehr wusste, wer man war? Dass man die Ziele, auf die man jahrelang hingearbeitet hatte, aus den Augen verlor? War es okay zu zweifeln? Daran, ob man wirklich das beste Leben lebte, das man hätte haben können? Das, das für einen bestimmt war? War es wirklich okay?

Blake

Devons und meinen Kaffeebecher balancierend betrat ich den kleinen Veranstaltungsraum in der Alten Halle, wobei die Tür knarzte, als ich sie aufzog. Prompt starrten mich an die zwanzig Augenpaare vorwurfsvoll an, und ich realisierte, dass die Versammlung bereits angefangen hatte. Devon, der ganz vorn saß, schenkte mir ein schelmisches Grinsen, das so viel hieß wie *Echt jetzt? Schon wieder?* »Sorry?« Ich schlängelte mich durch den schmalen Gang, vorbei an all den Helfenden, wobei meine Winterjacke raschelte, dass es mir in den Ohren klingelte. »Hier.« Ich hielt meinem Bruder seinen Kaffee hin, der ihn dankend entgegennahm und mir mit einem unauffälligen Nicken zum freien Platz neben sich bedeutete, mich hinzusetzen. Die mellowianischen Weihnachtsfestivals waren in vollem Gange, sodass Mrs. Innings kurzerhand beschlossen hatte, unsere Versammlungen alle zwei Abende stattfinden zu lassen, und das hier war bereits die dritte seitdem. Und auch die dritte, zu der ich zu spät war, allerdings die erste, bei der ich anscheinend wirklich den Anfang verpasst hatte. Es war zu einer kleinen Gewohnheit geworden, dass ich Devon einen Kaffee mitbrachte, direkt aus meinem Kaffeeautomaten in meiner Werkstatt, von dem ich mich mittlerweile fragte, wie ich all die Jahre ohne ihn hatte leben können.

»Wenn wir dann fortfahren dürften, Mr. Fairfield?« Mrs. Innings saß auf der Bühne und beäugte mich streng, während ich mich meiner Jacke entledigte, sie über die Lehne hängte und mich niederließ. Es war amüsant, dass sie mich jedes Mal mit dem Nachnamen ansprach, sobald sie mich tadelte.

»Meinetwegen gern.« Ich zuckte lässig mit den Schultern und ließ den Blick zu Sue wandern, die seitlich am Rednerpult stand, einen Ellenbogen müde darauf gestützt und ihre Mappe zwischen den Fingern. Ich warf ihr ein kurzes Lächeln zu, das sie erwiderte, ehe sie sich blitzschnell wieder auf Mrs. Innings konzentrierte, die irgendetwas über die kommende Weihnachtsolympiade faselte und die Hand aufhielt, damit Sue ihr wie ein braves Hündchen den passenden Plan reichte.

Ich spürte Devons Ellenbogen in meiner Seite und riss mich von Sues Anblick los, auch wenn es mir schwerfiel. Sie trug heute ein cremefarbenes Wollkleid mit dickem Rollkragen, eine verspielte dunkelrote Strumpfhose und schwarze, wadenhohe Chelsea-Boots. Ihre Haare, die sie sonst offen trug, hatte sie zu einem hohen Pferdeschwanz gebunden, der streng gewirkt hätte, wenn ihr nicht ihr Pony ins Gesicht gefallen wäre.

»Was?« Zischend wandte ich mich meinem Bruder zu, der mit den Augenbrauen wackelte.

»Bringst du sie nach der Versammlung wieder nach Hause?« Er nippte an seinem Kaffee, zog neugierig die Augenbrauen hoch und auf seiner Wange bildete sich ein belustigtes Grübchen.

»Vermutlich«, raunte ich in seine Richtung, den Blick auf Mrs. Innings gerichtet, um sicherzugehen, dass sie uns nicht beim Reden erwischte. Ein wenig erinnerten mich diese Versammlungen an frühere Schulzeiten.

»So, so«, erwiderte Devon geheimnistuerisch, wofür ich ihm unauffällig auf den Fuß trat. »Autsch, Mann!«

»Mr. Fairfield«, ermahnte Mrs. Innings diesmal meinen Bruder, wobei ich keine Miene verzog. Ich schielte zu Sue, an deren Mundwinkeln ein Lächeln zupfte. Ich zuckte unschuldig mit den Schultern, was sie mit einem Augenrollen quittierte.

Die letzten Tage hatten sich irgendwie leichter angefühlt. Sue hatte mir verraten, dass sie ihr Geheimnis Leena erzählt hatte, was ihr eine riesige Last von den Schultern genommen hatte. Dass wir beide Zeit miteinander verbrachten, wussten offiziell bisher nur Leena und Devon und ich hatte keine Ahnung, wieso es sich schon wieder zu so einer Geheimniskrämerei wandelte, denn weder sie noch ich taten irgendetwas dafür, dass es unbedingt geheim blieb. Man sah uns ja sogar zusammen auf den Straßen. Vielleicht, weil es sich bei dem, was unser Hauptthema war, nämlich Sues Adoption, um ein Geheimnis handelte? Die letzten beiden Male hatte ich Sue zu Fuß bis zu ihrem Elternhaus begleitet, ohne dass wir darüber gesprochen hätten. Es fühlte sich irgendwie selbstverständlich für mich an, und leider war mir schon zu Ohren gekommen, dass der Tratschclub der Stadt kaum ein anderes Thema mehr hatte als Sue und mich.

Ich wusste, dass sie es immer noch nicht hinter sich gebracht hatte, ihren Eltern weitere Fragen zu stellen, doch ich wollte mich hüten, sie zu irgendetwas zu drängen. Stattdessen hatte sie sich in ihre Arbeit als Mrs. Innings Assistentin gestürzt, wobei wir alle wussten, dass eigentlich Sue es war, die im Hintergrund die Strippen zog. Anders konnte man wohl kaum erklären, dass dieses Jahr endlich und zum ersten Mal alles glattzugehen schien. Wir waren ausreichend Helfende und der vergangene Schneekugel-Workshop, der in ein beheiztes Zelt auf der Festwiese verlegt worden war, damit sich spontan Touristen dazugesellen konnten, und das weihnachtliche Haustier-Fotoshooting waren ohne Zwischenfälle über die Bühne gegangen. Zumindest *fast* ohne Zwischenfälle, denn Ruperts Mopsdame Panda war, wieder einmal, ausgebüxt und hatte obendrein nicht nur den ganzen Eimer voller Hundeleckerlis, sondern auch den mit den Leckereien für Katzen ratzeputz leergefuttert. Die halbe Stadt hatte nach Panda gesucht und sie seelenruhig schlafend auf einer Decke im Pavillon gefunden, die wohl jemand vergessen hatte wegzuräumen.

Wieder spürte ich Devons Ellenbogen in meiner Seite und zuckte zusammen. »Blake«, zischte er mir zu und nickte unauffällig zur Bühne. Ich folgte seiner Geste und blickte direkt in Mrs. Innings strenges Gesicht. Sie hatte die Arme in die Hüften gestemmt, was dank ihrer sitzenden Position ihre Wirkung verfehlte, und presste die Lippen aufeinander.

Ich nippte an meinem Kaffee. Allem Anschein nach wollte die Bürgermeisterin etwas von mir. »Ja?«

»Hör gefälligst mal zu«, donnerte sie plötzlich, und ihre erboste Miene sorgte dafür, dass ich die Kiefer aufeinanderpressen musste, um nicht loszuprusten. Es war *wirklich* wie in der Schule.

»Sorry«, wiederholte ich mich. »Ich bin ganz Ohr.«

»In zwei Tagen findet das Hockey Match statt«, erklärte sie, und ich wartete darauf, dass sie mir ein wenig mehr Information lieferte, auch wenn ich ahnte, worauf sie hinauswollte.

»Und?«

»Wie weit sind die Tore? Meine Güte!« Sie stöhnte genervt auf, und ich fragte mich, wie es sein konnte, dass Mrs. Innings heute noch viel ungeduldiger war als sonst.

»Sie sind fertig«, meinte ich betont locker und war insgeheim froh, dass ich sie gerade rechtzeitig fertiggestellt hatte, kurz bevor ich mich auf den Weg zur heutigen Versammlung gemacht hatte. »Ich habe sie noch lasiert, damit sie wetterfest sind und vielleicht mal länger als ein Jahr durchhalten«, informierte ich sie und hielt ihrem Blick stand. Manchmal fühlte es sich fast wie eine Rivalität zwischen uns an, doch eine von der amüsanten Sorte.

»Gut.« Sie nickte knapp und wandte sich an Sue. »Sind die …«

Sue unterbrach sie. »Die Lose sind fertig, die T-Shirts in Übergröße zum Überziehen auch, wir haben die Pucks gefunden und die Hockeyschläger aus der Saint Mellows High ausgeliehen«, zählte sie auf und schielte dabei auf ihre Mappe. »Uns fehlen nur noch die Schiedsrichter und genügend Freiwillige, die kurz vor dem Spiel die Festwiese vom Schnee befreien.« Sue wandte sich den Stuhlreihen zu und deutete auf eine Liste, die provisorisch mit Klebeband an der Tür befestigt worden war. Auf dem Fensterbrett daneben stand eine Tasse aus dem Saint Mellows Souvenirshop, in der Kugelschreiber steckten. »Tragt euch bitte dort in die Liste ein, falls ihr Lust habt, und fragt gern auch eure Freunde und eure Familie, wer

Zeit hat.« Auf der Tasse war der Pavillon auf der Festwiese abgebildet, und ich erinnerte mich noch an die katastrophale Online-Umfrage vor ein paar Jahren, als Mrs. Innings die Stadt mit in die Entscheidung hatte einbinden wollen, welche Souvenirs in dem Shop verkauft werden sollten. Am Ende waren alle Stimmen ungültig gewesen.

Mrs. Innings entspannte sich sichtlich, ließ ihre Schultern sinken. »Was ist mit …«

»Riley und Anne werden ihren Stand aufbauen, um uns alle mit Heißgetränken und Gebäck zu versorgen«, kam Sue ihr wieder zuvor, was mich schmunzeln ließ. Bei der letzten Versammlung war die Bürgermeisterin in Panik geraten, als ihr aufgefallen war, dass zur Startzeit des Hockey Matches der Weihnachtsmarkt nebenan noch geschlossen haben würde, was zum Teil auch daran lag, dass manche der Betreiber am Spiel teilnehmen würden. Sue hatte nicht mal mit der Wimper gezuckt und der Bürgermeisterin versichert, eine Lösung zu finden.

Sämtliche Augen waren auf die niedrige Bühne gerichtet, und ich sah, dass sich Mrs. Innings von innen auf die Wangen biss, vermutlich auf der Suche nach dem Haar in der Suppe. Ich wusste genau, dass es gewaltig an ihrem Ego kratzte, dass Sue nur ein paar Tage gebraucht hatte, um endlich Struktur in den Laden zu bringen. Etwas, das sie in ihrer gesamten Laufbahn als Bürgermeisterin und Vorsitzende des Veranstaltungskomitees nicht geschafft hatte. »Gut«, murrte sie. »Nächster Punkt: die Weihnachtsolympiade.«

Sue nickte und klappte ihre Mappe auf, um eine weitere Liste hervorzuzaubern. »Alles erledigt«, schmunzelte sie und gab sie an Mrs. Innings weiter.

»Gibt es doch nicht«, entfuhr es dieser, wobei ihr Gesichtsausdruck eine Mischung aus Empörung und Erstaunen zeigte.

»Wir könnten die Versammlungen wieder nur alle drei oder vier Tage stattfinden lassen«, schlug Sue vor und erntete zustimmendes Gemurmel. Mrs. Innings warf uns Helfenden einen strengen Blick zu, fast so, als könnte sie es nicht fassen, dass wir es wagten, uns auf Sues Seite zu schlagen.

»Meinetwegen«, gab sie nach und reichte Sue das Blatt zurück, die es fein säuberlich wieder abheftete. »Dann sind wir wohl fertig für heute.«

Kaum, dass sie die Worte ausgesprochen hatte, ertönte Stuhlgescharre, als könnten es alle kaum erwarten zu verschwinden.

Ich wandte mich meinem Bruder zu und zog mir den Fuß aufs Knie. »Na das hat sich ja richtig gelohnt.«

Er lachte zustimmend und deutete auf seinen Kaffee. »Für mich schon. Und manche von uns waren ganze fünfzehn Minuten hier und nicht nur fünf.« Er stand auf und griff nach seiner Jacke. »Ich muss los, ich hab noch Geschichtsaufsätze zu korrigieren und will danach zu Riley. Bis morgen, Blake«, verabschiedete er sich, und ich hob zwei Finger an die Stirn, wie um ihm zum Abschied zu salutieren. Ich stellte meinen Kaffeebecher auf der Sitzfläche seines Stuhls ab und erhob mich, um zu Sue hinüberzugehen.

»Hi«, begrüßte ich sie und versenkte meine Hände in den Hosentaschen meiner Arbeitshose.

»Hi Blake«, erwiderte sie meinen Gruß und strich sich eine unsichtbare Strähne hinter das Ohr. Ein dezenter Rosaton erschien auf ihren Wangen, und sie presste sich ihre Mappe vor den Oberkörper. »Trägst du dich ein?« Sie wies mit einem Stift in Richtung der Liste, an der sich eine kleine Schlange gebildet hatte.

»Sicher. Bist du so weit?« Ich bedeutete ihr mit einem Nicken in Richtung der Tür, dass ich sie nach Hause begleiten wollte.

»Schon.« Sie lächelte schief. »Aber ich …« Sie beendete den Satz nicht, und das Herz rutschte mir in die Hose, was mir hoffentlich nicht anzumerken war.

»Aber du?« Schmunzelnd hakte ich nach und realisierte, dass ich meine Hand aus der Hosentasche genommen hatte, um mir durch die Haare zu fahren. Mist, das war eine Verlegenheitsgeste, dabei wollte ich meine Nervosität doch verstecken.

»Ich habe den ganzen Tag in meinem Zimmer am Schreibtisch verbracht und würde mir gern die Beine vertreten.« Sie zuckte entschuldigend mit den Schultern. »Und dann wollte ich mir eine Pizza im *Julio's* holen.«

»Spaziergang und Italiener. Klingt gut. Wollen wir?« Ich wies mit dem Daumen über meine Schulter zum Ausgang und genoss Sues überrumpelten Gesichtsausdruck.

»Wir?« Sie runzelte die Stirn, fing sich aber schnell. »Klar, lass uns gehen.« Sie schnappte sich ihren hellblauen Rucksack, verstaute den Ordner darin und schlüpfte in einen wadenlangen, schwarzen Wintermantel, aus dessen Taschen sie ein dunkelrotes Strick-Stirnband, dazu passende Handschuhe und einen Loop-Schal zog. Sie sah haargenau so aus, wie ich mir die New Yorker Version von ihr immer vorgestellt hatte. So stilvoll. In diesem Augenblick wurde mir wieder einmal bewusst, dass Welten zwischen uns lagen. Und dass uns das eigentlich nie gestört hatte. Unsere Unterschiede hatten uns schon damals nichts bedeutet. Es waren unsere Gemeinsamkeiten, die uns wichtig gewesen waren. Dennoch kam ich in diesem Moment nicht umhin, unser Äußeres zu vergleichen. Sue in ihrer eleganten Business-Kleidung und ich in meiner Arbeitshose, die über und über mit Holzstaub bedeckt war.

»Lass uns bei mir zu Hause vorbeigehen, okay? Ich würde mich gern umziehen.« Ich zupfte am Stoff meiner Hose und legte den Kopf schief.

Sue grinste. »Also ich mag dein Outfit.« Sie zwinkerte mir zu und fasste sich an einen ihrer goldenen Ohrringe, der sich bei näherem Hinsehen als Rentier entpuppte.

Ich lachte. »Danke. Darf ich mich trotzdem umziehen?« Ich ging zurück zu meinem Stuhl, um mir meine Jacke zu holen und überzuwerfen.

»Ausnahmsweise.«

»Sehr gnädig.« Wir liefen hintereinander zum Ausgang. Die anderen waren bereits alle gegangen, und ich schnappte mir einen Stift, um meinen Namen in die Liste der Freiwilligen einzutragen. Devons Namen las ich ebenfalls. In meinem Magen wirbelte die ganze Zeit ein Schneesturm umher, und es kribbelte bis in meine Fingerspitzen, denn seit ein paar Tagen flirteten Sue und ich eindeutig miteinander. Ich wollte mich nicht darüber beschweren, denn es war eine schöne Abwechslung zu dem Krieg, den wir die letzten Jahre geführt hatten.

***

»Bin gleich zurück, geh ruhig ins Wohnzimmer«, forderte ich sie auf und deutete zu meiner Wohnküche, als ich bereits auf halber Treppe war.

Sue schlüpfte aus ihren Boots, ließ ihren Rucksack auf den Boden sinken und nickte mir zu, folgte meinem Fingerzeig. »Okay.«

Sofort überlegte ich, ob sie dort womöglich auf irgendetwas stoßen könnte, das nicht für ihre Augen bestimmt war, doch eine Sekunde später verscheuchte ich diesen Gedanken wieder, denn es gab eigentlich nichts, das mir vor ihr peinlich gewesen wäre und herumliegende Socken konnte man bei mir nicht finden, dafür war ich zu ordentlich. Ich versuchte zu ignorieren, wie wackelig sich meine Knie anfühlten, als ich mich bis auf meine Boxershorts auszog und meine schmutzige Kleidung als Knäuel im offenen Wäschekorb neben der Badezimmertür versenkte. Rasch begab ich mich zu meinem Einbauschrank, dessen Doppeltüren ich durch selbst geschreinerte ersetzt hatte, und öffnete ihn. Sofort fiel mein Blick auf mein Spiegelbild, das mir von dem Ganzkörperspiegel auf der rechten Innenseite der Tür entgegenblickte. Unwillkürlich streckte ich den Rücken durch, reckte das Kinn in die Höhe und fuhr mir durch meine Haare, die glücklicherweise trotz des harten Arbeitstages noch sauber waren. Dass sie mal wieder einen Schnitt vertrugen, konnte ich auf die Schnelle eh nicht ändern. Außerdem waren meine Haare als Teenager viel länger gewesen, und zumindest damals hatte Sue das gefallen. Ich schluckte und verdrehte die Augen über mich selbst. Ich musste dringend einen klaren Kopf bewahren, auch wenn es sich plötzlich so anfühlte, als würde ich mich für ein offizielles Date mit ihr einkleiden und hätte dafür nur fünf Minuten Zeit. Hastig griff ich nach einer schwarzen Jeans, die relativ eng anlag und mich bei Dates eigentlich nie enttäuscht hatte. Mein Blick glitt über meine Pullover und Shirts, die alle fein säuberlich auf ihren Bügeln hingen, entschied mich dann aber doch für ein grün-blau kariertes Button-Down-Hemd aus dickerem Stoff. Darunter zog ich ein einfaches, schwarzes T-Shirt.

Ich rannte die Treppe nach unten und atmete kurz tief durch, bevor ich meine Wohnküche betrat. Während ich auf Sue zulief, die an der Verandatür stand und auf meinen wüsten Garten hinaussah, knöpfte ich das Hemd zu. »Hey«, sprach ich sie an, woraufhin sie sich lächelnd zu mir umwandte. Ihr Blick wanderte meinen ganzen Körper entlang und blieb einen Wimpernschlag zu lang an meinen Fingern hängen, mit denen ich die letzten Knöpfe schloss. Ich sah sie schlucken.

»Hi«, erwiderte sie und schüttelte kaum merklich den Kopf, vermutlich, um ihre Gedanken zu ordnen.

Machte ich sie irgendwie nervös? Einerseits feuerte das nur meine eigene Nervosität an, andererseits gab es mir die Bestätigung, die ich brauchte, um … um was eigentlich? Um mich zu *trauen*? Mich zu trauen, mich ihr sinnbildlich Stück für Stück zu nähern? »Ich hoffe, das Outfit ist auch okay?« Ich lächelte leicht und zog das Hemd am unteren Bund straff nach unten.

Sue legte prüfend den Kopf schief und grinste schelmisch. »Sehr okay sogar.« Sie nickte, und ich nahm das leichte Stolpern in ihrer Stimme wahr. »Dein Garten ist … groß«, lachte sie mit vorgehaltener Hand, und ich fiel in ihr Lachen ein.

»Du darfst ruhig sagen, dass er eine Katastrophe ist, ich habe leider keinen grünen Daumen, was man sogar trotz der Schneedecke sieht.« Ich zuckte die Schultern und ging zur Kücheninsel, auf der eine Wasserflasche stand. »Möchtest du noch etwas trinken, bevor wir losspazieren?«

»Gern.« Nickend kam sie zu mir herüber und strich mit den Fingerspitzen über das Heveaholz der Arbeitsplatte. »Wieder deine Arbeit, nehme ich an?«

»Ja.« Ich wandte mich zur Wand um und nahm zwei Gläser von einem langen Regalbrett. Ich hielt nichts von Küchenschränken, denn ich fand, dass sie den Raum einengten. »Ich habe die ganze Küche gebaut, mein Dad hat mir geholfen.«

»Wirklich beeindruckend«, erklärte sie und fuhr jeden Zentimeter meiner Küche mit den Augen ab. »Und so besonders.«

Ich winkte ab, schob ihr ein Wasserglas hinüber und hoffte, dass sich in meinem Gesicht keine roten Flecken bildeten, denn mit jeder verstreichenden Sekunde wurde mir heißer. »Lass uns gehen«, schlug ich vor, als Sue ausgetrunken hatte, und lief voraus in den Flur, ohne eine Antwort abzuwarten. Ich öffnete einen meiner Schuhschränke und beförderte schwarze Schnürstiefel daraus hervor, schlüpfte hinein und konzentrierte mich aufs Schleifenbinden. Mir wurde immer mehr bewusst, dass ich Sue und mir vorhin ein Date aufgezwungen hatte, und urplötzlich fühlte es sich an, als hätte ich unsere Beziehung, oder wie auch immer man das zwischen uns nennen wollte, auf eine höhere Ebene gehoben.

Sue

Seit meinem Dachbodenfund waren mittlerweile einige Tage vergangen, und es war geschehen, was ich nicht für möglich gehalten hatte: Es wurde einfacher. Mit jedem Tag, der verstrich, lockerte sich das Stahlseil um meinen Brustkorb und ich schaffte es wieder, tiefere Atemzüge zu nehmen. Mit

Mom und Dad hatte ich zwar noch nicht gesprochen, nicht *darüber*, aber mir half das Wissen, jederzeit mit Leena reden zu können. Und ich wusste, dass sogar Blake mir beistehen würde, wenn ich ihn denn einbeziehen wollte. Vielleicht war es auch die ganze Sache mit Blake, die mich ablenkte. Und natürlich half es mir, meine Aufmerksamkeit auf die Weihnachts- und Winterfestivalsaison der Stadt zu richten. Obwohl ich den Posten anfangs noch als lästig empfunden hatte, fand ich mittlerweile wirklich Gefallen an der Arbeit mit dem Veranstaltungskomitee. Auch wenn Mrs. Innings es fast schaffte, mich zur Weißglut zu treiben mit ihrer chaotischen Herangehensweise an die Planung. Die Bürgermeisterin arbeitete mit einem »Post-It-System«, wie sie es nannte, das im Grunde aber nur eine wild durcheinandergewürfelte Zettelwirtschaft war. Jeder Einfall landete auf einer Haftnotiz, für die sie nicht einmal einen festen Ort hatte. Mal fischte sie eine aus der Tasche ihres wadenlangen Cardigans, mal fand sie eine in ihrer Geldbörse und sogar am Kühlschrank in der Veranstaltungsküche hatte eine geklebt. Nach und nach hatte ich ihre Zettel eingesammelt, um aus ihnen eine ordentliche To-do-Liste zu schreiben, die immer ganz oben lag, wenn man meine Mappe öffnete. Mittlerweile amüsierte es mich sehr, dass die sture und in ihrem Stolz verletzte Mrs. Innings es nicht über sich brachte zuzugeben, dass meine Arbeit ihr wirklich half.

»Alles okay?« Blakes Stimme neben mir holte mich aus meinen Gedanken, und ich stieß einen Schwall Luft aus, der vor meiner Nase an der eiskalten Luft kondensierte.

»Klar.« Ich zuckte mit den Schultern. »Ich war nur in Gedanken«, erklärte ich und hob den Blick von meinen Schuhspitzen, um die tanzenden Schneeflocken im Schein der Straßenlaternen zu beobachten.

»Ja. Seit zwanzig Minuten.« Ich hörte ein Schmunzeln in Blakes Stimme. »Nicht, dass ich mich beschweren würde, ich mag Ruhe.«

»Ich weiß«, murmelte ich und sah zu ihm auf. »Hast du früher schon.« Diese Worte fühlten sich wie ein Wagnis an, denn ich wusste noch immer nicht, was das zwischen Blake und mir eigentlich war, welche Rolle unsere Vergangenheit dabei spielte und wo das alles hinführen sollte.

Wir liefen weiter, wobei unsere Schritte den Schnee knirschen ließen. Es vergingen mindestens weitere zehn Minuten, in denen ich den Blick durch das abendliche Saint Mellows schweifen ließ. Wir durchquerten die ruhige Wohngegend, in der er lebte und wo sämtliche Vorgärten mit Lichterketten in den buntesten Farben geschmückt waren und in fast allen Büschen weiß leuchtende LED-Eiszapfen hingen, die es garantiert im Supermarkt am Stadtrand im Sonderangebot gegeben hatte. Hier und da blickte ich in die Augen von Plastikrentieren, -pinguinen oder -eisbären, und an nahezu jeder Eingangstür hing entweder ein handgemachter Weihnachtskranz aus Tannenzweigen oder ein riesiger Leuchtstern. Auf manchen Verandas war auch beides zu sehen. Wir betraten die Lavender Road und kamen somit dem Stadtkern und der Festwiese näher. In den Fenstern der eng aneinandergereihten Häuser der Innenstadt hing leuchtender Fensterschmuck, größtenteils aus Holz, und in den meisten Fällen waren es Sterne. Ich schmunzelte, denn mir fiel ein, dass auch Leena solch einen Stern besaß, den sie vor ein paar Jahren bei einem der Weihnachtsfestival-Workshops gebastelt hatte. Ich würde vermutlich nie verstehen, was Leena an diesen ganzen Kreativkursen fand, die sie jede Woche besuchte. Selbstredend hatte sie auch am Schneekugel-Workshop teilgenommen.

»Sue?« Blake räusperte sich.

Verwundert legte ich die Stirn in Falten. »Ja?«

»Wie geht es dir?«

»Gut.« Ich seufzte, denn das war irgendwie gelogen gewesen. »Denk ich«, ergänzte ich schulterzuckend. »Ehrlich gesagt, weiß ich es nicht.« Aus dem Augenwinkel sah ich Blake schmunzeln. »Warum lächelst du?«

»Weil ich deine Ehrlichkeit mag«, erklärte er. »Hast du schon mit deinen …«

»Nein«, unterbrach ich ihn, bevor er den Satz zu Ende bringen konnte.

»Sorry«, entschuldigte er sich und stupste mir mit seinem Arm sachte gegen die Schulter. »Ich wollte dich nicht drängen, ich …«

Ich sah zu ihm auf und gab ihm einen kleinen Schubs zurück. »Du?«

»Ich will nur für dich da sein«, meinte er schulterzuckend und mit fester Stimme, als verlangten diese Worte ihm überhaupt nichts ab.

»Okay«, wisperte ich gerührt und presste die Lippen aufeinander. »Ich glaube, ich brauche noch ein paar Tage, ehe ich noch einmal in Ruhe mit meinen Eltern darüber rede, verstehst du?« Er hatte nicht gefragt, doch irgendwie wollten die Worte aus mir heraus. »Es geht mir *wirklich* besser. An dem Spruch, dass Zeit alle Wunden heilt, ist wohl doch etwas dran.«

Er nickte und deutete die Straße hinunter. »Wie lange möchtest du noch spazieren?«

»Warum, verhungerst du schon?« Ich legte den Kopf schief und zwang mich zu einem Lächeln, das vielleicht sogar ein wenig echt war.

»Auch.« Er zwinkerte mir zu. »Aber entweder wir gehen am Ende der Lavender Road direkt zum Cherry Blossom Court oder drehen eine Extrarunde über die Festwiese.«

»Links«, murmelte ich. »Mir tut noch immer der Hintern weh von meinem harten Schreibtischstuhl. Keine Ahnung, wie ich es als Teenie so lange auf ihm aushalten konnte.«

Er zog eine Augenbraue hoch. »Was hast du den ganzen Tag am Schreibtisch gemacht? Erfordert die Komiteearbeit so viel Bürokratie?«

Lachend warf ich den Kopf in den Nacken. »Nein. Mehr als meinen Ordner gibt es da nicht an Bürokratie.«

»Das erklärt einiges! Was hast du dann gemacht?«

Mist. Ich war ein Plappermaul. Stöhnend zuckte ich mit den Schultern, denn eigentlich wollte ich darüber kein Wort verlieren. Weil ich nicht wusste, wie er reagieren würde. Und weil ich nicht wusste, wie ich *wollte*, dass er reagierte. »Ich habe gegen meinen eigenen Vorsatz verstoßen.«

»Der da wäre?«

»Ich habe mich bei Kanzleien beworben.« Missmutig trat ich härter auf den Boden auf. »Über kurz oder lang muss, nein, möchte ich auch wieder arbeiten.«

»Gönn dir doch mal ein paar Wochen frei, Sue.« In seiner Stimme schwang etwas Dunkles mit, fast so, als wäre er sauer.

»Ich arbeite gern«, verteidigte ich mich und verschränkte die Arme vor der Brust, in der es gefährlich zu brodeln begann. »Ich liebe es«, ergänzte ich, als ob ich mich vor ihm rechtfertigen müsste.

Er warf kapitulierend die Arme in die Höhe. »Okay, okay, ich wollte dich nicht angreifen.«

Ich schielte zu ihm hoch.

»Ehrlich nicht.«

»Warum guckst du dann so finster?« Ich biss mir seitlich auf die Unterlippe und sah ihn herausfordernd an. »Du weißt doch, dass ich Anwältin bin.«

»Ja, das wissen wir alle«, erklärte er mit gedämpfter Stimme, was mir einen Kloß im Hals bescherte.

Ich verdrehte die Augen und ignorierte das Stechen in meiner Magengegend. »Was dachtest du denn, Blake?« Keine Ahnung, wo ich den plötzlichen Mut hernahm, so mit ihm zu sprechen. »Dass ich in Saint Mellows bleibe?« Meine Worte waren hart, und ich wusste, dass sie ihn verletzen, ihn vor den Kopf stoßen würden, und doch sprach ich sie aus. Lieber griff ich an, als mich verteidigen zu müssen. »Bei *dir*?« Die Frage schnitt durch die Luft, und für den Bruchteil einer Sekunde fühlte es sich an, als stünde die Welt still. Als stoppten die Schneeflocken in ihrer Bewegung. »Hier habe ich doch keine Perspektive, Saint Mellows ist ein Kaff.«

Getroffen zuckte Blake zusammen und hielt an, fasste mich am Unterarm, damit ich ebenfalls stehen blieb. »Was weiß ich denn, Sue?« Er presste die Kiefer aufeinander, und ich fragte mich unwillkürlich, wie wir hier hatten landen können. Reichten denn nicht die Zweifel und Ängste, die mich dank der Adoptionspapiere quälten? Brauchte ich wirklich auch noch dieses Chaos in meinem Herzen, die Verwüstung, die Blake dort nur wieder hinterlassen würde, wenn ich nicht Acht gab? *Was weiß ich denn, Sue? Das* war kein Nein gewesen. Aber auch kein eindeutiges Ja, doch das hätte ich auch niemals von ihm verlangen können, wo sich das zwischen uns doch bereits wieder zu so einer unausgesprochenen Komplikation wie damals auswuchs. Ohne etwas zu erwidern, sah ich zu ihm hoch, blickte ihm direkt in die Augen, die Hände an meinen Seiten zu Fäusten geballt. Wir standen in der Dunkelheit, die zwischen dem Schein zweier Laternen lag. Das Haselnussbraun seiner Augen wurde vom Pechschwarz seiner Pupillen verdrängt, was mir zeigte, wie aufgebracht er war. Die sanften Schatten der Schneeflocken, die auf uns herabrieselten, tanzten auf seinem Gesicht. »Ach, fuck!« Er riss sich von meinem Blick los, nahm die Hand von meinem Unterarm und drehte sich um, sodass ich wie gebannt auf sein breites Kreuz starrte. Er begann, auf und ab zu laufen, als würde ihm das dabei helfen, einen klaren Gedanken zu fassen.

»Was?« Ich verschränkte die Arme vor der Brust, rührte mich keinen Meter und verfolgte jeden seiner Schritte.

Blitzschnell wirbelte er zu mir herum und warf mir einen ungläubigen Blick zu. »Was?«, wiederholte er meine Frage und schnaubte. »Was tun wir hier eigentlich? Was tue *ich* hier?«

Jetzt waren es *seine* Worte, die *mich* verletzten, gleichzeitig wurde mir bewusst, wie undankbar ich war, denn seit dem schicksalhaften Moment auf dem Dachboden war er für mich da gewesen. Er hatte mich gefragt, was in mir vorging, wie ich mich fühlte, ob er mich nach Hause begleiten durfte. Er war es gewesen, der mich gehalten hatte, als ich von hilflosen Schluchzern geschüttelt worden war. Und ich? Ich hatte seine Hilfe, seinen Halt angenommen, ohne auch nur für eine Sekunde an ihn zu denken. Mir wurde klar, dass ich ihn beleidigt hatte, indem ich ihm an den Kopf geworfen hatte, dass Saint Mellows ein perspektivloses Kaff war. Und insgeheim wusste ich, dass ich es eigentlich gar nicht so hart gemeint hatte. »Blake«, murmelte ich. »Es tut mir leid, okay?«

Er stoppte, zog eine Augenbraue hoch und legte den Kopf schief, als hätte er sich verhört. »Dir ... was?«

»Ich weiß doch selbst nicht so genau, was ich will«, flüsterte ich mit gesenktem Kopf und versuchte vergeblich, den Kloß im Hals herunterzuschlucken. »Ich weiß nicht, wie es weitergehen soll.«

»Wie was weitergehen soll?« Er setzte einen Schritt auf mich zu, trat zurück in den Schatten, sodass ich den Kopf in den Nacken legen musste, um ihn anzusehen.

»Alles.« Meine Stimme war kaum mehr als ein Wispern, denn es tat weh, es auszusprechen. »Ich suche nach einem neuen Ziel, finde aber keins.«

»Brauchst du denn unbedingt sofort eins?« Er hob den Arm an, vermutlich, um mich zu berühren, doch dann ließ er ihn wieder sinken, als hielte ihn irgendetwas davon ab.

»Brauchen wir nicht alle eins? Ein Ziel, irgendetwas, auf das wir hinarbeiten können?« Ich schnaubte und verdrehte die Augen. »Etwas, was wir erreichen wollen, worauf wir uns freuen, irgendetwas, das in der Zukunft liegt? Ich sehe dort einfach gar nichts«, sagte ich und wusste, dass ich log. Ich sah etwas vor meinem geistigen Auge, etwas, das ich mir im Verborgenen wünschte. Doch es wäre naiv gewesen zu glauben, dass sich mein Wunsch erfüllen könnte. Gerade jetzt, wo ich so sehr wie nie daran zweifelte, einen Ort zu finden, an dem ich mich zu Hause fühlte. Das Einzige, das mir von Tag zu Tag klarer wurde, war, dass dieser Ort nicht New York City war, es niemals hätte werden können. New York hatte sich nie wie ein Zuhause angefühlt, sondern eher wie eine Station, an der ich gern verweilte. »Vielleicht muss ich irgendwo noch mal ganz neu anfangen«, flüsterte ich, mehr zu mir selbst als zu Blake.

Es vergingen einige Sekunden, die sich anfühlten wie eine Ewigkeit. »Warum glaubst du das?«

Mein Herz setzte für einen Schlag aus, und ich spürte, dass mir unter meinem Wollmantel heiß wurde. Er hatte mir nicht zugestimmt, und es war, als durchfuhr mich eine Welle der Erleichterung. Wollte ich das etwa? Wollte ich, dass Blake mir sagte, dass ich hierbleiben sollte? Was war nur los mit mir? Seit wann brauchte ich jemand anderen, um Entscheidungen zu treffen? Und seit wann spielte dabei irgendetwas anderes – *irgendjemand* anderes – als mein Job eine Rolle? Das hatte ich mir schließlich geschworen, als ich zum Studieren und Arbeiten nach New York City gegangen war – dass meine Karriere an allererster Stelle stehen würde. Warum nur war es, als geriet sie immer mehr in den Hintergrund, seit ich zurück war?

»Ich bin so durcheinander.« Seufzend umging ich seine Frage und atmete tief durch. »Ich weiß nicht, was ich glauben soll, was richtig ist. Keine Ahnung, wie mein Leben von jetzt an aussehen soll, okay?« Ich versuchte, mich zu zügeln, da die Emotionen mich zu überwältigen drohten und mich schnippischer klingen ließen, als ich wollte. »Okay?«, wiederholte ich erschöpft und suchte seinen Blick.

Der Muskel unter seinem Auge zuckte kaum merklich, und ich sah ihm an, dass er mit sich rang. Schließlich nickte er. »Okay. Willst du noch zu *Julio's*?« Seine Stimme war fest, doch ich bemerkt trotzdem, dass er nervös war.

»Ja, gern.« Ich zog einen Mundwinkel nach oben im vergeblichen Versuch, ihn anzulächeln.

Er seufzte und atmete einmal tief ein und aus, ehe er mir

seine Hand in die Taille legte, um mich zum Gehen zu bewegen. »Komm«, bat er mich und ließ seine Hand ein paar Augenblicke länger dort liegen, als es nötig gewesen wäre. Erst als wir wieder liefen und unsere Schritte im Schnee die einzigen Geräusche waren, die an meine Ohren drangen, fiel mir auf, wie kalt mir geworden war. Ich fröstelte, versuchte, meine eiskalten Zehen in den Schuhen zu rühren. Keine Ahnung, ob es wirklich die Kälte des verschneiten Dezemberabends war, die mir in die Knochen gefahren war, oder ob es doch die Angst vor einer Entscheidung war, die ich womöglich bereuen würde.

13. Kapitel

Blake

Wie hatte ich nur für einen einzigen Wimpernschlag hoffen können, dass Sue sich gegen ein Leben weit weg von Saint Mellows entscheiden könnte? Die Ereignisse der letzten Tage hatten mich so stark geblendet, dass ich jetzt umso härter wieder auf dem Boden der Tatsachen aufschlug. Und plötzlich kam ich mir albern vor. Wozu hatte ich mir meine Date-Jeans und eins meiner guten Hemden angezogen? Warum spazierte ich mit ihr durch die Straßen, wo ich doch wusste, dass es nichts bedeutete, dass es nur ein flüchtiger Moment war und sie bald schon wieder verschwunden wäre? Auch wenn ich selbst nicht wusste, was das zwischen uns war, ob es irgendetwas werden konnte, so hatte ich den Gedanken verdrängt, dass Sue weiterzog. Ich hatte mich daran gewöhnt, ihr im *Anne's* über den Weg zu laufen oder ihr vom Straßenrand aus zuzuwinken, wenn sie zusammen mit Mrs. Innings über die Festwiese stakste und irgendwelche Dinge auf ihren Listen abhakte. Da war endlich wieder diese Leichtigkeit von damals zwischen uns gewesen. Und das nur, um sie jetzt wieder zu verlieren? Und nicht nur die Leichtigkeit, denn ich war drauf und dran, auch Sue wieder zu verlieren. Man brauchte keinen Universitätsabschluss, um zu wissen, dass ihr

Weggang unser Ende wäre, noch bevor es einen Anfang gegeben hätte.

Wortlos hatten wir uns doch gegen einen Umweg über die Festwiese entschieden und den direkten Weg zum *Julio's* genommen. Mir war kalt geworden, und aus dem Augenwinkel hatte ich wahrgenommen, dass auch Sue zitterte. »Nach dir.« Ich hielt ihr die schwere, hölzerne Eingangstür mit der vergoldeten Türklinke des für mellowianische Verhältnisse noblen, italienischen Restaurants auf. Ein kurzer Blick durch die Fenster hatte genügt, um zu sehen, dass nicht viel los war. Ein Glück.

»Danke.« Sie schlüpfte hinein, und ich folgte ihr, bedeutete Luca, der eigentlich Lucas hieß, mit zwei erhobenen Fingern, dass wir zu zweit waren. Alle, die im *Julio's* arbeiteten, bekamen einen italienischen Namen verpasst, um für die Touristen glaubwürdiger zu wirken. Was eigentlich Quatsch war, denn Julio, Inhaber und Koch des Restaurants, kam wirklich aus Italien, auch wenn sein Name witzigerweise spanisch war, und seine Pizza war vermutlich die beste der Welt, wobei seine Pasta ihr in nichts nachstand. Dass das einzige italienische Restaurant in Saint Mellows einen spanischen Namen hatte, passte perfekt zu unserer skurrilen Heimatstadt.

»Fenster oder Nische?« Luca deutete mit dem Daumen hinter sich zum ruhigsten Bereich des Restaurants, in dem es gemütliche Nischen für zwei oder vier Personen gab.

Ich hob die Augenbrauen und sah zu Sue, um ihr zu zeigen, dass sie entscheiden sollte. »Fenster.« Sie lächelte Luca an, der die Hand ausstreckte, um uns unsere Jacken abzunehmen. Er deutete fragend zu einem runden Tisch direkt am großen Fenster. »Gern«, erwiderte Sue.

Wir ließen uns zum Tisch bringen, und Luca schnappte sich im Gehen zwei Speisekarten und eine Weinkarte von einem Stapel am Tresen. Er schob Sue den Stuhl zurecht und wartete, bis auch ich saß, ehe er uns die Karten reichte, die Kerze in der Mitte des Tisches anzündete und sich diskret entfernte.

»Sag doch was«, bat sie mich und blickte mich eindringlich an. Ihre harten Züge schienen im Kerzenschein aufzutauen. »Bitte.«

»Warum?« Ich ließ ein vorsichtiges Lächeln über mein Gesicht huschen. »Findest du dieses vorwurfsvolle Schweigen zwischen uns etwa nicht so angenehm wie ich?« Meine Stimme triefte vor Sarkasmus, und auch auf Sues Gesicht regte sich ein Lächeln.

»Ich kann mir kein schöneres Gefühl vorstellen«, erklärte sie. »Wirklich, von dir angeschwiegen zu werden, nachdem ich dir unüberlegte Dinge an den Kopf geworfen habe, fühlt sich grandios an.« Sie sah mich mit ihren braunen Rehaugen unverwandt an, eine aufrichtige Entschuldigung in ihrem Blick.

Ich seufzte und klaubte die Weinkarte vom Tisch. »Ausgesprochene Worte sind schon eine fiese Angelegenheit, oder?« Langsam schlug ich die Karte auf und blätterte zu den Weinen, die ich kannte. »Man kann sie nicht zurücknehmen.«

Ich schielte über die Karte zu Sue hinüber, die ihre Hände ineinander verschlungen vor sich auf dem Tisch liegen hatte. Diese offensichtliche Unsicherheit passte nicht zu der Sue, die sie vor allen anderen vorgab zu sein. Warum nur ließ sie mich immer wieder diese Blicke hinter ihre Fassade werfen? »Da hast du recht«, murmelte sie und stieß einen Schwall Luft aus. »Oft braucht es nur ein Wort, um das Leben eines Menschen zu zerstören.«

»Du meinst *schuldig*? Gefolgt vom Schlag eines Richterhammers?« Ich lehnte mich in meinem Stuhl zurück und musterte sie.

Lachend nickte sie und fuhr sich mit den Fingern über die Stirn, die Augenbrauen und seitlich ihre Schläfen hinab, als versuchte sie, sich Kopfschmerzen aus dem Gesicht zu wischen. Das Ergebnis war, dass ihr Pony zu allen Seiten abstand und ich dem Bedürfnis widerstehen musste, ihn zu ordnen, wie ich es bei meiner Nichte immer machte. »*Schuld* ist auf jeden Fall Teil meiner aktuellen Top-drei-Liste der grausamsten Wörter.«

»Und die anderen beiden?«

Sue schüttelte den Kopf. »Das ist fies, wenn nur ich vor dir blankziehe«, schmunzelte sie. »Erst du.«

Verdattert zog ich die Augenbrauen zusammen, denn ich brauchte einen Moment, um zu verstehen, was sie damit meinte. Sie wollte erfahren, was mir derzeit Angst machte. Sue schaffte es immer, ein Gespräch binnen Sekunden zu etwas Ernstem werden zu lassen, dem man sich nicht entziehen konnte. Ich brauchte nicht lang zu überlegen. »Verlust.« Das Wort war so leise und doch so nachdrücklich über meine Lippen geschlichen, dass ich mich selbst vor meiner eigenen Stimme erschreckte. Davor, dass ich Sue unbedacht in mein Innerstes hatte blicken lassen.

Sie blinzelte langsam, nickte und fuhr sich mit den Händen über die Oberarme, als wäre ihr kalt. »Ja«, hauchte sie zustimmend, und ich wusste, dass dieses Wort keiner weiteren Erklärung bedurfte. *Verlust* war ein allumfassendes Wort, das wohl jeden ängstigte, denn es gab so vieles, das man verlieren konnte: Menschen, sein Heim, seinen Job, sich selbst. Ich war erleichtert, dass sie nicht weiter nachfragte. Keine Ahnung, ob ich den Mut aufgebracht hätte, ihr zu erklären, warum das Wort für mich gerade so bleischwer wog. Dass ich mich nicht nur davor fürchtete, meine Existenz zu verlieren, weil die Aufträge weniger wurden, sondern auch davor, Sue gehen lassen zu müssen. Letzteres versuchte ich schließlich noch immer mit jeder Faser meines Körpers zu verdrängen. Ich räusperte mich, da sich ein Kloß in meinem Hals bildete. »Du bist dran.«

»Adoption«, flüsterte sie, ohne nachzudenken, und zuckte mit den Schultern. Das leichte Lächeln um ihren Mund wurde von der überwältigenden Traurigkeit in ihrem Gesicht Lügen gestraft. Natürlich war das eins ihrer Worte. »Adoption«, wiederholte sie, als könnte sie noch immer nicht fassen, was da vor weniger als drei Wochen über sie hereingebrochen war. Sie unterbrach unseren Blickkontakt und ließ den Blick stattdessen aus dem Fenster gleiten, vor dem der Schneefall immer stärker wurde. Im Schein der Laterne konnte man hohe Schneeverwehungen sehen, bei deren bloßem Anblick mir die Kälte erneut in die Knochen fuhr.

»Missverständnis«, erklärte ich, während wir beide wie gebannt aus dem Fenster starrten, und aus dem Augenwinkel nahm ich wahr, wie Sue für einen Moment nickte und den Kopf senkte. Ich quälte mich schon lange nicht nur mit der Frage, wie es hatte passieren können, dass Sue und mich vor all den Jahren offenbar ein simples Missverständnis auseinandergebracht hatte. Ich hatte außerdem die Befürchtung, von der ganzen Stadt missverstanden und für einen Einzelgänger gehalten zu werden. »Einsamkeit«, raunte ich und offenbarte ihr damit das dritte Wort, das mich ängstigte. Erst in den letzten Wochen war mir immer stärker bewusst geworden, wie sehr ich mich davor fürchtete, irgendwann ganz allein zu sein. Ich hatte meine Familie, wofür ich dankbar war, insbesondere da ich durch Rileys und Abbys Schicksal immer wieder daran erinnert wurde, wie glücklich ich mich schätzen konnte. Und doch war es, als reichten mir die Menschen, die mich liebten, nicht. Als reichten mir diese Arten der Liebe nicht. Ich war Sohn, großer Bruder, Onkel, Schwager und Freund. War ich egoistisch, weil ich trotz all des Glücks, das ich hatte, mich noch weiter nach dem ultimativen Glück verzehrte, ohne ganz genau zu wissen, wie es aussah?

»Ja«, krächzte Sue und holte mich damit aus meinen Gedanken. »Einsamkeit«, wiederholte sie, und ich bemerkte, dass sie mich von der Seite anstarrte, also wandte ich mich ihr ebenfalls wieder zu. Womit ich allerdings nicht gerechnet hatte, waren die glasigen Augen, aus denen sie mich ansah. Ich las alles in ihnen. Alles, noch viel mehr und am Ende doch gar nichts. Ich erkannte den Wunsch, gehalten zu werden und doch den eigenen Freiraum nicht zu verlieren. Ich las Sehnsucht in ihnen, doch wonach? Ihr Blick nagelte mich fest. Es war, als gefror ich unter ihm zu einer Statue aus Eis. Ich wünschte mir in diesem Augenblick, dass mir verdammt noch mal jemand sagte, was ich tun sollte. Aufstehen, sie in den Arm nehmen? Hier? Im Restaurant? Nein. Was konnte ich sagen, um sie von dieser tiefen Traurigkeit zu befreien? Eine einzelne Träne löste sich aus ihrem Augenwinkel und rann so schnell über ihre Wange, als wollte sie sich verstecken. Sie fand ihr Ende in Sues Mundwinkel. Blitzschnell, als hätte die Träne sie wachgerüttelt, wischte sie sich mit dem Handrücken über die Wange und schluchzte auf. Erschrocken hielt sie sich die Faust vor den Mund, kniff die Augen zu und atmete tief durch die Nase ein, wobei sich ihr Brustkorb anhob und schließlich wieder senkte. »Sorry für diesen ... Aussetzer«, entschuldigte sie sich, als sie wieder sprechen konnte, schluckte und griff nach der Speisekarte. »Wir sollten bestellen.«

»Sue?« Ich war hilflos. Unsicher, wie ich reagieren, was ich sagen sollte.

»Lass uns essen«, bat sie mich mit gebrochener Stimme, und ich sah, wie fest sie die Speisekarte umklammerte, da ihre Fingerknöchel weiß hervortraten. Ich hielt wie gebannt die Luft an, starrte Sue regungslos an und war doch innerlich aufgewühlt und zerrissen. Sie nahm den Blick von der Karte und schüttelte unmerklich den Kopf. »Nicht hier, Blake. Bitte«, wisperte sie und sah verstohlen zur Bar, hinter der sich die Küche befand und an der Lucas unverhohlen mit seiner Kollegin Giovanna, eigentlich Joana, flirtete.

Ich stieß meinen angehaltenen Atem in einem Schwall aus und entschied, ihre Bitte zu respektieren, tippte auf die Weinkarte. »Rot oder weiß?« Meine Stimme stolperte über den Kloß in meinem Hals, also räusperte ich mich und versuchte, das Unbehagen zu überspielen.

»Gerne weiß.« Sie nahm erleichtert den Blick von der Speisekarte vor sich, in der sie überhaupt nicht gelesen hatte, was ich daran erkannte, dass sie sie verkehrt herum hielt. Ihr gespieltes Lächeln täuschte mich nicht im Geringsten.

»Sue?«

Stöhnend verdrehte sie die Augen und atmete aus. »Was, Blake?«

»Dreh die Karte um.«

Sue

Vermutlich hätte ich das erste Glas Weißwein nicht schon trinken sollen, bevor meine Pizza Alle Verdure Grigliate kam, denn mir schwirrte der Kopf. Vielleicht lag das aber auch an all den niederdrückenden Gefühlen, die sich ununterbrochen Ringkämpfe in mir lieferten.

»Bist du satt?« Blake, der seine Pizza Caprina bereits aufgegessen hatte, schielte auf mein letztes Stück mit Grillgemüse belegter Pizza und wackelte mit den Augenbrauen, was mir fast ein Lachen entlockte. Aber nur fast, denn es war, als zöge ein unheilvolles Gewicht meine Mundwinkel nach unten. Nickend nahm ich das Pizzastück von meinem hellgrauen Steingutteller, biss die Spitze ab und reichte Blake den Rest, der mich empört ansah. »Vielen Dank auch«, entgegnete er sarkastisch und beäugte kritisch die angeknabberte Pizza in seiner Hand.

Ich kaute, hatte aber noch so viel Anstand, mir die Hand vor den Mund zu halten, ehe ich sprach. »Du kriegst was von mir ab und dann hast du auch noch Ansprüche?« Ich legte mein unbenutztes Besteck auf vier Uhr auf meinen Teller, damit Lucas wusste, dass er ihn abräumen konnte.

»Ich wollte das ganze Stück«, murrte Blake, biss aber trotzdem beherzt hinein. »Und keins, das von deinem Sabber durchtränkt wurde.«

»Meinem ... was? Ich glaube, der Wein steigt dir zu Topf.« Ich tippte gegen meine Schläfe.

»Wohl eher zu Kopf«, verbesserte er mich, wodurch mir erst auffiel, dass ich mich versprochen hatte. Verdammt. Der

Schlafmangel der letzten Nächte, gepaart mit den Nerven, die ich dank Mrs. Innings verloren hatte, den Stunden, die ich heute damit zugebracht hatte, meine Vita an weitere Kanzleien im ganzen Land zu senden, und dem Gefühlschaos, das nicht nur die Adoption, sondern auch Blake in mir hinterließen, forderte seinen Tribut. Die zwei Gläser Weißwein sorgten ebenfalls dafür, dass meine Zunge schwerer wog, obwohl ich vor jedem Gericht beteuert hätte, dass ich noch völlig klar im Kopf war.

»Keiner mag Besserwisser«, erwiderte ich knapp und griff nach dem Glas, um es an meine Lippen zu setzen und den letzten Schluck Wein zu nehmen.

»Willst du …« Blake grinste, nahm sein eigenes Glas und stieß es sachte gegen meins, wodurch ein leises Klirren durch das ansonsten stille Restaurant drang. »… noch eins?« Die paar Gäste, die noch hier gewesen waren, als wir ins *Julio's* kamen, waren bereits gegangen, sodass wir die einzigen, verbliebenen Restaurantbesucher waren. So etwas wäre mir in New York vermutlich nicht einmal in der heruntergekommensten Kaschemme passiert, doch laut Lucas kam es hier immer mal wieder vor, dass für ein paar Stunden kaum etwas los war.

Ich winkte mit meiner freien Hand ab und stellte das geleerte Glas zurück neben den Teller. »Auf keinen Fall, wer weiß, was du mir heute Nacht sonst noch so für Geheimnisse entlockst.« Ich hatte witzig sein wollen, doch meine unüberlegte Aussage sorgte nur dafür, dass sich eine unbehagliche Stille zwischen uns ausbreitete. Ich entschied, vielleicht doch besser nicht zu schwören, komplett zurechnungsfähig zu sein, denn vermutlich wäre es geflunkert gewesen. Als Anwältin einen Meineid zu leisten war noch mal auf einer ganz anderen

Ebene unethisch. Seit wann warfen mich zwei winzige Gläser Weißwein aus der Bahn? Und seit wann sprudelten Worte einfach so aus mir heraus? Es musste an Saint Mellows liegen, anders konnte ich mir meine lockere Zunge nicht erklären.

»Vielleicht brauche ich dafür ja gar keinen Alkohol«, verkündete Blake so selbstsicher, dass mir heiß wurde. Sein schelmisches Grinsen sorgte dafür, dass mich ein beinahe schmerzhaftes Sehnen durchzuckte. Ich schlug die Beine fester übereinander.

»Du nimmst deinen Mund mal wieder ganz schön voll, Blake Fairfield«, erwiderte ich und legte alle Kraft in die Selbstbeherrschung, die ich brauchte, um seinen Blick weiterhin zu erwidern. Ich zwang mich dazu, kein einziges Mal zu blinzeln.

»Und du streitest es nicht ab, Sue Flores.« Seine Züge blieben unbewegt. Die Wärme in seinen haselnussbraunen Augen jedoch drang zu mir herüber, drohte, mich einzulullen. Er blinzelte. Ich atmete aus, spürte, wie sich meine Schultern entspannten. »Wollen wir gehen?« Blakes tiefe Stimme drang bis in jedes kleinste Molekül meines Körpers, setzte sich dort fest und sandte eine Vibration durch mich hindurch, die meine Glieder zittern ließ.

»Wohin?« Es erforderte Mut, diese Frage zu stellen, denn mit ihr offenbarte ich ihm, dass es für mich noch eine andere Option gab als die, dass er mich zu meinem Elternhaus begleitete. Unauffällig setzte ich mich auf meine Finger und hoffte, er bemerkte es nicht, denn ich wollte jetzt auf keinen Fall unsicher auf ihn wirken.

»Wohin du willst«, entgegnete er, und mir entging nicht das heisere Kratzen in seiner Stimme. Wir taten es erneut. Wir tänzelten umeinander herum, flirteten, obwohl wir uns vor kaum einer Stunde gegenseitig Vorwürfe an den Kopf geworfen hatten, die wir früher oder später bereuen würden. Doch zur Hölle mit meinen eigenen Vorsätzen und all den Gründen, die mir weismachen wollten, dass es besser wäre, Blake auf Distanz zu halten. Warum überhaupt? Wir waren doch sowieso schon so fest miteinander verwoben, dass mein baldiger Weggang aus Saint Mellows mir zwangsläufig wieder das Herz zerreißen würde. Und ich wollte mich nicht mehr wehren. Nicht gegen Blake, nicht gegen meine eigenen Gefühle. Nur ein einziges Mal wollte ich ihnen nachgeben und nicht schon vorher daran denken, was alles passieren könnte. Mein Leben konnte überhaupt nicht mehr schlimmer werden, warum sollte ich dann vorsichtig sein? Was gab es denn noch zu schützen? Ich fühlte mich sowieso schon so, als würde ich in rasender Geschwindigkeit ins Meer stürzen mit nichts weiter als Schwimmflügeln an den Armen. Sie würden mich vielleicht über Wasser halten, doch schützten sie mich weder davor, dass mein Herz im eiskalten Meer erfror, noch von einem Hai entzweigerissen würde.

»Zu dir«, flüsterte ich und sah ihm dabei fest in die Augen.

Binnen Sekunden vergrößerten sich seine Pupillen, und er nickte, schluckte, nickte erneut.

»Zu mir«, raunte er, und plötzlich zuckte sein Mundwinkel nach oben, als wäre ihm erst jetzt, als er sie selbst ausgesprochen hatte, klar geworden, was die zwei Worte womöglich bedeuten konnten. »Sicher?«

Ich nickte, obwohl ich alles war, außer sicher. »Klar.« Ohne zu zögern, riss Blake seinen Arm in die Höhe, um Lucas zu uns zu winken. Ich zuckte kurz zusammen und verdrehte die Augen. »Beruhige dich«, forderte ich ihn auf, versuchte aber gar nicht erst, mir das sachte Lächeln zu verkneifen, denn es fühlte sich gut an.

Blake zahlte, ganz nach alter Schule, unser Essen. Er starrte mich entrüstet an, als ich mein eigenes Portemonnaie aus meinem hellblauen Rucksack zog. Ohne ein Wort ließ ich es wieder hineinfallen, denn für diese Art der Grundsatzdiskussion hatte ich heute keine Kraft mehr, obwohl ich eine starke Verfechterin von Gleichberechtigung war. Dennoch ließ ich es mir nicht nehmen, ihm später zuzuraunen, dass ich ihn dafür demnächst auf einen Kaffee im *Anne's* einladen würde. Dass das hieß, dass ich nicht vorhatte, das hier unser letztes Date gewesen lassen zu sein, wurde mir erst bewusst, als ich die Worte ausgesprochen hatte.

Lucas brachte unsere Jacken zum Eingangsbereich, und ich zwinkerte ihm zu, schnappte ihm kopfschüttelnd meinen Mantel aus der Hand, um ihm zu zeigen, dass er mir nicht hineinhelfen musste. Diese ganzen noblen Gesten in Restaurants waren mir schon immer etwas zu viel gewesen. Insbesondere hier in Saint Mellows, wo ein Kellner kein anonymer Mensch war, sondern ein Nachbar. »Das wird ja immer dichter«, stellte Blake fest und deutete durch die in die Tür eingelassenen Fenster auf den Schnee hinaus. »Man kann kaum die Laternenköpfe erkennen.«

Ich trat zu ihm an die Tür, wobei ich mich gegen ihn lehnen musste, um ebenfalls hinauslugen zu können. Vielleicht hatte aber doch auch der Wein seine Finger im Spiel, denn ein winziger Teil von mir erlaubte sich, seine Nähe zu genießen. Dabei musste es sich um denjenigen handeln, der die zwei Gläser Wein abbekommen hatte. »Oh«, erwiderte ich. »Meinst du, das legt sich bald?« Ich hob den Blick und sah direkt in seine

Augen. Direkt! Denn keiner von uns hatte sich vom Fleck gerührt, sodass unsere Gesichter nur wenige Zentimeter voneinander entfernt waren. Mein Blick wanderte langsam von seinen Augen zu seinen Lippen. Plötzlich konnte ich es kaum erwarten, in den Schnee hinauszutreten, denn mir war so heiß, dass meine Wangen glühten.

»Moment.« Er räusperte sich, versenkte die Hand in seiner Jackentasche und zog sein Handy daraus hervor. Mit angehobener Augenbraue beobachtete ich ihn. »Hallo?« Er tat so, als würde er telefonieren.

»Ähm, Blake?« Verwirrt lehnte ich den Kopf zur Seite, doch er legte sich einen Zeigefinger auf die Lippen, um mir zu bedeuten, still zu sein. »Hast du sie noch alle?« Prustend trat ich einen Schritt zurück und begann, mir meine restliche Kleidung anzuziehen, die ich ganz frech auf dem Stehpult im Eingangsbereich abgelegt hatte. Lucas war bereits über den dicken, dunkelroten Teppich zurück zur Bar aus glänzendem Birkenholz geflitzt und als ich einen kurzen Blick zurückwarf, sah ich, dass er Joana und sich ein Glas Wein einschenkte. Na, wenn das Rupert und seine Klatschtruppe gesehen hätten.

»Ja, hallo?« Blakes Stimme ließ mich neugierig zu ihm herumfahren. Er presste für einen kurzen Moment die Kiefer aufeinander, um sich selbst das Lachen zu verkneifen. »Bin ich da richtig bei Frau Holle?«

Lachend warf ich den Kopf in den Nacken und schlug mit meinem Handschuh nach seinem Unterarm. »Du Quarkbirne!«

Blake wich meinem Schlag aus und hielt sich das Ohr zu. »Ja, ja.« Er nickte. »Danke.« Er hielt die freie Hand auf das Handy, dort, wo sich das Mikrofon befand, und beugte sich zu mir. »Ich werde mit Frau Holle persönlich verbunden«, flüsterte er mir zu und dachte gar nicht daran, mit dem Quatsch aufzuhören.

»Lass das, ich hab verstanden«, bat ich ihn Augen verdrehend und zog mir das Stirnband über den Kopf, wodurch ich mir den Pony platt drückte und die Spitzen sich in meinen Wimpern verhedderten. Ich blinzelte, als würde ich geblendet. Ich musste mir dringend den Pony nachschneiden.

»Warte!« Womit ich nicht gerechnet hatte, waren Blakes Finger, die sich meinem Gesicht näherten und mir die störrischen Haarspitzen aus dem Sichtfeld strichen. So vorsichtig und sanft, wie man es von ihm nicht erwartet hätte, wenn man ihn nicht kannte. Blake, der große Mann mit dem breiten Kreuz, den dunklen, fast schwarzen Haaren, die sich im Nacken und an den Spitzen leicht lockten, und dem kantigen Kiefer wirkte taff. Seine unnahbare Aura hielt Menschen auf Distanz, doch nicht mich. Nicht mehr. Ich heftete den Blick auf seine Hände, die von unzähligen, feinen Narben übersät waren. Das Ergebnis seiner Abneigung gegen Arbeitshandschuhe, die er schon als Teenager gehabt hatte, als wir gemeinsam im Hull House in Chicago und all den anderen Einrichtungen mit angepackt hatten. Ich blickte auf die Adern, die sich unter seiner Haut abzeichneten und zu seinen kräftigen Handgelenken wanderten, auf die ordentlichen Nägel und besonders auf den einen, den ein dunkelblauer, fast schwarzer Fleck zierte. Bestimmt das Ergebnis eines Arbeitsunfalls, und irgendwie zog mich diese kleine Imperfektion besonders an.

Ich schluckte. »Danke«, piepste ich mit ungewohnt hoher Stimme und deutete an ihm vorbei zur Tür. »Wollen wir es wagen?« Blake sah mich auf diese Frage perplex an, als überlegte er, ob ich damit den stärker werdenden Schneesturm meinte, der dort draußen durch die sonst so friedlichen Straßen Saint Mellows fegte, oder vielleicht etwas ganz anderes. Uns. Ihn und mich. Alles. Und mehr. Und nichts.

Schließlich nickte er, ließ sein Smartphone zurück in die Jackentasche gleiten und setzte sich seine Wollmütze auf, zog seine Handschuhe an und legte die Hand auf die Türklinke. »Lass es uns einfach wagen, Sue«, entgegnete er mir im gleichen Wortlaut, sah mir dabei so eindringlich in die Augen, dass meine Knie weich wurden. Er unterbrach unseren Blickkontakt, um Lucas und Joana zum Abschied zuzuwinken, öffnete die Tür und trat vor mir hinaus. Mit seinem Unterarm schirmte er sein Gesicht vor dem peitschenden Schnee ab und winkte mich zu sich. »Komm, wir sollten uns beeilen«, rief er mir über den ohrenbetäubenden Sturm zu, der viel heftiger war, als es von drinnen den Anschein gehabt hatte. Die eisige Kälte fuhr mir schneidend in die Knochen, und es dauerte keine drei Sekunden, bis ich zu bibbern anfing. Mit einem großen Satz war ich bei Blake und schmiegte mich unter seinen ausgestreckten Arm, krallte eine Hand in seinen Rücken, die andere in seine Seite. Schneeflocken, so hart und groß wie Murmeln, preschten durch die Luft und schlugen uns ununterbrochen ins Gesicht. Ich sah kaum die Häuserwand neben uns, und als ich den Blick in Richtung des Cherry Blossom Courts hob, war da nichts.

»Das gefällt mir gar nicht«, rief ich gegen den Sturm an und versuchte, Blakes Gesichtszüge zu erkennen. Er hatte die Kiefer aufeinandergepresst und hielt sich noch immer den Arm vor das Gesicht, während er mich schnellen Schrittes den Weg entlang zog. Ich musste mich konzentrieren, um nicht über meine eigenen Füße zu stolpern, die durch den mittlerweile wieder knöchelhohen Schnee stapften.

»Sieh nach unten, ich führe uns, und wir legen jetzt einen Zahn zu«, erklärte er laut, und ich spürte seine kräftige Hand an meinem Oberarm, mit der er mich an sich drückte. Seine Stimme duldete keinen Widerspruch, allerdings hatte ich auch nicht vorgehabt, mich seinem Vorhaben zu widersetzen. Und doch, trotz des Sturms und des unheilvollen Pfeifens des Windes, kam ich nicht umhin: Ich hieß das Gefühl von Geborgenheit willkommen, das meinen Körper flutete. Das Gefühl, in Sicherheit zu sein, obwohl alles um uns herum dagegensprach. Ich genoss es, von Blake beschützt zu werden. Ich genoss es, dass sein breites Kreuz mich vor dem peitschenden Schnee abschirmte und ich, wenn auch nur für einige Minuten, einfach nur Sue sein konnte. Eine Frau, die zwar stark war, doch manchmal auch einfach nur gerettet werden wollte.

Blake

»Komm, schnell!« Mit einem Ruck zog ich an meiner Haustür, bis das Schloss nachgab und ich sie aufstoßen konnte. Blitzschnell fasste ich Sue an den Schultern und schob sie in meinen sicheren Flur, fuhr herum, drückte die Tür in den Rahmen zurück und drehte den Knauf, damit sie sich verriegelte.

»Wow«, entfuhr es Sue hinter mir, und ich hörte sie lachen.

Ich zog mir die Handschuhe von den Fingern und wischte mir über das Gesicht, drehte mich zu ihr herum. Mein Atem ging so schnell, als hätte ich eine ausgiebige Joggingrunde durch die ganze Stadt gedreht und am Ende noch mal einen

Sprint hingelegt. Und so fühlte ich mich auch, denn trotz der Minusgrade draußen schwitzte ich in meiner dicken Kleidung. Schnaufend öffnete ich die Jacke und sah zu Sue, die ebenfalls dabei war, sich aus ihrem klitschnassen Mantel zu pellen. »Was für ein Sturm«, bemerkte ich und deutete mit dem Daumen über meine Schulter nach draußen. »Wusstest du davon?« Ich runzelte die Stirn, denn normalerweise wurde man an jeder Ecke vor Stürmen wie diesem gewarnt.

Sue hob schmunzelnd eine Augenbraue und deutete auf die Tasche meiner Jacke, die triefend nass an meiner Garderobe hing. »Stehe ich in Kontakt mit Frau Holle oder du?«

»Touché!« Ich lachte. »Gib her.« Ich deutete auf ihren Mantel, den sie unschlüssig in ihren Händen hielt und mir erleichtert reichte. Sie zog ihre Boots aus, wartete, bis auch ich so weit war, und stellte sie schließlich neben meine. Unschlüssig hielt sie ihr Stirnband, den Schal und die Handschuhe in den Händen und sah sich stirnrunzelnd um, als suchte sie etwas.

»Sue?« Amüsiert verschränkte ich die Arme vor der Brust. »Alles klar bei dir?«

»Ich will deine Holzmöbel nicht mit meinem nassen Zeug ruinieren«, erklärte sie schulterzuckend.

»Das ist sehr nobel von dir«, meinte ich. »Aber ich habe alles versiegelt, da passiert nichts, also leg deine Sachen einfach irgendwo ab.«

Ihre von der Kälte rosa gefärbten Wangen wurden noch ein wenig dunkler. Sie breitete ihren Schal über meiner Lieblingskommode aus und besah sich dann im Spiegel darüber. »Meine Güte«, entfuhr es ihr und blitzschnell strich sie ihren nassen Pony zurecht, der ihr zerzaust an der Stirn klebte. Sie wischte sich unter den Augen entlang, und ich wartete grinsend, bis sie sich mir zuwandte. »Lach nicht so«, murrte sie eine Spur verlegen.

»Tu ich doch gar nicht«, erwiderte ich und biss mir auf die Unterlippe.

Sue verdrehte die Augen. »Ist klar.«

»Tee?« Ich deutete zum Ende des Flurs, wo sich meine Wohnküche befand, und wartete ihre Antwort gar nicht erst ab, sondern lief an ihr vorbei, wobei ich sie sanft streifte. Ich hörte ihre federleichten Schritte hinter mir, da die alten Dielen unter unserem Gewicht knarzten. Sie folgte mir zur Kücheninsel, fuhr mit den Handflächen fast schon ehrfürchtig über das glatte Holz und lehnte sich gegen einen der hohen Hocker, der dadurch ein paar Zentimeter über den Boden schrammte.

»Sorry«, murmelte sie und zuckte entschuldigend mit den Schultern.

»Kein Problem«, erklärte ich schmunzelnd. »Du brauchst wirklich keine Sorge haben, dass du hier irgendetwas kaputt machst, und kannst dich ganz normal bewegen.«

»Ich bewege mich wie immer«, entgegnete sie trotzig, was mich noch mehr lachen ließ.

»Natürlich. Verzeihung, es ist ganz normal, wie du mir hinterhergeschlichen bist.«

Statt einer Antwort verdrehte sie die Augen und tippelte mit den Fingerspitzen auf der Arbeitsfläche herum. Ich zog die schmale Schublade der Kücheninsel auf, in der ich den Tee lagerte. »Kaffee wäre mir nach diesem Abend ehrlich gesagt lieber«, seufzte sie und legte den Kopf schief. Sie sah mich bittend aus ihren dunklen Augen an, was mich an Elsies Welpenblick erinnerte, und sie hatten eines gemein: Ich konnte nicht Nein sagen, was sich in diesem Fall aber als schwierig erwies.

»Ich habe keine Kaffeemaschine«, gestand ich und zog den Kopf ein Stück ein.

»Wie bitte? Wie überlebst du?« Verblüfft riss Sue die Augen auf, sodass die Wimpern unter ihrem Pony verschwanden.

Ich zuckte lachend mit den Achseln. »Ich bin in ein paar Minuten im *Anne's*, und seit Neustem habe ich einen Kaffeeautomaten in der Werkstatt. Ich bin eh selten zu Kaffee-trink-Zeiten zu Hause, weißt du? Bisher habe ich hier einfach keinen gebraucht.«

»Es gibt keine festen Zeiten für Kaffee«, erklärte Sue. »Also kein Koffein mehr für mich heute«, betonte sie geknickt.

»Warte«, rief ich und wirbelte zu der schmalen Tür herum, hinter der sich mein Vorratsschrank verbarg. »Irgendwo hier hatte ich doch …«, murmelte ich vor mich hin, während ich mich durch irgendwelche Kartons und Konserven wühlte, die ich dringend mal aussortieren sollte. Ich ging in die Hocke, um an die unteren Regalfächer heranzukommen.

»Blake?« Sues amüsierte Stimme befand sich direkt hinter mir, und ich erkannte an ihrem Schatten, dass sie sich über mich beugte. »Was tust du da?«

»Ich suche.«

»Du suchst?«

»Ja.«

»Okay?«

»Moment.«

»Brauchst du vielleicht Hilfe?«

»Nein.«

»Sicher ni…«

»Sue«, stöhnte ich, drehte mich herum und sah schräg zu ihr auf. »Du nervst.« Lachend wischte ich mir die Haare aus der Stirn, die an der warmen Luft in meinem Haus trockneten und sich dadurch immer mehr lockten.

»So nennt man das also, wenn man Hilfe angeboten bekommt, ja?« Gespielt beleidigt verschränkte sie die Arme vor der Brust.

»Hier.« Ich reckte den Arm zu ihr empor und hielt ihr ein Glas Instantkaffee vor die Nase.

»Mein Held!« Voller Freude schnappte sie mir das Glas aus den Fingern und presste es sich an die Brust, nachdem sie ihm einen Kuss gegeben hatte.

»Kann es sein, dass du übertreibst?«, kommentierte ich ihren Gefühlsausbruch, stützte mich auf meine Oberschenkel und stemmte mich hoch. »Zeig mal her.« Ich entriss ihr das Glas wieder, um das Mindesthaltbarkeitsdatum zu checken. »Oh«, lachte ich, schüttelte das Glas, wodurch die Körnchen darin durcheinanderwirbelten.

»Oh?« Sue zog die Augenbrauen zusammen und beobachtete mich dabei, wie ich das Siegel löste, den Deckel aufschraubte und die Folie vom Glas abzog, um an dem Zeug zu riechen. »Hör auf, das Gesicht zu verziehen«, forderte sie mich auf. »Der ist bestimmt noch gut«, ergänzte sie, da sie zu ahnen schien, warum ich so reagierte.

»Der ist vor vier Jahren abgelaufen«, erklärte ich und zeigte ihr das Datum.

»Das geht doch noch?« Sie zuckte mit den Achseln.

»Und er riecht muffig.«

Sues Züge wurden immer finsterer. »Du riechst muffig«, knallte sie mir an den Kopf und setzte ein diabolisches Grinsen auf. »Du kannst *nichts* sagen, das mich davon abhalten wird, diesen Instantkaffee zu trinken.«

Ich deutete auf eine Stelle mitten im Glas. »Da ist eine Motte drin.«

»Dann fisch sie halt raus«, forderte sie mich auf und verzog keine Miene.

»Ich kann den Wasserkocher verstecken.«

»Ich trinke ihn kalt.«

»Wie du willst«, gab ich klein bei, lief zur Brüheninsel, füllte Wasser in den Wasserkocher und schaltete ihn ein. »Aber beschwer dich nicht, wenn dir schlecht wird.«

»Wenn du wüsstest, wie ich zu Collegezeiten gelebt habe.« Lachend fasste sie an ihren Zopf und fuhr ihn entlang, legte ihn sich auf der Schulter nach vorn. »Das klingt, als wäre es ewig her, dabei habe ich erst dieses Jahr mein Staatsexamen abgelegt.« Sie schüttelte leicht den Kopf. »Trotz der Stipendien und meinem Job hatte ich kaum Geld für *irgendwas*. Im Grunde habe ich von billigem Instantkaffee und reduzierten Donuts vom Vortag gelebt.«

»Klingt nach einer ausgewogenen Ernährung«, spottete ich und wandte mich zum Regal um, um zwei Tassen zu nehmen.

»Selbst das Essen in der Uni-Mensa war zu teuer. In der Kanzlei gab es immerhin frisches Obst und einen Fitnessraum.«

»Das gleicht es natürlich wieder aus.« Ich zwinkerte ihr zu und legte extraviel Ironie in meine Stimme. »Vermisst du es manchmal?«

»Was, den Instantkaffee und die Donuts oder das Obst und den Fitnessraum?« Sue verdrehte die Augen, denn sie wusste genau, was ich gemeint hatte. »Total.«

»Sue«, seufzte ich und spürte, dass ich wieder gegen ihre Mauer rannte. Ich zog eine Schublade auf, um zwei Löffel herauszuholen.

»Nein«, erklärte sie und verfolgte mit den Augen, wie ich jeweils drei Löffel von dem Granulat in die Tassen häufte. »Und ja.« Sie schmunzelte und winkte ab. »Manches ja, manches nicht. Ich bin froh, die Erfahrung gemacht zu haben und auch darüber, dass ich dadurch Anwältin geworden bin. Aber die Zeit war irgendwie härter, als ich gedacht hätte.« Sie senkte den Blick. »Und einsamer.«

Der Wasserkocher klickte als Zeichen dafür, dass er fertig war, und ich goss das heiße Wasser in unsere Tassen. Sogleich strömte der Geruch von Instantkaffee durch die Küche, und der heiße Dampf stieg zwischen Sue und mir zur Decke auf.

»Es tut mir leid, dass du einsam warst, Sue.« Ich rührte länger als nötig in meiner Tasse herum.

»Schon okay.« Sie stieß einen Schwall Luft aus. »Du kannst ja nichts dafür.«

»Du auch nicht.«

»Blake.« Sue verzog gequält den Mund und biss sich auf die Unterlippe.

»Was ist?« Ich lehnte mich gegen die Arbeitsplatte hinter der Kücheninsel, in einer Hand die Tasse, die andere in meiner Hosentasche vergraben.

»Sei nicht so ...« Sie stockte, schüttelte den Kopf und schien sich dagegen entschieden zu haben weiterzusprechen.

»So?«

Stöhnend streckte sie sich über die Kücheninsel, um nach dem Henkel zu greifen und ihre Tasse zu sich zu ziehen. »Einfühlsam, interessiert«, zählte sie auf und starrte in die Tasse, als las sie darin, was sie sagen sollte. »Liebevoll.«

Dank ihrer Worte bildete sich ein Kloß in meinem Hals, und ich war nicht sicher, was ich von ihrer Aufzählung halten sollte. »Bin ich nicht, ich meine es ernst. Du kannst nichts dafür.«

Sie runzelte die Stirn, als überlegte sie, ob noch mehr hinter meiner Aussage steckte, und auch ich selbst war mir nicht mehr so sicher, was ich eigentlich damit hatte bezwecken wollen. Irgendwie hatte sich wieder die Frage in meinen Kopf geschlichen, was damals eigentlich mit uns passiert war. »Wofür?« In ihrer Stimme, die sonst so kräftig und bestimmt klang, schwang Verunsicherung mit. Sie hob den Kopf und suchte meinen Blick.

»Für deine Einsamkeit, Sue«, erklärte ich und dachte gar nicht daran wegzusehen, auch wenn die Traurigkeit in ihrem Blick so schwer auf mir lastete, dass ich es kaum ertrug. Fast erleichtert atmete ich aus, als sie den Blick wieder auf ihren Schoß senkte. Ich räusperte mich, unsicher wie nie, doch ich wollte es endlich geklärt haben. »Warum bist du damals nicht wie verabredet zum Kino gekommen?«

Blitzschnell fuhr sie hoch, wobei sie sich fast den Kaffee über das Kleid gekippt hätte. Mit zitternden Fingern stellte sie die Tasse vor sich ab. »Wie bitte?« Sie zog die Brauen zusammen, kniff die Augen zu und wedelte mit den Händen durch die Luft, als müsste sie ihre eigenen Gedanken sortieren. »Kino?«

Ich atmete tief ein und versuchte, das Kribbeln, das sich von meinem Magen bis in alle Glieder ausbreitete, zu ignorieren. »Wir waren verabredet, es wäre unser erstes richtiges Date gewesen. Und du hast mich versetzt, bist einfach nicht gekommen«, erklärte ich und schluckte bei der Erinnerung daran, wie ich über eine Stunde auf dem Gehsteig vor dem Saint Mellower Kino gestanden hatte, gegen die verklinkerte Fassade gelehnt. Unsere Tickets in den Händen, mit weichen Knien und der Hoffnung, dass Sue sich nur verspätete.

»Das ist nicht dein Ernst«, wisperte sie kopfschüttelnd und stand vom Hocker auf, um vor der Kücheninsel auf und ab zu laufen. »Du willst mir gerade nicht wirklich weismachen, dass du vor dem Cinemellow auf mich gewartet hast?«

Überfordert runzelte ich die Stirn, obwohl ich bereits wusste, worauf das hier hinauslaufen würde. *Missverständnis.* »Doch, Sue. Und irgendetwas sagt mir, dass wir schon viel eher darüber hätten reden sollen.«

»Oh scheiße«, hauchte sie und krallte sich in die Arbeitsplatte vor sich. »Ich habe im Cherry Blossom Court auf dich gewartet.« Sie schüttelte noch immer den Kopf, und plötzlich lachte sie. Sie hob den Kopf, suchte meinen Blick und hielt sich die Hand vor den Mund. Sue hörte gar nicht mehr auf zu lachen, sodass sich auch meine Mundwinkel zu einem Lächeln verzogen. »Ich dachte, *du* hättest *mich* versetzt.« Grinsend fuhr sie sich über die Stirn und massierte ihre Nasenwurzel. »Warum hast du nichts gesagt?«

Ich zog eine Augenbraue hoch und lief um die Kücheninsel herum auf sie zu. »Warum hast *du* nichts gesagt?«, drehte ich den Spieß um. »Ich denke, wir beide wissen genau, warum.« Ich näherte mich ihr, bis ich nur noch einen Anstandsschritt von ihr entfernt war, und streckte den Arm aus, hielt ihr meine Hand hin. Sue sollte selbst entscheiden, ob sie nach ihr greifen wollte oder nicht, und ich achtete darauf, dass ich nicht wankte.

Sue sah blinzelnd zwischen meiner Hand und meinen Augen hin und her, als wägte sie ab. »Weil wir beide verdammte Sturköpfe sind«, flüsterte sie, und mit einem Mal war das Lächeln auf ihren Lippen nur noch ganz klein und so zart, dass es bei der kleinsten Erschütterung drohte, in sich selbst zusammenzufallen. »Das passiert also, wenn man nicht miteinander redet, hm?« Zaghaft legte sie ihre Hand in meine, und bei der Berührung war es, als fegte ein Sandsturm durch meine Kehle. Ihre Fingerspitzen waren eiskalt, und ich fuhr mit dem Daumen über ihre Finger und die schmalen, goldenen Ringe, die sie trug.

»Ich schlage vor, wir lassen das ab jetzt einfach, okay?«

»Das Nicht-miteinander-Reden?« Ihr Wispern schwebte durch die Luft, sanft wie eine Feder.

Ich nickte und umschloss ihre Hand mit meiner, drückte sie leicht und zog vorsichtig an ihr, sodass sie mir einen winzigen Schritt näher kam. »Und das Stur-Sein«, murmelte ich.

Ein verlegenes Lächeln zuckte über ihr Gesicht. »Bin ich doch gar nicht.« Sie legte den Kopf schief und zwinkerte mir verschmitzt zu, ihre Wangen gerötet. Sie sah nicht weg. Keine einzige Sekunde senkte sie den Blick, und ich spürte, wie ich ihr in genau diesem Moment verfiel. So sehr wie damals, wenn nicht noch mehr. Verlangen explodierte in meinem Inneren und sandte heiße Funken in meine Gliedmaßen. Ein wohliges Kribbeln kroch über jeden Zentimeter meiner Haut und setzte sich in meinem Nacken fest. Ich versank in der Wärme ihrer dunklen Augen, in denen plötzlich keinerlei Müdigkeit mehr lag. Das Einzige, das ich in ihnen sah, war vorsichtige Zuneigung, unsicheres Herantasten, wachsames Abwägen, waghalsiges Verlangen.

Ich schmunzelte und zog erneut an ihrer Hand. »Natürlich nicht.« Sie stolperte einen weiteren Trippelschritt auf mich zu, und ich hob meinen freien Arm, um ihr auch die andere Hand hinzuhalten.

Sue unterbrach unseren intensiven Blickkontakt, um auf ihre Hand in meiner zu schauen, ehe sie zu meiner anderen Hand sah, die einladend in der Luft hing. Ich beobachtete sie gebannt, achtete auf jede Regung in ihrem Gesicht. Sie blinzelte, leckte sich über die Lippen und biss hinein, ehe sie mich nach einem sinnlichen Wimpernschlag wieder ansah. »Was passiert, wenn ich meine Hand in deine lege?« Sie flüsterte, und ich erkannte Furcht in ihrer Stimme.

»Das weiß ich nicht«, gab ich wahrheitsgetreu zu und zuckte mit den Schultern.

Sue berührte meinen nackten Unterarm, der unter dem hochgeschobenen Ärmel zum Vorschein kam. Sachte fuhr sie mit ihren Fingerspitzen Kreise auf meiner Haut. »Normalerweise lebe ich nicht gefährlich.«

Ich räusperte mich, da ihre Berührung Blitze durch meinen Körper sandte. »Ich sehe keine Gefahr.«

»Was ist das dann für ein Gefühl in mir?« Unaufhörlich kreisten ihre Finger über meine Haut, wanderten über mein Handgelenk zur Handfläche, wo sie schließlich zur Ruhe kamen.

Ich verschränkte meine Finger mit ihren und schluckte, als ich sie nachdrücklich zu mir zog, unsere ineinander liegenden Hände an unseren Seiten. »Beschreib es mir«, bat ich sie, wobei ich ihren Herzschlag so stark an meinem Bauch hämmern spürte, dass ich erst dachte, es wäre mein eigener.

»Ich glaube, mir springt gleich das Herz aus der Brust«, wisperte sie und entzog mir eine Hand wieder, um sie meinen Arm hinaufwandern zu lassen, bis sie auf meiner Schulter lag. »Ich glaube, ich verlerne gerade zu atmen«, sprach sie weiter, während sie mir auch mit ihrer zweiten Hand über den

Arm fuhr. Sie hatte ihre eigenen Finger mit den Augen verfolgt, doch mein Blick war wie gebannt auf ihr Gesicht geheftet. Sie atmete tief ein, senkte die Lider. »Ich glaube, du bist schuld daran«, flüsterte sie, öffnete die Augen, und als ihr Blick meinen traf, stockte mir der Atem. Er war so voller Mut und Verlangen, unerschrocken und bange zugleich. »Und ich glaube, dass ich mich in diesem Augenblick jeder Gefahr stellen würde.«

Ich atmete aus, wobei mir überhaupt erst auffiel, dass ich die Luft angehalten hatte, und legte ihr meine Hände um das Gesicht. »Ich sehe immer noch keine Gefahr«, flüsterte ich und beugte mich ein Stück zu ihr hinunter. »Ich sehe nur etwas, das längst überfällig ist.« Zwischen unseren Nasenspitzen war kaum mehr Platz für ein Blatt Papier. Ich spürte ihre Wärme auf meiner Haut und sog ihren dezenten Duft nach Vanille ein, der mein Herz zum Flattern brachte und dafür sorgte, dass ich das Gewitter in meinem Innersten nicht mehr bändigen konnte.

»Ach ja?« Sie legte den Kopf ein Stück weiter in den Nacken, und es war das spitze Lächeln, das an ihrem Mundwinkel vorbeihuschte, das mir den letzten Rest Mut gab.

»Ja.« Ich entschied, unsere Mauern zu durchbrechen, ohne Rücksicht darauf, welche Trümmer wir hinterlassen könnten. Mit geschlossenen Augen überbrückte ich die letzten Millimeter zwischen uns, legte meine Lippen auf ihre und spürte im gleichen Moment, wie sie ihre Finger in meine Schultern krallte und sich auf die Zehenspitzen stellte. Sanft strich ich ihr mit den Daumen über die Wangen und drückte meinen Mund fester auf ihren, vertiefte den Kuss und ließ schließlich von ihr ab, öffnete die Augen und sah sie an. Unwillkürlich fragte ich mich, ob sie ihre Augen überhaupt geschlossen oder ob sie mich die ganze Zeit beobachtet hatte.

»Siehst du *jetzt* die Gefahr, Blake?« Sie ließ sich zurück auf ihre Fersen sinken und legte ihre Hände auf meine Brust, machte allerdings keine Anstalten, sich von mir zu entfernen. »Wir könnten es bereuen.«

Ich nickte und realisierte, dass ein Lächeln meine Lippen umspielte. »Die Frage sollte lauten, ob ich Angst habe.« Ohne Vorwarnung senkte ich die Lippen erneut auf ihre, legte ihr eine Hand in den Nacken, um sie an mich zu ziehen. Sie gab dem Drängen nach und keuchte leise auf, als sich meine Zunge Eintritt in ihren Mund verschaffte. Ich ließ eine Hand an ihrer Seite herunter gleiten, spürte durch den weichen Stoff des Wollkleids ihre Wärme unter meinen Fingern. Meine Hand verharrte an ihrer Taille und ich zog sie noch näher, sodass sich ihre Brüste gegen meine Brust drückten. Ich konnte gar nicht anders, als mich auf jede kleinste Berührung zu konzentrieren, und stöhnte leise auf, als sich ihre Finger in meinem Nacken in den Haaransatz krallten. Der betörende, warme Vanille-Duft ihrer Haut, der sich mit der sanften Fruchtnote ihrer Haare mischte, ließ mich fast den Verstand verlieren und ich wusste, wenn wir nicht sofort aufhörten, würde es für uns kein Halten mehr geben.

»Hast du Angst, Blake?« Sie hauchte mir die Frage zwischen zwei Küssen zu. Sie war genauso atemlos wie ich, ihr Herz schlug genauso schnell wie meins.

Blitzschnell griff ich unter ihren Hintern und hob sie hoch, was ihr einen überraschten Aufschrei entlockte. »Nein«, erwiderte ich mit so tiefer Stimme, dass ihr die Erregung darin unmöglich entgehen konnte. »Ich liebe Gefahr«, presste ich hervor, sah zu ihr hoch und sie drückte ihren Unterleib fester an mich, hielt sich an meinen Schultern fest. »Und ich wüsste nicht, was ich hiervon bereuen sollte.«

Sue biss sich auf die Unterlippe. »Dann hätten wir ja die Formalitäten geklärt«, hauchte sie. Ihre Pupillen vergrößerten sich, und ich sah sie schlucken, ehe sie schließlich nickte und mit dem Zeigefinger meinen Kiefer nachfuhr. In quälender Langsamkeit senkte sie ihren Kopf zu mir herunter und setzte einen einzelnen Kuss auf meinen Kiefer, was eine Welle der Erregung durch meinen Körper jagte. Ich schauderte unter ihrer Berührung, und sie schien es zu spüren, denn auf den Kuss folgten weitere, bis sie schließlich eine Spur meinen Hals entlang zog.

»Sue, Gott«, krächzte ich und verstärkte den Griff um ihren Po, trug sie zu meinem Sofa hinüber und ließ mich mit ihr auf dem Schoß ins Polster sinken. Unwillkürlich zuckte sie zusammen, als sie meine Erektion unter sich spürte, doch statt uns gerade noch rechtzeitig zu stoppen, blitzte etwas Diabolisches in ihrem Blick auf. Sie fuhr sich mit der Zunge über die Lippen und sah mich aus ihren großen Augen an, als wartete sie ebenfalls darauf, ob ich noch einen Schritt weiter gehen würde. In betonter Langsamkeit begann sie, vom Kragen abwärts die Knöpfe meines Hemdes zu öffnen, und ich beobachtete sie, wobei meine Erektion schmerzhaft gegen meine Jeans pulsierte. Beim letzten Knopf angekommen machte sie nicht etwa Halt, sondern widmete sich übergangslos dem Knopf meiner Hose, wofür sie ein Stück auf meinem Schoß Richtung Knie rutschte. In dem Moment, als meine Erektion an ihrer Mitte entlangfuhr, entkam ihrer Kehle ein leises Keuchen.

Sie öffnete den Reißverschluss und strich über meine Boxershorts, die darunter zum Vorschein kam. Ich griff pfeilschnell nach ihren Handgelenken und zog sie zurück zu mir, sodass mein Mund direkt an ihrem Ohr lag. »Wenn du nicht willst, dass ich hier und jetzt komme, solltest du das lassen«, knurrte ich ihr ins Ohr.

Sie versteifte sich für eine Sekunde, stemmte sich von mir weg und zuckte mit den Achseln. Ungeniert strich sie mir das Hemd von den Schultern, zog an den Ärmeln und warf es achtlos auf den Boden, ehe sie ihre Hände unter mein Shirt gleiten ließ. »Du lebst wohl doch nicht *so* gefährlich«, entgegnete sie überlegen und begann, sich in kreisenden Bewegungen auf mir zu bewegen. Vor meinen Augen tanzten Schatten und Lichter, bis mir schwindelig wurde. Zentimeter für Zentimeter wanderte sie unter dem Shirt nach oben, fuhr über meine Hüftknochen, über die Bauchmuskeln und seitlich bis nach oben zu meinen Schulterblättern.

»Du hast es so gewollt«, keuchte ich, griff zum Saum meines Shirts und zog es mir in einer fließenden Bewegung über den Kopf. Ich ließ Sue keine Zeit, noch weiter nach vorn zu drängen, sondern umfasste ihren Oberkörper, um sie herumzudrehen. Einen Wimpernschlag später fanden wir uns in der Waagerechten wieder, sie unter mir, mit so pechschwarzen Augen, die nach mehr schrien, dass mir eine Gänsehaut über den ganzen Körper jagte.

»Ich glaube, ich habe noch zu viel an.« Gespielt unschuldig zupfte sie an ihrem eng anliegenden Wollkleid, und ich musste mich beherrschen, es ihr nicht einfach vom Leib zu reißen.

»Dein loses Mundwerk bringt *dich* noch mal in Gefahr, Sue«, erklärte ich und senkte mich auf sie herab, suchte ihren Mund mit meinem und küsste sie. Erst so zart, dass ich mich selbst über meine Selbstbeherrschung wunderte, dann drängender, bis sie sich mir schließlich gierig entgegenreckte. Sie schmeckte nach dem Wein, der uns vielleicht zu Kopf gestiegen war und das hier erst ermöglicht hatte, wer wusste das schon? Ich erkundete ihren Mund mit meiner Zunge und in dem Moment, in dem sie mir in die Unterlippe biss, war es um mich geschehen. »Sue«, stöhnte ich an ihrem Ohr und spürte ihren warmen, schnellen Atem an meinem Hals. Sie schob mich von sich und stand auf, wobei ihr Blick meinen Bauch entlangwanderte. Mit einem Nicken bedeutete sie mir, mich hinzulegen. Ein vorfreudiges Grinsen schlich sich auf meine Züge, als Sue unter ihr Kleid griff, um ihre Strumpfhose betont langsam von ihren Beinen zu streifen. Meine Hoffnung bekam erst einen kleinen Dämpfer, als sie sich samt Kleid rittlings auf mich setzte, doch dann erkannte ich, wie sexy das war. Ich fuhr mit den Händen ihre weichen Oberschenkel entlang, packte fester zu und schämte mich nicht für das Knurren, das meiner Kehle entkam. Ich griff nach ihrem Kleid, um es nach oben zu schieben, und unterbrach unseren Kuss, um an ihren Lippen zu raunen: »Ich glaube, du hast immer noch zu viel an, oder?«

Sie schmunzelte und richtete sich auf, zog sich ihr Kleid über den Kopf. Das schummrige Licht der Tischleuchte umschmeichelte ihren Körper, und nahezu ehrfürchtig hob ich die Hand, um mit den Fingerspitzen sanfte Spuren über ihre Haut zu ziehen. Sofort bildete sich überall dort, wo ich sie berührte, eine Gänsehaut und sie schauderte, stieß angespannt Luft aus und senkte sinnlich die Lider. Sue strahlte absolute Selbstsicherheit aus, als sie mit ihren Händen auf ihren Rücken griff und genau das tat, was ich gehofft hatte. Nachdem sie den

BH geöffnet hatte, strich sie erst einen schwarzen Spitzenträger von ihrer Schulter, dann den zweiten, sodass der BH bleischwer auf meinem Bauch landete. »Besser so?« Ihre Stimme war kaum mehr als ein erregtes Krächzen.

Ich schluckte und starrte ihre Brüste an, die aufgestellten Brustwarzen. »Viel besser«, erklärte ich, spannte die Bauchmuskeln an und setzte mich auf, fasste nach ihren Brüsten und fuhr mit den Daumen darüber. Stöhnend neigte sie sich zu mir, was ich als Einladung sah, mit der Zungenspitze über ihre Brustwarzen zu streichen, woraufhin sie ihre Fingernägel in meine Schultern krallte. Ich verteilte sanfte Küsse auf ihrem Dekolleté, ihrem Schlüsselbein, ihrem Hals, während meine Fingerspitzen über ihren Rücken nach unten wanderten. Begierig griff ich nach ihrem Hintern, und Sue drängte sich gegen meine Erektion, fasste nach meiner Jeans und schob sie zurück. Kurz lösten wir uns voneinander, damit ich hastig die Hose von meinen Beinen zerren konnte. Unser beider Atem ging so schnell, und in mir gab es nur noch einen Wunsch: den, in ihr zu sein. Ich begann, ihren Hintern zu kneten, und Sue fasste als Antwort darauf nach meiner Erektion, was mir ein lautes Stöhnen entlockte. Ich hakte einen Finger unter den Stoff ihres Höschens. »Ich glaube, das hier fehlt noch«, raunte ich ihr ins Ohr und fuhr weiter unter den Stoff, bis Sue erregt seufzte und den Kopf in den Nacken warf. Sie war so feucht, und sie zu berühren versetzte mich in Ekstase. Wieder legte ich die Arme um ihren Körper, der mir mit einem Mal so federleicht vorkam, als hätten übersinnliche Kräfte von mir Besitz ergriffen, und wirbelte sie herum, bis sie auf dem Rücken lag. Ich stand vom Sofa auf, meine Erektion drohte meine Boxershorts zu sprengen, und als ich in Sues verlangendes Gesicht blickte, war mir egal, ob das, was jetzt kommen würde, schlau war oder nicht. Ob wir es bereuen würden. Ich machte einen Schritt zum Beistelltisch, zog die Schublade auf, um eine Kondomverpackung herauszufischen.

Sue nickte lächelnd und blickte atemlos zu dem Päckchen in meiner Hand. Schluckend riss ich es auf und die Hose von meiner Hüfte, rollte das Kondom über und trat zurück zu Sue.

»Brauchst du das noch?« Ich zupfte an dem schwarzen Spitzenstoff ihres Höschens.

»Ich glaube nicht.« Wie in Zeitlupe ließ sie ihren Kopf von einer Seite zur anderen wandern und spreizte einladend die Beine.

»Na dann.« Ich grinste, hakte die Zeigefinger zwischen die Spitze und riss sie mit einem Ruck entzwei. Das Geräusch heizte meine Erregung noch mehr an, und als ich mit dem Daumen über ihre intimste Stelle fuhr, stöhnte Sue gequält auf.

»Blake«, japste sie ungeduldig und hob mir ihr Becken entgegen.

Ohne auch nur eine weitere, qualvolle Sekunde zu warten, stemmte ich meine Hände neben ihrem Gesicht ins Sofa und berührte sie mit der Spitze meiner Erektion, drängte gegen sie, bevor ich noch ein letztes Mal ihren Blick suchte. »Sue?«, krächzte ich atemlos, und als Antwort hob sie ihre Hände, packte meinen Hintern und zog mich näher zu sich. Das war mir Antwort genug.

Sie biss sich teuflisch grinsend auf die Unterlippe, ihr Blick war vor Erregung verschleiert. »Du glaubst doch nicht wirklich, dass ich *jetzt* aufhören w…« Ich schnitt ihr das Wort ab, indem ich gleichzeitig meinen Mund auf ihren senkte und in sie hineinglitt. Enge, feuchte Wärme umfing mich, sodass meiner Kehle ein Stöhnen entkam. Ich warf den Kopf in den Nacken, als ich mich wieder ein Stück zurückzog, um mich für eine Sekunde zu sammeln, ehe ich wieder in sie stieß. »Blake, oh Gott«, stöhnte sie und krallte ihre Hände noch fester in meinen Hintern. Kraftvoll stieß ich in sie, und wie weggeblasen war die Sorge, dass das hier falsch sein könnte. Mit jedem Stoß schrammte das Sofa über den Boden, und je schneller ich wurde, desto atemloser wurde Sue. Sie keuchte, griff nach meinen Schultern, um mich zu sich herunterzuziehen, und ihr warmer Atem traf auf meinen Hals. Ich presste die Kiefer aufeinander und konzentrierte mich darauf, nicht vor ihr zu kommen. »Blake«, schrie sie meinen Namen nun, und ich spürte, wie sich sämtliches Kribbeln wie Funken in meinen Lenden sammelte. Ich war *so* kurz davor. »Ja, genau so«, japste sie mit geschlossenen Lidern und hob ihr Kinn an, ehe sie sich eine Sekunde später unter mir anspannte und die Zähne aufeinanderbiss. »Ja, ja, ja, Blake«, schrie sie, feuerte mich an, und ich merkte, wie sie sich zitternd um mich verkrampfte und schließlich kam. »Oh mein Gott«, keuchte sie, woraufhin ich jede Selbstbeherrschung aufgab und mich ebenfalls von meinem Orgasmus überrollen ließ. Pulsierende, langsamere Stöße, bis meine Muskeln erschlafften und ich zitternd auf ihr zusammenbrach, bemüht, mein Gewicht auf meinen aufgestützten Unterarmen zu tragen.

Ich öffnete die Augen und fand ihren Blick. Sie lächelte, und zu meiner Erleichterung war da keine Reue in ihm zu sehen. Noch nicht. »Das ...« Ich seufzte und ließ den Blick über ihren nackten Körper wandern. Sie war noch viel wunderschöner, als ich es mir all die Male vorgestellt hatte. »... war heiß.« Sue nickte lachend und machte keine Anstalten, sich unter meinem hemmungslosen Blick zu bedecken. Dieses schier unerschütterliche Selbstbewusstsein war es, das mich anzog. Das mich schon immer in seinen Bann gezogen hatte, und ich bezweifelte in diesem Moment noch viel mehr als sonst, dass sich das jemals ändern würde. Und als hätte sich ein Schalter umgelegt, prasselten nun doch die Zweifel auf mich ein, vor denen ich mich gefürchtet hatte. Was zur Hölle hatten wir uns nur dabei gedacht?

14. Kapitel

Sue

Ich stand in Blakes winzigem Gäste-Badezimmer, den traurigen Fetzen, der mal mein Lieblingshöschen gewesen war, in meinen Händen. Hatte ich es kommen sehen? Seufzend trat ich auf das Pedal des kleinen Edelstahl-Kosmetikeimers und ließ den tiefschwarzen Stoff hineinfallen. Ja. Ja, ich hatte es kommen sehen. Natürlich. Schon im Restaurant hatte es diesen einen, ganz besonders intensiven Moment zwischen uns gegeben, in dem wir beide ganz genau gewusst hatten, was geschehen würde. Zu gern hätte ich mir eingeredet, dass es der Wein gewesen war, der mir zu Kopf gestiegen war, doch ich wusste, dass das nicht stimmte. Seit Tagen hatte sich zu der seltsamen Freude, wenn ich Blake sah, mit ihm sprach, diese Begierde gesellt. Ich hatte mir all die Male, die er mich nach Hause begleitet hatte, einreden wollen, dass ich nur verwirrt war, wegen der ganzen Adoptionssache und meiner Jobsuche. Dass meine Emotionen alles in mir durcheinanderwirbelten und ich nichts auf dieses Gefühl, dieses Verlangen nach ihm geben sollte. Doch die letzte halbe Stunde hatte mich eines Besseren belehrt. Sie hatte mir gezeigt, dass es noch mehr in meinem Leben gab als meine Karriere. Dass ich, tief in mir verborgen, einen anderen Wunsch hegte, den ich mir nur niemals eingestanden hatte, der immer unter der Oberfläche meines Bewusstseins versteckt gewesen war. Ich hatte gehofft, er würde einfach im Meer meiner unerfüllten Wünsche versinken, denn das hätte alles so viel einfacher gemacht. Wenn man zwei gleichstarke Wünsche hatte, die nicht zueinander passten, ging man immer als Verlierer aus der Sache hervor. Und man ging unter.

Ich hob den Blick, um mich im Spiegel zu betrachten, und wusste, dass ich eine Verliererin sah. Ich konnte bisher noch so viel erreicht haben. Ich hatte verloren. Mindestens einen meiner Wünsche, denn es musste schon ein Wunder geschehen, dass ich beides bekam. Ich zuckte zusammen, da ich es mit einem Mal so klar vor meinem geistigen Auge sah: Da war ich, gekleidet in mein teuerstes Kostüm. Das, in dem ich das Gefühl hatte, mich der ganzen Welt stellen und alle Bösewichte hinter Gitter bringen zu können. Ich sah, wie ich vor dem Supreme Court auf die Geschworenen einredete, denn all die Jahre hatte ich nur das höchste aller möglichen Ziele vor Augen gehabt. Nur so hatte ich wachsen können. Ich krallte meine Finger in das stilvolle Waschbecken, das aussah, als hätte man es aus einem riesigen schwarz-grauen Stein gehauen, und atmete tief durch. An diesem Wunsch hatte sich nichts geändert. Nur, dass jetzt, auf gleicher Ebene ein weiterer Wunsch aufflackerte wie ein Stern in der dunkelsten Nacht. »Blake«, flüsterte ich ungläubig und schnaubte, als könnte ich meinen eigenen Gedanken keinen Glauben schenken. Als bildete ich mir das Kribbeln in meinem Bauch, das schmerzhafte Ziehen und die puddingweichen Knie nur ein.

Warum nur war ich bis zum Äußersten mit ihm gegangen? Warum war ich nicht auf sein Zögern eingegangen? Er hatte mir mehrmals die Wahl gelassen, dafür hatte er keine Worte gebraucht, ich hatte es in seinen Augen gelesen. Aber ich wusste, warum, denn ich war vielleicht so verwirrt wie noch nie in meinem Leben, aber ich war nicht dumm. Meine Rückkehr nach Saint Mellows hatte mir vor Augen geführt, wovor ich wirklich immer geflüchtet war: davor, mich entscheiden zu müssen. Zwischen dem Job, in dem ich meine Bestimmung sah, und dem Mann, den ich liebte, seit ich zur Highschool gegangen war. Ich hatte mit Blake geschlafen und mir dadurch nur alles viel schwerer gemacht, denn jetzt wusste ich erst, wie anders Sex sein konnte, wenn Gefühle im Spiel waren.

Ich öffnete den Wasserhahn und hielt meine Handgelenke unter das kalte Wasser, was mir einen Schauder über den Rücken jagte. Wäre ich nicht geschminkt gewesen, hätte ich mir das eiskalte Wasser ins Gesicht gespritzt, in der Hoffnung, wieder etwas klarer denken zu können, sobald ich aus der Tür trat und zurück zu Blake ging. Vermutlich wunderte er sich schon, wo ich blieb, denn ich hatte ihn schon vor einigen Minuten die Treppe herunterkommen hören. Ich legte meine Hand auf die Türklinke und versuchte, mein wummerndes Herz zu beruhigen, indem ich mit geschlossenen Augen ein paar Sekunden einatmete und die Luft anhielt, ehe ich sie wieder aus meinen Lungen stieß. Ich wiederholte es ein paarmal, bis ich mich gewappneter fühlte, und schlich zurück in Blakes Wohnküche. Keine Ahnung, warum, aber ich wollte es vermeiden, unnötige Geräusche zu verursachen, also setzte ich vorsichtig einen Fuß vor den nächsten. Ich spähte in den Raum hinein und sah Blake oberkörperfrei auf einem seiner Barhocker sitzen, in einer Tasse rührend, aus der Dampf emporstieg. Ihn jetzt, *danach,* halb nackt in der Küche zu sehen machte irgendetwas mit mir. Das war eine ganz andere Art der Intimität und des Vertrauens zwischen uns. Es ging alles so schnell. Waren wir übereilt über unsere eigenen Grenzen getreten? Wäre mir weniger flau im Magen gewesen, wenn wir noch ein paar Tage oder Wochen gewartet hätten? Vielleicht wäre ich dann bereits nicht mehr hier gewesen, in Saint Mellows, bei Blake, und all das wäre überhaupt nicht passiert. Ein Zittern überkam mich und ich war froh um mein wärmendes Wollkleid. Einzig das Wissen, unter meiner Strumpfhose keine Unterwäsche zu tragen, trieb mir die Hitze ins Gesicht.

Ich räusperte mich und lief auf ihn zu, ließ mich wortlos neben ihm auf einem Hocker nieder. Er schob mir, ohne aufzublicken, eine Tasse zu, aus der es ebenfalls dampfte, und ich nahm den Duft des Instantkaffees wahr. Er musste die ersten beiden Tassen weggekippt haben. Ich griff nach dem Löffel und rührte um, sodass das einzige Geräusch das Klirren der Löffel in den Tassen war. »Blake?« Meine Stimme war erstaunlich fest dafür, wie schwach ich mir vorkam.

Es war, als hätte ich ihn aus einer Starre befreit, denn er richtete sich auf, atmete durch und wandte sich mir zu. Ich versuchte gar nicht erst, den Blick *nicht* über seine nackte Brust wandern zu lassen. Das warme, schummrige Licht hinten beim Sofa hatte seinen Körper umschmeichelt, hatte ihn so viel weicher wirken lassen. Hier in der Küche, im hellen Licht der Deckenlampe sah er viel … echter aus. Muskulös, stark, kantig. Ich folgte mit den Augen der zarten Spur aus Haaren, die sich von seinem Nabel über den Bauch zog und schließlich unter seinem Hosenbund verschwand. Ich widerstand der Versuchung, mit den Fingerspitzen über seine Hüftknochen zu fahren, eine Stelle an seinem Körper, die mich magisch anzuziehen schien. Ich entdeckte eine ziemlich breite Narbe an seiner Flanke und fragte mich, wie er sie sich zugezogen hatte, doch es war, als hätte ich verlernt zu sprechen. »Sue«, entgegnete er und hob den Arm, um mir seine Hand auf den Oberschenkel zu legen. Augenblicklich durchzuckte mich eine verräterische Hitze. »Glaubst du, du wirst es bereuen?«

Seine direkte Frage fegte wie ein Sandsturm durch meine Kehle und hinterließ nichts als trockenen Schmerz. Ich schaffte es kaum zu schlucken.

Ich schüttelte den Kopf, nickte und schüttelte wieder den Kopf, ehe ich die Schultern hängen ließ und seufzend durchatmete. »Das weiß ich nicht. Du denn?«

Ein Lächeln umspielte seine Lippen, das all die verwirrenden Emotionen transportierte, die auch ich fühlte. »Weißt du, woran ich denken muss?« Er nahm seine Hand zurück, und sie fehlte mir sofort. Verräterisches Herz.

Ich schüttelte den Kopf und umschloss die Kaffeetasse mit beiden Händen, wärmte meine eiskalten Finger an ihr. »Woran?«

»An Ikarus.« Er fuhr sich durch seine verstrubbelten Haare, in denen ich vor wenigen Minuten noch meine Finger vergraben hatte.

Ich runzelte die Stirn, unsicher, ob ich genau verstand, was er mir damit sagen wollte. »Ikarus? Der Sohn des Dädalus, dem Künstler und Erfinder?«

Blake schmunzelte, nickte aber. »Genau. Kennst du seine Geschichte? Den Mythos?«

Ich erinnerte mich nicht, was mir einen Stich versetzte, denn ich hasste es, keine Antworten zu haben. »Nein«, gab ich trotzdem zu. »Ich hatte eher mit Justitia, der Göttin der Gerechtigkeit zu tun, weißt du?« Ich hob den Kaffee an meine Lippen, um einen vorsichtigen Schluck zu nehmen. Leider schmeckte die Plörre scheußlich, doch das hielt mich nicht davon ab, einen zweiten Schluck zu nehmen. »Erzähl mir davon.«

Blake wandte den Kopf ab und sah für einen langen Atemzug aus dem Fenster, vor dem die Dunkelheit der Nacht hereingebrochen war. Zwischen den Dielen seiner Veranda, von der aus man in den Garten gelangte, waren Spots installiert worden, in deren Schein man den wütenden Schneesturm ausmachen konnte. Der Anblick ließ mich frösteln, und unweigerlich war ich froh, sicher bei Blake zu sein, in seinem warmen Heim. Auch wenn mich bei dem Gedanken, dass ich dank des Sturms wohl die ganze Nacht hier verbringen würde, Unsicherheit überkam. »Ikarus und sein Vater Dädalus wurden bestraft«, begann Blake, schob seinen Zeigefinger durch den Henkel seiner schwarzen Tasse und hielt sie vor seinem Bauch auf dem Schoß.

»Was haben sie angestellt?« Ich drehte mich ein Stück auf dem Hocker zu ihm herum, und er tat es mir gleich.

»Das ist eine lange Geschichte. Im Grunde hat Dädalus Theseus dabei geholfen, den Minotaurus zu töten, der auf Kreta in einem Labyrinth eingesperrt war, das Dädalus entworfen hatte. Als Strafe dafür hielt Minos, der König von Kreta, Dädalus und seinen Sohn Ikarus in ebendiesem Labyrinth gefangen.«

»Kämpfe, Schlachten, Tod, griechische Mythologie«, seufzte ich und rang mir ein Lächeln ab, das Blake erwiderte.

»Und Liebe, Leidenschaft und Wein in Hülle und Fülle«, ergänzte er schmunzelnd, und eine seiner Augenbrauen zuckte verräterisch in die Höhe. Er war nervös. Ich war es auch, so nervös.

»Wie geht es weiter?« Ich nippte an meinem Kaffee und stupste sein Knie mit meinem an, wobei ich mich noch ein wenig mehr zu ihm herumdrehte.

Er stupste zurück, drehte sich ebenfalls weiter und endlich saßen wir uns direkt gegenüber, Knie an Knie. Ich versuchte angestrengt herauszufinden, warum genau er ausgerechnet jetzt auf diese Geschichte gekommen war.

»Dädalus entwarf Flügel aus Federn, Wachs und einem Gestänge, damit er und sein Sohn aus dem Labyrinth herausfliegen konnten.« Blake zuckte mit den Schultern, und ich fragte mich, ob er mir damit sagen wollte, dass er sich gefangen fühlte. Ob er sich in diesem Augenblick selbst nach Flügeln sehnte, die ihn befreiten? Doch wovon?

»Du klingst, als wäre es schiefgegangen?«

Blake nickte und hob seine freie Hand, um sie mir wieder wie selbstverständlich auf das Knie zu legen. Ich hätte schwören können, dass meine Haut unter seiner Berührung in Flammen aufging. »Dädalus hatte seinem Sohn eingeschärft, weder zu hoch noch zu tief zu fliegen, da …«

»Wachs in der Sonne schmilzt und die Federn zu nah am Meer nass und schwer geworden wären und ihn heruntergezogen hätten«, schlussfolgerte ich.

»Streber«, grinste Blake und schnippte mir gegen das Knie. »So wie damals.«

»Ts!« Ich hob eine Augenbraue. »Kann ja nicht jeder so ein cooler Rebell und Dauergast bei Mrs. O'Finleys Nachsitzkurs sein wie du.«

»Ich war doch nicht *cool*«, echauffierte er sich und hob die freie Hand, um Gänsefüßchen in die Luft zu zeichnen. »Rebellisch vielleicht ein kleines bisschen.« Er lachte und fuhr sich durch seine Haare, konzentrierte sich wieder auf die Geschichte. »Ikarus wurde übermütig und flog zu hoch, dem Rausch verfallen und dem Gefühl, dass ihm nichts widerfahren, ihn nichts stoppen könnte. Seine Flügel schmolzen, und er fiel ins Meer, in dem er ertrank.«

Mein Puls pochte mir im Hals, dass es schmerzte. Mein Herz hämmerte gegen meine Brust, als wollte es direkt in Blakes Arme hüpfen, denn ich glaubte, langsam zu verstehen. »Und warum hast du an Ikarus gedacht?« Ich war froh, dass meine Tasse nur noch zur Hälfte gefüllt war, da ich es kaum schaffte, das Zittern meiner Finger unter Kontrolle zu bekommen. Ich war mir nicht sicher, ob Blake es bemerkte, denn sein Blick lag unbeirrt auf meinem Gesicht und mit jeder verstreichenden Sekunde fiel es mir schwerer, ihm in die Augen zu sehen. Es war, als sah er durch mich hindurch direkt in meinen Kopf, in mein Herz und in jedes kleinste, verräterische Molekül meines Körpers. Ich befürchtete, dass er mir von den Augen ablesen könnte, was ich für ihn empfand. Denn – und die Erkenntnis raubte mir fast den Atem – ich sah es auch in seinem Blick. In diesem Moment lagen darin weder Härte noch seine typische Lässigkeit oder das verschmitzte Aufflackern von Überlegenheit. Sein Blick war nackt, roh, verletzlich. Da war kein Schleier mehr über ihm, keine Mauer, nichts als pure Ehrlichkeit. Es riss mir fast den Boden unter den Füßen weg, und selbst im Sitzen fühlte ich mich, als wankte ich an Deck eines Schiffs im Sturm.

»Weil ich nicht weiß, ob ich fliege oder falle.«

»Du bereust es«, schloss ich und senkte den Blick, da ich es nicht ertragen hätte, ihm in die Augen zu sehen, während er mich abservierte. Direkt, nachdem wir miteinander geschlafen hatten.

Ich spürte seine Hand an meinem Kinn, und er hob es nachdrücklich an. »Niemals, Sue.« Er schluckte, und seine haselnussbraunen Iriden wirkten fast schwarz.

»Warum sagst du es dann?« Ich runzelte die Stirn und griff nach seiner Hand, um sie aus meinem Gesicht zu nehmen, ließ sie aber nicht los. In meinem Inneren heulte der Wind lauter als vor den Fenstern.

»Wir hatten gerade Sex«, erklärte er, ohne wirklich irgendetwas damit zu erklären.

»Ich weiß«, murmelte ich und verdrehte die Augen. »Ich war dabei.«

Blake schmunzelte und seufzte schließlich, da ich ihn fragend anblickte. »Ich will mit dir fliegen, Sue.« Seine Unverblümtheit drang mir bis ins Mark, und ich spürte, wie sich mein Inneres schmerzhaft zusammenzog. »Aber ich frage mich, ob wir zu übermütig waren.«

»Es gibt kein Zurück mehr ins Labyrinth«, erwiderte ich nickend und straffte die Schultern, legte mehr Kraft in meine Stimme, da ich nicht kleinlaut klingen wollte. »Wir befinden uns schon in der Luft.«

Er rutschte von seinem Hocker, beugte sich zu mir herüber und griff nach der Tasse in meinem Schoß, um sie neben seine auf die Kücheninsel zu stellen. Er umfasste meine Finger mit seinen, wobei mir die Wärme seiner Haut wie eine angenehme Sommerbrise über den Rücken fuhr. »Wie hoch können wir fliegen, ehe wir uns verbrennen, Sue?« Seine Stimme war kaum mehr als ein Flüstern, doch seine Worte hallten ohrenbetäubend in mir wider. Sie berührten etwas tief in mir. Wie war es möglich, dass eine einzige Frage dazu imstande war, das Bild, das ich von meiner Zukunft hatte, so sehr auf den Kopf zu stellen, dass ich selbst nicht mehr erkennen konnte, was darauf zu sehen war?

»Blake, ich …« Es war, als legte sich eine eiserne Faust um meinen Hals und drückte zu. Ich verkrampfte, ballte meine Hände in seinen zu Fäusten, denn ich kannte die Antwort nicht. »Ich weiß es nicht.« Aus meiner Kehle löste sich ein Schluchzer.

Blake strich über meine Hände, immer und immer wieder fuhren seine Daumen über meine Haut und ich wartete sehnsüchtig darauf, dass er noch etwas erwiderte. Dass seine Frage nicht unbeantwortet blieb. Zögerlich nahm er eine Hand von meiner, um sie an mein Gesicht zu heben und mir zärtlich über die Wange zu streichen. Zuerst dachte ich, dass er mir vielleicht eine unbemerkte Träne fortwischte, doch ich weinte nicht. Als wären alle Tränen aufgebraucht. Was er machte, war, mir seine Nähe zu geben, mir zu zeigen, dass er für mich da war, und ich verstand nicht, womit ich das verdient hatte. Ich hasste dieses Gefühl, dieses Selbstmitleid, doch manchmal kam ich nicht dagegen an. »Wollen wir es herausfinden oder …« Blake stockte, hielt in der Bewegung inne und holte tief Luft.

»Oder aufhören, wenn es am schönsten ist?«, beendete ich mutig seinen Satz, wobei meine Stimme brach. Das warme Lodern in Blakes braunen Augen setzte für einen Moment aus, und ich fürchtete seine Vernunft. Denn wäre das nicht am vernünftigsten gewesen? Uns zu retten, ehe wir verbrannten? Nicht höher zu fliegen, damit wir nicht am Ende fielen, sondern dafür zu sorgen, sicher auf festen Boden zu gelangen?

Mit einem Mal flackerten die Lichter um uns herum, was uns aufschrecken ließ. Blake sprang vom Hocker auf, ließ meine Hände los und runzelte die Stirn, sah besorgt aus dem Fenster in den tiefschwarzen Garten. Die Spots in der Veranda glimmten gegen den dichten Schneefall an, und kaum eine Sekunde später saßen wir im Dunkeln. »Was zur Hölle?« Blakes gepresste Stimme drang durch die Dunkelheit, und ich hörte seine Schritte doppelt so laut wie normalerweise. Ich riss die Augen weit auf, doch ich konnte nicht einmal meine eigene Hand vor dem Gesicht erkennen.

»Blake?« Ich wollte aufstehen, tastete blind nach der Arbeitsplatte.

»Bleib sitzen«, bat er mich, und ich hörte es klicken. Vermutlich versuchte er, den Lichtschalter zu betätigen, doch nichts geschah. »Stromausfall«, stöhnte er, und wieder nahm ich seine Schritte wahr. Ich konzentrierte mich, um kein Geräusch zu verpassen, und drehte mich auf dem Hocker in die Richtung, in der ich ihn vermutete. Er schien in den Flur zu laufen, und ich behielt recht, denn wenig später flackerte weißes Licht von dort auf. »Verdammt«, fluchte er, und ich hörte etwas Metallenes klappern.

»Was machst du da?«, rief ich ihm zu und hörte meinen eigenen Puls in meinen Ohren. Das Licht im Flur ging aus.

»Die Heizung ist auch ausgefallen«, erklärte er mir, und ich hörte ihn näher kommen. »Das Wasser in den Rohren bleibt noch höchstens drei Stunden warm, danach wird es hier bitterkalt werden.«

»Prima«, erwiderte ich und fuhr mir fröstelnd über den Oberarm, als wäre es jetzt schon eiskalt im Haus. »Was nun?«

Ich hörte Blake leise lachen. »Keine Ahnung. Ich könnte

den Kamin anmachen, aber der schafft es nicht einmal, das Wohnzimmer komplett warm zu halten.«

»Ich will nicht erfrieren.« Ich hoffte, dass er meiner Stimme anhörte, dass ich einen Scherz machte.

»Schon klar.« Er lachte etwas lauter, was mich erleichtert aufatmen ließ, und ich hörte ihn durch den Raum laufen, auf das Sofa zu. Als er zu mir zurückkam, raschelte Kleidung. Die Stille zwischen uns wurde durch die Vibration von Blakes Handy unterbrochen. Er zog es aus der Hosentasche, und im blauen Licht des Displays erkannte ich, dass er sich sein Shirt und das Hemd übergezogen hatte. »Mein Bruder«, informierte er mich und nahm das Gespräch an. »Hey Dev«, begrüßte er ihn. »Bei dir auch? Was?« Er klang ungläubig, und im fahlen Schein des Handys konnte ich schwach seine Gesichtszüge und Gestik ausmachen. Er fuhr sich durch die Haare. »Nicht dein Ernst, die ganze Stadt?« Ich schluckte, als mir bewusst wurde, was er da von sich gab, und klammerte mich mit den Fingern an den Hocker. Plötzlich lachte er auf. »Wow, das wird Abby bestimmt für immer im Gedächtnis bleiben.«

Abby? Was faselte er da? »Blake«, zischte ich ungeduldig werdend.

»Gleich«, flüsterte er mir zu, und ich kam mir vor wie ein Kleinkind, das er tadelte. Vermutlich zu Recht, wie mir klar wurde. »Alles klar, wir kommen.« Er stockte, und ich sah seinen Kehlkopf hüpfen. »Ja, *wir*. Sue ist bei mir«, murmelte er in den Hörer. »Halt die Klappe«, pfefferte er seinem Bruder durch das Handy entgegen, und ich hörte Devon am anderen Ende lachen. Ohne ein Wort der Verabschiedung legte Blake auf.

»Was ist los?«, wollte ich wissen, kaum dass er das Handy zurück in die Hosentasche gesteckt hatte.

»Stromausfall in ganz Saint Mellows«, erklärte er. »Alle Bewohner von Häusern ohne eigene Notfallgeneratoren sollen sich in der Aula der Highschool zusammenfinden.«

»Wir sollen durch den Sturm stapfen?« In meinen Ohren klingelte es, und ich erfror schon bei dem bloßen Gedanken daran.

»Wir können im Schritttempo mit meinem Wagen fahren.« Sein Vorschlag klang vernünftig, also gab ich brummend meine Zustimmung. »Warte hier, ich packe alles zusammen.«

»Alles?« Ich runzelte die Stirn. »Blake? Was *alles*?« Ich rutschte vom Hocker und machte Anstalten, ihm hinterher zu staksen. Prompt knallte ich mit dem Kopf gegen etwas Hartes, das sich als Blake herausstellte. »Autsch«, stöhnte ich und rieb mir über die Stirn.

»Ich bin noch da.« Das schadenfrohe Grinsen in seiner Stimme war nicht zu überhören. »Und ich habe ein Déjà-vu.«

»Nicht nur du«, grummelte ich und erinnerte mich daran, wie ich vor dem *Anne's* in ihn gerannt war. Es war nur wenige Wochen her, kam mir aber wie eine Ewigkeit vor. Statt mich allein in seiner Küche zurückzulassen, griff er nach meiner Hand und zog mich hinter sich her. »Was *alles*?«, wiederholte ich meine Frage von eben.

»Ich suche uns Skikleidung für den Weg heraus und Jogginghosen, Pullis, dicke Socken für dort«, zählte er auf. »Und unter dem Dach habe ich Schlafsäcke.«

»Keine zehn Pferde kriegen mich in diesem Leben noch mal auf einen fremden Dachboden.« Ich stoppte abrupt, wodurch auch Blake, der nach wie vor meine Hand hielt, zurücktaumelte. Gegen mich. Doch statt sofort einen Schritt zurückzusetzen, spürte ich die Wärme seines Oberkörpers an meinem. Seine freie Hand fuhr mir tröstend über den Oberarm.

»Das musst du doch auch nicht, Sue«, flüsterte er an meinem Ohr. Sein warmer Atem an meinem Hals sorgte dafür, dass sämtliche Alarmglocken in mir schrillten. »Meinetwegen niemals wieder, okay?«

Ich sog seinen warmen Duft nach Sägespänen und Zedernholz ein, der es schaffte, mich sofort zu erden, zu beruhigen. »Okay«, wisperte ich. Seine Nähe jagte eine Hitzewelle durch meinen Körper, die sich verräterisch zwischen meinen Beinen sammelte.

»Okay«, flüsterte auch er, und ich konnte seine Lippen beinahe auf meiner Haut fühlen. Ich spürte, wie er vorsichtig mit der Nasenspitze meine Wange entlangstrich, und wandte den Kopf ein Stück, um ihm entgegenzukommen.

»Was machen wir hier, Blake?« Meine Stimme war nur noch ein Raunen.

»Uns verbrennen«, erwiderte er und hauchte mir einen so zarten Kuss auf den Mundwinkel, dass mein Innerstes binnen Sekunden in Flammen stand.

»Okay.« Ich drehte den Kopf die fehlenden Zentimeter, bis unsere Lippen direkt aufeinanderlagen. »Okay«, wisperte ich atemlos und drückte meinen Mund zaghaft auf seinen, fuhr mit der Zunge über seine Lippen und seufzte leise auf, als er seine Hand in meinen Nacken legte, um mich an sich zu ziehen.

»Okay«, raunte er, griff nach meiner Taille und drängte sich mir entgegen, wodurch ich die harte Beule in seiner Jeans deutlich an meinem Bauch spüren konnte.

»Blake«, krächzte ich und wusste, dass es keine zehn Sekunden mehr dauern würde, bis mein Verlangen über alles andere die Oberhand gewann. Ich löste meine Hand aus seiner, um an seiner Seite entlangzustreichen. Wir unterbrachen den Kuss nicht, ließen unsere Zungen miteinander tanzen. Und verdammt, wir wussten beide, wo das enden würde, also kämpfte ich nicht länger dagegen an. Ich nahm die zweite Hand zur Hilfe, öffnete Knopf und Reißverschluss seiner Jeans und griff unter den Bund seiner Boxershorts, was ihn an meinem Mund stöhnen ließ.

»Sue, was …«

»Wir brennen«, erklärte ich ihm atemlos. »Lass uns brennen.«

Blake

»Wow.« Sue schlug sich die Hand vor den Mund, um ihr erstauntes Lachen zu verstecken. Ich hatte meinen SUV auf dem bereits gut gefüllten Lehrerparkplatz abgestellt und gemeinsam mit anderen Leuten, teilweise ganzen Familien, kämpften wir uns durch den Schnee, direkt auf den Haupteingang der Highschool zu. Direktor Mills stand mit seiner Frau Mildred, die von uns Schülern und Schülerinnen immer verlangt hatte, dass wir sie mit ihrem Vornamen ansprachen, am Eingang und wies den Ankommenden den Weg durch die Highschoolflure. Klar, denn nicht jeder Mellowianer war schon hier zur Schule gegangen. Sie verteilten Taschenlampen aus einer monströsen, transparenten Box, da es stockfinster in der Schule war.

»Hi Mr. Mills«, begrüßte Sue ihn und erntete ein überraschtes Strahlen von ihm. Ich musste mir ein Schnauben verkneifen, denn selbstverständlich hätte mir klar sein müssen, dass der Direktor sich freute, Sue zu sehen. Immerhin war sie eine der besten Schülerinnen seiner ganzen Laufbahn als Direktor einer Highschool gewesen.

»Suzanna, Sie hier?« Er legte ihr eine Hand auf die Schulter und irgendein Neandertaler-Gen in meinem Inneren wollte sie am liebsten direkt von ihrer Schulter reißen, als wäre ich der Einzige, der sie heute berühren durfte.

Ich schluckte und schüttelte den Kopf, um wieder etwas klarer zu werden, und setzte ebenfalls ein Lächeln auf. »Hi Direx«, grüßte ich ihn und grinste extrabreit, da mein Anblick ihm sofort einen Dämpfer verpasste.

»Blake Fairfield.« Direktor Mills stöhnte, beäugte Sue und mich misstrauisch und wandte sich wieder an Sue. »Wie es aussieht, halten Sie sich immer noch nicht von ihm fern.« Sue schluckte, zuckte mit den Schultern und wich eine Spur verlegen meinem Blick aus. Verdutzt zog ich die Augenbrauen zusammen, denn ich verstand nicht, worauf unser alter Schuldirektor hinauswollte. Hinter uns räusperte sich jemand, da wir alles aufhielten, was in Anbetracht des starken Schneefalls wirklich keine gute Idee war. »Es sind immer die coolen Rebellen, immer«, murrte Mr. Mills seufzend in seinen Schal, drückte Sue eine Taschenlampe in die Hand und winkte uns durch, deutete mit der Hand nach rechts.

»Danke.« Grinsend legte ich ihm die Hand auf die Schulter und beugte mich ein Stück zu ihm herunter. Schon damals war ich einen halben Kopf größer gewesen als er, doch jetzt, in diesem Moment, hatte ich endlich nicht mehr das Gefühl, ihn wie eine Autoritätsperson behandeln zu müssen, denn wir waren *beide* erwachsen. »Ich bin nicht cool und war es nie«, raunte ich ihm zu. »Und auch aus *Rebellen* wird in den meisten Fällen etwas, es wird ihnen nur besonders schwer gemacht. Vielleicht überdenken Sie mal Ihr System hier.« Keine Ahnung, wo das plötzlich herkam oder warum ich dachte, dass jetzt der richtige Augenblick war, um es loszuwerden. Doch es stimmte, denn ich hatte schon zu Schulzeiten nie das Ziel gehabt, ein cooler Rebell zu sein. Ich war einfach Ich gewesen, und sowohl Lehrer als auch Mr. Mills hatten versucht, mein Teenager-Ich einzustampfen, es in eine normgerechte Form zu pressen. Denn das machte bekanntermaßen weniger Arbeit, als auf jedes Individuum einzeln einzugehen. Lehrende hatten viel um die Ohren und waren gestresst, das sah ich an meinem kleinen Bruder, doch Schüler und Schülerinnen ging es ebenso. In Mr. Mills Augen blitzte Verwirrtheit auf, und ich klopfte ihm auf die Schulter, ehe ich Sue, die bereits vorausgelaufen war, schnellen Schrittes folgte.

»Du hast alles aufgehalten«, zischte sie mir zu, und ich stieß sie sachte mit der ausladenden Sporttasche an, in der ich unsere Kleidung und Schlafsäcke verstaut hatte.

»Ganz die alte freundliche, zuvorkommende Streberin, die nicht negativ auffallen will, hm?«, neckte ich sie und erntete dafür ein erzürntes Funkeln, doch zu meiner Überraschung erwiderte sie nichts mehr darauf, sondern zog ihr Handy aus der Manteltasche und atmete erleichtert auf. »Deine Eltern?« Sie nickte mir zu und ging im gleichen Atemzug ran, während sie die Taschenlampe an mich weiterreichte, damit ich uns den Weg leuchtete.

»Dad«, sagte sie gedämpft. »Alles okay bei euch?« Sie nickte, und man konnte genau beobachten, wie die Anspannung aus ihren Schultern wich, während ihr Dad sprach. »Gut, geht aber jetzt nicht mehr raus, okay?« Sie hatte sich um ihre Eltern gesorgt, da sie sie nicht hatte erreichen können. »Ich weiß, dass der schlimmste Sturm vorüber ist, aber trotzdem«, forderte sie in einem tadelnden Ton, was mich schmunzeln ließ. »Ich bin in der Saint Mellows High. Ja, Leena ist auch hier, mit Sam.« Sie nickte und schielte entschuldigend zu mir hoch, als täte es ihr leid, dass sie mich geheim hielt. »Bis morgen Dad, gib Mom, Millie und Bobby einen Kuss.« Sie schaltete das Display aus und ließ das Handy zurück in ihre Manteltasche gleiten. »Es ist alles in Ordnung«, berichtete sie mir, denn auf der Autofahrt hierher hatte ich vergeblich versucht, sie zu beruhigen. »Der Notstromgenerator hat länger gebraucht, um anzuspringen, und meine Eltern waren damit beschäftigt, neues Feuerholz von der Veranda nach drinnen zu schleppen.«

»Gut, dass sie sicher sind«, erwiderte ich und hörte lauter werdenden Tumult, je näher wir der Aula kamen. »Wer sind Millie und Bobby, und wo ist Brown?«

Sue lachte kurz auf, doch an ihrem traurigen Blick erkannte ich, dass ich in ein Fettnäpfchen getreten war. »Millie und Bobby sind Moms und Dads Ragdoll-Katzen. Sie sind mittlerweile fünf Jahre alt, waren aus einem Wurf, und Brown hat es nicht geschafft. Er wurde mit einem Herzfehler geboren und ist nur knapp ein Jahr alt geworden.«

»Scheiße«, fluchte ich und sog die Lippen ein. »Tut mir leid.«

Seufzend wischte sich Sue den Pony zur Seite, der allerdings sofort wieder zurückfiel. »Schon okay. Mom und Dad haben sie zu sich geholt, als ich aufs College ging, und waren viel trauriger als ich.« Sie zuckte mit den Schultern.

»Waren sie nicht«, enttarnte ich rücksichtslos ihre Lüge, und ruckhaft sah sie zu mir auf, den Mund zur Seite gezogen.

»Waren sie nicht«, murmelte sie zustimmend. »Ich hab tagelang in meinem Wohnheimzimmer geheult.« Sie lachte traurig, was eher wie ein Schnauben klang. »Obwohl ich ihn bis dahin nur wenige Male gekuschelt hatte.«

»Tiere haben irgendetwas an sich, dass man sie innerhalb weniger Minuten lieben lernt, oder?«

»Bis in die allerletzte Faser des Herzens, ja«, seufzte Sue und deutete auf die deckenhohe Doppelflügeltür, die zur Aula führte. »Wir sind da.«

Ich stieß die Tür, durch die Licht in den dunklen Flur schien, auf, damit Sue vor mir hindurchgehen konnte. »Nach dir.«

»Wow«, hauchte Sue ehrfürchtig, und ich schmunzelte, als ihr die Kinnlade herunterfiel. »War heute …«

»… der Weihnachtsball der Saint Mellows High? Ja.« Ich zwinkerte und legte meine Hand an ihre Taille, um sie an all der kitschigen Deko vorbei zum anderen Ende der Aula zu führen, wo ich bereits meinen Bruder, Riley und Abby entdeckt hatte, die gerade dabei waren, ihr Nachtlager aufzuschlagen. »Na?« Ich beugte mich zu ihr herunter und flüsterte ihr ins Ohr. »Werden da Erinnerungen wach?«

Sue prustete. »Ja, oh Gott, ja. Leena und ich hatten *furchtbare* Dates zum letzten Weihnachtsball und haben dann den ganzen Abend nur miteinander getanzt und sind früh abgehauen, um in unseren wunderschönen Ballkleidern Pizza essen zu gehen, und danach haben wir bis zum Morgengrauen kitschige Weihnachtsfilme in meinem Dachbodenzimmer geschaut. Und bei dir?«

Ich schüttelte den Kopf. »Schade, dass ich schon längst mit der Schule fertig war, sonst hätte ich dich begleiten können.«

Sue warf mir einen verunsicherten Blick zu. »Klar, Blake. Weil wir in der Vergangenheit ja auch so gut miteinander ausgekommen sind.«

»Nicht meine Schuld.« Ich hob verteidigend die Arme in die Höhe, wodurch mir beinahe die Trainingstasche von der Schulter gerutscht wäre.

»Meine auch nicht«, echauffierte sich Sue. »Du bist der Ältere, du hättest nachgeben und auf mich zukommen sollen.«

»Du bist die Klügere und wie das Sprichwort weitergeht, brauche ich dir ja wohl nicht zu sagen, oder?«

»Besserwisser«, knallte sie mir in Ermangelung weiterer Argumente an den Kopf, wobei sie ein breites Lächeln aufsetzte, da wir unserer Clique näher kamen.

»Besserwisserin«, erwiderte ich so leise durch die Zähne, dass nur sie es hören konnte.

»Benimm dich«, zischte sie mir zu.

Ich schmunzelte in mich hinein. »Sonst?« Sie sah zu mir hoch, ein teuflisches Blitzen in den Augen. Ein mindestens genauso diabolisches Grinsen zupfte an ihren Mundwinkeln. Eine heiße Welle durchströmte mich, und da das hier der falsche Ort war, schluckte ich und unterdrückte sämtliche Gedanken an das, was wir in meinem Haus angestellt hatten. Doppelt. »Verstehe.« Ich räusperte mich und schubste sie ein Stück zur Seite, als niemand zu uns sah. Um uns herum wuselten Mellowianer durcheinander, riefen sich Befehle zu. Am lautesten war, wie hätte es auch anders sein können, Rupert. Er stand mit seinem neongelben Megafon in der Mitte der Aula und versuchte vergeblich, Ordnung in das Chaos aus

Hunderten Menschen zu bringen. Die Leine seiner Mopsdame Panda, die seelenruhig zwischen seinen Füßen schlief, war um seinen Unterarm geschlungen. Das Bild, das sich uns bot, war auf seine ganz eigene Art surreal und passte einfach perfekt zu unserer schrägen Kleinstadt. Die Kids der Highschool würden diesen Weihnachtsball sehr wahrscheinlich niemals vergessen, denn wie oft kam es schon vor, dass ein Ball durch einen wütenden Schneesturm gesprengt wurde? All die Teenager in glitzernden Kleidern und ihren ersten High Heels oder adretten Anzügen, mit Fliege und Anzugschuhen statt Sneakers ... Ich lächelte in Erinnerung an meine eigenen Bälle, zu denen ich ausnahmslos meine Skaterschuhe getragen hatte. Doch weder meine damaligen Begleitungen noch meine Eltern hatten sich je daran gestört. Ein kurzer Blick an mir herunter ließ mich schmunzeln, denn wenn nicht gerade tiefster Winter gewesen wäre, hätten meine Füße noch immer in Sneakers gesteckt. Auf dem einzigen Paar schicker Schuhe, das ich besaß, klebte noch der Preiszettel auf der Sohle.

Aus dem Augenwinkel beobachtete ich Sue, die verträumt zur Auladecke blickte, von der unzählige weiße Styroporkugeln herabhingen, was an fallenden Schnee erinnerte. Einige von ihnen glitzerten und reflektierten das provisorische Licht, das dank des Notstromgenerators, an den die Aula angeschlossen war, brannte wie winzige Discokugeln. Auf den runden Tischen, die am Rand der Tanzfläche standen, lagen weiße, funkelnde Girlanden und um die Stuhllehnen waren Lichterketten gewickelt. Es war ein wenig schade mit anzusehen, wie die Deko von fleißigen Kids bereits zurück in die transparenten Deko-Kisten gepackt wurde. Einige Eltern und Lehrende fassten mit an und trugen die ersten Tische hinaus auf den

Schulflur, denn wir brauchten den Platz, da ein Großteil der Stadt heute Nacht hier schlafen würde.

»Sue, da bist du ja endlich.« Leena, die sich rücklings an Sam gekuschelt hatte, befreite sich aus seinen Armen und kam auf ihre beste Freundin zu, umarmte sie fest und warf erst mir und dann ihr einen misstrauischen Blick zu, sprach zu meiner Erleichterung aber nicht aus, was sie vermutete. »Kommt, wir schlagen unser Lager dort auf.« Sie deutete mit dem Daumen über ihre Schulter, und ich sah, wie Devon und Riley gerade zu zweit eine der schweren Bodenturnmatten aus der Sporthalle zu der Stelle schleppten, wo bereits eine lag. »Holt euch am besten auch noch Matten«, schlug sie vor und deutete zu den Mattenwagen, die in diesem Moment von zwei Schülern in Smokings durch die breite Seitentür hereingeschoben wurden.

»Alles klar«, murmelte Sue und schielte zu mir hoch.

»Oder reicht euch *eine* Matte?«, fragte Leena und biss sich auf die Unterlippe. In ihren Augen blitzte schamlose Neugierde auf. Und ich hatte bis vor zwei Sekunden noch gedacht, dass sie Sue und mich davonkommen ließ.

Sue stieß einen Schwall Luft aus und blinzelte mir zu, als wollte sie meine Erlaubnis einholen, ihrer besten Freundin verraten zu dürfen, was geschehen war. Als ob ich ihr jemals untersagt hätte, Leena in ihre Geheimnisse einzuweihen. Ob ich nun darin vorkam oder nicht. Ich versuchte, das Beben, das mit einem Mal von mir Besitz ergriff, im Zaum zu halten, denn plötzlich fühlte es sich nicht mehr wie ein Geheimnis an. Ich nickte. Es war offensichtlich, dass Sue sich zusammenreißen musste, um nicht breit zu grinsen, als sie Leena zunickte, auf deren Gesicht sich Unglauben breitmachte. »Mach jetzt bloß kein großes Ding daraus«, forderte Sue ihre beste Freundin auf und senkte dabei die Stimme. Leena nickte diskret und tat so, als würde sie ihre Lippen mit einem unsichtbaren Schlüssel verschließen. »Danke.« Sue lachte und machte Anstalten, zum Mattenwagen zu laufen, doch ich hielt sie auf, indem ich nach ihrem Handgelenk griff.

»Ich mach das schon«, erklärte ich ihr, hob die Sporttasche von meiner Schulter auf ihre und wartete gar nicht ab, was sie erwiderte, sondern ging zum Mattenwagen. Ich zog eine der dunkelblauen Matten herunter und wurde in diesem Moment daran erinnert, wie unhandlich diese Dinger waren. Und auch daran, wie sehr ich Bodenturnen gehasst hatte. Ich war eher für Ballsportarten wie Basketball und Baseball zu haben gewesen. Betont lässig versuchte ich, die halb eingerollte Matte zum Schlafplatz zu befördern, kurz davor, über meine eigenen Füße zu stolpern. Ich konzentrierte mich auf meine Schritte und ließ die Matte schließlich mit einem lauten Knall neben denen von Leena, Sam, Devon, Riley und Abby fallen.

»Hey«, begrüßte mich Devon und wackelte mit den Augenbrauen, als könnte er mir vom Gesicht ablesen, was geschehen war. »Gibt's irgendwelche Neuigkeiten?«

»Ich schlage vor, du organisierst uns etwas zu trinken«, umging ich seine Frage und wusste selbst, dass ich sie nur aufschob. Ich deutete nickend zu den Büfetttischen hinüber, die mittlerweile an den Rand geschoben worden waren, damit sie möglichst wenig Platz einnahmen. Auf ihnen standen riesige Glasschalen gefüllt mit dunkelrotem Weihnachtskinderpunsch, daneben die Fake-Kristallgläser, aus denen schon wir damals getrunken hatten. Ob die Kids es heute immer noch schafften, ihre Flachmänner am Einlass – mit anderen Worten Direx Mills höchstpersönlich – vorbeizuschmuggeln?

Mein Bruder warf lachend den Kopf in den Nacken und klopfte mir auf die Schulter. »Ich glaube, das ist mir Antwort genug.« Er tat mir den Gefallen und spazierte zum Büfetttisch hinüber. Ich sah ihm hinterher und als mein Blick an einem älteren Ehepaar hängenblieb, das gerade von einem Mann in die Aula geführt wurde, lief es mir eiskalt den Rücken herunter. Ob meine Nachbarn Mr. und Mrs. Fuldington auch auf dem Weg hierher waren? »Was für einen Geist hast du denn gerade gesehen?« Devon hielt mir ein Glas Fruchtpunsch vor die Nase und legte den Kopf schief.

»Ich muss noch mal los«, erklärte ich, nahm ihm das Glas ab und kippte das süße Zeug auf ein Mal hinunter, ehe ich ihm das Glas gegen die Brust drückte, damit er es mir wieder abnahm.

»Wohin?« Perplex beäugte er erst mich, dann das leere Glas in seiner Hand.

»Nach meinen Nachbarn sehen.« Ich zog den Reißverschluss meiner Jacke hoch und nahm die Mütze aus der Jackentasche, setzte sie mir auf. Suchend blickte ich mich nach Sue um, die neben Leena an einem der Seiteneingänge stand, durch den ein Mann und eine Frau, die ich als die Forsters, Sams Eltern, erkannte, Lebensmittel trugen. »Gibst du Sue Bescheid?« Ich klopfte Devon auf die Schulter und wandte mich auf der Stelle um, ohne ihm Zeit zu geben, etwas zu erwidern.

Schnellen Schrittes rannte ich durch die finsteren Flure der Highschool, was sich irgendwie verboten anfühlte und ein unheilvolles Kribbeln durch meine Venen sandte. Ab und zu begegnete ich Neuankömmlingen, die sich mithilfe der schwachen Taschenlampen den Weg zur Aula leuchteten. Schließlich hetzte ich, vorbei an Mr. Mills und seiner Frau, auf den Parkplatz und direkt auf meinen SUV zu. Ich verlor keine Zeit, startete den Motor, wie immer froh darüber, dass meine Batterie bei diesen Temperaturen nicht abschmierte, und fuhr langsam Richtung zu Hause.

Als ich mein Haus passierte, sah ich die schwachen Rauchschwaden, die aus dem Schornstein der Fuldingtons drangen, was mir zeigte, dass sie den Kamin angeworfen hatten. Den Kamin mit den Weihnachtsstrümpfen, die mir erst vor wenigen Tagen aufgezeigt hatten, was mir im Leben fehlte. Kaum zu glauben, dass es dazu erst zwei Socken gebraucht hatte. Ich öffnete die Autotür und wurde direkt von einer Schneeböe begrüßt, die mir einen Eimer voll Schnee ins Innere des Wagens kippte. »Ach, fuck«, fluchte ich, als ich die Autotür hinter mir zuschlug. Ich kniff die Augen zusammen, hielt die Arme schützend vor das Gesicht und bahnte mir den Weg durch den Vorgarten meiner Nachbarn, rettete mich auf die überdachte Veranda und klingelte, klopfte gleichzeitig. »Kommt schon«, brummte ich ungeduldig und atmete erleichtert auf, als mir Mr. Fuldington die Tür öffnete, auf dem Kopf eine alte Jägermütze, zwei Schals um den Hals und wenn ich richtig zählte, drei Pullover übereinander.

»Junge, komm rein, draußen ist es bitterkalt und stürmisch.« Er fasste nach meinem Ärmel und zog mich in sein Haus, das bereits auskühlte. Es war viel älter als meines und kaum isoliert. Klar, sie würden sehr wahrscheinlich nicht erfrieren, doch die Kälte war auch alles andere als angenehm und in ihrem Alter durchaus nicht ungefährlich.

»Herold?« Mrs. Fuldingtons Stimme drang zu uns in den Flur.

»Ich bin es, Mrs. Fuldington«, rief ich, während ich ihrem

Mann in das angrenzende Wohnzimmer folgte, wo sie, eingemummelt in eine Decke, vor dem Kamin in dem Ohrensessel saß. Die einzige Lichtquelle war das lodernde Feuer im Kamin, das tanzende Schatten an die Wände warf und das freundliche Gesicht der alten Dame umschmeichelte. In ihren warmen Augen las ich so viel Zuneigung, als wäre ich ihr eigener Enkel, und kaum, dass ich diesen Gedanken zu Ende geführt hatte, fuhr mir ein Dolch mitten durchs Herz. Sie hatte keine Enkel, keine Kinder, und ich hatte mich nie getraut, nach dem Warum zu fragen. Denn im Grunde ging es mich nichts an, das ging niemanden etwas an, und ich wollte keine Narben aufreißen.

»Sind bei dir auch der Strom und die Heizung ausgefallen, Blake?« Sie fuhr sich bibbernd über die Oberarme und deutete auf die alten Heizkörper unter den Fenstern, deren Rahmen im Wind klapperten. Ich lief zu ihnen hinüber und spürte deutlich einen Windzug, nahm mir vor, mich spätestens im Frühling darum zu kümmern, dass die beiden neue Fenster bekamen.

»Die ganze Stadt ist ohne Licht und Wärme, deswegen bin ich hier«, erklärte ich. »Ziehen Sie sich warm an, haben Sie irgendwo Schlafsäcke? Ich bringe Sie zur Aula der Highschool, dort wird ein Lager für die Nacht hergerichtet.« Die beiden tauschten einen unsicheren Blick, als würden sie tatsächlich überlegen, lieber in ihrem Haus zu bleiben. »Hören Sie, hier wird es in den nächsten Stunden bestimmt trotz Kaminfeuer bitterkalt werden und Sie sollen sich nicht erkälten, okay?« Ich legte dem alten Mann die Hand auf die Schulter, und er nickte.

»In Ordnung, das ist nur vernünftig«, pflichtete er mir

schließlich bei. »Jane«, wandte er sich an seine Frau, die vom Sessel aufstand. »Wo sind die Schlafsäcke?«

»Im Schlafzimmerschrank«, stöhnte sie und deutete mit dem Zeigefinger zur Decke. »Aber es ist stockdunkel, und wir konnten unsere Taschenlampe nicht finden.«

»Kein Problem!« Ich zückte mein Smartphone und schaltete die integrierte Taschenlampe ein, wandte mich an Mrs. Fuldington. »Kommen Sie, holen wir Ihre Sachen.«

»Nenn mich doch endlich Jane«, tadelte sie mich, als sie lächelnd an mir vorbeistapfte. »Und mein Mann ist Herold.«

Ich schmunzelte und folgte der alten Dame. Sie tat beinahe so, als hätten sie mir schon unzählige Male das Du angeboten, dabei war es gerade das erste Mal. »In Ordnung. Jane.«

Wenig später geleitete ich erst Jane und dann Herold zu meinem SUV. Im Schneckentempo fuhren wir zur Highschool, die Scheibenwischer waren auf höchster Stufe eingestellt und rackerten sich ab. Trotzdem hatte ich kaum Sicht und spürte erst, als ich den Motor auf dem Parkplatz der Schule ausschaltete, wie angespannt ich gewesen war. Ich brachte die beiden Senioren bis zur Aula und trug ihre Reisetasche, was Herold nur widerwillig duldete. Die beiden fanden schnell Anschluss und richteten sich bei einem anderen älteren Ehepaar ein, das sie aus der Kirche kannten. Jane drückte meine Hände und besah mich mit einem dankbaren Glitzern in den Augen, als ich die Tasche neben ihrer Matte abstellte. Hoffentlich würden die alten Knochen der ganzen Senioren hier morgen nicht neu sortiert werden müssen.

Ich lief zum anderen Ende der Aula, wo sich meine Familie und meine Freunde befanden, doch als ich den Blick hob, um zu ihnen zu sehen, zuckte ich überrascht zusammen. Irgendetwas an dem Bild, das sich mir bot, verunsicherte mich. Sue saß im Schneidersitz auf der Kante einer der Matten, neben ihr mein Bruder mit aufgestellten Beinen. Er nickte, während sie auf ihn einredete. Sie gestikulierte mit den Händen, als erklärte sie ihm etwas. Ich wollte wissen, was sie dort besprachen, also legte ich einen Zahn zu, schlängelte mich durch diverse Schlaflager und musste aufpassen, auf niemandes Hände oder Füße zu treten. »Hey«, machte ich unnötigerweise auf mich aufmerksam, als ich unmittelbar vor ihnen stand. Beide waren in der Sekunde verstummt, in der sie mich bemerkt hatten. Es rieselte mir eiskalt den Rücken herab. »Okay, was heckt ihr beide aus?«, fragte ich und zog eine Augenbraue hoch, verschränkte die Arme vor der Brust.

Dev erhob sich lachend, nachdem er Sue über den Oberarm gestreift hatte, und wandte sich an mich. »Wir haben nur gequatscht«, erklärte er mir, und am liebsten hätte ich ihm das überhebliche Schmunzeln, das er nur für mich bereithielt, aus dem Gesicht gewischt. »Wirklich!« Er lachte und stieß mir seine Faust sachte gegen den Arm. »Hör auf, mich anzusehen, als hätte ich dein Eis angeleckt.«

Damit schaffte er es, mich zu besänftigen, und ohne mein bewusstes Zutun grinste ich, denn ich erinnerte mich an den Vorfall, auf den er anspielte. Als wir Kinder waren, hatten wir uns einmal fürchterlich gestritten und uns sogar beinahe gegenseitig die Köpfe eingeschlagen, weil Devon so dreist gewesen war, an meiner Eiskugel zu lecken. Ich hatte eben noch nie gern geteilt. Kein Essen und erst recht hatte ich nicht vor, Sue zu teilen, wobei mir natürlich mehr als klar war, dass ich bei meinem Bruder in dieser Hinsicht keinerlei Bedenken haben brauchte. Er liebte Riley und war mein Bruder. Niemals im

Leben hätten wir uns auf so eine Art und Weise hintergangen. Und doch versetzte es mir einen Stich, dass die beiden irgendetwas vor mir geheim zu halten schienen.

»Was war das?«, fragte ich, nachdem Devon gegangen war. Ich fuhr mir mit der Hand durch die Haare und schielte zu Sue hinunter, die mich angrinste, eine Augenbraue angehoben.

»Ich habe mit meinem Freund Devon gequatscht. Dein Bruder, du bist ihm schon mal begegnet, oder?« Sie presste die Lippen aufeinander, um nicht loszulachen. »Treuste Seele meines Jahrgangs?«

»Du kannst dir deinen Sarkasmus sparen«, murmelte ich und ließ mich ächzend neben sie fallen. »Worüber habt ihr geredet?«

»Das, lieber Blake, verrate ich dir nicht.« Sie stupste mich mit ihrer Schulter an und sah sich im nächsten Augenblick um. »Noch nicht.«

»Das, liebe Sue, verstehe ich nicht«, gab ich zu, stupste zurück und folgte ihrem Blick. »Das war ja klar«, murmelte ich so leise, dass nur sie es hören konnte. Neugierige Blicke lagen auf uns, die nicht einmal so viel Anstand hatten wegzusehen, als ich ihnen begegnete. Da waren Maddy und George, Rupert, Mrs. Innings und Phil mit seiner Frau. Plötzlich war es, als ob ein Ruck durch George ging, und er schlug sich mit der Hand gegen die eigene Stirn. »Was ist denn in George gefahren?« Ich deutete zu ihm, und Sue zuckte mit den Schultern.

»Keine Ahnung. Mich wundert bei der Truppe dort aber sowieso nichts mehr, dich etwa?«

George drehte sich einmal um seine eigene Achse und hielt mit einem Mal eine Glasschale in der Hand, die eben noch hinter ihm auf einem der provisorischen Büfetttische gestanden hatte. Zielgerichtet stiefelte er auf uns zu und ich schluckte. »Sieht es nur so aus, oder kommt er direkt auf uns zu?«

»Jap!« Sue lachte und versteckte ihren Mund hinter ihrer Hand. »Tu überrascht!«

»Sue, Blake!« George blieb so abrupt vor uns stehen, dass er beinahe vornübergekippt wäre. »Ihr habt noch nicht gezogen!«

»Gezogen?« Ich runzelte die Stirn, und als ich erkannte, dass sich in der Glasschüssel Zettelchen befanden, stöhnte ich ungläubig auf. »Oh, George. Draußen wütet ein Sturm, und du findest, dass die Aula, in der wir alle Unterschlupf suchen, ein guter Ort ist, um deine Wichtellose zu verteilen?«

»Aus deinem Mund klingt das viel zu verwerflich«, brummte er, dachte aber gar nicht daran, die Glasschale sinken zu lassen. »Zieht!«

Sue neben mir schüttelte lachend den Kopf und stieß mir ihren Ellenbogen in die Seite. »Sei mal nicht so ein Spielverderber«, forderte sie mich auf, kniff die Augen zu und wühlte blind in dem Gefäß, ehe sie ein Los hervorzog.

»Blake?« George sah mich auffordernd an und schüttelte die Lose noch einmal durcheinander. »Du stehst auf der Liste.«

»Ja«, erwiderte ich mürrisch, denn das brauchte er mir nicht sagen. »Weil meine Mom mich gezwungen hat teilzunehmen.« Stöhnend versenkte ich die Hand im Glas, allerdings schloss ich weder die Augen, noch wühlte ich im Glas herum. Ich schnappte mir ein Zettelchen, hielt es hoch und wedelte damit vor Georges Bauch herum. »Zufrieden?«

»Allerdings.« Er hob das Kinn und schritt von dannen, zurück zu seiner Klatschtruppe.

»Auf drei?« Sue lächelte mich von der Seite an.

»Und dann?«

Sie verdrehte die Augen. »Dann sehen wir uns an, wen wir gezogen haben.«

»Sollte das nicht geheim bleiben? Was, wenn ich dich gezogen habe?«

»Punkt für dich. Okay, wir schauen einzeln nach und entscheiden dann, ob wir es uns verraten, ja?«

»Meinetwegen«, brummte ich, denn ich hatte wirklich keine Lust auf diese ganze Wichtelaktion. Ich entfaltete den Zettel und starrte fassungslos auf die sechs Buchstaben, die garantiert niemand hatte ziehen wollen. »Das war ja so klar.«

»Also ich kann es dir verraten«, trällerte Sue und verstaute ihr Los in der Tasche ihres Mantels, der neben ihr lag.

Statt den Namen vorzulesen, hielt ich ihr mein Los hin, damit sie es selbst schwarz auf weiß sah. Sie lachte laut los, während sich auf ihrem Gesicht eine Mischung aus Mitleid und Schadenfreude abzeichnete. »Oh nein, Rupert?«

»Ich habe den Schwarzen Peter gezogen«, motzte ich und atmete tief durch. »Aber vielleicht ist das gar nicht so schlimm. Er findet eh alles furchtbar, da kann ich wenigstens nichts falsch machen.«

»Gib dir trotzdem Mühe«, bat sie mich schmunzelnd. »Ich habe Sally, Leenas Chefin.«

»Wollen wir tauschen?«

Sie schüttelte lachend den Kopf. »Nicht in diesem Leben. Niemals. Nein, danke.«

»Ein einfaches Nein hätte auch gereicht.« Sie brachte mich zum Lächeln.

Ich hob den Blick und bemerkte, dass Maddy, George und

ihre neugierigen Freunde immer noch zu uns sahen. Sie alle starrten uns ganz ungeniert an, als witterten sie in weniger als fünf Sekunden Futter für die Klatschspalte der *Saint Mellows Times*.

»Sie sind heiß auf Tratsch«, flüsterte Sue und versteifte sich.

»Lass sie heiß sein, die kühlen sich auch wieder ab.«

»Okay.«

Ich versuchte, mir nicht anmerken zu lassen, wie verunsichert ich in diesem Augenblick war. Und auch nicht, wie sehr mir diese Verunsicherung gegen den Strich ging. Mir schwirrte der Kopf, und ich spürte, wie mein Herz gegen den Brustkorb hämmerte. Die letzten Stunden waren so nervenaufreibend gewesen, dass ich mich fast fragte, ob alles wahr war, was geschehen war. Jetzt, wo die Müdigkeit langsam aber sicher über mich hereinbrach, kamen auch die Zweifel wieder. Hatten Sue und ich uns heute unser eigenes Grab geschaufelt? Aus dem Augenwinkel beobachtete ich sie. Sie atmete ruhig ein und aus, senkte schließlich müde den Kopf, blickte herab auf ihre Hände und fuhr sich verträumt über ihre dunkelrot lackierten Fingernägel. Die Nägel, mit denen sie mir vor wenigen Stunden erst über den nackten Rücken gekratzt hatte. Wir beide schwiegen, und ich hatte keinen Schimmer, ob das gut oder schlecht war.

15. Kapitel

Sue

Endlich hatte sich eine geruhsame Stille über die Aula gesenkt, denn ich war kurz davor gewesen, innerlich zu platzen. All das Herumgewusel der Mellowianer, all die Stimmen hatten dafür gesorgt, dass ich keinen klaren Gedanken mehr hatte fassen können. Irgendwann – es war schon mitten in der Nacht gewesen –, als es den Anschein gemacht hatte, dass niemand mehr Zuflucht in der Aula suchen würde und auch die letzte Person einen warmen Schlafplatz gefunden hatte, wurde das Deckenlicht gedimmt. Und mit dem Licht waren auch endlich die vielen, lauten Stimmen verstummt. Hier und da vernahm ich noch immer leises Gemurmel, doch das konnte ich einfach ausblenden. Insbesondere für die Teenager war es so aufregend, dass sie alle garantiert kein Auge zutun würden. Abby hatte sich irgendwann von uns verabschiedet und ihr Nachtlager bei ihrer besten Freundin Chelsea aufgeschlagen. Sleepover im Ballkleid in der Aula der Schule. Nein, das würden die beiden ganz bestimmt niemals vergessen. Genauso wie ich nie hatte vergessen können, wie Leena und ich bei den meisten Bällen miteinander statt mit unseren Dates getanzt hatten, denn es war einfach nie der Richtige dabei gewesen. Wenn ich an meine Schulbälle zurückdachte, hatte ich meine beste

Freundin und mich vor Augen, wie wir in Ballkleidern Fast Food aßen, manchmal sogar auf dem Rücksitz von Moms und Dads Wagen, die uns nicht nur einmal abgeholt hatten.

Das Gespräch mit Devon, als Blake wortlos verschwunden war, um seine Nachbarn zu holen, hatte mir ganz neue Möglichkeiten eröffnet. Oder zumindest die Chance einer Möglichkeit, die ich bisher nie in Betracht gezogen hatte, weil sie so groß schien. Doch andererseits passte es doch zu mir, denn im Laufe meines Lebens hatte ich gelernt: Nur wenn ich das Größtmögliche anvisierte, konnte ich es auch erreichen. Außerdem konnte ich noch nicht ganz glauben, dass es die Chance gab, vielleicht doch nicht auf einen meiner Wünsche verzichten zu müssen. Vielleicht musste ich einen von ihnen nur etwas modifizieren. Bei der bloßen Vorstellung pochte mir der Puls so schmerzhaft im Hals, dass ich mich aufsetzen musste, um genug Luft zu kriegen. Ich versuchte, keinen Mucks von mir zu geben, und fluchte innerlich, als der Schlafsack verräterisch raschelte. Penibel achtete ich darauf, Blake, der neben mir auf der Matte lag, nicht zu berühren.

Mit zusammengekniffenen Augen ließ ich den Blick durch den Saal wandern. Ich konzentrierte mich auf meine Atmung und wurde mit jedem Atemzug ruhiger. Wollte ich wirklich zurückkommen? War es vielleicht doch das Kleinstadtleben, das richtig für mich war? Das mir guttun könnte? War es die Nähe zu meiner Familie? Oder war es … war es Blake? Ich wusste, dass da so viel darauf wartete, geklärt zu werden. Nicht nur mit meinen Eltern, sondern auch mit mir selbst. Noch immer schwebte dieses Damoklesschwert über mir, das sich erst in Luft auflösen konnte, wenn ich noch einmal mit Mom und Dad sprach. Es hatte einige Tage gebraucht, bis mir bewusst geworden war, dass ich mit ihnen komplett war, dass ich keine *anderen* Eltern brauchte. Dass sie gut und richtig gehandelt und mich niemals hintergangen hatten. Meine Eltern liebten mich und hatten mir kein einziges Mal das Gefühl gegeben, dass ich nicht ihr eigen Fleisch und Blut sein könnte. War ich deswegen so verwirrt gewesen? Weil ich zwar immer gefühlt hatte, dass mir irgendetwas fehlte, doch nie auch nur auf die Idee gekommen war, dass es an so etwas wie einer Adoption liegen könnte? Ich hatte nie in Erwägung gezogen, dass Mom und Dad nicht meine leiblichen Eltern waren, auch wenn ich nie ein einziges Foto von Mom mit Schwangerschaftsbauch gesehen hatte. Es gab keine Glückwunschkarten von Verwandten zu meiner Geburt, keine Fotos von Mom, Dad und mir aus dem Krankenhaus. Und trotzdem hatte ich nie auch nur den winzigsten Zweifel daran gehegt, dass sie meine Eltern waren. Meine *wirklichen* Eltern.

Ich zuckte zusammen, als ich es neben mir rascheln hörte, und starrte auf Blake, der sich aufsetzte. Irgendwie fühlte ich mich ertappt und versteckte meine Hände im Schlafsack, damit er nicht sah, wie ich nervös an meiner Nagelhaut zupfte. »Warum bist du wach?«, murmelte er und ließ seinen Blick prüfend über Leena, Sam, Riley und Devon gleiten, die alle tief und fest schliefen.

Ich stieß nahezu lautlos einen Schwall Luft aus und zuckte mit den Schultern. »Da sind zu laute Gedanken«, verriet ich.

Blake nickte und massierte seinen Nacken, ehe er den Reißverschluss seines Schlafsacks öffnete und so leise wie möglich zu mir herüber robbte. »Wollen wir …« Er schüttelte den Kopf, als wüsste er selbst nicht genau, was er mich fragen wollte.

»Reden?« Ich lächelte schwach und klopfte sachte neben mich, um ihm zu zeigen, dass er ruhig näher kommen konnte. Wir brauchten keinen Sicherheitsabstand mehr.

Blake nickte. »Reden.«

»Was ist das mit uns, Blake?«, hauchte ich.

»Kompliziert?« Er legte lächelnd den Kopf schief, und ich tat es ihm gleich.

Obwohl ich immer noch ein klein wenig Angst hatte, dass er mich zurückweisen könnte, lehnte ich meinen Kopf gegen seine Schulter. »Ich möchte nicht, dass es kompliziert ist«, flüsterte ich ihm zu.

Er atmete tief durch, wodurch sich sein Oberkörper sanft hob und senkte. »Ich auch nicht.« Er drückte mir einen unschuldigen Kuss auf den Scheitel, der dafür sorgte, dass sich meine Eingeweide schmerzhaft zusammenzogen und ein stechender Blitz aus Sehnsucht durch meinen Körper jagte. Fast so, als fürchtete ein Teil von mir, dass mir all das bald genommen würde. Dass ich Blake verlor, wo ich ihn doch gerade erst wiedergefunden hatte.

Ich nahm all meinen Mut zusammen, denn ich musste wissen, ob ich das, was Devon mir in den Kopf gepflanzt hatte, wirklich versuchen sollte. »Was möchtest du, Blake?« Er versteifte sich neben mir, und ich sah auf die Hände in seinem Schoß herab, die er für einen Moment zu Fäusten ballte. Es vergingen einige Sekunden, die sich anfühlten wie eine Ewigkeit, und ich erkannte, dass ich mir eine ganz bestimmte Antwort von ihm wünschte. Als Blake sich räusperte, schauderte ich. Es war, als kletterte mir eiskalte Angst die Wirbelsäule hinauf. Sie biss mir in den Nacken, und ich richtete mich auf, nahm die Hände aus dem Schlafsack, zog die Beine an und umschlang sie mit den Armen. Ich rollte mich zusammen wie ein Igel und war bereit, die Stacheln aufzustellen, sollte Blake mich zurückweisen. »Blake?« Meine Stimme klang gepresst und war kaum mehr als ein flehentliches Wispern.

»Dich.« Er nahm eine Hand an sein Gesicht, fuhr sich müde über die Augen und atmete tief ein.

Dich. Mich. Mein Herz schlug mir bis zum Hals, und das Blut rauschte so laut in meinen Ohren, dass ich mir unsicher war, ob ich ihn richtig verstanden hatte. »Was?«, krächzte ich, ließ meine Knie los und drehte den Oberkörper ein Stück zu ihm herum, damit ich ihn ansehen konnte. Mein Blick heftete sich auf seine Kiefer, die stark hervortraten, da er seine Zähne aufeinanderbiss. Selbst im fahlen Zwielicht der gedimmten Deckenbeleuchtung erkannte ich jede kleinste Regung in seinem Gesicht. Mir entging nicht das flüchtige Blinzeln oder die schnelle Atmung, die von seinen bebenden Nasenflügeln verraten wurde. Ich hob die Hand, um meine Finger auf seine Wange zu legen, damit er mich ansah. »Was?«, wiederholte ich meine Frage. Mein Herz stolperte über sich selbst, als er meinen Blick erwiderte, denn sein Inneres lag bloß vor mir. In dieser Sekunde ließ er mich durch seine braunen Augen bis auf den tiefsten Grund seiner Seele blicken. Auf den verletzlichen Grund, den, den er durch seine harte Schale zu schützen gelernt hatte.

»Dich, Sue«, wiederholte er, ohne auch nur für eine Sekunde die Lider zu senken oder seine Antwort zurückzuziehen.

»Ich weiß nicht, was ...« Was sollte ich erwidern? Was ging da in mir vor? Was war das für ein Gefühl, das in meinem Bauch wütete? Das an meinem Herzen zog, es schubste, als wollte es, dass es aus meiner Brust in Blakes hüpfte.

»Ausgerechnet *jetzt* bist du sprachlos?« Auf Blakes Lippen bildete sich ein trauriges Lächeln, und ich erkannte, dass er meine Sprachlosigkeit falsch deutete. »Alles klar«, murrte er und zuckte mit den Schultern.

»Nein, Blake, nein.« Hastig schüttelte ich den Kopf und griff nach seiner Hand. Er starrte erst auf meine Finger und hob dann den Blick, um mich fragend anzusehen. Seine linke Augenbraue wanderte nach oben, und ein zartes, flüchtiges Lächeln zeigte sich auf seinem Gesicht.

»Nein, Sue, nein?«, äffte er mich nach, aber ich hörte keinen Spott in seiner Stimme. Und doch war da diese coole Überlegenheit, bei der mir sofort wieder heiß wurde. Überall. In jeder noch so kleinsten Faser.

»Lass das«, schmunzelte ich und schüttelte kurz seine Hand.

»Sue?« Blake, der noch immer eine Augenbraue angehoben hatte, hielt meinen Blick gefangen.

»Was?« Ich wusste, was jetzt kam. Und ich wusste nicht, ob ich bereit dafür war.

»Du bist dran. Wie hast du es vorhin im *Julio's* formuliert? Du ziehst nicht allein blank? Nun, ich auch nicht. Was möchtest *du*?«

»Ich mag es nicht, wenn man mir die Pistole auf die Brust setzt«, murrte ich, um Zeit zu schinden. Weil ich ein Feigling war.

»Und ich bin nicht gern allein nackt.« Er wackelte mit den Augenbrauen, was der Situation ein bisschen dringend benötigte Leichtigkeit schenkte.

Ich lachte und hielt mir blitzschnell die Hand vor den Mund, um niemanden zu wecken. »Hör auf, davon zu reden, dass du nackt bist«, zischte ich ihm zu.

»Sue.« Er seufzte. »Ich habe dir gerade gesagt, dass ich …« Er unterbrach sich und schüttelte den Kopf, lachte ungläubig. »Dass ich *dich* will. Du verstehst, was ich gesagt habe? Du weißt, dass ich so etwas niemals leichtfertig von mir geben wür…«

»Dich, verdammt. Ja, dich«, stöhnte ich leise auf und begann am ganzen Körper zu zittern, nachdem die Worte meinen Mund verlassen hatten. Ich hatte es gewusst, doch meine eigenen Worte zu hören verlieh dieser Überzeugung noch einmal ein ganz anderes Gewicht. In meinem Bauch rumpelte es, als spielte eine Horde Eichhörnchen darin Baseball. »Dich«, flüsterte ich noch einmal und presste die Augen zu. Jetzt war es raus. Es war ausgesprochen. Und somit war es echt.

Ich hörte Blake neben mir rascheln und war nicht mal überrascht, seine Hand an meinem Kinn zu spüren, und doch zuckte ich zusammen. Seine Fingerspitzen strichen über meine Wange, wanderten bis zu meinem Ohr und wieder zurück. »Das macht alles noch viel komplizierter, oder?« Ich konnte seinen Atem auf meinen Lippen spüren und seinen Duft nach Sägespänen riechen. Ich öffnete die Augen und blickte direkt in seine.

»Was tun wir hier nur?«, flüsterte ich an seinen Lippen, ehe ich meinen Mund auf seinen drückte.

Blake

Wir hatten in der Aula gesessen, nebeneinander auf der Bodenturnmatte, und uns gefühlt, als wären wir süße sechzehn Jahre alt. In meinem Bauch war eine ganze Schar an Schmetterlingen umhergewirbelt, und ich hatte mich wie der glücklichste Mann der Welt gefühlt, nur weil ich Sues Hand hielt. Als sie mich geküsst hatte, war es, als bräche eine Welt über mir ein, nur, um sich zu einer viel Besseren wieder zusammenzusetzen. Man hätte meinen sollen, dass jetzt alles gesagt war, dass ab jetzt von ganz allein alles so kommen musste, wie wir es uns wünschten. Doch eigentlich war das Einzige, das wir geschafft hatten, noch mehr Komplikationen heraufzubeschwören. Sue wollte mich. Ich wollte Sue. Vermeintlich einfach und doch so schwer in der Umsetzung, denn mit ihr und mir prallten zwei Welten nicht nur *auf*einander, sondern auch *gegen*einander. Je länger ich versuchte, mir vorzustellen, wie unser gemeinsames Leben aussehen könnte, desto größer wurde auch mein Unmut, denn irgendjemand von uns würde verlieren. Sue hatte als Anwältin doch überhaupt keine Perspektive hier in Saint Mellows, hier gab es keine Kanzlei, in die sie einsteigen konnte, und selbst wenn gehörte Sue mit ihrem Potenzial nicht in eine Wald-und-Wiesen-Kanzlei. Und sobald ich mir mich selbst in der Großstadt vorstellte, begann mein Puls zu rasen, nur leider nicht aus Euphorie. Mir reichten die paar Male im Jahr, in denen ich meine Füße beruflich über die Stadtgrenzen setzte, sei es, um ein paar meiner Einzelstücke an Galerien oder Ausstellungen zu verleihen oder um mich in Kursen weiterzubilden. Die Großstadt würde mich verschlucken, verdauen und als Schatten meiner selbst wieder ausspucken.

Die letzte Nacht war besonders gewesen, denn wir hatten inmitten Hunderter schlafender Mellowianer gesessen und uns geküsst. Der Nervenkitzel war nicht zu leugnen gewesen, denn jede Sekunde hätten wir *erwischt* werden können. Als hätten wir etwas Verbotenes getan. Immer wieder war mir der Gedanke gekommen, dass Sue und ich durch unsere damalige sture Gekränktheit so viel verpasst hatten. Vielleicht hätten wir schon vor zehn Jahren knutschend in der Aula sitzen können. Wer wusste schon, wie unser Leben ausgesehen hätte, wenn wir damals einfach miteinander gesprochen hätten wie zwei Erwachsene? Doch wir waren genau das nicht gewesen: erwachsen. Auch wenn ich mir schon damals gern eingeredet hatte, dass ich so viel reifer war als meine Mitschüler – ich war es nicht gewesen. Irgendwann hatte all die Aufregung des Vortages ihren Tribut gefordert, und das Adrenalin war Stück für Stück aus unseren Körpern gewichen. Müdigkeit hatte sich über uns gelegt wie eine betäubende Decke, und als Sue das erste Mal schlafend gegen meine Schulter gesunken war, hatten wir uns hingelegt. Wenn man ganz leise gewesen war, hatte man den Schneesturm vor den Fenstern der Aula wüten hören, und ich hatte in der Vorahnung geschluckt, was er da draußen womöglich angerichtet hatte. Nachdem Sue sich tief in ihren Schlafsack gekuschelt und den Kopf auf ihren Ellenbogen gebettet hatte, war ich ebenfalls in meinen Schlafsack geschlüpft und hatte mich ganz nah hinter sie gelegt. Sie war in dem Moment, in dem ich meinen Arm über ihre Hüfte gelegt hatte, zusammengezuckt und schließlich ein Stück nach hinten gerutscht, um sich an mich zu schmiegen. Unsere erste, gemeinsame Nacht, umgeben von unseren Freunden, Familien und Fremden.

»Liebe Mellowianer«, drang es blechern aus den Lautsprechern, die in den Ecken der Aula an der Decke hingen. Auch wenn die Stimme verzerrt war, war sie eindeutig als die von Mrs. Innings zu identifizieren. »Funktioniert das hier auch wirklich?« Es klang, als hätte die Bürgermeisterin sich einen Schritt vom Mikrofon entfernt.

»Ja, reden Sie einfach weiter.« Direktor Mills Stimme drang, begleitet von einem Rauschen, leiser durch die Aula und die ersten Lacher waren zu hören.

»Es ... mich ... Sturm ... Hause ...« Mrs. Innings abgehackte Worte schwebten über uns, und ich verdrehte grinsend die Augen und suchte Sues Blick, die gerade unsere Schlafsäcke aufrollte.

»... Knopf gedrückt halten ...« Mr. Mills war seine Gereiztheit anzuhören, und plötzlich verstummte das Rauschen. Es klickte erneut und war wieder zu hören.

»Liebe Mellowianer«, begann Mrs. Innings von Neuem, und nun legte auch ich lachend den Kopf in den Nacken und hielt einen Moment inne, um dem Hörspiel der beiden zu lauschen.

»Es freut mich, Ihnen allen mitteilen zu können, dass der Sturm sich gelegt hat und wir alle nach Hause gehen können. Der Strom ist wieder da. Fahren Sie vorsichtig und halten Sie Ausschau nach Zerstörung, um sie bitte umgehend Officer Fox zu melden.«

Vereinzelte Personen klatschten in die Hände, und das freudige Gemurmel um uns herum wurde lauter.

»Blake.« Sue war unbemerkt neben mich getreten und hielt mir die Schlafsäcke hin, damit ich sie in meine Trainingstasche stopfen konnte. Die dunkelblauen Turnmatten waren bereits zurück in den Geräteraum der Turnhalle geschoben worden und auch sonst war kaum mehr etwas von der riesigen Übernachtungsparty der halben Stadt zu sehen. Lediglich um die Überreste des abrupt geendeten Weihnachtsballs der

Highschool musste sich noch gekümmert werden. Sue deutete schon fast schüchtern mit dem Daumen über ihre Schulter zu ihrer besten Freundin, die mit Sam ein paar Meter entfernt wartete, startklar zum Gehen. »Ich fahre mit Leena und Sam, sie bringen mich nach Hause«, erklärte sie und schluckte. »Ich ... wir ...«, stammelte sie und versenkte ihre Hände in den Taschen ihres Mantels.

»Wow, das ist seltsam, oder?« Ich beugte mich ein Stück zu ihr herab, wahrte jedoch noch genug Abstand, damit man uns nicht direkt ansah, dass wir uns eigentlich gern um den Hals gefallen wären. »Wir reden nachher?«

Nickend lächelte sie mir zu, und in ihren Augen blitzte diese Selbstsicherheit auf, die meine eigene fast schon in den Schatten stellte. Sie machte einen Schritt auf mich zu, legte ihre behandschuhten Finger auf meinen Unterarm, um sich auf die Zehenspitzen zu stellen. Ihr Gesicht lag nun beinahe auf Höhe von meinem, und ich konnte die neugierigen Blicke all unserer Freunde und meiner Familie auf mir spüren, als bohrten sie sich wie Dolche in mein Fleisch. »Okay.« Sie lächelte mir zu, ehe sie sich mit der Zunge über die Lippen fuhr und mir einen unschuldigen Kuss auf die Wange drückte, wobei ihr Mund zart meinen Mundwinkel streifte. Sie ließ sich zurück auf die Fersen sinken und presste schmunzelnd die Lippen aufeinander. »Ich dachte, ich räume direkt ein wenig mit den Mutmaßungen unserer Freunde auf«, erklärte sie schulterzuckend.

Ich schielte zu Devon, Riley und Abby, die mich allesamt mit offenstehendem Mund anstarrten, und stöhnte leise. »Du hast soeben das Streichholz zu meinem Scheiterhaufen entzündet.« Seufzend deutete ich mit einem Nicken zu meiner Familie, und Sue kicherte entschuldigend.

»Sorry. Falls es dir irgendwie hilft, Leena will mich schon den ganzen Morgen ausquetschen.«

»Viel Spaß«, grinste ich und bedeutete ihr, dass sie zu Leena und Sam gehen sollte.

»Und ich …« Sie biss sich auf die Unterlippe und atmete tief durch. »Ich glaube, ich werde heute noch mal mit meinen Eltern sprechen.«

»Ruf mich an, okay?«

Das Lächeln in ihrem Gesicht verwandelte sich mit einem Schlag in Verblüffung. »Ja«, nickte sie. »Werde ich.« Sie machte auf dem Absatz kehrt und versteckte verlegen lachend ihr Gesicht hinter ihrer Hand, als sie auf ihre beste Freundin zustiefelte, die verführerisch mit den Augenbrauen wackelte, um Sue aufzuziehen. Mir würde gleich garantiert etwas Ähnliches blühen, und ich war froh, dass ich Devons Kreuzverhör noch einmal entkommen konnte, da ich zuerst meine Nachbarn zurück nach Hause bringen wollte.

Ich ging in die Hocke und stopfte die Schlafsäcke, zusammen mit den Jogginghosen, die Sue und ich letzte Nacht getragen hatten, zurück in meine Sporttasche, als ein Schatten auf mich fiel. »Na?« Ich brauchte Devon gar nicht anzuschauen, um zu wissen, dass er schelmisch grinste. »Irgendwelche prekären News?«

»Ich trete dir gleich prekär in den Hintern«, erwiderte ich lachend und richtete mich auf, fuhr mir mit der Hand durch die Haare und über meine müden Augen. »Später«, seufzte ich und versuchte gar nicht erst, das Lächeln zu unterdrücken. Riley und Abby kamen zu uns herüber, wobei Riley die Lippen aufeinanderpresste, um ihr Grinsen zu verstecken. Abby hingegen zog wissend eine Augenbraue hoch und einen Mundwinkel lächelnd zur Seite. Wie schaffte eine Fünfzehnjährige es nur, so ein charismatisches Lächeln aufzusetzen? Um von mir abzulenken, deutete ich auf ihre türkisen Vans, die sie zu ihrem dunkelgrünen Ballkleid trug. »Seit wann passen Vans zu Tüll?«

»Seit wann denn nicht?« Sie legte überlegen den Kopf schief und zupfte an ihrem Rock, sodass er aufbauschte. »Devon hat mir verraten, dass du früher auch Sneakers zu deinen Smokings getragen hast. Ausschließlich. Ich muss leider zugeben, dass ich das ziemlich cool finde.«

Lachend legte ich den Kopf in den Nacken und zog Abby an meine Seite, um sie an mich zu drücken, wie ich es auch immer mit meiner Nichte Elsie tat. »Du bist auch cool, Abby«, stellte ich klar und schmunzelte, da mein Kompliment dem Teenager eine zarte Röte ins Gesicht gezaubert hatte.

»Blake«, jammerte sie verlegen und stemmte sich von mir weg, allerdings nicht, ohne mir ein dankbares Lächeln zu schenken.

»Ich möchte euch ja wirklich gern sofort Rede und Antwort stehen«, log ich eindeutig und wies nickend zu den Fuldingtons, die am Ausgang bereits auf mich warteten. »Aber ich muss eben meine Nachbarn nach Hause bringen.«

»Aufgeschoben ist nicht aufgehoben.« Dev hob den Zeigefinger und erntete ein Augenrollen von Abby.

»Uncool«, murmelte sie hinter vorgehaltener Hand und grinste Devon frech an.

Ich hob die Hand zum Abschied und machte, dass ich davonkam.

Sue

»Erzähl schon«, drängte meine beste Freundin, kaum dass Sam uns vor ihrer Wohnung abgesetzt hatte. Von ihr bis zu meinem Elternhaus war es nicht weit, sodass ich Sam versichert hatte, dass es kein Problem für mich wäre, zu Fuß zu gehen. »Ihr seid gestern Abend zusammen in der Aula aufgekreuzt, habt euch eine Turnmatte geteilt und vorhin hast du ihm einen Wangenkuss gegeben. Willst du mich wirklich quälen?« Leena stemmte die Hände in die Hüften, wodurch sie ihre dicke, schwarze Fake-Daunenjacke knautschte.

»Es ist echt nicht so einfach, Süße«, seufzte ich und hoffte, sie durch meinen ruhigen Ton zu beschwichtigen.

»Ich habe nichts anderes erwartet bei euch beiden.«

»Ach nein?« Ich schmunzelte, und Leena schüttelte den Kopf.

»Einer von euch ist das Pulverfass, der andere das Streichholz. Kommt ihr zusammen, explodiert es.«

»Danke für diese äußerst bildhafte Beschreibung, du Nuss.« Ich biss mir auf die Unterlippe und trat mit der Fußspitze in den Schnee vor Leenas Gartenzaun. Freiwillige waren seit Stunden damit beschäftigt, die Gehwege freizuräumen, sodass an sämtlichen Gärten der Schnee hüfthoch aufgetürmt war. »Ich kann mich nicht erinnern, wann es hier das letzte Mal so stark geschneit hat.« Ich streckte den Arm aus, um eine Hand voll Schnee zu nehmen und eine Kugel daraus zu formen.

»Oh, das ist einfach!« Leena trat neben mich, um ebenfalls eine Kugel zu formen. »Letztes Jahr. Und das Jahr davor. Du hast es nur verpasst.«

»Vielleicht kommt das ja zukünftig nicht mehr vor«, flüsterte ich, wobei alles in mir zu kribbeln begann, was garantiert nicht an der Eiseskälte lag.

Leena pappte noch mehr Schnee um ihren Schneeball, bis er so groß war wie eine Bowlingkugel, und hielt mitten in der Bewegung inne. »Wie meinst du das?«

Sollte ich es aussprechen? Auf die Gefahr hin, dass meine Hoffnung nur noch größer wurde, sobald ich die Worte aus meinem eigenen Mund gehört hatte? Solange ich nur darüber nachdachte, war es ungefährlich. Doch sobald ich jemanden an meinen Gedanken teilhaben ließ, wurde es irgendwie ernst. Und so real. Keine irrwitzige Möglichkeit mehr, meine Wünsche zu vereinen, sondern ein Plan. Ein richtiger Plan. Und ein Ziel, auf das man hinarbeiten konnte. Eine heiße Welle suchte sich ihren Weg durch meine Venen, und ich schluckte, denn erst jetzt, genau in diesem Augenblick, wurde mir klar, dass ich wieder ein Ziel vor Augen hatte. Eines, das ich greifen konnte. Eines, auf das ich mich vorbereiten konnte und bei dem es an mir lag, alles dafür zu tun, es auch zu erreichen. »Vielleicht bleibe ich ja hier«, murmelte ich so leise, dass Leena es unter ihren flauschigen, fliederfarbenen Ohrschützern vielleicht gar nicht gehört hatte.

Meine beste Freundin erstarrte, als hätte sie sich an Ort und Stelle in eine Eisskulptur verwandelt. Ihr Blick taxierte mich, und sie kniff misstrauisch die Augen zusammen, besah mich durch einen schmalen Schlitz. Zwischen ihren Augenbrauen bildete sich eine tiefe Furche, und schließlich packte sie ihre Schneekugel mit Nachdruck auf den hüfthohen Schneehaufen neben uns. »Wie bitte?« Sie kam einen Schritt näher und ließ mich dabei für keinen Wimpernschlag aus den Augen, legte ihre Hände auf meinen Unterarm. »Wie soll ich das verstehen? Spiel nicht mit meinen Gefühlen, Suzanna Flores.«

Ich atmete seufzend aus, wobei die Luft vor meinem Gesicht kondensierte, und brachte es kaum über mich weiterzusprechen. »Ich glaube, ich habe mich verliebt, Leena.« Meine Stimme war ungewohnt piepsig. »So richtig, mit allem Drum und Dran. Schneestürme im Bauch, Hitzewallungen, du kennst das.«

Das Strahlen in Kinderaugen, wenn sie am Weihnachtsmorgen die Treppe herunter rannten, um ein Päckchen unter dem Weihnachtsbaum vorzufinden, war gar nichts im Vergleich zu dem Strahlen in Leenas Gesicht. »Ich denke, das hast du eigentlich schon vor Jahren«, grinste sie, biss sich in typischer Leena-Manier auf die Unterlippe und legte den Kopf schief. Euphorisch zog sie mich in eine Umarmung, legte mir jedoch kurz darauf die Hände um die Oberarme, um mich ein Stück von sich zu schieben. »Aber deine Karriere?« Leena wusste genau, wie wichtig mir mein Job war. Vielleicht verstand sie es sogar noch besser als meine Eltern oder sonst irgendjemand.

»Es könnte eine Lösung geben«, erklärte ich bewusst vage. »Eine Möglichkeit.« Ich schüttelte den Kopf, um mich wieder zu fokussieren. »Dafür muss ich aber nach Hause, um mich vorzubereiten.« Ich packte meinen Schneeball auf Leenas und deutete darauf. »Hier fehlt noch der Kopf.« Lächelnd wackelte ich mit den Augenbrauen.

Leena lachte, so fröhlich, dass sie sogar vergaß, ihre große Zahnlücke hinter ihrer Hand zu verstecken, wie sie es sonst immer tat, selbst vor mir oder Sam. »Ich kümmere mich um unseren Kumpel hier, und du gehst *dich vorbereiten*.« Sie zeichnete Gänsefüßchen in die Luft und gab mir einen winzigen

Schubs, damit ich loslief. »Was auch immer das bedeutet, also los! Keine Zeit vergeuden.«

Lachend warf ich die Hände in die Luft. »Ist ja gut, Leutnantin Pierson.« Ich winkte und wandte mich zum Gehen.

»Schreib mir«, rief sie mir noch hinterher, und ich schielte über meine Schulter zu ihr zurück und warf ihr einen Luftkuss, begleitet von einem Zwinkern, zu. Leena setzte gerade eine dritte, kleinere Kugel auf unseren provisorischen Schneemann und wedelte dann mit den Händen, als würde sie mich verscheuchen wollen.

Auf dem Weg nach Hause hielt ich die Augen offen und konzentrierte mich auf meine Schritte, denn hier und da konnte man kaum die Gehwege von den Straßen unterscheiden. Einmal verfehlte ich den Bordstein und rutschte fast aus, als mein Fuß im Schnee einsank. Ein gebrochener Knöchel hätte mir gerade noch gefehlt. Ich ließ den Blick durch die Vorgärten schweifen, die allesamt einem riesigen Ozean aus Schnee glichen. Die kahlen Äste der alten Eichen, die in unregelmäßigen Abständen die Gehsteige säumten, bogen sich unter den Massen aus gefrorenem Eis gen Boden und doch strahlten sie etwas Märchenhaftes aus. Alles um mich herum war weiß, weiß und noch mal weiß. Selbst die immergrünen Büsche waren komplett im Schnee versunken. Ich atmete die eiskalte Luft tief ein. Sie war so sauber und rein und erinnerte mich daran, wie sehr ich meine Heimatstadt liebte. Saint Mellows duftete auf mysteriöse Weise zu jeder Jahreszeit anders. Im Frühling war es der dezente Duft frischer Blüten, insbesondere um den Cherry Blossom Court, in Verbindung mit frisch gemahlenem Kaffee. Kein Wunder, dass Leenas Lieblingsgetränk Annes *Lavender Latte* war, er schmeckte himmlisch und gehörte jeden Frühling zu den *Coffee Specials* wie der *Pumpkin Spiced Latte* im Herbst oder der *Peppermint Moccha* mit den Zuckerstangen in der Weihnachtszeit. Ich liebte, dass es im Sommer auf dem Festplatz aus unerfindlichen Gründen nach Popcorn und Melone roch. Doch jetzt, im kalten Winter, drang der Duft von frisch gewaschener Wäsche in meine Nase und sorgte dafür, dass mir ein Kitzeln über die Haut rann.

In letzter Zeit, insbesondere innerhalb der letzten Stunden, hatte ich mir immer wieder die Frage gestellt, ob ich es wirklich schaffen könnte, in Saint Mellows glücklich zu sein. Und je mehr ich mir einredete, dass ich es könnte, desto mehr glaubte ich es selbst. Langsam fühlte es sich für mich nicht mehr so an, als versuchte ich krampfhaft, mich selbst zu überzeugen. Nein, es war *echt*, dieses Gefühl. Denn ich hatte erkannt, dass an all den Pinterest-Sprüchen, bei denen Leena die Augen verdrehen und so tun würde, als müsste sie sich übergeben, etwas dran war. Dass zu Hause kein Ort, sondern Menschen waren. Und so kitschig es auch klang, ich wusste, dass ich mein Zuhause in Blakes Armen gefunden hatte. Was auch immer sich uns noch für Schwierigkeiten in den Weg stellten, ich war mir sicher, dass wir es schaffen würden. Denn wir waren keine sturen Teenager mehr. Wir waren sture Erwachsene, die zumindest gelernt hatten, miteinander zu sprechen.

Ich war so in Gedanken versunken, dass ich beinahe an dem niedrigen Gartentor meiner Eltern vorbeigelaufen wäre. Abrupt blieb ich stehen. Es vergingen zehn Sekunden, zwanzig, dreißig, schließlich eine geschlagene Minute, während der ich den Vorgarten hinauf zum Küchenfenster blickte. Schluckend legte ich den Kopf ein Stück in den Nacken und sah zum ausgebauten Dachboden, zu meinem Zimmer hinauf. Dieses

Haus war nicht mein Zuhause. Es waren die beiden wunderbaren Menschen darin, die es verdient hatten, dass ich ihnen sagte, wie sehr ich sie liebte. Und dass ich ihnen nicht böse war, wie konnte ich denn auch?

Den Kloß in meinem Hals herunterschluckend, schob ich das Tor auf und kämpfte mich durch den kniehohen Schnee bis zur Tür. Ich schüttelte mir den Rucksack von der Schulter und kramte in ihm nach meinen Schlüsseln, zog sie klimpernd hervor und realisierte, dass meine Finger zitterten. Das erste Mal, als ich versuchte aufzusperren, rutschte ich vom Schlüsselloch ab und musste kurz durchatmen, damit es beim zweiten Mal klappte. Ich stieß die Tür auf und trat ein, wurde sogleich vom Geruch des Kaminfeuers begrüßt. *Das* war zu Hause. Kein Haus konnte ohne die Menschen darin zu einem Heim werden. Es war Dad mit seiner Kaffeesucht und Moms Arbeiten, die diesen unverwechselbaren Duft von Acrylfarbe und gemahlenem Kaffee durch die Zimmer trugen. Es war das zarte Waschmittel, das Mom benutzte, seit ich ein Baby gewesen war, und Dads Aftershave.

Ich räusperte mich und ließ meinen Rucksack neben die Fußbank fallen. »Mom, Dad?« Nervös öffnete ich meinen Mantel und hängte ihn an einen der Garderobenhaken. Schließlich schlüpfte ich aus meinen Stiefeln.

»Küche, Süße«, rief Mom mir zu und ich wusste bereits, dass sie auf ihrem iPad ein Magazin las und Dad ihr am Esstisch gegenübersaß, vertieft in ein E-Book, noch bevor ich einen Blick in die Küche geworfen hatte.

»Guten Morgen«, begrüßte ich die beiden vom Türrahmen aus und knetete meine Finger ineinander.

Dad legte seinen E-Reader beiseite, richtete seinen Blick auf mich und unter seinem Schnurrbart zuckte sein Mundwinkel nach oben. »Kaffee?«

Ich nickte lächelnd, und sofort stand Dad auf, um zu Bella zu gehen und eine Tasse aus dem Schrank zu nehmen. »Warte«, hielt ich ihn auf und trat neben ihn, um mir selbst eine Tasse auszusuchen. Ich deutete auf meine Stitch-Tasse. »Die hier, bitte.« Das scharrende Geräusch, als ich sie nach vorn zog, jagte mir eine Gänsehaut über den Körper.

»Alles klar.« Dad schmunzelte und zwinkerte mir zu.

»Komm mal her«, bat Mom mich und winkte mich zu sich. »Wie findest du das?« Sie drehte ihr iPad zu mir herum, und je näher ich kam, desto unsicherer wurde ihr Lächeln.

»Hast du das gemalt?« Ich legte den Kopf schief und nahm ihr das Tablet aus den Fingern, um mir das Kunstwerk näher anzusehen. Es trug eindeutig Moms Handschrift. Da waren diese vermeintlich unsauberen Pinselstriche und die kräftigen Farben, nur dass sie digital waren, ungewöhnlich für meine Mom, da sie normalerweise klassisch malte. Auf Leinwänden, in ihre Skizzenbücher oder auf Töpferkunst. Das hier war eine digitale Illustration der Kirche von Saint Mellows im Cherry Blossom Court im Frühling. Das erkannte ich an den Kirschblüten, die durch das Bild flogen. »Was ist das dort?« Mit gerunzelter Stirn kniff ich die Augen zusammen und deutete mit dem Zeigefinger auf etwas, das vor den Stufen der Kirche lag. Ich sah auf, und ohne Vorwarnung rutschte mir das Herz in die Hose, denn in Moms Augen hatten sich Tränen gesammelt. Aber sie lächelte. »Das ist ein Korb, Süße.«

Ich verstand nicht, was los war. »Warum weinst du, Mom?« Hilfesuchend blickte ich mich zu Dad um, der zu uns herüberkam, während mein Kaffee in das Kännchen lief. »Dad?«

»Entschuldige«, schluchzte Mom und hielt sich die Hand vor den Mund. »Ich wollte dich nicht erschrecken, aber ich dachte …« Sie stoppte mitten im Satz.

»Du dachtest was, Mom? Was ist das?« Ich deutete verunsichert zu der Zeichnung, und mir schwante bereits, was ich hier in Händen hielt.

»Du weißt, dass Worte nicht meine größte Stärke sind«, seufzte sie. »Das hier bist du, mein Schatz.« Sie nahm mir das Tablet aus der Hand und zoomte mit Zeigefinger und Daumen in die Zeichnung hinein, und da erkannte ich es. Das war ein Korb mit einem Baby darin. Einem Findelkind. Mir. Vor den Stufen der Kirche.

»Du hast deine Erinnerung gezeichnet?« Meine Stimme war kaum mehr als ein Flüstern.

Mom schüttelte den Kopf. »Nicht so ganz.« Sie lächelte. »Aber ich habe versucht, den Tag zu zeichnen, an dem wir dich kennengelernt haben. Wir waren es nicht, die dich gefunden haben.«

Dad legte Mom und mir jeweils eine Hand auf die Schulter, und Mom griff sofort nach ihr. »Wer hat mich dann … *gefunden*?« Es fiel mir schwer, dieses Wort zu benutzen. Andere Babys waren in ihre Familien hineingeboren worden. Ich war *gefunden* worden.

Dad räusperte sich. »Wir wollten schon viel eher mit dir darüber sprechen, haben aber erst einmal ihn, deinen Finder gefragt, ob es okay für ihn ist, wenn du es erfährst.« Kurz überlegte ich, ihm zu erklären, dass es gut so gewesen war, denn bis heute Morgen wäre ich für dieses Gespräch noch gar nicht bereit gewesen.

»Und?« Ich lächelte schwach. »Ist es okay? Wer war es?«

Mom legte das Tablet auf den Tisch, schaltete das Display aus und als es schwarz wurde, war es, als fiele eine Last von mir ab. »Es war Maddy.«

»Maddy?« Ungläubig riss ich die Augen auf. »*Der* Maddy? Von *Maddy's Bakery and Weddingmagic*?«

Dad nickte und zog meinen Stuhl unter dem Tisch hervor, als hätte er mir angesehen, dass ich mich dringend hinsetzen musste. »Ich glaube, wir haben hier in Saint Mellows nur einen Maddy«, lächelte er und ging vor mir in die Hocke, griff nach meinen Händen. Er räusperte sich, und ich blickte in seine dunklen Augen, die mir so vertraut waren. »Sue, deine Mom und ich wollen uns bei dir ent…«

»Stopp!« Ich entriss ihm eine Hand und hielt sie in die Höhe, damit er bloß nicht weitersprach. Mom war leicht zusammengezuckt und musterte mich überrascht. »Stopp, stopp, stopp, stopp«, murmelte ich und schüttelte den Kopf in dem Versuch, meine Gedanken zu ordnen. »Nicht.«

»Nicht?« Dads Stimme war die pure Verwirrtheit.

»Nicht entschuldigen«, bat ich und holte tief Luft. »Bitte nicht. Ihr habt nichts falsch gemacht, okay? Gar nichts. Ihr seid die besten Eltern der Welt, und es hat mir nie an etwas gefehlt. Nie hatte ich auch nur ansatzweise das Gefühl, nicht zu euch zu gehören.«

»Ach, Suzie.« Moms Kehle entkam ein Schluchzen, und sie stand von ihrem Sessel auf, um sich neben Dad zu stellen. »Ich … wir … hatten so Angst, dass du wütend auf uns bist.«

Ich schüttelte lächelnd den Kopf und sah aus dem Küchenfenster, ehe ich meinen Blick zu meiner Stitch-Tasse auf der Anrichte schweifen ließ. Mein Herz machte einen kleinen Hüpfer, als mir die Parallele zwischen meinem Leben und dem dieses kleinen Außerirdischen auffiel. Auch er war nach einigem Auf und Ab in eine Familie aufgenommen worden, die ihn mit ganzem Herzen liebte, als wäre er schon immer da gewesen. Doch Mom hatte nicht ganz unrecht mit ihrer Sorge, denn ich war wütend gewesen. Allerdings weder auf Mom noch auf Dad. Die Wut hatte der ganzen Welt gegolten, weil ich mich gefühlt hatte, als hätte sie mich verspeist, verdaut und wieder ausgespuckt. Ich war wütend gewesen, weil ich nicht nur vor wenigen Wochen wegen eines Fauxpas gefeuert worden war, sondern auch, weil ich meinen vermeintlichen Traum von New York City hatte aufgeben müssen. Und weil ich irgendwie selbst daran schuld gewesen war. Meine Wut hatte Blake gegolten, weil er mich vor so vielen Jahren versetzt hatte und nie auf die Idee gekommen war, sich bei mir zu entschuldigen. Weil seine braunen Augen noch dieselben waren, nur dass sie kein bisschen Wärme mehr für mich übrig hatten, und weil sich mein Innerstes jedes Mal schmerzhaft zusammengezogen hatte, wenn ich ihm begegnet war. Ich war wütend gewesen, wenn ich ihm über den Weg gelaufen war, und auch, wenn nicht. Weil – und dieses Wissen hatte ich erst letzte Nacht zur Wahrheit werden lassen – ich diesen *coolen Rebellen* liebte.

»Das war ich nie«, erklärte ich. »Ich war nie wütend auf euch.« Ich schob Dads Hände sanft von meinen Knien und stand vom Stuhl auf, um zuerst ihn, dann Mom zu umarmen. Als ich Anstalten machte, zu seiner Kaffeemaschine zu gehen, hielt Dad mich zurück.

»Warte«, bat er mich und erhob sich, wobei seine Knie knackten. »Deine Selbstständigkeit in allen Ehren, aber hier bereite nach wie vor ich dir deinen Cappuccino zu, Süße.« Lächelnd strich er mir über den Oberarm und deutete zurück zu meinem Stuhl. Ich musste zwinkern, damit sich keine Träne aus meinem Augenwinkel löste.

»Okay, Daddy«, murmelte ich und beobachtete ihn dabei, wie er die Verpackung meiner liebsten Hafermilchmarke zurück in den Kühlschrank stellte. »Danke.«

»Dafür doch nicht.« Er legte den Kopf schief und verdrehte gespielt die Augen, doch unter seinem Bart grinste er breit. Auch wenn er versuchte, sich nichts anmerken zu lassen, konnte er mich nicht täuschen, das hatte er nie gekonnt. Ich sah seine Erleichterung in jedem seiner Züge.

Mom hatte ihren Drehsessel neben meinen gezogen, als wollte sie mir heute unbedingt so nah wie möglich sein. Als hätte sie Sorge, dass ich verschwinden könnte, einfach gehen. Doch das würde ich niemals tun. Sie griff nach dem Brotkorb, in dem Brotscheiben lagen, und hielt ihn mir unter die Nase. »Toast?«

»Gern«, lächelte ich, nahm mir eine Scheibe und ließ mich zurück in meinen Sitz fallen. »Mom?« Ich hielt mein Buttermesser in der Hand und starrte auf das Brot auf meinem Teller.

»Ja?« Aus dem Augenwinkel sah ich sie erstarren. Sie hatte ihre Schultern angespannt bis zu den Ohren gezogen.

»Erzähl es mir«, bat ich. »Bitte.«

Mom stieß seufzend einen Schwall Luft aus und nickte. »Es war im Mai«, begann sie ohne Umschweife und suchte meinen Blick. Ich sah so viel Liebe in ihren Augen und bei dem vorsichtigen Lächeln, das an ihrem Mundwinkel zuckte, durchfuhr mich eine heiße Welle. Ich verstand, dass, so schmerzhaft und kompliziert die ganze Adoption auch gewesen sein musste, sie doch im Grunde eine schöne Erinnerung für meine Eltern war. Und wer wusste schon, wie mein Leben ausgesehen hätte, wenn ich nicht ausgerechnet bei ihnen gelandet wäre? Ich wollte es mir überhaupt nicht ausmalen, denn ich hatte das größte Glück gehabt.

Dad stellte betont leise die Tasse neben meinen Teller und zog seinen Stuhl ebenfalls zu mir heran. »Wir bekamen einen Anruf von Pfarrer Tanner«, übernahm er das Wort und blinzelte Mom zu, die ihn dankbar anlächelte. Er schnappte sich einen Toast aus dem Korb und bedeutete uns mit einem Nicken zu frühstücken, während er sprach.

16. Kapitel

Blake

Im Laufe der letzten Tage war so etwas Ähnliches wie Normalität in Saint Mellows eingekehrt. Die Mellowianer gingen ihren gewohnten Tätigkeiten nach und besuchten an ihrem Feierabend den Christmas Market, der erstaunlicherweise fast komplett vom Schneesturm verschont geblieben war. Einzig bei ein paar der Buden hatte der Sturm die Holzdächer abgedeckt, was einige Freiwillige unter meiner Anweisung bereits wieder repariert hatten. Es hatte keinen Tag ohne Sue gegeben. Selbst wenn wir uns nicht direkt verabredet hatten, hatten wir uns zufällig bei Anne getroffen. Doch die zurückgekehrte Normalität traf leider nicht auf uns beide zu, denn es war, als hätte der Sturm auch unseren Mut davongetragen. Keiner von uns traute sich, über unsere Zukunft zu sprechen, auch wenn wir beide wussten, dass wir darum nicht herumkommen würden. Doch zumindest ich wusste nicht, wie.

Gestern Abend war die letzte Versammlung vor dem heutigen Hockey-Match gewesen und selbstredend hatte ich Sue danach zu ihrem Elternhaus begleitet. Auf dem Weg dorthin hatte sie mir von dem Gespräch mit ihren Eltern erzählt. Ich war stolz auf sie, auch wenn mir ihre Geschichte einen fetten Kloß im Hals beschert hatte. Dass niemand Geringeres als unser verschrobener Maddy sie im Cherry Blossom Court vor den Stufen der *Saint Mellows Church* gefunden hatte, als er seine Grandma Madeleine für ein Wochenende hier besucht hatte, klang selbst in meinen Ohren unglaublich. Ihre Eltern waren mit dem Pfarrer befreundet gewesen, der damals nicht nur Gottesdienste in Saint Mellows abgehalten hatte, sondern auch in Burlington, einer unserer Nachbarstädte, in der ihre Eltern bis dato gelebt hatten. Sie hatten Sue als Pflegekind in Obhut genommen und sich schlussendlich dazu entschieden, sie zu adoptieren und nach Saint Mellows zu ziehen, um als Familie neu anfangen zu können. Deswegen wusste kaum jemand, dass Sue nicht das leibliche Kind der Flores' war.

Das Handy auf meinem Nachttisch vibrierte und holte mich so aus meinen Gedanken. Ächzend stemmte ich mich hoch und schielte auf den Wecker, der mir verriet, dass es schon neun Uhr morgens war. In meinem Bauch begannen Schmetterlinge umherzuwirbeln, denn ich ahnte bereits, wer mir geschrieben hatte.

> Sue: Guten Morgen, Schlafmütze. Bist du bereit, dich fertigmachen zu lassen?

Lachend öffnete ich die virtuelle Tastatur, um ihr rasch zu antworten.

> Ich: Es ist Samstag, ich darf ausschlafen! Außerdem: Das glaubst du doch wohl selber nicht?

> Sue: Ich war im Feldhockey-Team der Saint Mellows High, falls du das vergessen haben solltest!

Ich: Habe ich nicht. Ich weiß sogar noch, dass du Team-Kapitänin warst. Typisch für Streberinnen wie dich! Ich bin gespannt, wie du dich im knöchelhohen Schnee schlägst.

Ich biss mir schmunzelnd auf die Unterlippe und versuchte, das Stechen in der Magengegend zu ignorieren, das mich daran zu erinnern versuchte, dass Sue und ich endlich Tacheles reden sollten.

Sue: Wenn du dich nicht benimmst, landet mein Schläger vielleicht VERSEHENTLICH WOANDERS.

Ich: Das traust du dich nicht. Wollen wir vorher noch einen Kaffee trinken?

Sue: Doch, tu ich. 11 Uhr im *Anne's*?

Ich: Niemals. Perfekt!

Lächelnd ließ ich das Smartphone neben mich auf die Matratze fallen und stand auf, um unter die Dusche zu hüpfen, wurde allerdings vom Klingeln an meiner Haustür aufgehalten. Stirnrunzelnd checkte ich noch einmal die Uhrzeit, denn unser Paketbote Larry war eher nicht dafür bekannt, vor zehn Uhr morgens überhaupt vernünftig geradeaus laufen zu können. Und ich erwartete auch nichts, also schlurfte ich zum Schlafzimmerfenster, das auf die Straße hinausging, und öffnete es, wobei mir die eiskalte Morgenluft unter das Shirt fuhr. »Ja?«, rief ich hinunter und kam mir prompt vor wie einer dieser alten Greise, die den ganzen Tag am Fenster saßen und nur hin und wieder hinausbrüllten, um die Nachbarskinder zurechtzuweisen.

»Mach auf!« Mein Bruder trat unter meinem Vordach hervor und hielt zwei der faltbaren Silikonbecher aus dem *Anne's* und eine Edelstahlbüchse in die Höhe.

»Wehe, da ist kein Frühstück drin«, drohte ich ihm lachend. »Es ist auf, komm rein.« Ich schloss das Fenster und schüttelte mich, da die paar Sekunden ausgereicht hatten, dass meine Finger und Füße eiskalt geworden waren. Im Gehen schnappte ich mir Socken und eine schwarze Jogginghose und zog sie an. Meinen dunkelroten Kapuzenpullover hatte ich gestern Abend über das Treppengeländer gehängt, jetzt griff ich danach, bevor ich zu Dev in die Küche ging. »Was gibt's, Nervensäge?« Seufzend ließ ich mich auf meinen Barhocker sinken, zog mir den Pullover über den Kopf und beobachtete Dev dabei, wie er zwei Teller vom Regal nahm, und sie auf meiner Kücheninsel platzierte.

Er öffnete die Edelstahldose, und sofort lief mir das Wasser im Mund zusammen. »Was zuerst? Schoko-Croissant, Hefe-Zimt-Knoten oder Cranberry-Muffin?«

»Ja!« Ich nickte lachend und schob meinen Teller mit dem Zeigefinger zu ihm, damit er mir von jedem Gebäck eins darauf packte.

»Was frag ich überhaupt?«, stöhnte Dev. »Fresssack.«

Ich griff nach dem schwarzen Kaffeebecher und überließ ihm den dunkelroten. »Wie komme ich zu dem Vergnügen deines Besuchs?« Ich zog eine Augenbraue in die Höhe und sah ihn herausfordernd an.

»Du bist mir jetzt lange genug entkommen.« Dev ließ sich

neben mich fallen und biss beherzt von seinem Croissant ab. »Es ist Samstag, also standen die Chancen gut, dass du heut nicht arbeitest. Riley ist im *Anne's*, Abby hat bei Chelsea übernachtet, Elsie hole ich erst morgen aus Chicago ab und die Geschichtsaufsätze können auch bis morgen warten.«

Ich nickte schmunzelnd. »Schön. Ich wiederhole: Was machst du hier?«

»Du und Sue.« Er nahm einen Schluck vom Kaffee und verzog angewidert den Mund. »Mann, Riley, verdammt«, fluchte er.

»Prise Weihnachten?« Ich umfasste schützend meinen Becher, froh darüber, anscheinend den einen Becher ohne Zimt gezogen zu haben.

»Ja«, stöhnte er. »Ich liebe sie. Wirklich. Aber ihre Vorliebe für süße Kaffeespezialitäten werde ich niemals teilen.« Er nahm einen zweiten Schluck und verzog wieder den Mund. »Lenk nicht ab, Blake.«

»Wovon denn?« Lachend zuckte ich die Achseln und biss vom Muffin ab, verdrehte genüsslich die Augen. »Die sind *so* gut!«

»Klar sind sie das, sie sind von Riley. Hör jetzt auf!«

»Womit?« Ich presste die Kiefer aufeinander, um nicht wieder laut aufzulachen.

»Abzulenken. Du entwischst mir jetzt seit der Schneesturmnacht. Du und Sue.« Er senkte die Stimme.

»Ich und Sue«, wiederholte ich, ebenfalls mit tieferer Stimme, um meinen Bruder auf die Schippe zu nehmen.

Ich schaffte es, ihm ein ungewolltes Grinsen zu entlocken, und er seufzte. »Okay, dann anders, du Scherzkeks.« Er biss in seinen Muffin und sprach mit vollem Mund weiter. »Antworte einfach mit Ja oder Nein.«

»Nein.«

»Blake, verdammt noch mal!« Er lachte verzweifelt und legte den Kopf in den Nacken.

Ich stützte die Ellenbogen auf die Kücheninsel und lehnte den Kopf seitlich in eine meiner Handflächen. »Na los. Her mit deinen Ja-Nein-Fragen.«

»Habt ihr miteinander geschlafen?« Er grinste diabolisch, da er genau wusste, dass ich ihm die Frage beantworten würde.

»Ja.«

Er wirkte geschockt und irgendwie beeindruckt zugleich. »Ernsthaft?«

»Ja.«

»Wann?« Ich gab ein Geräusch von mir, das klang wie ein Buzzer. »Ach ja, sorry. Keine Ja-Nein-Frage. In der Schneesturmnacht?«

»Ja.«

»Bevor ihr in die Aula gekommen seid?«

»Ja.«

Er verzog grübelnd den Mund, als müsste er jetzt seine Frage-Strategie neu überdenken. »Seid ihr zusammen?«

Ich seufzte. »Nein.«

»Nicht?«

»Devon«, ermahnte ich ihn, verdrehte die Augen und trank einen Schluck Kaffee.

»Können wir das Spiel lassen und vielleicht ein einziges Mal vernünftig miteinander reden?« Er wandte sich zu mir um, und ich realisierte, dass ich es meinem Bruder wirklich nie leicht gemacht hatte. Vielleicht war es das Großer-Bruder-Gen in mir. Ich hatte immer für ihn da sein wollen, doch hatte ihm im Umkehrschluss nie die Möglichkeit gegeben, für *mich* da zu sein, hatte immer dichtgemacht, wobei mir kein plausibler Grund einfallen wollte, warum eigentlich.

»Im Moment ignorieren wir den Fakt, dass sie wieder gehen wird. Oder besser, *ich* ignoriere ihn. Ich weiß, das ist sehr erwachsen.«

»Wer weiß.« In Devons Augen blitzte etwas auf, das mich verunsicherte. Als wüsste er etwas, das mir verborgen war. Etwas, das offensichtlich war, das ich aber nicht sah.

»Worauf willst du hinaus?«

Er zuckte mit den Schultern. »Nur darauf, dass du nicht wissen kannst, ob Sue gehen wird oder nicht. Noch ist sie da, oder?«

»Großartig, Dev«, brummte ich. »Also lasse ich mich erst mal so richtig auf sie ein, nur damit sie am Ende mein Herz mit in irgendeine Metropole schleppt, wo es verkümmern wird?«

»Du Drama Queen, nein, natürlich nicht. Aber das klingt fast, als überlegst du, mit ihr zu gehen?«

Ich schüttelte den Kopf. »Nein. Ich denke nicht. Ich weiß es nicht. Vielleicht. Ach, scheiße.«

Dev trommelte mit den Fingerspitzen auf die Arbeitsplatte, was mich nervös machte. »Noch eine Ja-Nein-Frage«, murmelte er, und ich hob schulterzuckend die Augenbrauen, um ihm zu bedeuten, sie einfach zu stellen. »Liebst du Sue?«

Es war, als hätte er einen Eimer frischen Eiswassers über mir ausgekippt, denn ich hätte alles erwartet. Alles außer dieser Frage.

Ich ballte die Hände zu Fäusten und scheute mich davor, ihm zu antworten. Denn sobald ich ihm die Antwort gab, wurde sie real und ich verletzlich. »Ja«, presste ich hervor und stieß einen Schwall Luft aus.

»Okay.« Dev nickte. Und lächelte. Er nickte und lächelte, und das machte mich fertig.

»Okay?« Am liebsten hätte ich sein Gesicht in den Zimt-Knoten auf seinem Teller gedrückt, doch glücklicherweise hatte ich mich unter Kontrolle. »Das fällt dir dazu ein? *Okay?*«, äffte ich ihn nach und lachte ungläubig. »Danke für dieses tolle Gespräch, Bruder, jetzt bin ich nur noch verwirrter. Große Klasse.«

»Es war mir einfach wichtig, das zu wissen«, murmelte er seltsam geheimnisvoll.

»Warum?«

»Nur Ja-Nein-Fragen«, erinnerte er mich grinsend und griff zu seinem Kaffee. Er setzte an, trank einen Schluck, und es war mir eine Genugtuung zu sehen, wie er das Gesicht angewidert verzog.

»Weißt du mehr als ich, was Sue angeht?«

»Ja.«

»Willst du, dass ich dir hier und jetzt eins überbrate so wie damals, als wir Kinder waren und du mich genervt hast?«

»Nein.« Er schüttelte lachend den Kopf, rutschte aber trotzdem ein Stück zur Seite. »Sorry. Anderes Thema …« Dev stieß mir seinen Ellenbogen in die Seite. »Hast du schon dein Wichtelgeschenk besorgt?«

»Ich bin wirklich stinksauer, dass ihr mich alle gezwungen habt, bei diesem Quatsch mitzumachen.«

»Das ist wohl ein Nein? Wen hast du überhaupt gezogen?«

»Den schwarzen Peter«, brummte ich und steckte mir den halben Muffin mit einem Mal in den Mund. »Iff haffe euf«, erklärte ich und zog mürrisch die Augenbrauen zusammen.

»Nicht dein Ernst? Rupert?« Devon versuchte gar nicht erst, seine Schadenfreude zu verstecken. »Mein Beileid.«

»Das brauche ich nicht«, schnaubte ich und deutete zum Couchtisch, auf dem ein Päckchen stand, das ich online bestellt hatte.

»Hast du das eingepackt?« Devon zog beeindruckt eine Augenbraue hoch. »Du kannst gut mit Holz, aber auch mit Geschenkband?«

»Wo denkst du hin?« Ich schüttelte amüsiert den Kopf. »Die Geschenkverpackung hat zwei Dollar extra gekostet, aber das war es mir wert.«

»Was ist drin?«

»Warum so neugierig?«

»Spricht da die Unsicherheit aus dir?«

»Niemals.«

»Dann sag schon, ich brauche noch Inspiration.« Seufzend versenkte er seine Hand in der Tasche seiner Jeans.

»Es ist ein mit einem Foto bedruckter Hundenapf. Auf dem Foto sind Rupert und Panda, und es sieht gar nicht mal so schlimm aus.«

Devon lächelte. »Nicht schlecht. Ich wünschte mir, ich hätte ihn gezogen.«

»Wen hast du? Wer soll bitte schwerer zu beschenken sein als Rupert?«

Er zog die Hand aus der Hosentasche und entfaltete das Papier einhändig. Zwischen seinen Fingern prangte der kurze Name der Frau, die uns allen hier so viel bedeutete. »Anne«, seufzte er. »Es ist so schwer, etwas zu finden.«

Ich nickte. »Das ist, als müsste man für den Weihnachtsengel höchstpersönlich ein Weihnachtsgeschenk auswählen.«

»Du sagst es.«

»Devon?« Ich verzog den Mund und kaute von innen auf

meiner Wange herum. Mein Bruder suchte meinen Blick, sah mich aufmerksam an. »Ich möchte in Bezug auf Sue nichts falsch machen.« Ich fühlte mich gleichzeitig leichter und schwerer, nachdem die Worte meinen Mund verlassen hatten, die sich fast wie eine Beichte anfühlten.

»Lass sie einfach nicht …« Er stockte, als suchte er nach Worten.

»Nicht was, Dev?«

»Lass sie nicht dumm dastehen, nur weil sie dich liebt.«

Ich verstand nicht genau, was er mir damit sagen wollte, und atmete seufzend aus. »Wer weiß, ob sie das überhaupt tut.«

»Ich glaube, ab jetzt halte ich mich wohl besser raus«, murmelte Devon. »Ich wollte dich nicht verunsichern.«

»Ich bin nicht verwirrter als vorher, alles gut«, winkte ich ab. Doch, ich war sehr viel verwirrter als vorher.

Sue

»*38. Winter-Hockey-Match Saint Mellows*«, las ich stolz das Banner vor, das am Pavillon befestigt worden war, der als Schiedsrichterhäuschen herhalten musste, da das eigentliche das Unwetter nicht überlebt hatte.

»Ist die 8 nachträglich drauf geklebt worden?« Leena kniff die Augen zusammen, während sie sich ihr Team-Shirt in Übergröße über ihre schwarze Winterjacke zog.

»Pssst«, ermahnte ich sie, leise zu sein, und tat so, als sähe ich mich nach Lauschern um. »Bannerdruck ist teuer und eine Umweltsünde! Wir haben gespart, okay?«

»Verstehe.« Leena hob beschwichtigend die Hände in die Höhe und zupfte am T-Shirt. »Keine Ahnung, ob ich dieses komische Orange schlimmer oder besser finden soll als das Kackbraun, das Riley und ich im Sommer beim Wasserbomben-Festival gezogen haben.«

»Es ist nur eine Farbe, Leeni«, erinnerte ich sie schmunzelnd und zog mir ebenfalls ein orangefarbenes Shirt über meine braune *Teddybärjacke*, wie Blake sie immer nannte. Ein wenig verstand ich Leena aber, denn die Farbe ließ sie in Kombination mit ihren hellblonden Haaren extrem blass aussehen. Bei meinen dunkelbraunen Haaren war es nicht ganz so schlimm. »Freu dich doch lieber, dass wir in einem Team sind.«

Leena sah blitzschnell weg und nickte. Etwas zu schnell. »Ja, klar, ich *freue* mich total.«

»Leeni?« Betont streng senkte ich die Stimme und stemmte die Hände in die Hüften. »Was soll das denn heißen?«

»Mit dir in einem Sportteam zu sein ist wie Krieg spielen«, erklärte Leena und hob die Schultern an.

»Na hör mal!« Lachend hielt ich mir die Hand vor den Mund. »Das stimmt doch gar nicht. Oder ist zumindest stark übertrieben.«

»Doch, es stimmt.« Meine beste Freundin nickte vehement. »Du wirst da gleich über das Feld preschen, als hinge dein Leben davon ab.«

»Werde ich gar nicht!« Würde ich doch. Ich verlor einfach nicht gern, erst recht nicht in Disziplinen, in denen ich so gut war wie im Hockey. Nur, dass ich seit über fünf Jahren nicht mehr auf dem Feld gestanden hatte und das Winter-Hockey-Match noch mal etwas ganz anderes war, da wir nicht nur durch knöchelhohen Schnee rennen mussten, sondern es zu allem Überfluss auch wieder zu schneien begonnen hatte.

»Ich werde mich überraschen lassen.« Leena blinzelte skeptisch und deutete zu Sam hinüber, der mit seinem Dad Sean im Team Rot gelandet war. »Unser erstes Spiel ist gegen Rot, bitte blamier mich nicht.«

Empört stemmte ich die Hände in die Hüfte. »Was denn nun? Willst du gewinnen oder verlieren?«

»In erster Linie möchte ich Spaß haben«, erklärte sie diplomatisch, was *so* typisch für meine beste Freundin war. »Aber trotzdem würde ich Sam gern den Hintern versohlen, er hat mich den ganzen Morgen damit aufgezogen, dass er sich niemals vorstellen könnte, wie ich im Sportröckchen einen Schläger schwinge.«

»Das kann ich auch nicht«, pflichtete ich Sam grinsend bei.

»Schon klar. Aber er hat es am Frühstückstisch gemacht. Vor seinen Eltern und seinem Bruder.«

»Conor ist da?« Überrascht blickte ich mich um und entdeckte ihn und Lydia Forsters, Sams und Conors Mom, an Annes provisorischem Kaffeestand, der auf keinem Fest fehlte. Mein Blick fiel zuerst auf Conors Blindenstock und wanderte weiter zu seiner Mom. Wie immer war sie elegant gekleidet, und ihr cremefarbener Mantel sah aus, als hätte er so viel gekostet wie drei Monatsmieten meines Appartements in New York. Meines *ehemaligen* Appartements. Sie trug braune, wadenhohe Stiefel und hatte ihren karierten Schal so elegant über die Schulter geworfen, wie ich es auch gern gekonnt hätte. Sams und Conors Mom hatte für mich schon als Kind irgendetwas Faszinierendes an sich gehabt, auch wenn ich ihr nur selten begegnet war.

»Ja, seit gestern, er bleibt bis Neujahr bei seiner Familie und hat seinen dreibeinigen Kater Sheldon mitgebracht. Der stellt das ganze Herrenhaus auf den Kopf und treibt alle in den Wahnsinn.« Leena warf lachend den Kopf in den Nacken und winkte ihrer Schwiegermutter in spe zu, die mit Conor am Arm auf Leenas Eltern zulief. Sie waren seit Kurzem von ihrer einjährigen Weltreise zurück, was auch wirklich höchste Zeit gewesen war. Leena hatte sie viel zu sehr vermisst.

»Wie schön!« Ich lächelte aufrichtig und ließ den Blick über den Spielfeldrand gleiten. Gar nicht weit von uns entfernt machte sich Team Dunkelblau startklar, in dem Blake und Devon spielten. »Was für ein Zufall«, murrte ich und nickte in die Richtung der Brüder.

»Dass die beiden in einem Team sind? Wer weiß, wen sie geschmiert haben.« Lachend versuchte Leena, ihre schulterlangen Haare in einem hohen Pferdeschwanz zu bändigen. »Riley und Abby sind auch in einem Team, ausgerechnet in Team Grün, Riley hasst Grün. Vielleicht ist heute Tag der Familie?«

Jetzt, wo sie es sagte, fiel mir auch auf, dass in fast allen Teams entweder Brüder-, Schwestern- oder Eltern-Kind-Verbindungen waren. Nur unser Team Knallorange war ein komplett durcheinandergewürfelter Haufen von elf Personen. Aber das sollte unserem Teamgeist hoffentlich nichts anhaben können.

»Liebe Mellowianer«, krächzte Mrs. Innings Stimme durch ein Megafon und lenkte sämtliche Aufmerksamkeit auf sie.

»Wie hat sie es geschafft, Rupert sein Megafon abzuschwatzen?« Leena grinste mir hinter vorgehaltener Hand zu und nickte zu besagtem Griesgram, dessen angesäuerte Miene eindeutig verriet, was er davon hielt, dass er sein Spielzeug hatte weitergeben müssen.

»Das wüsste ich auch gern, er hütet es doch wie einen Schatz.« Ich fiel in Leenas Kichern ein und sah noch mal unauffällig zu Team Dunkelblau. Prompt begegnete ich Blakes Blick. Er lächelte mir über die Entfernung zu und hob unauffällig die Hand, um mir zu winken. Sofort erwachte wieder die Horde Eichhörnchen in meinem Magen, und es fühlte sich an, als jagten sie alle einer einzigen Nuss hinterher. Trotz der Kälte breitete sich Wärme in mir aus, und ich versuchte zu ignorieren, wie schade ich es fand, nicht mit ihm im gleichen Team zu sein.

»Ihr seid schon irgendwie süß«, raunte Leena mir ins Ohr, und ich erschrak, da ich nicht bemerkt hatte, wie sie sich mir genähert hatte.

»Gar nicht«, protestierte ich gepresst und verdrehte die Augen über meine Reaktion.

»Sehr glaubwürdig.« Leena schmunzelte und deutete zu Mrs. Innings, die Rupert gerade davon abhielt, ihr das Megafon aus den Händen zu reißen. »Was geht da nur wieder vor?«

»Ich freue mich, Sie alle zum …« Mrs. Innings schielte auf den Spickzettel in ihrer Hand. »38. Saint Mellows Winter Hockey Match begrüßen zu dürfen.«

»Sie klingt immer so formell.« Ich stieß Leena feixend den Ellenbogen in die Seite, und sie fiel in mein Gekicher ein. Fast erinnerte mich der heutige Tag an unsere Kindheit. Im Winter waren Leena und ich oft Schlittenfahren gewesen oder hatten in den Gärten unserer Eltern ganze Schneelandschaften gebaut. Wenn ich genauer darüber nachdachte, hatten wir das sogar noch getan, als wir zur Highschool gegangen waren, denn unserer Meinung nach konnte man nicht zu alt sein, um auf einem Holzschlitten einen Abhang hinunter zu jagen oder eine Schneefamilie zu erschaffen. Mein Weggang war es gewesen, der uns die letzten Winter daran gehindert hatte, und in meinem Bauch begann es zu kribbeln, wenn ich mir vorstellte, dass wir unsere Tradition vielleicht bald wieder aufleben lassen konnten. Wenn ich zurück nach Saint Mellows zog. *Falls* ich zurückzog.

»Wollen wir keine Zeit verlieren«, brüllte die Bürgermeisterin und machte Rupert damit fast schon Konkurrenz. »Team Orange und Team Rot! Bitte findet euch zusammen und holt eure Hockeyschläger am Schiedsrichterhäuschen ab. Um es noch einmal zu verdeutlichen ...« Sie warf Team Dunkelblau, Blakes und Devons Team, einen strengen Blick zu. »Wir spielen nach Feldhockey- und nicht nach Eishockeyregeln.«

Devon legte stöhnend den Kopf in den Nacken, was einige Mellowianer zum Lachen brachte. Während seiner Collegezeit hatte er nämlich nicht nur American Football gespielt, sondern auch Eishockey. Ich hatte gehört, dass er Mr. Mills damit in den Ohren lag, eine Eishalle zu bauen, damit er zusätzlich zu seiner Arbeit als Football-Trainer auch Eishockey coachen konnte. Auch Devon war zurückgekommen, nachdem er jahrelang in Chicago gelebt und dort sogar eine Familie gegründet hatte. Was also sollte mich daran hindern? Ich würde es schaffen. Irgendwie. Bevor der innere Druck, den ich mir selbst machte, zu unerträglich werden konnte, atmete ich tief durch und folgte Leena zur Hockeyschlägerausgabe.

Blake

Devon schlug den Ball zu mir, wobei er ihn gerade noch flach genug spielte, dass er von Schiedsrichter Pat nicht als ungültig abgepfiffen wurde. Ich schob ihn vor mir durch den mittlerweile so plattgetrampelten Schnee, dass an manchen Stellen sogar die darunter liegende Rasenfläche zu sehen war. »Hailey, hier«, rief ich meiner Teamkollegin zu, die im perfekten Winkel zum Tor stand, um einen *Chip*, einen erlaubten und absichtlich hohen Ball direkt ins Tor schlagen zu können.

»Pass«, rief sie mir zu und nickte, ging leicht seitlich in die Hocke und passte die perfekte Sekunde ab, um den Ball ins gegnerische Tor zu befördern.

»Jaaa«, jubelten die Zuschauer, und ich rannte auf Hailey zu, damit wir abklatschen konnten.

»Sehr gut!« Triumphierend reckte mein Bruder die Faust in die Höhe. Man konnte uns Mellowianern ja viel nachsagen, aber wenn es um sportliche Wettbewerbe ging, brodelte die Leidenschaft in unseren Venen heißer als jedes Feuer.

»Verdammt«, fluchte Sue laut und stieß ihren Schläger in den Schnee. »Das gibt es doch nicht!«

Ich lief auf sie zu, breit grinsend. »Da hat wohl vorhin jemand den Mund etwas zu voll genommen, oder?« Kurz vor Beginn des Spiels hatte sie mir ins Ohr geflüstert, mich heute auf dem Feld mindestens zu vierteln.

Sue verschränkte zornig die Arme vor der Brust, und ihre Miene verriet mir, dass sie ihre Verärgerung nicht nur vorspielte. »Sei leise«, donnerte sie mir entgegen. »Wir haben immer noch die Chance, euch fertigzumachen!«

Ich warf die Hände in die Höhe und schielte zur manuellen Anzeigetafel, die gegen Annes Kaffeestand lehnte, weil der in die Tage gekommene Ständer zu Beginn des Spiels in typischer Saint-Mellows-Manier gebrochen war. »Wohl kaum, aber überrasch mich gern.«

»Oh, oh«, kam es von Leena, die direkt hinter Sue stand und sich krampfhaft ein Lachen verkniff. »Pass besser auf, Blake! Sue wird gleich zur She-Hulk und reißt dich in der Mitte entzwei.«

»Genau darauf warte ich.« Das Lächeln auf meinem Gesicht musste teuflisch sein.

»Wenn du nicht sofort aufhörst, so überheblich zu grinsen, kannst du deine Lippen von meinem Hockeyschläger kratzen«, drohte Sue mir, ohne mit der Wimper zu zucken, und hob angsteinflößend ihren Schläger hoch.

Ich wandte mich an Leena. »Meint sie das ernst?«

Sie nickte und entfernte sich vorsichtshalber einen Schritt von Sue. »Jep.«

»Was wird das für ein Kaffeekränzchen?« Devons laute herrische Stimme, die ich gern seine Trainerstimme nannte, drang zu uns und ließ uns simultan zusammenfahren.

»Kann weitergehen«, rief Sue und winkte ihm zu.

Bevor ich zurücklief, beugte ich mich ein Stück zu ihr herunter, sodass meine Lippen ihre eiskalte Haut am Kiefer berührten. »Nur damit du es weißt«, raunte ich ihr zu und genoss, dass Sue schlucken musste. »Dein Kampfgeist ist ziemlich heiß.« Ich sah mich um, und da ich mir sicher war, dass sich in dieser Sekunde niemand für uns interessierte, fasste ich unauffällig unter ihre Teddybärjacke, um ihr in den Hintern zu kneifen.

»Blake!«, quiekte Sue, riss die Augen auf und sah sich ebenfalls blitzschnell um. »Lass das«, forderte sie lachend und senkte den Blick. Ihre eh schon rosa gefärbten Wangen wurden fast dunkelrot.

»Niemals«, entgegnete ich ihr und wandte mich ab, bevor auch mir zu heiß wurde.

Pat, der sich aufgrund seiner Kurzsichtigkeit als katastrophaler Schiedsrichter herausgestellt hatte, blies in seine Trillerpfeife, um das Spiel fortzusetzen. Sue gab alles und noch viel mehr, hetzte über die Wiese und musste am Ende doch eine haushohe Niederlage gegen uns einstecken. Ihr bedröppelter Gesichtsausdruck würde mir vermutlich bis in alle Ewigkeit im Gedächtnis bleiben, und ich genoss es, dass es so viele Dinge gab, die ich noch nicht über sie wusste. Wie eben, dass sie eine schlechte Verliererin war. Auch wenn das keine besonders tolle Eigenschaft war, machte sie sie menschlich. Wir alle hatten unsere Marotten, und ich würde damit leben können, wenn mich zukünftig ein Brettspiel am Kopf traf, nur weil Sue verloren hatte. Leena hatte mir nämlich indiskret zugeflüstert, dass das mit sehr hoher Wahrscheinlichkeit passieren würde und sie sich deswegen geschworen hatte, niemals wieder Monopoly mit Sue zu spielen. Sue hatte es natürlich gehört, empört nach Luft geschnappt und versucht, sich zu rechtfertigen. Erfolglos.

Die Sonne war gerade dabei, hinter den Wäldern und den Bergen zu verschwinden, und gemeinsam halfen wir, die Tore und das sonstige Equipment zu verräumen. Leise rieselten Schneeflocken vom Himmel herab, die uns tagsüber größtenteils verschont hatten. Ich war auf das Geländer des Pavillons geklettert, um die Bänder des Banners zu lösen, und sah von dort, wie Sue mit meinem Bruder zusammenstand und sich angeregt mit ihm unterhielt. Stirnrunzelnd versuchte ich, irgendeins der Worte von ihren Lippen abzulesen, doch ich war zu weit entfernt. Ein seltsames Gefühl beschlich mich. Hing das mit dem geheimnisvollen Gerede von Devon heute Morgen zusammen? Was zur Hölle heckten die beiden aus, und warum ließ mich Sue nicht teilhaben? Vielleicht sollte ich doch schleunigst versuchen, das Gespräch mit ihr zu suchen. Nicht nur irgendeins, sondern *das* Gespräch. Wir sollten reden, denn im Moment waren wir nur dabei, gemeinsam immer höher und höher zu fliegen, als gäbe es keine Konsequenzen. Ein wenig kam ich mir vor wie ein Voyeur, wie ich die beiden von meiner sicheren Position aus beobachtete. Sue legte sich die flache Hand auf die Stirn, als wäre ihr heiß oder als bereitete ihr etwas Sorge. Oder war sie … aufgeregt? Verdammt, ich war zwar gut darin, Menschen zu lesen, doch auf diese Distanz fiel das sogar mir schwer.

»Brauchst du eine Extra-Einladung?« Ruperts mürrische Stimme erinnerte mich daran, dass ich dabei war, das Banner abzunehmen.

»Nein, Rupert.« Genervt stieß ich einen Schwall Luft aus und kletterte samt Banner vom Geländer herunter, wobei ich aufpassen musste, nicht auszurutschen. »Brauche ich nicht. Musst du eigentlich immer so mies drauf sein? Du guckst so feindselig.«

Rupert zuckte zusammen und verschränkte die Arme vor der Brust. »Das ist mein Gesicht«, echauffierte er sich lautstark, als hätte ich ihn aufs Übelste beleidigt, und ich schüttelte lächelnd den Kopf. Rupert war einfach Rupert. *Das* Unikat unserer skurrilen Kleinstadt.

»Alles klar«, schmunzelte ich, und gemeinsam falteten wir

das Banner zusammen, um es einfacher zur Alten Halle transportieren zu können, wo es erst einmal trocknen musste, ehe es bis zum nächsten Jahr sein Dasein in einer der transparenten Aufbewahrungsboxen fristen würde.

Ich stiefelte zu Devon und Sue hinüber, die mich aus dem Augenwinkel hatten kommen sehen, was ich daran erkannte, dass die beiden verstummten. »Raus mit der Sprache«, forderte ich sie auf und wedelte mit meinem Zeigefinger zwischen den beiden hin und her. »Was wird das hier?«

»Wir quatschen«, erklärte Sue, und ich merkte, dass sie schwindelte. Oder mir zumindest irgendetwas verheimlichte.

Ich zog misstrauisch die Augenbrauen zusammen und musterte die beiden aus zusammengekniffenen Augen. »Ihr quatscht.«

»Genau«, pflichtete mein Bruder Sue bei und versenkte verdächtig verlegen seine Hände in den Taschen seines Kurzmantels.

Ich atmete schwerfällig aus und entschied, es fürs Erste gut sein zu lassen. Wenn die beiden irgendetwas vor mir verheimlichen wollten, sollten sie es tun. Ich war mir zu einhundert Prozent sicher, dass mein Bruder mich nie im Leben hintergehen oder irgendetwas im Schilde führen würde, das mich verletzen könnte. Und hatte ich mich nicht gerade noch darüber gefreut, noch nicht alle Seiten von Sue zu kennen? Was sagte es über mich aus, wenn ich es jetzt, wenig später, schon nicht mehr aushielt, wenn es da etwas gab, das ich nicht wusste? »Ihr seid wirklich die schlechtesten Lügner«, erklärte ich, um klarzustellen, dass ich ihnen auf den Fersen war.

Sue sog schmunzelnd die Lippen ein und zuckte mit den Schultern. Sie bedeutete meinem Bruder mit einem Blinzeln, dass er uns allein lassen sollte, also hob er die Hand zum Abschied und setzte einen Schritt zurück. »Bis morgen«, murmelte er Sue zu.

»Bis morgen? Was ist morgen?«

Sue biss sich auf die Unterlippe. »Morgen ist Sonntag.«

Ich verdrehte die Augen und lachte resigniert, was eher wie ein Schnauben klang. »Danke, ich hatte eigentlich nicht um die automatische Kalenderansage gebeten.«

»Lass uns morgen reden, okay? Ich ...« Sie knetete ihre Finger ineinander. »Ich bin müde.«

»Es ist später Nachmittag«, informierte ich sie.

»Gott, Blake«, stöhnend warf sie den Kopf in den Nacken. »Okay, ich bin *nicht* müde. Aber ich muss trotzdem nach Hause, um ...«

»Um?« Meine Neugierde explodierte förmlich.

»Um mich auf ... etwas ... vorzubereiten. Ich ... Lass uns einfach morgen reden, okay? Morgen Abend.«

Ich runzelte die Stirn und sah ihr in die Augen. In ihnen konnte ich nichts erkennen, das meine Alarmglocken schrillen ließ. Ich vertraute ihr. »Meinetwegen«, brummte ich und griff nach ihren Handgelenken, um sie näher an mich zu ziehen, legte ihr meine Hände an die Taille. Unsere Gesichter waren keine zwei Zentimeter voneinander entfernt, und ich spürte ihren warmen Atem auf meinem Kinn. Anders als ich erwartet hatte, versuchte Sue nicht, sich aus meinem Griff zu lösen, stattdessen legte sie erwartungsvoll den Kopf in den Nacken. Sie machte keine Anstalten, sich nach neugierigen Beobachtern umzusehen, als wäre es ihr egal, ob uns jemand zusammen sah. Ich beschloss, sie zu testen, indem ich meinen Mund zu ihrem herabsenkte.

»Was machst du da?« Ihre Stimme war so leise, weil die Frage nur für mich bestimmt war.

»Was soll ich machen?« Ich verzog den Mund zu einem schiefen Grinsen und wackelte mit den Augenbrauen. Eine einzelne Schneeflocke landete an ihrem Pony.

»Ich werde dir jetzt nicht sagen, dass du mich küssen sollst.« Sue legte lächelnd den Kopf schief, und die Schneeflocke von eben fiel herunter, landete auf ihrer Jacke.

»Schade. Und wenn ich dir sage, dass du mich küssen sollst?« Ich verstärkte den Griff um ihre Taille, zog sie näher an mich heran.

»Dann küsse ich dich«, erklärte sie selbstsicher und zuckte mit den Schultern. Doch ich erkannte in ihren tiefschwarzen Augen und an ihrem schneller werdenden Atem, dass sie nervös war.

»Dann küss mich, Sue.« Ich konnte spüren, wie sich das Kribbeln in meinem Körper aufbaute, um gleich zu explodieren, sobald sich unsere Lippen berührten.

»Okay«, hauchte sie und stellte sich auf die Zehenspitzen, legte ihre Hände auf meine Schultern und machte noch immer keine Anstalten, sich umzusehen. Stattdessen strich sie mit ihren Lippen über meine, schloss die Augen und seufzte. Ich presste meinen Mund so begierig auf ihren, als wäre ich ein liebeshungriger Teenager, und vernahm auf einmal diese dubiose Stille um uns. Zögerlich öffnete ich ein Auge und begann, an Sues Lippen zu lachen. »Was?« Sie tat es mir gleich und öffnete die Augen. »Oh.«

Wir hatten Zuschauer. Die Mellowianer waren einfach unglaublich und kannten keine Scham. Absolut gar keine. »Was wohl morgen in der *Saint Mellows Times* stehen wird?«

Sue legte sich einen Finger ans Kinn, als würde sie grübeln. »Blake und Sue, ein Wintermärchen aus Saint Mellows?«

»Oh Gott«, lachend schüttelte ich den Kopf. »Ich bin kein Prinz.«

»Macht nichts, ich kann gern die Prinzessin spielen und du bist der ominöse Fremde, der ...« Sie stockte.

»Der?«

»Der das Herz der Prinzessin erobert?« Sie errötete und zuckte mit den Schultern, als wäre an ihren Worten nichts weiter dran.

»Viel zu kitschig.« Ich schüttelte mich.

Sue verdrehte die Augen und erwiderte nichts mehr. Stattdessen zog sie am Kragen meiner Winterjacke, damit ich ein Stück zu ihr herunterkam und sie ihre Lippen erneut auf meine drücken konnte. »Wir sehen uns morgen, okay?« Sie flüsterte, und am liebsten hätte ich aufgestöhnt, denn ich wollte sie nicht gehen lassen.

»Du willst das hier heute wirklich nicht mehr weiterführen?« Man konnte es ja mal versuchen, doch Sue schüttelte den Kopf.

»Ob ich es will? Ja. Ob es schlau wäre? Nein.«

»Du sprichst in Rätseln, Sue.« Ich lockerte den Griff um ihre Taille, und sie nahm die Hände von meinen Schultern, deutete mit dem Daumen hinter sich.

»Bis morgen, ominöser Fremder.«

»Glaub ja nicht, dass ich dich jetzt Prinzessin nenne.«

Sue warf lachend den Kopf in den Nacken und wandte sich ohne ein weiteres Wort um. Blitzschnell zog ich mein Smartphone aus der Jackentasche und öffnete unseren Chat, um rasch eine Nachricht zu tippen.

Ich: Bis morgen, Prinzessin.

Ich beobachtete Sue, wie sie beiläufig das Handy aus ihrem Rucksack fischte und das Display einschaltete. Sie konzentrierte sich nicht mehr auf ihre Schritte und wäre beinahe über einen Schneehaufen gestolpert. Ich verkniff mir ein Lachen und wartete ihre Antwort ab, denn ich sah sie tippen.

Sue: Du bist viel besser als alle Prinzen zusammen.

Scheiße, mein Herz rannte mit sich selbst um die Wette. Anders konnte ich mir nicht erklären, warum es so heftig in meiner Brust pochte.

17. Kapitel

Sue

Daran, dass ich vor Aufregung kaum ein Auge zugetan hatte und nun übernächtigt aussah, konnte nicht mal mein gutes Make-up etwas ändern. Das, das ich mir von einer Kollegin hatte aufschwatzen lassen, obwohl ich es mir kaum hatte leisten können, und das mir eine weitere Schicht Selbstbewusstsein auf die Haut legte. Manchmal brauchte ich die, und heute war eindeutig einer dieser Tage, denn mein weiteres Leben hing davon ab, heute zu überzeugen. Ich hätte mir gewünscht, dass das übertrieben war, doch es stimmte. »Ich will es«, flüsterte ich meinem Spiegelbild zu und räusperte mich. »Ich schaffe das, ich kann das, ich bin eine verdammt gute Anwältin, ich bin stolz auf mich.« Eigentlich war ich keine Person, bei der Affirmationen wie diese etwas bewirkten, doch da heute so viel auf dem Spiel stand, konnten sie zumindest auch nicht schaden.

Seufzend zupfte ich am Revers meines besten Kostüms, das ich bei *Macy's* gekauft hatte. Es war dunkelblau, fast schwarz, und schmiegte sich perfekt an meinen Körper, als hätte ich es mir auf den Leib schneidern lassen. Als ich es in aller Früh aus meinem Schrank und dem Kleidersack genommen hatte, damit es auslüften konnte, hatte Millie es irgendwie geschafft, sich auf meinen Dachboden zu schleichen und ihren buschigen, hellgrauen Katzenschwanz daran zu reiben. Das Ergebnis war eine Tonne Katzenhaare an den Hosenbeinen gewesen, ein winziger Nervenzusammenbruch meinerseits und eine verschreckte Katze, da ich sie hochkant aus meinem Reich geworfen hatte. Ich schielte zum mindestens fünfzigsten Mal auf meine Armbanduhr, nur um festzustellen, dass es endlich so weit war. Devon würde in wenigen Minuten hier sein, um mich mit nach Chicago zu nehmen, wo er seine Tochter Elsie bei seiner Bald-Ex-Frau Fiona abholte. Ohne, dass ich ihn darum gebeten hatte, hatte er seinem Scheidungsanwalt von mir erzählt, der, um es mit Devons Worten zu sagen, *ziemlich beeindruckt* von mir war. Die Kanzlei war keine der Top 10-Kanzleien des Landes, in denen ich mich irgendwie immer gesehen hatte, doch sie war trotzdem ziemlich renommiert und spielte bei den ganz Großen mit. Vielleicht tat mir etwas Demut in diese Richtung auch gut, denn dass ich mich immer ganz oben gesehen hatte, war alles andere als gesund gewesen. Und wer zur Hölle behauptete überhaupt, dass man es nur geschafft hatte, wenn man an der obersten Spitze war? Was war dieses *Schaffen* überhaupt? War es gleichzusetzen mit Glücklichsein? Wohl kaum, denn an der Spitze war es bekanntlich einsam. Dann war ich doch lieber glücklich statt erfolgreich. Wobei auch *Erfolg* ein sehr dehnbarer Begriff war.

Meine Gedanken waren die ganze Nacht um die Frage gekreist, was mir wichtiger war: Meine Karriere oder meine Familie, Blake, Leena, Saint Mellows. Und ich musste mit Tränen in den Augen bekennen, dass ich mich wohl niemals für nur eine Seite würde entscheiden können. Noch vor wenigen Wochen hätte ich mich für die Karriere entschieden, denn die

Familie war doch eh da. Zumindest hatte ich das, so blauäugig wie ich gewesen war, gedacht. Es hatte nur ein paar Wochen Weihnachtsurlaub in meiner Heimatstadt gebraucht, um mir vor Augen zu führen, wie falsch ich all die Jahre gelegen hatte. Und wie glücklich ich mich schätzen konnte, dass ich sie noch nicht verloren hatte: meine Familie, Leena und irgendwie auch Blake. Er war so ein großartiger Mann, und wenn ich daran dachte, dass er in den nächsten Jahren auch eine andere Frau hätte kennenlernen können und mit ihr eine Familie gründen, wurde mir speiübel. Ich hätte ihn fast verpasst. Ich hätte *sie* fast verpasst: diese Liebe, von der immer alle sprachen. Die, über die ganze Filme gedreht wurden und über die Hunderttausende Buchseiten gefüllt worden waren und immer noch gefüllt wurden. Wie hatte ich nur glauben können, dass sie nicht so wichtig war wie mein Job?

Ich schnappte mir meine seriöse Handtasche, die ich gestern noch aus einem meiner Umzugskartons gefischt und gleich gepackt hatte, damit ich alle wichtigen Dinge dabei hatte: Bewerbungsunterlagen, insbesondere meine Vita und einen ausgearbeiteten Businessplan, eine Wasserflasche, einen Fleckenstift, ein winziges Notizbuch mit einem Kugelschreiber, Kopfhörer, Minzpastillen und Magen-Darm-Tabletten, einen extra Haargummi, eine Nagelfeile und das Fläschchen dunkelroten Nagellack, den ich aktuell trug, damit ich mögliches Abblättern schnell kaschieren konnte. Ich stieg meine Treppe hinunter und lief ins Erdgeschoss, wo ich zu guter Letzt mein Portemonnaie aus dem hellblauen Rucksack zog, um es in meine Handtasche fallen zu lassen. Im gleichen Moment vibrierte das Handy in meiner Hand und zeigte mir eine kurze Nachricht von Devon an.

Devon: Bin da, stehe draußen, hopp hopp, Frau Anwältin.

Ich schmunzelte und erkannte eindeutige Gemeinsamkeiten zwischen Blake und seinem Bruder.

Ich: Bin in einer Minute da!

Flink beförderte ich auch mein Smartphone in die Handtasche, schnappte mir die Papiertüte, in der ich einen Schuhkarton transportierte, und schlüpfte in meine Winterboots. Danach warf ich mir meinen Mantel über, legte die Hand auf die Türklinke und atmete einmal tief durch, ehe ich durch die Haustür nach draußen in den Schnee trat.

»Sind die Schuhe dein Ernst?« Devon beäugte kritisch meine Füße, als ich mich keuchend auf seinen Beifahrersitz fallen ließ. »Das ist eine gute Kanzlei, und er nimmt sich heute extra Zeit für dich! An einem Sonntag!«

»Devon!« Lachend schüttelte ich den Kopf und wies zum Rücksitz, auf den ich meine Handtasche und die Tüte geworfen hatte. »Danke, dass du dich um mein Outfit sorgst, meine Business-Heels sind dort hinten. Du glaubst doch nicht wirklich, dass ich in denen durch den wadenhohen Schnee im Vorgarten meiner Eltern stapfe?«

»Man wird ja wohl noch fragen dürfen.« Er zuckte grinsend mit den Schultern und startete den Motor. »Hat Blake versucht, dich auszuquetschen?«

»Sicher. Gefühlt die halbe Nacht lang. Ich glaube, er ist ein klitzekleines bisschen sauer auf uns.« Beim Gedanken an Blake wurde mir sofort auf diese gute Art und Weise schlecht.

Die, bei der es einem im Kiefer kribbelte und man das Gefühl hatte, als tanzten einem Glühwürmchen im Bauch.

»Nachher, wenn du den Job hast, kannst du ihn ja gleich einweihen. Beim Abendessen. Zu dem meine Mom dich übrigens eingeladen hat, sonntags ist bei uns Familiendinner.« Er ratterte die Sätze herunter, als wollte er einen Wettbewerb im Schnellsprechen gewinnen.

»Deine Mom ... was?« Mir wurde heiß, was leider nicht an der Sitzheizung lag. Ich tat, als hätte ich seine Bemerkung über den Job überhört, denn noch hatte ich ihn nicht und es bestand die Möglichkeit, dass ich ihn auch nicht bekommen würde, immerhin war ich noch eine frische Junganwältin. Sehr gut, aber auch sehr jung. Ich würde mich erst beweisen müssen.

Devon sog schelmisch grinsend die Lippen ein und sah kurz zu mir herüber, ehe er den Blinker setzte, um auf die einzige Schnellstraße Saint Mellows abzubiegen, die direkt aus der Stadt herausführte. »Hey, *ich* habe gestern nicht vor aller Augen mit Blake geknutscht und so meine Schwiegermutter in spe angelockt.«

»Oh Mann«, stöhnte ich und lehnte den Hinterkopf gegen die Stütze am Sitz. »Sie hat mich echt eingeladen? So richtig?«

Er nickte und zuckte entschuldigend mit den Schultern. »Ich habe angeboten, dich gleich mitzubringen.«

»Das klingt, als wäre ich ein Dessert.«

»Für meinen Bruder bestimmt.« Er wackelte amüsiert mit den Augenbrauen.

»Devon!« Ich klatschte ihm mit der flachen Hand gegen den Oberarm. »Manchmal bist du genauso schlimm wie dein Bruder.«

Er schmunzelte. »Danke, ich nehme das als Kompliment.«

Ich wandte den Blick ab und sah aus dem Fenster. Wir hatten unsere geliebte Stadt bereits hinter uns gelassen, und Devon bretterte über die Landstraße, zu deren beiden Seiten schneebedeckte Felder lagen. In der Ferne konnte ich die schneebehangenen Wälder ausmachen und natürlich die Berge mit den weißen Gipfeln, die ich aus meinen Dachbodenfenstern sah. »Ich bin verdammt aufgeregt«, murmelte ich und knetete die Finger in meinem Schoß, ehe ich Devon ansah. »Was, wenn es nicht klappt?«

»Es klappt.« Er nickte und nahm seinen Blick nicht von der Straße vor uns.

»Wie kannst du dir da so sicher sein?«

»Bin ich nicht. Aber du warst schon immer eine Superheldin im Welpenkostüm, und ich glaube, es ist an der Zeit, dass Blake auch mal bekommt, was er will.«

»Und du meinst, das bin ich?« Unsicher biss ich mir auf die Unterlippe.

»Oh ja. Er ist wie ausgewechselt, aber auf gute Weise.«

»Er war schon immer gut«, seufzte ich.

Devon schnalzte mit der Zunge. »Mir musst du das nicht sagen. Obwohl ich ihn als Kind schon manchmal gern gegen einen Hund eingetauscht hätte.«

Damit brachte er mich zum Lachen, was mir ungemein guttat und mein Herz ein bisschen leichter werden ließ. »Danke«, murmelte ich und kuschelte mich etwas tiefer in den Sitz. Für den Rest der Fahrt sah ich still aus dem Fenster und wappnete mich innerlich für mein wohl wichtigstes Vorstellungsgespräch.

Blake

»Du hast *was*?« Geschockt schlug ich die Kühlschranktür zu, aus der ich mir gerade eine Coke genommen hatte. Ich stand in der Küche meiner Eltern und wandte mich meiner Mom zu, die mit Gummihandschuhen bewaffnet eine Vase schrubbte.

»Ich habe deine Freundin zum Abendessen eingeladen.«

»Meine F…« Mir blieb das Wort im Halse stecken. »Mom!« Meine Stimme donnerte durch die Küche, denn ich konnte es einfach nicht fassen. »Wie kommst du darauf, dass sie meine Freundin ist?«

»Solche Neuigkeiten verbreiten sich eben schnell!« Sie stemmte die Hände in die Hüften und zog verärgert die Augenbrauen zusammen. »Schlimm genug, dass ich es nicht von dir selbst erfahren habe.« Sie verzog enttäuscht das Gesicht. »Aber vermutlich hätte ich dich vorher fragen sollen, oder?«

»Allerdings.« Ich nickte und öffnete die Getränkedose, die ein zischendes Geräusch von sich gab.

»Es tut mir leid.«

»Okay, Mom«, seufzte ich und verdrehte die Augen. »Mach das nie wieder.«

Sie nickte und grinste. »Versprochen.«

Dad betrat die Küche, um nach seinem *Farmers Pot Pie*, dem weltbesten Gemüseragout mit Teigdecke, zu sehen. »Deck doch schon mal den Tisch, Blake«, bat er mich und deutete zu den Tellern, die bereits auf der Küheninsel warteten. Ich verkniff mir den Kommentar, dass heute eigentlich Devon dran gewesen wäre, doch er hing vermutlich mit Elsie im Verkehr fest.

»Klar.« Ich schnappte mir den Stapel und trug ihn gerade

zusammen mit dem Besteck zum Tisch, als die Türklingel mich innehalten ließ. Es lief mir eiskalt den Rücken herab, als Mom freudestrahlend zur Tür ging, doch sofort vernahm ich Rileys und Abbys Stimmen.

»Hey«, grüßten die beiden wie aus einem Mund, küssten Mom und Dad auf die Wangen und steuerten direkt auf ihre mittlerweile gewohnten Plätze zu. Abby saß zwischen Elsie und mir, Riley auf der gegenüberliegenden Seite zwischen Devon und Mom. Ich deckte den Tisch fertig, wobei Riley stirnrunzelnd auf den Teller wies, der zwischen Dads und meinem Platz stand. »Hast du dich verzählt, oder bist du tatsächlich noch verfressener geworden und brauchst jetzt zwei Teller?«

Abby prustete ungeniert los. »Witzig«, kommentierte ich Rileys Frage und schüttelte den Kopf. »Mom hat Sue eingeladen.«

»Uuuuuh«, feixte Abby, die es anscheinend genoss, zur Abwechslung mal mich aufziehen zu können. Ich schnappte nach meiner Stoffserviette und zielte auf ihr Gesicht.

»Blake!« Mom fixierte mich streng. »Was haben wir über Stoffservietten gelernt?«

Ich verdrehte die Augen, da Mom es immer wieder schaffte, dass ich mir vorkam wie ein kleiner Junge. »Sie sind kein Wurfgeschoss«, stöhnte ich. Und warf trotzdem.

»Ey, er hat mich beworfen«, petzte Abby lachend und schleuderte die Serviette zurück zu mir, woraufhin sie sich aus Angst vor einer weiteren Retourkutsche schützend die Hände vor das Gesicht hielt.

»Er ist halt ein *cooler Rebell*.« Sues glockenhelle Stimme drang an mein Ohr, und eine Sekunde später hörte ich, wie die Haustür hinter ihr ins Schloss gedrückt wurde. Sie lächelte mich ungewohnt schüchtern an und strich sich eine Haarsträhne hinter das Ohr, die sich aus ihrem Pferdeschwanz gelöst hatte. Diese Frisur hatte sie zuletzt in der Schneesturmnacht getragen, bei deren Erinnerung das Blut in meinen Adern kochte. Sie sah müde aus, aber auch glücklich. Mir fiel ihre schicke Aufmachung auf, die mich verwirrte. Klar, Sue achtete immer auf ihre Kleidung, aber heute war es, als schmiegte der Stoff sich wie eine zweite Haut um ihren Körper. War sie heute bei Gericht gewesen? Genauso stellte ich sie mir vor, wenn sie arbeitete. Aber heute war doch Sonntag? Selbst Gerichte hatten Öffnungszeiten. Kanzleien auch, oder nicht? Was hatte das zu bedeuten? Ich schluckte und realisierte, dass ich schleunigst reagieren sollte, bevor mein Zögern seltsam wirkte.

»Ich bin nicht cool«, erwiderte ich lächelnd und nickte meinem Bruder zu, der hinter Sue in der Küchentür stand, die zappelnde Elsie auf dem Arm. Er tippte Sue auf die Schulter, um ihr zu bedeuten, dass sie ihm ihren Mantel geben sollte. Ich hoffte sehr, dass meine Familie und Sue mir nicht ansahen, wie nervös ich plötzlich war.

Sue betrat die Küche und wandte sich an meine Eltern. »Vielen Dank für die spontane Einladung, Mrs. und Mr. Fairfield, auf die Schnelle konnte ich leider keine Blumen organisieren. Aber kann ich vielleicht noch irgendetwas helfen?«

»Sehr gern und nein, nein, Liebes«, lächelte Mom ihr zu und winkte ab. »Setz dich, setz dich!« Sie deutete auf den freien Platz neben mir, und mit einem Mal kam ich mir vor wie ein Äffchen im Zoo. Meine ganze Familie schien wie gebannt darauf zu warten, dass Sue und ich uns begrüßten. Sollten wir uns wirklich vor aller Augen küssen?

»Hey«, murmelte sie mir zu, als ich ihren Stuhl zurückschob, damit sie sich setzen konnte. Selten war mir eine Situation so unangenehm gewesen, und ich verteufelte Mom und ihre Übergriffigkeit. Sie meinte es nie böse, doch es gab Grenzen.

»Hey«, erwiderte ich und strich ihr sanft über die Schulter, beugte mich zu ihr herunter und hauchte ihr einen ziemlich unschuldigen Kuss auf die Wange, der seine Wirkung allerdings nicht verfehlte. Ich sah, wie sich die Härchen auf ihrem Unterarm aufstellten. »Ich möchte mich hiermit hochoffiziell für meine Familie entschuldigen«, sagte ich mit Nachdruck und schenkte jedem einzelnen einen finsteren Blick, woraufhin sie endlich aus ihren Starren erwachten.

»Warum gucken denn alle so komisch Onkel Blake und Sue an?« Elsie kletterte auf ihren Stuhl und spielte mit ihrem Kinderbesteck herum.

»Das wüsste ich auch gern«, erwiderte ich, nahm ihr die pinke Gabel aus der Hand und wuschelte ihr durch die Haare, woraufhin sie lachend quiekte.

»Ich hab Hunger, Grandpa«, erklärte der kleine Wirbelwind lautstark, und auch alle anderen gaben ein zustimmendes Gemurmel von sich. Dad platzierte die riesige Auflaufform in der Mitte des Tisches und sogleich drang mir der himmlische Duft von gebackenem Gemüse in die Nase.

»Ich hoffe, du magst *Farmers Pot Pie*?« Dad wandte sich an Sue, die höflich nickte und ihm ihren Teller hinhielt.

»Sogar sehr, den bekommt sogar meine Mom hin, sie ist nicht die allerbeste Köchin.« Grinsend legte sie den Kopf schief und zuckte mit den Schultern, während Dad ihren Teller ordentlich volllud.

»Prima«, strahlte Dad und schnitt ein schmales Stück für Elsie heraus. Es ging reihum, bis alle Teller gefüllt waren, und während wir aßen, spürte ich, wie die Anspannung ein wenig aus meinem Körper wich. Heimlich ließ ich den Blick über die Gesichter meiner Familie schweifen, die ein reges Gespräch über die neuen, verlängerten Öffnungszeiten des Saint Mellower Supermarkts führten. Sue erwischte mich dabei und ließ ihre Hand unauffällig unter der Tischplatte verschwinden, wo sie mir mit den Fingerspitzen beruhigend über den Oberschenkel strich. Sie blinzelte mir zu, und ich erkannte, wie stocksteif ich dasaß. Ich hatte bisher noch nie eine Frau zu unseren Familienessen mitgebracht und war mir der Bedeutung der Tatsache, dass Sue jetzt hier neben mir saß, mehr als bewusst.

Der Abend verlief weitaus weniger peinlich, als ich erwartet hatte. Und war zum Glück noch viel schneller vorbei. Die ganze Zeit brannten mir hundert Fragen auf der Zunge, die ich Sue nicht vor meiner Familie stellen wollte. Nachdem alle aufgegessen hatten und Sue ihr Glas Wein geleert hatte, verabschiedeten wir uns, und als ich die Haustür hinter uns ins Schloss zog, hatte ich das Gefühl, endlich aufatmen zu können.

»Es tut mir so leid.« Wir standen wie erstarrt nebeneinander, als müssten wir, jeder für sich, die letzten Stunden erst einmal verarbeiten. »Meine Mom kennt manchmal keine Grenzen.« Mir wurde immer bewusster, wie sauer ich tatsächlich auf sie war, dass sie Sue in eine derart peinliche Lage gebracht hatte. Mein warmer Atem kondensierte vor meinem Gesicht. Es war bitterkalt geworden, da sich kaum eine Wolke am schwarzen Nachthimmel zeigte, an dem unzählige Sterne leuchteten.

»Schon okay.« Sue winkte ab, wobei mir auffiel, dass sie eine Papiertasche in der Hand hielt.

»Was schleppst du da mit dir rum?«

Sie lächelte zur Tüte hinunter, und im schummrigen Licht der Verandabeleuchtung erkannte ich das glückliche Glitzern in ihren Augen. Das, das ich seit Jahren nicht mehr gesehen hatte. Es war so ehrlich und tief. »High Heels.« Sie lachte auf und suchte meinen Blick.

»Okay?« Ich war verdutzt und legte ihr meine behandschuhte Hand an die Taille, um sie ein Stück voran zu schieben, denn es war etwas zu kalt, um nur herumzustehen. »Komm, lass uns gehen und gib her.« Ich machte eine lockende Handbewegung, damit Sue mir ihre Papiertasche gab.

»Du musst nicht ...«, setzte sie an, doch ich unterbrach sie stöhnend.

»Lass mich den zuvorkommenden Prinzen spielen, okay?« Ich griff nach den Henkeln der Tasche in ihren Fingern, doch statt meine Hand von ihrer zu lösen, nahm ich die Tüte in die andere und entschied, von jetzt an ihre Hand zu halten.

»Was machst du da?« Schmunzelnd nickte sie zu unseren ineinander verschränkten Fingern.

»Keine sinnlosen Fragen stellen«, befahl ich und drückte ihre Hand.

»Verzeihung.« Sie grinste, und die nächsten paar Meter brachten wir schweigend hinter uns, bis ich es nicht mehr aushielt.

»Verdammt, Sue.« Ich stoppte und zog an ihrer Hand, sodass auch sie keine andere Wahl hatte, als anzuhalten. Wir standen im Schein einer Laterne an der Ecke zur Lemon Alley, in der der Spielplatz lag, auf dem wir uns in dieser schicksalhaften Nacht begegnet waren. Die große, kahle Eiche neben uns warf einen bedrohlichen Schatten auf den schneebedeckten Boden. »Nun sag schon!«

Sue biss sich auf die Unterlippe und schaffte es kaum, ihr Lächeln zu unterdrücken. »Komm mit.« Sie zog an meiner Hand und wurde nachdrücklicher, als ich mich nicht sofort bewegte. »Komm schon, Blake«, bat sie. »Ich möchte dir etwas zeigen.«

»Nachts?« Perplex taumelte ich hinter ihr her, wobei mir der Schuhkarton in der Tüte gegen die Wade schlug.

»Es ist gerade Mal halb neun. Du hast mich gezwungen, nachts einen Berg zu besteigen«, erinnerte sie mich schnaubend. »Ich entführe dich nur zwei Querstraßen weiter.«

»Und was ist zwei Querstraßen weiter?«

Sie sah zu mir auf und verdrehte die Augen. »Das verrate ich dir dort, okay?«

»Meinetwegen«, murmelte ich und legte einen Zahn zu. Wir kamen an der Festwiese an, auf der nichts mehr vom gestrigen Hockey Match zeugte. Sue zog mich direkt darauf zu, und ich realisierte, dass sie auf die Ladenzeile auf der anderen Seite zusteuerte. Ungefähr auf gleicher Höhe wie das *Anne's*.

Sue stoppte und deutete auf das Fenster eines anscheinend leer stehenden, winzigen Geschäfts. Ich erinnerte mich, dass es in der Vergangenheit immer wieder von jungen Künstlern und Künstlerinnen gemietet worden war. »Tadaaa!« Sie hielt ihre freie Hand in die Höhe, als präsentierte sie mir das Gebäude.

»Sue?« Ich schmunzelte und versuchte, die Aufregung in meinem Bauch im Zaum zu halten, denn plötzlich prasselten tausend Ideen und Möglichkeiten auf mich ein. Sues Geste hätte schier alles bedeuten können. »Ich glaube, ich brauche einen weiteren Tipp.«

Sue stellte sich direkt vor mich und schluckte, ehe sie zu mir aufsah. »Du ... du meintest doch letztens, dass ...«

»Dass was?« Ich zog an ihrer Hand, damit sie noch näher kam. »Sue, bitte, spann mich nicht weiter auf die Folter, ich halte das nicht aus, okay?«

»Dass du *mich* möchtest«, beendete sie ihren Satz flüsternd.

Ich nickte, presste die Kiefer aufeinander und traute mich noch nicht, mich zu freuen. »Ja, daran hat sich nichts geändert.«

Sue schluckte. »Ein Glück, denn ...« Sie atmete tief durch und senkte kurz den Blick, bevor sie ihre Hände auf meine Brust legte und sich auf die Zehenspitzen stellte, damit sie meinem Gesicht näher war. »... ich bleibe.«

Überrumpelt schüttelte ich den Kopf. »Du bleibst? Hier?« Ihre Schuhe fielen mir mit einem dumpfen Geräusch aus der Hand in den Pulverschnee. Ich legte ihr eine Hand in den Rücken, ließ die andere zu ihrem Nacken gleiten. »Spiel nicht mit mir, Sue Flores. Wie soll das gehen? Was heißt das?«

»Das dort ...«, sie deutete auf den leer stehenden Laden, »wird eine Außenstelle einer Chicagoer Anwaltskanzlei. Eine winzige!«

Ich brauchte ein paar Momente, um den Sinn hinter ihrer Aussage zu verstehen, denn die einzelnen Informationen, die sie mir gab, fühlten sich an wie Puzzleteile, die ich erst zusammensetzen musste. »Und du wirst *dort* arbeiten?«

»Besser«, strahlte sie und biss sich aufgeregt auf die Unterlippe. »Ich leite sie.«

»Du, was?«

»Hey!« Gespielt empört boxte sie mir gegen die Brust. »Glaubst du etwa nicht, dass ich das kann?«

Lachend warf ich den Kopf in den Nacken. »Du kannst *alles*, daran würde ich niemals zweifeln. Aber wie?«

»Bedank dich bei deinem Bruder«, flüsterte sie und strich mir mit einem Finger über das Gesicht, wobei der Stoff ihres Handschuhs über meinen Dreitagebart kratzte. »Er hat das Ganze eingefädelt. Die Kanzlei vertritt ihn bei seiner Scheidung. Sie hat immer mehr Klientel aus den umliegenden Kleinstädten und schon länger mit dem Gedanken gespielt, eine Außenstelle zu eröffnen, nur …« Sie warf lachend den Kopf in den Nacken.

»Nur, was? Spuck schon aus und spann mich nicht die ganze Zeit so auf die Folter!«

»Nur war es schwer, jemanden zu finden, der oder die *in der Pampa* arbeiten wollte.« Sie blinzelte zwischen meinen Augen und meinem Mund hin und her. »Blake?«

Ihre Stimme war kaum mehr als ein Hauchen, und von einer auf die nächste Sekunde wandelte sich die Atmosphäre um uns herum. »Ja?« Ich kam ihr entgegen, sodass meine Nasenspitze ihre berührte und schluckte, schloss für einen Augenblick die Augen, da ich nicht glauben konnte, was hier gerade geschah.

»Sag mir, soll ich bleiben?« Eine einzelne Träne rann über ihr Gesicht und mündete in ihrem Mundwinkel. »Ist das richtig? Gehöre ich vielleicht doch hierher?« Sie unterbrach unseren Blickkontakt, um ihn über die Festwiese gleiten zu lassen, wobei ihr Blick länger auf dem *Anne's* und dem Pavillon lag, dessen Säulen mit Lichterketten umwickelt waren, was ihn zum vermutlich schönsten Fleck Saint Mellows' machte. »Werde ich es bereuen?«

Ein schmerzender Kloß bildete sich in meinem Hals, und

es fiel mir schwer, ihn herunterzuschlucken. »So viele Fragen auf einmal.« Ich lächelte und drückte meinen Mund auf ihren, wisperte an ihren Lippen. »Und ich werde dir keine Antwort geben, okay?« Sie versteifte sich unter meiner Berührung und meinen Worten. »Ich möchte, dass du bleibst. Ich möchte, dass du *in der Pampa* arbeitest und dass du nach Hause kommst. Aber ich werde dir nicht mehr sagen, was du tun sollst, verstehst du?«

Sie nickte traurig und lächelte schief. »Schade, dann muss ich wohl doch einzig und allein auf mein Herz hören.«

»Das musst du wohl.« Ich fuhr mit meinen Lippen sanft über ihre und spürte meinen Puls im Hals pochen. Mein Herz hämmerte gegen meinen Brustkorb, als wollte es mich anschreien. Als wollte es, dass ich Sue mit allen Mitteln, allen Worten dazu zwang, bei mir zu bleiben. Denn, verdammt, das war es, was *ich* wollte.

»Okay«, hauchte sie mir entgegen und presste ihren Mund auf meinen. »Okay«, wiederholte sie leise zwischen zwei Küssen, und ich wusste für einen kurzen Moment nicht, was genau das Wort bedeutete. Okay, sie würde bleiben? Okay, sie würde nachdenken? »Ich bleibe, Blake«, wisperte sie, und mit einem Mal fühlte es sich an, als drückte sie mir ein Puzzleteil mitten ins Herz, ohne dass ich gewusst hatte, dass dort eins fehlte. Ich fühlte mich komplett. Ich war keine einsame Socke mehr am kalten Kamin.

Epilog

Sue

Am Tag sah alles ganz anders aus als in der Nacht. Geheimnisse wurden enthüllt, Tränen getrocknet, geflüsterte Worte wurden überhört. Träume platzten, ganze Weltbilder wurden verrückt. Doch Blake war noch da, lächelte mich an, hielt meine Hand und weigerte sich, Monopoly mit mir zu spielen. Es war Neujahrsmorgen, und sanfter Nebel waberte am Boden des Waldes, durch den wir stapften. Jedes Neujahr spürte ich diese Aufbruchsstimmung in mir. Diesen Wunsch, in diesem Jahr endlich glücklich zu werden. Auch wenn ich wusste, dass man jeden Tag neu beginnen konnte, wohnte dem ersten Januar trotzdem eine besondere Magie inne, die Macht, sein altes Leben hinter sich zu lassen, um ein neues für sich zu formen. Doch auch wenn ich mir wünschte, heute einfach auf Neustart tippen zu können, gab es Narben, die ich nicht von meiner Seele verbannen konnte. Und diese Narben waren es, die man immer sah. Am Tag und in der Nacht.

»Gib mir deine Hand!« Blake war vor mir auf den Felsvorsprung geklettert und hielt mir seinen Arm hin, um mich heraufzuziehen.

Ich stieß einen Schwall Luft aus, den Blick auf die hohe Felswand gerichtet, und wusste, dass wir angekommen waren.

Hierher hatte Blake mich vor wenigen Wochen mitten in der tiefsten Nacht gebracht, und ich zählte innerlich bis fünf und atmete tief durch, ehe ich den Mut fand, mich umzudrehen. Blake fasste nach meiner Hand und drückte sie fest, als spürte er, dass ich in diesem Moment für mich und doch nicht allein sein wollte.

Als wir zuletzt hier oben gewesen waren, hatte unsere wunderschöne Heimatstadt unter dem finsteren Nachthimmel gelegen. Vereinzelte Laternen hatten Saint Mellows erleuchtet und mein Herz doppelt so schnell schlagen lassen. Keine Menschenseele war auf den Straßen gewesen, als hätte ich auf einen Miniaturnachbau gestarrt. Jetzt, im Morgengrauen, kämpfte sich die Sonne über den Horizont und tauchte die Häuserdächer in Pastellrosa und Orange. Autos, die so winzig wirkten wie Ameisen, fuhren durch die Straßen und auf der großen weißen Fläche, der Festwiese, tummelte sich eine Menschengruppe. Es waren die Freiwilligen, die dabei halfen, die Überreste der Silvesterparty verschwinden zu lassen, und bei dem Gedanken, dass Rupert sie in diesem Moment über den Platz brüllte, zuckte mein Mundwinkel nach oben.

»Weißt du, was für ein Gedanke mich quält?« Meine Stimme war fest, und doch tat mir jedes Wort in der Kehle weh.

Aus dem Augenwinkel nahm ich wahr, wie Blake mich ansah. »Erzähl es mir«, bat er mich und drückte meine Hand in seiner.

»Die Adoption.« Ich seufzte und verdrehte die Augen, denn ich hatte Sorge, ihn damit zu nerven. »Sorry, dass ich schon wieder damit anfange.«

»Lass das«, tadelte er mich mit tiefer Stimme. »Denk das

erst gar nicht! Selbst wenn du die nächsten fünfzig Jahre jeden Tag mit mir darüber reden möchtest, kannst du das, okay?«

Ich schmunzelte. »Ich glaube, spätestens dann nerve ich mich selbst damit.«

»Mich aber nicht.« Er grinste. »Sag schon, was dir auf der Seele brennt.«

»Ich weiß, es klingt bescheuert, aber ich frage mich immer, wo meine Geschichte beginnt. Habe ich überhaupt eine?«

Blake erwiderte erst nichts. Er schwieg und das einzige Geräusch, das ich hörte, war das Pfeifen des schneidenden, eiskalten Windes. »Du kannst deine Geschichte neu schreiben, Sue.« Seine Worte drangen mir wie eine heiße Welle bis ins Mark. Hatte er recht? Konnte ich das?

Ich schmunzelte, zog an seiner Hand, damit er sich mir zuwandte, und stellte mich auf die Zehenspitzen, um meine Arme um seinen Nacken legen zu können. »Es war einmal ein Schneesturm …«, flüsterte ich und legte meine Lippen auf seine.

Vielleicht war am Tag doch nicht alles anders als in der Nacht.

ENDE

Danksagung

Joa. War ganz schön naiv von mir zu glauben, dass mir die Danksagung von Band 3 easy peasy lemon squeezy von der Hand geht. Nur hatte ich nicht bedacht, dass mit Band 3 einfach die ganze Reise nach Saint Mellows endet. Saint Mellows hat mein Herz – auf ewig. Saint Mellows ist der Ort, in den ich mich gedanklich flüchten kann, wenn die echte Welt zu laut, zu viel, zu ungemütlich wird.

Es gibt viele Menschen, denen ich danken möchte. So viele wunderbare Personen, die mich auf meiner Reise begleitet haben. Manche sind schon in mein Leben gepurzelt, lang bevor an dieses Manuskript überhaupt zu denken war und andere erst kurz davor.

Ich danke der Co-Working-Crew, mit der es immer wieder Spaß macht, um die Wette zu sprinten. Unfassbar, was man in 40-Minuten-Sprints alles schaffen kann, wenn man weiß, dass eine Freundin/ein Freund ebenfalls konzentriert vor ihrem/seinem Rechner sitzt, um in die Tasten zu hauen. *Where our wishes come true* ist ein absolutes 40-Minuten-Sprint-Buch – aber fragt mich bitte nicht, wie viele Sprints es waren. Viele.

Insbesondere Danke an Franzi & Kati. So oft habe ich gezweifelt und jedes Mal findet ihr passende Worte, die mich aufbauen. Oder ein passendes Gif. (Oder Sticker, mh, Kati? Du weißt schon.)

Danke Bianca & Laili, fürs Testlesen der ersten Kapitel, bei denen ich noch glaubte, ich fabriziere Müll. Hab ich aber gar nicht, sagt meine wunderbare Lektorin Tina. Deine Arbeit an diesem Manuskript war wieder super, ich arbeite so gern mit dir zusammen, es hat mir genauso viel Spaß gemacht wie bei Band 2.

Danke an meine Lektorin vom Blanvalet Verlag, Joëlle. Ich weiß es so so so sehr zu schätzen, wie du dich für mich einsetzt und auch für Band 1 und 2 noch einiges gerissen hast. Die Danksagungen der Bücher waren leider schon fertig, sonst würdest du auch in denen stehen! Danke, danke, danke! Und auch danke an Maria aus der Presse! Die Bloggerpäckchen für Band 1 waren zauberhaft!

Danke an meine Agentin, ooSarah. Motti ist fertig, kannst du das glauben? Motti 1, Motti 2 und Motti 3 sind jetzt groß und können fliegen. Ohne dich würde die tote Motte von Band 1 noch immer in der Tasse liegen, und niemand würde sie jemals finden.

Ich danke meinen Freundinnen! Dafür, dass sie immer ein offenes Ohr für mich haben, mir die Zweifel aus der Birne waschen, sich mit mir und für mich freuen. Ohne euch wäre dieses ganze Schreiben nur halb so schön, wirklich. Danke an

Ellypopelly, Tanussi, Mochi (Ehm, ich gebe meinen Freundinnen wirklich seltsame Namen, sorry.) Danke an Isabel für deinen Support, du bist so busy und hast trotzdem immer wieder Zeit, dir meine Sorgen anzuhören. Danke an Miri, an Neyney, an Stephie für deine Unterstützung, an Julia – die mit den Chips und dem Dip.

Danke an meine Patrons! Dass ihr mich unterstützt ist so so so wunderbar von euch, ich kann euch nicht genug danken. Allen voran Isy und Wiebi, fühlt euch ganz fett gedrückt.

Und danke an Lilly Lucas für das wunderbare Zitat, ich bin dir so so dankbar, dass du dir die Zeit genommen hast.

Und selbstredend danke ich meiner Familie! Danke, Mama, du wirbelst die Werbetrommel wie keine Zweite! Ich hab dich lieb! Danke Pauli, du kannst mittlerweile echt gut kochen, und meiner Tochter baby.nat, die mich mit ihrem Babygiggeln immer zum Lachen bringt und mich immer wieder daran erinnert, wofür ich das alles hier überhaupt mache. Für dich, baby.nat, für dich.

Gegensätze ziehen sich nicht nur an, sie entfachen auch ein Feuerwerk der Gefühle!

432 Seiten. ISBN 978-3-7341-1160-0

Tatum Sullivan fühlt sich nur sicher, wenn es still ist. Seit einem verhängnisvollen Tag in New York hat sie mit Panikattacken zu kämpfen. Um der lauten Großstadt zu entfliehen, zog sie mit ihrer Familie ins beschauliche Golden Oaks, Conneticut. Doch nicht einmal dort kommt Tatum zur Ruhe ... Dash Adams liebt es laut. Je dröhnender die Musik in seinen Ohren, desto besser, und genau deshalb hat er sich auch eine Karriere als DJ aufgebaut. Denn wenn es still ist, ist er allein mit seinen Gedanken, die Trauer und Schuldgefühle auslösen. Als Dash einen Freund in Golden Oaks besucht und dort auf die schlagfertige Tatum trifft, funkt es sofort. Doch können leise und laut zusammen bestehen?

Lesen Sie mehr unter: **www.blanvalet.de**

Wenn Licht und Schatten aufeinandertreffen, ändert sich alles ...

464 Seiten. ISBN 978-3-7341-1163-1

Frankie Davis hat panische Angst vor der Dunkelheit. In ihrer Kindheit musste sie schlimme Erfahrungen machen, weshalb sie bis heute nur bei absoluter Helligkeit einschlafen kann. Sobald das Licht erlischt, fürchtet sie die Geschehnisse von damals neu durchleben zu müssen.
Tyler Montgomery ist ein Nachtmensch durch und durch. Seit einer schrecklichen Tragödie flüchtet er sich in die Dunkelheit, wo er unter den Sternen er selbst sein kann.
Doch als Frankie und Tyler – Licht und Schatten – spüren, dass da mehr zwischen ihnen ist als nur Freundschaft, ändert sich alles ...

Lesen Sie mehr unter: **www.blanvalet.de**

»Hot, hotter, ›Belladaire Academy of Athletes‹! Ganz große Empfehlung!«
Bianca Iosivoni

ISBN 978-3-7341-1278-2

SBN 978-3-7341-1279-9

ISBN 978-3-7341-1280-5

Lesen Sie mehr unter: **www.blanvalet.de**